*Les mannequins*

DU MÊME AUTEUR
DANS LA MÊME COLLECTION

Dans le palais des rois martiens
Persistance de la vision
Titan
Sorcière

JOHN VARLEY

# *Les mannequins*

*nouvelles*
*traduites de l'américain par Jean Bonnefoy*

DENOËL

Titre original :

THE BARBIE MURDERS
Berkley Publishing Corporation, New York



*ISBN original : 0-425-04580-3*
*ISBN : 2-207-30342-X*

Avertissement :

Trois des nouvelles de ce recueil sont déjà parues en France, il s'agit de :

« THE FUNHOUSE EFFECT » sous le titre « BOULE DE NEIGE » in *Fiction* n° 300, avril 1979

« MANIKINS » sous le titre « MANNEQUINS » in *Opzone* n° 7 avril 1980

« GOOD-BYE, ROBINSON CRUSOE » sous le titre « ADIEU, ROBINSON » in *Futurs* n° 2, juillet-août 1978.

Tous les autres textes sont à ce jour inédits.

# Bagatelle

Il y avait une bombe sur la Leystrasse, niveau 45, juste devant la Boutike Bagatelle (Fleurs & Cadeaux) sur la promenade, à cent mètres environ de Prosperity Plaza.

« Je suis une bombe, disait la bombe aux passants. Je vais sauter dans quatre heures, cinq minutes et dix-sept secondes. Ma puissance équivaut à cinquante mille tonnes (anglaises) de trinitrotoluène. »

Un petit attroupement se forma.

« Je vais sauter dans quatre heures, quatre minutes et trente-sept secondes. »

Quelques badauds commencèrent à s'inquiéter à mesure que la bombe continuait de parler : le brusque souvenir de quelque affaire urgente les faisait se hâter de déguerpir — le plus souvent en direction des métros conduisant à King-City. Au bout du compte, les rames finirent par être bondées ce qui n'alla pas sans quelques bourrades et quelques bousculades.

La bombe était un cylindre métallique haut de un mètre, long de deux, monté sur quatre roulettes orientables. Une batterie de quatre caméras de télévision disposée au sommet du cylindre balayait lentement chaque quadrant. Personne n'était capable de se rappeler comment elle avait fait pour atterrir ici. Elle ressemblait vaguement à une balayeuse municipale ; peut-être bien qu'on ne l'avait pas remarquée justement à cause de ça.

« Je suis tarée à cinquante kilotonnes », dit la bombe, non sans une trace de fierté.

On prévint la police.

« Une bombe nucléaire, dites-vous ? » Le chef de la police municipale Anna-Louise Bach ressentit une aigreur au creux de l'estomac et s'empara d'une boîte de pastilles sucrées : elle était en retard pour sa nouvelle greffe mais la consommation d'estomacs qu'on pouvait faire dans un métier comme le sien, associée à la taille actuelle de son compte bancaire, l'avait contrainte à se replier de plus en plus sur ces mesures de replâtrage. Et le prix des transplantations de clones ne faisait que monter !

« Elle parle de cinquante kilotonnes, disait l'homme sur l'écran. Je ne vois pas ce que ça pourrait être d'autre. A moins bien entendu d'avoir affaire à un simulateur. Nous faisons venir des détecteurs de radiation.

— Vous dites : “ elle parle ” ? Mais de quoi parlez-vous ? D'une lettre, d'un appel téléphonique, d'une demande quelconque ?

— Non, non. Elle nous parle. La bombe. Elle a l'air plutôt amicale, d'ailleurs... mais on n'en est pas encore à lui demander de se désarmer elle-même. Il se pourrait que son amabilité n'aille pas jusque-là.

— Sans doute. » Elle se prit un autre bonbon. « Appelez le déminage, bien entendu. Dites-leur de ne rien entreprendre avant mon arrivée, hormis un examen de la situation. Le temps de passer quelques coups de téléphone et je suis là-bas d'ici une demi-heure, pas plus.

— Parfait, ça ira. »

Rien autre à faire que de chercher de l'aide : on n'avait jamais employé d'engin nucléaire sur Luna. Bach n'en avait aucune expérience, pas plus que son service de déminage. Elle appela son ordinateur.

Roger Birkson aimait bien son boulot. Pas tant à cause des conditions de travail (qui étaient épouvantables) que des profits annexes : il était sur la brèche trente jours d'affilée, vingt-quatre heures sur vingt-quatre — pour un salaire quasiment astronomique. Puis il avait droit à onze mois de congés payés. Il touchait le montant annuel de son salaire, qu'il ait eu ou non à exercer ses talents particuliers au cours de ses trente jours de service. En ce sens, on pouvait l'assimiler à un pompier. En un sens, c'était effectivement un pompier.

Ses longues vacances, il les passait sur Luna. Personne ne lui avait jamais demandé pourquoi ; lui aurait-on demandé que Birkson n'aurait su que répondre. Mais au fond de son subconscient, c'était par conviction qu'un jour toute la planète Terre sauterait dans une glorieuse boule de feu. Et il n'avait aucune envie de se trouver sur place lorsque ça se produirait.

Le boulot de Birkson était de désarmer des bombes pour le compte de l'administration d'une entité géopolitique nommée la CommEcon Europe. Les mois chargés, il lui arrivait de sauver la vie de vingt millions de Comméconeuropéens.

Des trente-cinq experts artificiers terriens en congé sur Luna au moment de l'alerte à la bombe sur la Leystrasse, Birkson se trouvait être le plus proche de l'épicentre de l'éventuelle explosion. L'Ordinateur central le trouva vingt-cinq secondes après que le chef Bach eut transmis son appel. Il était en train de tirer un roulé sur la dix-septième pelouse du parcours de golf souterrain de Burning Tree, à cinq cents mètres de Prosperity Plaza, lorsque son sac de cannes se mit à sonner.

Birkson était riche : il employait un caddie humain au lieu d'une machine. Le caddie laissa tomber le fanion qu'il tenait pour aller répondre. Birkson fit quelques mouvements d'essai avec sa canne mais il avait perdu sa concentration : il se détendit puis prit l'appel.

« J'ai besoin de votre avis, lui dit Bach sans préambule. Je suis le chef de la police municipale de New Dresden, Anna-Louise Bach. On m'a signalé une bombe nucléaire sur la Leystrasse et je ne dispose de personne ayant votre expérience en la matière. Pouvez-vous me retrouver à la station de métro dans dix minutes ?

— Ça va pas, non ? Je suis parti pour faire un soixante avec deux trous encore (un de trois pieds, très facile, sur le dix-sept et un par de cinq sur le dernier [1]), et vous croyez que je vais me déplacer pour un canular ?

— Parce que vous savez que c'en est un ? » demanda Bach en espérant qu'il lui réponde oui.

« Eh bien non, je l'apprends à l'instant. Mais c'est le cas pour quatre-vingt-dix pour cent d'entre elles, vous savez.

— Parfait : alors, je vous suggère de continuer votre partie. Et puisque vous êtes si sûr, je vais ordonner qu'on boucle Burning Tree pour la durée de l'alerte... Je veux vous voir immédiatement ! »

Birkson considéra le problème.

« A quelle distance à peu près se trouve cette Leystrasse ?

— Six cents mètres environ. Cinq niveaux au-dessus de vous, et un secteur plus loin. Ne vous inquiétez pas. Il doit y avoir des douzaines de plaques d'acier entre le canular et vous. Restez bien peinard, d'accord ? »

Birkson ne dit rien.

« Je serai à la station de métro dans dix minutes, poursuivait Bach. Dans une capsule spéciale. Ce sera la dernière à partir, d'ici les cinq prochaines heures. » Elle raccrocha.

Birkson resta à contempler le mur du terrain de golf souterrain. Puis il s'agenouilla sur le gazon et calcula son coup. Il visa, frappa, et reconnut avec plaisir le petit bruit de la balle glissant dans le trou. Il considéra d'un regard d'envie le dix-huitième parcours, puis s'en retourna au petit trot vers les vestiaires.

1. Soit en clair : accomplir le 18e trou en cinq coups maximum s'il veut réussir son contrat (ici de 75) sur l'ensemble du parcours. Quant à la pelouse, il s'agit de la zone de gazon ras cerclant un trou où le tir en force à l'aide du fer habituel cède la place au tir fin et précis effectué avec une canne spéciale, le fer-droit (*N.d.T.*).

« Je reviens tout à l'heure », lança-t-il par-dessus son épaule.

La capsule de Bach avait deux minutes de retard mais il lui fallut attendre une minute encore pour que Birkson apparaisse. Elle fulminait en essayant de ne pas regarder la montre incrustée dans son poignet.

Il entra, sa canne toujours à la main, et leur tête fut projetée en arrière lorsque démarra la capsule. Ils n'avancèrent que sur une brève distance avant de s'arrêter. La porte ne s'ouvrit pas.

« Tout le système doit être bloqué, probablement » dit Bach avec une grimace. Elle n'appréciait guère de voir les services municipaux défaillir en présence de ce Terrien.

« Ah, dit Birkson avec un sourire tout en dents. Sans doute la panique provoquée par l'évacuation. Vous n'avez pas fait fermer le réseau, je suppose ?

— Non. Je... eh bien, j'avais cru qu'on aurait ainsi une chance d'évacuer un maximum de personnes au cas où cette chose éclaterait. »

Il hocha la tête, sourit de nouveau. Un sourire qui venait à la fin de chacune de ses phrases, comme une ponctuation.

« Vous feriez mieux de boucler le secteur : si c'est un canular, vous allez avoir des centaines de morts et de blessés à cause de la panique. Essayer d'évacuer est peine perdue. Au mieux vous n'en sauverez que quelques milliers.

— Mais...

— Laissez-les où ils sont. Si jamais elle saute, ça ne servira de toute manière à rien : vous perdrez toute la ville. Et personne ne viendra mettre en cause votre décision vu que vous serez morte. Si elle ne saute pas, en revanche, on vous félicitera d'avoir su éviter une panique. Allez-y. Moi, *je sais.* »

Bach commençait franchement à ne pas aimer le bonhomme mais elle décida néanmoins de suivre son avis. Et son raisonnement n'était pas dénué d'une certaine froide logique. Elle appela la station et fit boucler la cité : à présent, les voitures qui les précédaient allaient être dégagées, laissant la voie libre pour sa seule capsule prioritaire.

Les quelques minutes nécessaires à l'exécution de cet ordre, ils les consacrèrent à se jauger mutuellement. Bach vit un jeune homme blond, la mâchoire carrée, vêtu d'un chandail à carreaux et d'un pantalon de golf jaune. Il avait un visage avenant et c'est bien là ce qui l'intriguait : nulle trace d'inquiétude sur ces traits délicats. Ses mains, qui ne tremblaient pas, enserraient avec calme le manche d'acier de la canne de golf. Sans juger ses manières assurées ou suffisantes, elle le trouvait assurément tout à fait à l'aise.

Elle venait juste de se rendre compte qu'il la dévisageait et se demandait ce qu'il avait pu découvrir lorsqu'elle le sentit poser la main sur son genou. Il aurait aussi bien pu la gifler : elle était abasourdie.

« Qu'est-ce que... voulez-vous ôter votre main... espèce de cochon ! »

La main de Birkson avait continué sa progression. Il n'avait apparemment pas été démonté par l'insulte. Se tournant dans sa direction, il chercha sa main à elle. Il arborait un sourire éclatant.

« Je me disais juste que, puisque nous sommes coincés ici sans rien à faire, on pourrait aussi bien commencer à lier connaissance. Il n'y a pas de mal à ça, non ? J'ai simplement horreur de perdre mon temps, voilà tout. »

Elle se dégagea pour prendre une posture défensive ; elle se sentait prisonnière d'un cauchemar. Mais il recula, peu enclin à poursuivre après avoir essuyé une rebuffade.

« Très bien. On va attendre. Mais j'irais volontiers boire un verre avec vous, voire dîner, peut-être. Après que notre affaire sera réglée, bien entendu.

— Notre affaire... comment pouvez-vous penser à ça...

— En un pareil moment ? Je sais. On me l'a déjà dit. Les bombes m'excitent, voilà tout. Bon d'accord, je vous ficherai la paix. » Nouveau sourire. « Mais vous verrez peut-être les choses d'un autre œil une fois tout ceci terminé. »

Un moment elle crut qu'elle allait vomir, à la fois de répulsion et de peur. Peur de la bombe, et non pas de ce type horrible. Elle avait l'estomac noué comme un bretzel et lui, il était tranquillement assis, à penser au sexe. Mais qui était-il, en fin de compte ?

La capsule fit une nouvelle embardée ; ils étaient repartis.

La Leystrasse déserte dessinait un cadre scintillant de vitrines en acier inoxydable sous un plafond fluorescent pour le couple étrange qui venait de déboucher de la station de métro sur la Plaza : Birkson, anachronique dans son costume de golf, raclant le sol de pierre polie avec ses crampons, et Bach, le dépassant d'un demi-mètre et maigre comme une Sélénite. Elle portait l'uniforme réglementaire de la police municipale : brassard et casquette bleue avec les galons de son rang, étui à l'épaule, à la taille la ceinture où pendaient, brillants et menaçants, les instruments de sa charge, aux pieds des espadrilles et enfin, répartis avec arbitraire, quelques rares bouts de tissu : dans l'environnement douillet des corridors lunaires, la pudeur avait disparu depuis des lustres.

Ils atteignirent le cordon qu'on avait établi autour de la bombe et Bach s'entretint avec le brigadier de service. Le hall résonnait des échos d'une musique dissonante.

« Qu'est-ce que c'est que ça ? » demanda Birkson.

Le brigadier Walters (l'homme à qui venait de s'adresser Bach) considéra Birkson, l'air de s'interroger sur l'étendue du respect qu'il était censé montrer vis-à-vis de ce drôle de zig. C'était à l'évidence l'expert artificier évoqué par Bach dans un précédent appel mais c'était également un Terrien et il n'était pas membre des forces de l'ordre. Devait-il lui donner du « Sir » ? Il était incapable d'en décider.

« C'est la bombe. Ça fait cinq minutes qu'elle s'est mise à nous chanter. Elle avait plus rien à raconter, je suppose.

— Intéressant. » Tout en balançant négligemment sa canne, il s'avança vers les barricades d'acier peint. Il se mit à faire coulisser l'une des barrières.

« Arrêtez... euh, Sir ! dit Walter.

— Attendez une minute, Birkson », confirma Bach en se

précipitant vers lui. Elle l'aurait rattrapé par la manche si elle ne s'était pas retenue au dernier moment.

« Ils ont dit que personne ne devait franchir la barrière, expliqua Walter, face au regard interrogatif de Bach. Ils ont dit que ça pouvait sinon tout faire sauter jusqu'à la Face cachée.

— Mais qu'est-ce que c'est que ce foutu machin, en fin de compte ? » demanda Bach d'une voix plaintive.

Birkson s'écarta de la barrière et, effleurant avec tact le bras de Bach, il la prit à part pour lui parler, assez bas pour ne pas être entendu de Walter.

« Il s'agit en fait d'un cyborg, connecté à une bombe, sans doute à l'uranium, expliqua-t-il. J'ai déjà vu ce principe : exactement analogue à celle qui a sauté à Johannesburg il y a trois ans. J'ignorais qu'on en faisait encore.

— J'en ai entendu parler, dit Bach qui se sentait glacée et perdue. Alors, vous pensez que c'est vraiment une bombe ? Et comment savez-vous que c'est un cyborg ? Ne pourrait-il s'agir de bandes magnétiques, ou d'un ordinateur ? »

Birkson leva — un bref instant — les yeux au ciel et Bach rougit. Bon Dieu, c'étaient pourtant des questions raisonnables. Et à sa grande surprise, elle le découvrit incapable de défendre logiquement sa position. Elle se demanda sur qui elle avait bien pu tomber. Cet homme était-il bien l'expert qu'elle croyait ou bien un vulgaire imposteur en chandail à carreaux ?

« Appelez ça une intuition... je m'en vais causer avec ce gars-là et, pendant ce temps, je veux que vous me fassiez venir un dispositif de radiographie industriel, à l'étage au-dessous. Avec, au niveau du dessus, une plaque photographique. Vous pigez ?

— Vous voulez prendre une photo de l'intérieur de cette chose ? Ça ne va pas être dangereux ?

— Ouais. Vous êtes à jour de votre prime d'assurance ? »

Bach ne répondit pas mais elle transmit les ordres. Un million de questions tournoyaient dans sa tête mais elle n'avait aucune envie de se rendre ridicule en en posant une stupide, du genre : quelle est la quantité de radiations provoquée par un gros appareil de radiographie industriel émettant à travers un sol de roche et d'acier. Elle avait comme l'impression que la réponse ne serait pas à son goût. Avec un soupir, elle décida de laisser Birkson en faire à sa tête jusqu'au moment où elle aurait l'impression que la situation lui échappe. Il était à peu près son seul espoir.

Et lui qui continuait de déambuler comme si de rien n'était autour du périmètre, balançant toujours sa sacrée canne de golf derrière lui, et sifflotant (faux) sur le thème que jouait la bombe. Qu'était censé faire un policier de carrière dans un tel cas ? L'accompagner à l'harmonica ?

Les caméras de balayage au sommet de la bombe cessèrent leur va-et-vient. L'une d'elles se mit à pister Birkson. Il lui adressa son plus éclatant sourire et lui fit un signe. La musique cessa.

« Je suis un engin nucléaire de cinquante kilotonnes muni d'une charge d'uranium 235, annonça l'objet. Vous devez rester au-delà du périmètre dont j'ai provoqué l'instauration. Vous ne devez pas enfreindre cet ordre. »

Souriant toujours, Birkson leva les deux mains, doigts écartés.

« Tu m'as eu, mon pote. Mais je ne t'embêterai pas... J'admirais simplement ta caisse. Joli boulot, dis-moi. Ça serait vraiment du gâchis de faire sauter ça.

— Merci, répondit cordialement la bombe. Mais telle est pourtant bien mon intention. Et pas question de m'en distraire.

— Loin de moi cette idée. Parole.

— Très bien. Vous pouvez continuer à m'admirer, si vous voulez, mais de loin. Et n'essayez pas de me doubler : tous mes circuits vitaux sont autoprotégés et mon temps de réponse n'est que de trois millisecondes. Je peux me mettre à feu bien avant que vous ne puissiez m'atteindre mais je n'ai pas l'intention de le faire avant l'heure prévue. »

Birkson émit un petit sifflement. « Plutôt rapide, mon pote.

Bien plus rapide que moi, pour sûr. Ça doit être chouette d'être capable de réagir à cette vitesse, quand on a passé toute sa vie à se traîner au rythme de l'influx nerveux.

— Oui, c'est effectivement très plaisant. Ce fut même l'un des avantages les plus imprévus à devenir une bombe. »

On y venait enfin, songea Bach. Détester Birkson ne l'avait pas pour autant empêchée de voir qu'il testait son intuition. Et ses propres interrogations avaient à présent trouvé leur réponse : aucun jeu de bandes magnétiques n'aurait pu répondre à de telles questions et la machine avait pratiquement admis qu'elle avait à une époque effectivement été un être humain.

Birkson compléta son circuit qui le ramena vers Bach et Walters. Il fit une halte et dit à voix basse : « Vérifiez cette heure !

— Quelle heure ?

— Dans combien de temps déjà as-tu dis que tu comptais exploser ? lança-t-il.

— Dans trois heures, vingt et une minutes et dix-huit secondes, indiqua la bombe.

— Vérifiez l'heure, murmura-t-il. Mettez dessus vos ordinateurs. Voyez si cela correspond à l'anniversaire de quelque groupuscule politique ou de quelque événement contre lequel quelqu'un serait susceptible d'avoir quelque chose... » Il allait repartir lorsqu'une idée soudaine lui vint : « Mais avant toute chose, vérifiez les registres de naissance.

— Puis-je savoir pourquoi ? »

Il semblait rêveur mais il se ressaisit : « J'essaie juste de jauger le personnage. J'ai comme l'impression que ce pourrait être son anniversaire. Trouvez-moi ceux qui sont nés à cette heure précise — il ne doit pas y en avoir des masses, à la seconde près — et tâchez de les localiser. Celui que vous serez incapable de retrouver, ce sera notre gars, je suis prêt à le parier.

— Qu'est-ce que vous pariez ? Et comment savez-vous qu'il s'agit d'un homme ? »

A nouveau ce regard; et à nouveau, elle rougit. Mais, bordel, il fallait quand même bien qu'elle pose des questions. Pourquoi devrait-il la culpabiliser ?

« Parce qu'il a choisi une voix masculine pour s'expliquer par haut-parleur. Je sais bien que ce n'est pas une preuve concluante mais on finit par avoir des intuitions, au bout d'un moment. Et quant à ce que je parie... non, pas ma vie. Je suis sûr que je peux l'avoir, celui-ci. Que diriez-vous plutôt d'un dîner ce soir, si j'ai raison ? » Le sourire était ingénu, sans aucune trace de la concupiscence qu'elle avait cru y déceler plus tôt. Mais elle continuait d'avoir l'estomac noué. Elle se détourna sans lui répondre.

Les vingt minutes qui suivirent, rien de bien marquant ne se passa : Birkson poursuivit sa lente déambulation autour de l'engin, ponctuant épisodiquement sa marche d'arrêts pour hocher la tête avec admiration. Les trente policiers des deux sexes sous les ordres du chef Bach restaient sur place, nerveux, sans rien faire, postés aussi loin de la bombe que l'autorisait la décence — il eût été vain de chercher à s'abriter.

Bach, quant à elle, était fort occupée à coordonner les manœuvres souterraines depuis un poste de commandement établi derrière le coin, au bureau de l'Agence de voyages élyséenne. Elle y disposait de téléphones et d'une sortie d'imprimante. Elle sentait s'effondrer le moral parmi ses officiers qui ne voyaient toujours rien se passer. S'ils avaient su qu'en ce moment des lasers pointaient le nez entre les arbres de la Plaza, avec une précision supérieure au millième de millimètre, peut-être se seraient-ils sentis mieux. Et à l'étage inférieur, l'appareil à rayons X était arrivé.

Dix minutes plus tard, le terminal se mit à babiller. Bach put l'entendre résonner dans les corridors silencieux, depuis l'endroit où elle se trouvait, à mi-chemin entre l'agence de voyages et la bombe. Elle se retourna et découvrit une jeune femme arborant le brassard vert des recrues. C'est avec une main glacée qu'elle lui tendit la feuille d'imprimante jaune.

Trois noms s'y inscrivaient avec, en dessous, le rappel de quelques dates et événements.

Elle expliqua : « Les informations du dessous proviennent d'une extrapolation au quatrième degré : leur probabilité est très faible. Les trois personnes mentionnées sont toutes nées à trois secondes près à la date indiquée, et sur trois années différentes. Tous les autres individus ont pu être contactés.

— Continuez de chercher également ces trois-là », dit Bach. Comme elle se détournait, elle remarqua que la jeune recrue était enceinte, de cinq mois environ. Un instant elle pensa l'éloigner des lieux, mais à quoi bon ?

La voyant arriver, Birkson interrompit sa ronde lente. Il lui prit le papier qu'il parcourut. Il en déchira la partie inférieure sans même qu'on lui ait dit qu'il s'agissait de probabilités faibles, en fit une boule et la jeta. Et tout en se grattant la tête, il retourna lentement vers la bombe.

« Hans ? lança-t-il.

— Comment avez-vous su mon nom ? demanda la bombe.

— Ah ! Hans, mon garçon, concède-nous un minimum d'intelligence : tu ne t'es pas lancé là-dedans sans savoir que la MuniciPol est capable d'effectuer des recherches très rapides. Ou bien t'aurais-je surestimé ?

— Non, concéda la bombe. Je savais bien que vous trouveriez qui j'étais. Mais cela ne modifie en rien la situation.

— Bien sûr que non. Mais cela facilite la conversation. Alors, raconte-moi donc ta vie, mon ami.

— Une vie épouvantable », se plaignit l'homme qui était devenu une bombe de cinquante kilotonnes.

Chaque matin, Hans Leiter tombait du lit pour se réfugier dans son douillet cabinet de toilette. Il ne s'agissait pas du modèle standard réservé aux modules d'appartements résidentiels mais d'un cabinet spécial qu'il avait installé après avoir emménagé. Hans vivait seul et c'était là le seul luxe qu'il se permît. Assis dans son petit palais, il se faisait réveiller par un fauteuil qui le massait, le lavait, le rasait, le poudrait et le manucurait, l'aspergeait de parfum et lui faisait l'amour à l'aide d'un dispositif de caoutchouc qui était une reproduction correcte de la chose. Hans était emprunté avec les femmes.

Il s'habillait, descendait trois cents mètres de corridor avant de s'abandonner à un trottoir roulant qui l'amenait jusqu'au métro Trans-Crisien. Là, il se laissait expédier, tel un projectile dans un tunnel, sous la surface lunaire.

Hans travaillait aux Fonderies de métallurgie lourde des Crises. Son boulot était de réparer à peu près tout ce qui pouvait lâcher. Il s'y entendait ; il s'entendait d'ailleurs mieux avec les machines qu'avec les gens.

Un jour il dérapa et se fit happer la jambe par un énorme laminoir. L'accident n'avait pas été sérieux car les dispositifs de sécurité arrêtèrent sur-le-champ la machine avant que le corps ou la tête ne fussent atteints mais ce fut néanmoins terriblement douloureux et sa jambe était foutue : il avait fallu l'amputer. En attendant la repousse d'un nouveau membre cloné, Hans s'était vu doter d'une prothèse.

Cela avait été pour lui une révélation : elle marchait comme dans un rêve — aussi bien, et peut-être mieux, que sa vieille jambe. Elle était connectée aux terminaisons nerveuses du moignon mais disposait d'un seuil de réglage et le jour où il s'érafla le tibia, il découvrit qu'il ne ressentait aucune douleur. Se rappelant les sensations provoquées par le même genre d'incident du temps de sa jambe de chair et d'os, il ne put qu'être impressionné derechef. Lui revint également en mémoire son supplice au moment où sa jambe avait été prise dans la machine.

Quand son nouveau membre fut prêt pour la transplantation, Hans avait déjà choisi de conserver la prothèse. C'était inhabituel mais il y avait eu des précédents.

De ce temps-là, Hans qui n'était jamais passé pour bavard ou sociable auprès de ses collègues se retira plus encore de la compagnie de ses frères humains : il n'ouvrait plus la bouche que si l'on s'adressait à lui. Mais certains l'avaient vu parler à la presse à estamper, aux serpentins de refroidissement et à l'aspirateur-robot.

La nuit, c'était son habitude de se coucher sur son lit vibrant pour regarder l'holovision jusqu'à une heure du matin, heure à laquelle sa cuisine lui préparait son dernier en-cas, qu'elle lui servait au lit, avant qu'il ne s'abandonne au sommeil.

Ces trois dernières années, Hans avait oublié d'allumer le poste avant de se coucher. Pourtant, il n'en continuait pas moins de rester tranquillement assis sur le lit à contempler l'écran vide.

Une fois achevée sa lecture des données le concernant, Bach fut à nouveau frappée par l'efficacité des machines mises à sa disposition : cet homme était presque une énigme ét pourtant, il y avait soixante mille signes en mémoire concernant son existence sans surprise, prêts à être rappelés et imprimés pour former la plus ennuyeuse des biographies.

« ... ainsi en es-tu venu à sentir qu'à chaque étape de ta vie, tu étais contrôlé par des machines », disait Birkson. Il s'était assis sur l'une des barrières, les jambes pendantes. Bach le rejoignit et lui proposa le long ruban d'imprimante. Il l'écarta d'un geste. Elle pouvait difficilement le lui reprocher.

« Mais c'est pourtant vrai ! disait la bombe. Pour nous tous, tu sais... Nous sommes partie intégrante de cette gigantesque machine qu'on nomme La Nouvelle-Dresde. Elle nous trans-bahute comme des pièces sur une chaîne, nous lave, nous alimente, nous couche et nous chante des berceuses.

— Ah, dit aimablement Birkson, ne serais-tu pas un Luddite, Hans ?

— Non ! répondit la bombe, d'une voix outrée. Roger, tu n'as rien compris ! Je ne veux pas détruire les machines. Je veux mieux les servir. J'ai voulu en devenir une, à l'image de ma nouvelle jambe. Tu ne vois donc pas ? Nous sommes un élément de la machine, mais le plus inefficace. »

Tous deux continuaient de parler et Bach essuya ses paumes moites. Elle ne voyait pas bien où tout cela pourrait mener à moins que Birkson n'espérât sérieusement par son discours dissuader Hans Leiter de faire ce qu'il comptait faire — elle consulta l'horloge — dans deux heures et quarante-trois minutes. C'était dingue. D'un côté, elle devait reconnaître l'adresse qu'il déployait pour établir un rapport avec le cyborg. Ils en étaient maintenant à se tutoyer et cette fichue machine daignait au moins discuter de ses positions. D'un autre côté, on pouvait se dire : et alors ? Quel intérêt ?

Walters s'approcha et lui murmura à l'oreille. Elle acquiesça et tapa sur l'épaule de Birkson : « Ils sont prêts à prendre le cliché, quand vous voudrez. »

Il l'écarta d'un geste.

« Ne m'embêtez pas, répondit-il tout haut, ça devient intéressant... Donc, si ce que tu me dis est vrai », poursuivit-il à l'adresse de Hans tout en se levant pour faire, l'air absorbé, les cent pas, mais cette fois à l'intérieur du périmètre, « peut-être que je devrais examiner à mon tour la question. Tu préfères franchement être cyborg plutôt qu'humain ?

— Infiniment », répondit la bombe. Elle paraissait enthousiaste. « Je n'ai plus besoin de sommeil désormais, et je n'ai plus à me soucier de manger ou d'éliminer. J'ai un réservoir de produits nutritifs pour alimenter l'habitacle où sont logés mon cerveau et mon système nerveux central. » Il fit une pause puis confia : « J'avais essayé d'éliminer les variations de flux hormonal et les réactions émotionnelles qui en découlaient.

— Sans succès, hein ?

— Effectivement. Il y avait toujours quelque chose pour me distraire. Alors quand j'ai entendu parler de cet endroit où l'on pouvait me cyborganiser et me débarrasser de tout ça, eh bien j'ai sauté sur l'occasion. »

L'inaction rendait Bach impulsive. Il *fallait* qu'elle dise ou fasse quelque chose.

« Où avez-vous fait effectuer le travail, Hans ? » hasarda-t-elle.

La bombe commença à parler mais Birkson, avec un rire bruyant, gratifia Bach d'une grande bourrade dans le dos.

« Oh ! non, chef ! C'était plutôt bien joué, pas vrai, Hans ? Elle essaie de te faire cracher. Mais pas mèche, chef... C'est une question d'honneur !

— Qui est-ce ? demanda la bombe, soupçonneuse.

— Eh bien, permets-moi de te présenter le chef Anna-Louise Bach, de la police de La Nouvelle-Dresde. Anna, je vous présente Hans.

— La police ? » demanda Hans, et Bach eut la chair de poule en percevant une note d'effroi dans sa voix. Qu'est-ce que ce fou essayait de faire, à effrayer un type pareil ? Elle était à deux doigts de décharger Birkson de l'affaire. Elle se retint toutefois parce qu'elle avait l'impression de discerner là-dessous quelque schéma familier, le moyen pour elle de participer, même si c'était de manière ignominieuse : le bon vieux plan des bons contre les méchants, tarte à la crème des manuels de la police.

« Ah ! ne sois pas comme ça, dit Birkson. Tous les flics ne sont pas des brutes. Tiens, Ann, c'est une fille sympa. Laisse-lui sa chance. Elle ne fait jamais que son boulot.

— Oh ! je n'ai rien contre la police, dit la bombe. Elle est nécessaire au maintien du fonctionnement de la machine sociale. La loi et l'ordre sont les fondements de la Nouvelle Société mécanique qui se dessine. Je suis enchanté de faire votre connaissance, chef Bach. J'espère que les circonstances ne feront pas de nous des ennemis.

— Ravi de vous connaître, Hans. » Elle réfléchit soigneusement avant de poser la question suivante. Ne pas prendre un ton dur pour contraster avec le style affable et copain-copain de Birkson. Elle n'avait pas besoin d'être une antagoniste mais ça ne ferait pas de mal qu'elle pût l'interroger pour sonder ses motifs.

« Dites-moi, Hans. Vous affirmez que vous n'êtes pas un Luddite. Vous affirmez aimer les machines. Savez-vous combien d'entre elles vous allez détruire si vous vous faites sauter ? Et, plus important encore, qu'allez-vous faire à cette machine sociale que vous venez d'évoquer ? Vous allez balayer toute la cité. »

La bombe parut chercher ses mots. Elle hésita et Bach entr'aperçut la première lueur d'espoir depuis le début de cette folie.

« Vous ne comprenez pas : vous parlez d'un point de vue organique. Pour vous, la vie est une chose qui a de l'importance. Une machine ne se soucie pas de la vie. Un dommage occasionné à une machine — même la machine sociale — n'est qu'un simple incident à réparer. En un sens, j'espère faire un exemple. Je voulais devenir une machine...

— Et la meilleure, la plus parfaite de toutes les machines, intervint Birkson, c'est la bombe atomique. C'est l'aboutissement ultime de toute la pensée mécanique.

— Exactement », dit la bombe sur un ton manifestement ravi. Quel plaisir de se faire comprendre ! « Je voulais être la meilleure de toutes les machines possibles et il fallait donc que ce soit celle-ci.

— Magnifique, Hans, dit Birkson, haletant. Je vois très bien ce que tu veux dire. Donc, si on poursuit ton raisonnement, on en arrive logiquement à la conclusion... » et il se lança dans une exploration détaillée des éléments composant cette vision d'un nouveau monde mécaniste.

Bach en était à se demander lequel des deux était le plus dingue lorsqu'on lui tendit un nouveau message. Elle en prit connaissance puis chercha à se glisser dans leur conversation. Mais pas moyen : Birkson était de plus en plus animé, il en écumait presque, à mesure qu'il découvrait entre eux des points d'accord. Bach nota que ses hommes suivaient non sans nervosité cette conversation. Il était clair, à voir leur expression, qu'ils craignaient d'être baisés et de se retrouver encore ici à l'heure H, à contempler cette partie de ping-pong intellectuel. Mais bien avant cela, elle allait se retrouver avec une mutinerie sur les bras. Plusieurs tripotaient déjà leur arme, probablement sans même s'en rendre compte.

Elle prit Birkson par la manche mais il la repoussa. Bon

sang, c'en était trop ! Elle l'attrapa et manqua le faire basculer, le tirant afin de pouvoir lui gronder à l'oreille.

« Ecoutez-moi, espèce d'idiot ! Ils s'apprêtent à prendre le cliché. Il va falloir nous écarter un peu. Mieux vaudrait qu'on soit tous abrités.

— Laissez-moi *tranquille* », rétorqua-t-il en se dégageant — mais il souriait toujours et ajouta, sur un ton normal : « ça commence justement à devenir intéressant ».

Birkson à ce moment frôla la mort : Parmi le cercle des policiers, trois avaient braqué leur arme sur lui et n'attendaient qu'un ordre pour tirer. Ils n'appréciaient guère de voir leur chef traité de cette manière.

Bach elle-même était bien près de donner l'ordre. La seule chose à retenir sa main était la certitude qu'une fois Birkson mort, la machine pourrait bien sauter avant l'heure. La seule possibilité désormais était de l'ôter de là et de continuer seule, du mieux qu'elle puisse — tout en se sachant condamnée à l'échec. Personne ne pourrait dire qu'elle n'avait pas laissé sa chance à l'expert.

« Mais ce que j'étais en train de me demander, disait Birkson, c'est : pourquoi aujourd'hui ? Que s'est-il passé ce jour précis ? Est-ce celui où Cyrus McCormick a inventé la moissonneuse-batteuse ou quoi ?

— C'est mon anniversaire, avoua Hans, non sans quelque timidité.

— Ton *anniversaire ?* » Birkson parvint à feindre une surprise totale en apprenant ce qu'il savait déjà. « Ton anniversaire ! Mais c'est *super,* Hans ! Tous mes meilleurs vœux, mon ami ! » Et, se tournant, il embrassa tous les policiers d'un vaste mouvement de la main. « Chantons, mesdames et messieurs. Allons, c'est son anniversaire, que diable ! *Joyeux anniversaire ! Joyeux anniversaire mon cher Hans...* »

Il beuglait, il détonnait, il faisait de grands moulinets sans aucun sens du rythme. Mais si contagieuse était sa folie que plusieurs policiers se retrouvèrent à l'accompagner. Il parcourut leur cercle, leur arrachant les mots à grands mouvements de main.

Bach dut se mordre énergiquement l'intérieur des joues pour se contenir. *Elle avait chanté, elle aussi.* La scène était si ridicule, si sombrement improbable...

Elle n'était pas la seule à être frappée de la sorte : l'un de ses agents, un homme valeureux dont elle avait pu personnellement apprécier le courage au feu, s'effondra la tête la première, évanoui. Une femme-agent se couvrit le visage de ses mains, puis s'enfuit dans le corridor, prise d'une toux incoercible. Elle alla vomir dans un coin.

Et Birkson qui continuait ses entrechats. Bach avait à moitié dégainé son arme quand il se mit à crier : « Qu'est-ce qu'un anniversaire sans une fête ? Organisons une grande fête ! » Il chercha alentour puis son regard tomba sur la boutique du fleuriste. Il s'y dirigea et quand il passa devant Bach, il murmura : « Prenez le cliché *maintenant.* »

Cela la galvanisa. Elle voulait désespérément croire qu'il savait ce qu'il faisait et juste au moment où sa folie semblait la plus totale, il lui révélait enfin sa méthode : *distraire.* Pourvu, pourvu que ça marche ! Elle se tourna et donna le signal convenu au policier en faction à la lisière de Prosperity Plaza.

Elle se retourna à temps pour voir Birkson défoncer dans un fracas assourdissant la vitrine du fleuriste avec sa canne de golf.

« Bonté divine, dit Hans qui semblait sincèrement outré. Fallait-il que tu fasses ça ? C'est une propriété privée !

— Et qu'est-ce que ça peut foutre ? glapit Birkson. Bon Dieu, tu vas pas tarder à faire bien pire sous peu, mon gars. Je ne fais que commencer. » Et, se penchant, il ramassa une brassée de fleurs, tout en faisant signe aux autres de lui donner un coup de main. Les agents n'appréciaient guère mais bientôt eux aussi pillaient la boutique et venaient tresser une gigantesque guirlande à la lisière même des barricades.

« Je suppose que tu as raison », dit Hans, quelque peu hors d'haleine. Cet avant-goût de violence l'avait excité, avait aiguisé son appétit. « Mais tu m'as surpris. J'ai ressenti un véritable frisson, comme je n'en avais plus éprouvé depuis le temps où j'étais encore humain.

— Dans ce cas, pourquoi ne pas continuer un peu ? » Et Birkson de se mettre à remonter un côté de la rue en défonçant systématiquement toutes les devantures à sa portée. Il y prenait çà et là quelques babioles dont il usait comme projectiles. Certains se brisèrent en morceaux. Quand enfin il s'arrêta, la Leystrasse avait été métamorphosée. Disparu, l'environnement lunaire récuré et climatisé : le décor était devenu aussi morcelé, chaotique et incertain que l'atmosphère chargée de tension qu'il contenait. Bach frissonna en ravalant sa bile. C'était un avant-goût de ce qui les attendait, elle en était sûre. Le spectacle de la stricte et respectable Leystrasse ainsi ravagée la marquait profondément.

« Un gâteau ! s'exclamait Birkson, il nous faut un gâteau. Attendez une minute, je reviens tout de suite. » Et, se dirigeant d'un pas décidé vers Bach, il la prit par le coude et la fit tourner pour la tirer de force avec lui.

« Il faut que vous enleviez d'ici ces agents, lui dit-il sur le ton de la conversation. Ils sont crispés. Ils peuvent craquer à tout instant. En fait (et il la gratifia de son grand sourire niais) ils sont probablement plus dangereux en ce moment que la bombe.

— Vous voulez dire que c'est un coup monté ?

— Non, c'est tout ce qu'il y a de vrai. Je connais ce syndrome psychologique. Après s'être donné tant de mal, il n'aura pas envie d'être le dindon de la farce. D'autres se contenteraient d'attirer l'attention, quitte à simuler. Pas Hans. Non, ce que je veux dire, c'est que je le tiens. Je peux l'avoir. Mais je ne peux pas compter sur vos agents. Retirez-les et laissez-moi simplement deux ou trois de vos meilleurs hommes.

— Très bien. » Elle avait (plus par conscience de la futilité des choses et de sa propre impuissance que pour toute autre raison) de nouveau décidé de lui faire confiance. Il avait effectivement su créer une diversion avec la boutique de fleurs et les rayons X.

« On peut déjà l'avoir maintenant », poursuivit-il comme ils atteignaient le bout de la rue et tournaient le coin. « Souvent les rayons X suffisent. Ils crament une partie des circuits et les rendent moins fiables. J'avais espéré le tuer du premier coup mais il est blindé. Oh, il a probablement pris une dose létale mais il mettra des jours à mourir. Ça ne nous avance pas. Et si ses circuits sont effectivement morts, le seul moyen de le savoir est d'attendre. Nous avons mieux à faire. Voilà ce que je veux que vous fassiez. »

Il s'arrêta brusquement et se détendit, appuyé contre le mur, contemplant par-delà les arbres l'éclairage artificiel de la Plaza. Bach pouvait entendre des chants d'oiseaux. Jusqu'à présent, ils avaient toujours eu le don de la mettre à l'aise. Maintenant, ils n'évoquaient plus pour elle que l'image de cadavres carbonisés. Birkson comptait les points sur ses doigts. Elle l'écouta attentivement. C'était en partie bizarre mais pas pire que ce dont elle avait été déjà le témoin. Et il avait effectivement un plan. Un vrai plan. Son soulagement était si énorme qu'il menaçait de tourner à l'euphorie, sentiment peu justifié en la circonstance. D'un bref signe de tête, elle approuva chacune de ses suggestions puis, acquiesçant à l'adresse du policier qui se tenait à ses côtés, confirma les propositions de Birkson, les transformant en ordres. Le jeune homme se précipita pour les transmettre et Birkson s'apprêtait à retourner voir la bombe quand Bach le retint.

« Pourquoi ne pas avoir laissé Hans me répondre lorsque je lui ai demandé qui était l'auteur de ses transformations chirurgicales ? Cela faisait-il partie de votre plan ? »

La question était à moitié agressive.

« Oh ! Ouais, en partie. J'ai simplement saisi la chance de lui donner l'impression que j'étais de son côté. Mais ça ne vous aurait pas avancée : il doit sûrement avoir un blocage vis-à-vis de ce genre de révélation. Il se pourrait bien même que toute tentative de réponse à cette question déclenche l'explosion.

Hans est certes un fou mais ne sous-estimez pas ceux qui l'ont aidé à se retrouver dans cet état. Ils ont des protections.

— Qui sont-ils ? »

Birkson haussa les épaules. C'était une attitude si insouciante et tranquille que Bach en fut de nouveau gênée.

« Je n'en ai pas la moindre idée. Je n'y entends rien en politique, Ann. Et je suis infoutu de distinguer le Mouvement contre l'avortement du Front de libération de la Mauritanie. Eux, ils construisent les bombes. Moi, je les désamorce. C'est aussi simple que ça. Votre travail à vous, c'est de découvrir comment c'est arrivé. Je suppose que vous devriez vous y mettre.

— On y est déjà, concéda-t-elle. Mais je me disais juste que... eh bien, venant de la Terre où ce genre de choses se produit tout le temps, vous pourriez peut-être savoir... et merde Birkson, enfin *pourquoi ?* Pourquoi cela arrive-t-il ? »

Il se mit à rire, tandis que Bach rougissait et se mettait doucement à bouillir. Au vu de son expression, n'importe lequel de ses agents se serait précipité vers le premier abri. Mais Birkson, lui, continuait de rigoler. Se foutait-il donc de tout ?

« Désolé, finit-il par dire. J'ai déjà entendu la même question posée par d'autres chefs de la police. C'est une bonne question. » Il attendit, un demi-sourire inscrit sur son visage. Comme elle ne disait rien, il poursuivit :

« Vous n'avez pas un point de vue correct là-dessus, Ann.

— Appelez-moi chef Bach, bordel !

— D'accord, fit-il, conciliant. Ce que vous ne voyez pas, c'est que ce truc n'est pas différent d'une grenade à main balancée dans la foule ou d'une bombe dans un colis postal : c'est une forme de communication. Simplement, aujourd'hui, il faut crier un peu plus fort pour se faire entendre.

— Mais... qui ? Ces gens ne se sont même pas identifiés. Et vous me dites que Hans est leur instrument. On l'a fourré dans cette bombe, avec ses raisons personnelles pour exploser. Il est indubitable qu'il n'avait pas les moyens de le faire lui-même, ça je le vois bien...

— Oh, mais vous allez entendre parler d'eux. Je ne crois pas qu'ils comptent sur son succès : il n'a que valeur d'avertissement. S'ils étaient *réellement* sérieux, ils pourraient trouver la personne qui leur convient, un individu politiquement motivé et prêt à mourir pour la cause. Bien entendu, ils se fichent bien que la bombe explose ; ils seront juste agréablement surpris si c'est le cas ; ils pourront alors se lever et bomber le torse. Ils seront célèbres.

— Mais où ont-ils pu obtenir l'uranium ? Les mesures de sécurité... »

Pour la première fois, Birkson fit montre d'une trace de lassitude : « Ne soyez pas stupide. La voie qui nous a conduits à aujourd'hui était irrévocablement tracée dès 1945 : rien n'aurait pu nous en détourner. La présence d'un instrument implique nécessairement son utilisation. Vous pourrez toujours faire votre possible pour le garder aux mains des gens responsables, ça ne marchera jamais. Et ce que je veux dire, c'est que c'est pareil ici : cette bombe est une arme comme les autres : elle va faire le même effet qu'une bombe à billes dans une fourmilière. Causer des tas de dégâts mais sans menacer pour autant la race des fourmis. »

Bach ne parvenait pas à voir les choses ainsi. Elle essaya mais c'était encore pour elle un cauchemar aux proportions entièrement nouvelles. Comment pouvait-on mettre en rapport le meurtre de millions d'hommes avec quelque acte de violence gratuit ne touchant que trois ou quatre personnes ? Cela encore, elle en avait l'habitude : tous les jours, il y avait des bombes qui sautaient dans sa ville, comme dans n'importe quelle autre ville. Les gens n'étaient jamais contents.

« Je pourrais descendre... non, ici c'est monter, plutôt ? » Birkson repartit dans une digression sur les différences culturelles. « Bref, donnez-moi assez d'argent et je vous parie qu'en montant dans vos bas quartiers je vous trouve sans peine autant de kilos d'uranium et de plutonium que vous voudrez.

Ce que, par parenthèse, je vous conseille de faire. On peut tout acheter, *tout*. En y mettant le prix, vous pouviez vous procurer des armements au marché noir dès les années 60. C'était très cher, et il n'y en avait pas beaucoup. Et il fallait acheter des tas de gens. Mais aujourd'hui... enfin, réfléchissez-y. »

Il se tut, gêné, semblait-il, par sa sortie.

« J'ai un peu lu, là-dessus », s'excusa-t-il.

Elle réfléchit effectivement au problème en retournant à sa suite vers le cordon de sécurité. Ce qu'il avait dit était vrai. Lorsque la fusion contrôlée s'était avérée trop coûteuse pour une utilisation à grande échelle, l'humanité avait opté pour les réacteurs à neutrons rapides, les surgénérateurs. Il n'y avait pas d'autre choix. Et dès ce moment, la présence de bombes nucléaires aux mains de terroristes était le prix que l'humanité avait accepté — et devrait continuer — de payer.

« Je voulais vous poser encore une question. »

Il s'arrêta pour la dévisager. Son sourire était éblouissant : « Allez-y. Mais est-ce que vous êtes prête à tenir mon pari ? »

Elle parut un instant ne pas être certaine de bien le comprendre. « Oh ! vous voulez dire que vous seriez prêt à nous aider à démanteler cette filière souterraine de l'uranium ? J'en serais ravie.

— Non, non. Oh ! je vous y aiderai, certes ! Je suis sûr de pouvoir nouer un contact : c'est un boulot que j'ai déjà fait avant de me lancer dans ce jeu. Ce que je voulais vous dire, au contraire, c'était : êtes-vous prête à parier que je n'en trouverai pas ? On pourrait parier... disons, un dîner ensemble, dès que j'en aurai trouvé. Délai maximal : une semaine. Qu'en dites-vous ? »

Elle se disait qu'elle n'avait qu'une seule alternative : s'éloigner ou bien le tuer. Mais elle découvrit une troisième voie.

« Vous êtes parieur. Et je crois voir pourquoi. Mais voilà ce que je voulais vous demander, en fait : comment pouvez-vous rester si calme ? Pourquoi tout cela ne vous frappe-t-il pas au même titre que moi ou les autres ? Vous n'allez pas me raconter que c'est une simple affaire d'habitude. »

Il y réfléchit. « Et pourquoi pas ? On peut s'habituer à tout, vous savez. Bon, alors ce pari ?

— Si vous ne cessez pas une bonne fois d'en parler, je vous casse le bras.

— Très bien. » Il ne dit plus rien et elle s'abstint de lui poser d'autres questions.

La boule de feu avait grandi en quelques millisecondes, enfer que n'auraient pu décrire nuls termes humains. Toute chose à l'intérieur d'un rayon de cinq cents mètres disparut simplement sous la forme de plasma et de gaz surchauffés : les charpentes, les fenêtres, les planchers, les plafonds, les tuyaux, les câbles, les réservoirs, les machines, les babioles et bibelots par milliers, les livres, les bandes, les appartements, les meubles, les animaux familiers, les hommes, les femmes et les petits enfants. Ceux-là étaient les plus chanceux. La force du souffle aplatit les deux cents niveaux en dessous de l'explosion comme un sandwich-club sous les pas d'un géant, traversant les blindages transformés en pâte à modeler avec la même facilité qu'un emporte-pièce traverse le fer-blanc. Au-dessus, la surface se cloqua dans le silence de la nuit lunaire puis s'ouvrit en découvrant un enfer blanc. Des fragments furent projetés, aussi grands que des pâtés de maisons, avant que le centre ne s'effondre sur lui-même, découvrant un cratère dont les parois révélaient un labyrinthe de compartiments et de galeries qui s'écoulaient et gouttaient comme de la gélatine fondue. Nulle trace de corps humain ne subsista dans un rayon de deux kilomètres autour de l'explosion : ils étaient morts après la plus brève des souffrances, le corps carbonisé, voire réduit en une impalpable pellicule de matière organique par l'action combinée de la chaleur et de la pression qui traversaient les murs et pénétraient dans les pièces aux portes les mieux closes. Plus loin, le bruit seul suffit à figer les corps d'un million de personnes avant que la chaleur ne les rôtisse et que le souffle n'arrache la chair de leurs os pour ne laisser que des silhouettes filiformes et ratatinées. Les effets pourtant s'atténuaient à mesure que le souffle était canalisé dans des corridors structurellement assez résistants pour demeurer intacts et cette résistance même devait sonner le glas des habitants du dédale : à vingt kilomètres de l'épicentre, les portes pressurisées jaillirent de leur cadre comme des pépins de melon qu'on écrase.

Ne subsistaient plus que cinq millions de cadavres éclatés et brûlés, et dix millions de blessés si horriblement atteints qu'ils mourraient en l'espace de quelques heures ou de quelques jours.

Mais Bach s'était trouvée miraculeusement éjectée, indemne, par quelque caprice de la déflagration. Elle virevoltait dans le vide, poursuivie par quinze millions de fantômes, chacun portant un gâteau d'anniversaire. Ils chantaient. Elle se joignit à eux : « *Joyeux anniversaire ! Joyeux anniversaire...*

— Chef Bach...

— Hein ? » Elle sentit un frisson glacé la parcourir. L'espace d'un instant, elle ne put que plonger son regard dans les yeux de Roger Birkson, sans mot dire.

« Ça va mieux, à présent ? » Il avait l'air préoccupé.

« Je... que s'est-il passé ? »

Il lui tapota le bras, puis la secoua de bon cœur.

« Rien. Vous avez eu un petit passage à vide. » Il la considéra avec attention : « Je crois que vous avez rêvé éveillée. Sans vouloir vous vexer... disons que... j'ai déjà vu ça se produire. Je crois que vous étiez en train d'essayer de vous échapper. »

Elle se passa les mains sur le visage.

« Je crois bien que oui. Mais manifestement, j'ai pris la mauvaise direction. Ça va, maintenant. » Tout lui revenait, à présent : elle s'était évanouie, ou du moins elle s'était complètement détachée de tout ce qui se passait. Pour tout observer en spectatrice. Ses souvenirs de l'explosion, si crus et si réels un instant plus tôt, n'étaient plus que la matière d'un cauchemar.

Dommage qu'elle ne se soit pas réveillée dans un monde meilleur. C'était tellement injuste. Pourtant, telle était bien la récompense à l'issue d'un cauchemar, non ? On se réveillait pour découvrir que tout allait pour le mieux.

Au lieu de cela, elle découvrait une longue théorie de policiers en uniforme apportant des gâteaux à une bombe atomique de cinquante kilotonnes.

Birkson avait ordonné que l'on coupe l'éclairage dans la Leystrasse. Quand il eut constaté que cet ordre n'avait toujours pas été exécuté, il entreprit de casser les lampes à coups de canne de golf. Bientôt, une partie de l'assistance lui prêtait main-forte.

A présent la magnifique Leystrasse, orgueil de New Dresden, n'était plus qu'un tunnel clignotant qui traversait l'enfer. La lueur de mille minuscules bougies d'anniversaire fichées sur cinq cents gâteaux baignait toute chose dans une lumière rouge orangé, transformant les gens en démons emplis d'ombre. Des policiers ne cessaient d'affluer, les bras chargés de présents empaquetés à la hâte, de fleurs, de ballons. Hans, le petit bonhomme qui n'était plus rien maintenant qu'un cerveau et un système nerveux flottant au sein d'un conteneur de plomb ; Hans, la cause de tout ceci, le roi de la fête, contemplait non sans cacher sa joie le spectacle, grâce à sa batterie de caméras curieuses. Il chantait à tue-tête : « Je suis une bombe ! Je suis une bombe ! » Il ne s'était jamais éclaté à ce point.

Bach et Birkson avaient battu en retraite dans l'antre sombre de la Boutike Bagatelle (Fleurs & Cadeaux) : c'est là qu'on avait installé un vidéo-bac électronique.

Le cliché radiographique avait été pris avec une technique de plaque mobile qui permettait de générer par ordinateur un modèle tridimensionnel. Ils se penchèrent au-dessus du bac pour l'étudier. Les avaient rejoints le sergent McCoy, l'expert artificier personnel de Bach, ainsi qu'un autre homme du Laboratoire de Radiations lunaire.

« Voici Hans », expliqua Birkson en déplaçant un index rouge à l'intérieur du bac grâce à un curseur latéral. La tache clignotait autour d'une vague forme grise d'où sortaient des douzaines de filaments. Bach à nouveau s'interrogea sur les pressions qui pouvaient bien pousser un homme à désirer se débarrasser de son propre corps : il n'y avait rien autre dans ce conteneur de plomb que le noyau d'un homme : son cerveau et le système nerveux central.

« Ceci est le corps de la bombe. Les deux masses subcritiques ; la charge du détonateur ; l'horloge ; la sécurité d'armement — qui n'est pas encore relevée. C'est un schéma ancien, mesdames et messieurs, mais il a fait ses preuves : aussi simple que l'arc et la flèche. Très semblable à la première bombe lâchée sur l'Empire nippon, à Hiroshima.

— Vous êtes donc sûr qu'elle va sauter ? intervint Bach.

— Sûr et certain. Bon sang, un gosse serait capable d'en construire une dans sa salle de bains, pourvu qu'il ait l'uranium et de quoi faire un blindage... Bon, laissez-moi jeter un œil... » Il se plongea dans l'examen du fantôme dans le bac en retraçant le parcours des câblages avec l'aide des experts. On débattit de possibilités, de lignes d'attaque, des éventuels inconvénients. Enfin sembla se dessiner un consensus.

« A ce que je vois, nous n'avons qu'une seule option, dit Birkson. Il faut nous attaquer à sa maîtrise consciente sur la bombe. Je suis quasiment certain que nous avons repéré le câble principal qui le relie au détonateur : une fois celui-ci coupé, il ne pourra plus rien faire. Et on pourra ouvrir cette boîte de conserve par les moyens habituels afin de la désarmer. McCoy ?

— Je suis d'accord, dit l'intéressé. Une bonne heure devant nous, et je suis sûr qu'on y arrive sans problème. En transformant en cyborg votre client, ses concepteurs ont joué toutes leurs cartes sur l'opérateur humain. Ils ne se sont pas fatigués à piéger les accès, sous prétexte que Hans était censé exploser avant que quiconque ait eu le temps de s'approcher suffisamment pour tenter quoi que ce soit. Une fois supprimé son contrôle, il n'y aura plus qu'à l'ouvrir au chalumeau et faire retomber en place le ralentisseur. »

L'homme du L.R.L. opina à son tour. « Bien que je ne sois pas aussi certain que M. Birkson qu'il ait à l'esprit le bon câble pour ce qu'il envisage de faire. Si nous avions un peu plus de temps...

— Nous en avons déjà suffisamment perdu », coupa Bach. Vis-à-vis de Birkson, elle était rapidement passée de la quasi-terreur à la confiance totale. C'était sa seule défense : se sachant impuissante devant la bombe, il lui fallait faire confiance à quelqu'un.

« Alors on y va. Vos équipes sont-elles en place ? Vos gars savent-ils ce qu'ils font ? Et, par-dessus tout, sont-ils *bons ?* Vraiment bons ? Ils n'auront pas droit à un second essai.

— Oui, oui et oui, répondit Bach. Ils y arriveront. On sait tailler dans le roc, sur Luna.

— Alors, donnez-leur les coordonnées et allez-y. » Birkson parut quelque peu se détendre. Bach comprit qu'il avait dû être soumis à quelque forme de tension même s'il s'agissait simplement de l'excitation provoquée par ce défi. Il venait à l'instant même de donner son dernier ordre. Désormais, l'affaire n'était plus entre ses mains. Son instinct fataliste de joueur avait repris le dessus et l'inépuisable et dévorante énergie dont il avait fait montre au cours de cette entreprise s'était évanouie. Il n'y avait plus rien à faire que d'attendre. Il avait déjà traversé vingt et un comptes à rebours analogues.

Il se tourna vers Bach, voulut lui dire quelque chose puis il se ravisa. Pour la première fois, elle lut le doute sur son visage et cela lui donna des frissons. Bon sang, et elle qui l'avait cru si sûr de lui !

« Chef, lui dit-il tranquillement, je tiens à m'excuser pour la façon dont je vous ai traitée, ces dernières heures... Je n'ai guère le temps d'y porter attention lorsque je suis au travail et je... »

Cette fois, ce fut au tour de Bach de rire et le soulagement que provoquait ce relâchement de tension était presque comparable à un orgasme. Elle avait l'impression de n'avoir plus ri depuis un million d'années.

« Pardonnez-moi, lui expliqua-t-elle. En vous voyant aussi inquiet, j'ai cru que c'était à cause de la bombe. Quel soulagement !

— Oh ! bof ! fit-il en écartant cette éventualité. Plus besoin de s'inquiéter, à présent. Soit vos gars réussissent, soit ils ratent. Et dans ce cas, on ne le saura jamais. Ce que je voulais dire, c'est que d'une certaine manière, tout ça me monte à la tête : franchement. Ça m'excite, ça me rend dingue, je ne vois plus les autres individus autrement que comme des objets à manipuler. C'est pour ça que je voulais vous dire simplement que je vous aime bien. Je suis heureux d'être tombé sur vous. Et je ne vous emmerderai plus. »

Elle alla vers lui et lui posa la main sur l'épaule.

« Puis-je vous appeler Roger ? Merci. Ecoutez, si tout marche bien, je veux bien dîner avec vous. Je vous remets les clés de la ville, je vous organise un défilé avec serpentins et je vous offre en prime un gros pourboire et ma reconnaissance éternelle. On a été sur les nerfs, d'accord ? Alors, oublions plutôt ces dernières heures.

— D'accord. » Cette fois, son sourire était complètement différent.

A l'extérieur, tout se passa très vite : l'équipe de la perceuse-laser prit position sous la bombe, utilisant relevés et calculs pour pointer la bête exactement comme il fallait.

En moins d'un dixième de seconde, le faisceau avait traversé la couche de roche du plafond pour jaillir à l'air libre au-dessus de la Leystrasse. Le rayon mordit dans le blindage inférieur de la bombe, transperça le câble critique, l'autre côté de l'engin puis une partie du plafond, comme s'ils n'avaient pas été là. Il avait déjà même pénétré à l'étage au-dessus avant que l'on ait eu le temps de le couper.

Il y eut une gerbe d'étincelles, un bruit de glissement rapide suivi d'un choc assourdi. Toute la structure de la bombe en fut ébranlée tandis qu'une fumée s'échappait en sifflant des deux orifices percés de part et d'autre de l'engin. Bach n'y comprit rien, sinon qu'elle était en vie et que tout devait donc être terminé. Elle se tourna vers Birkson, et lorsqu'elle le vit son cœur faillit cesser de battre : il avait les traits livides, il était exsangue, bouche bée, et bien près de tomber à la renverse. Elle le rattrapa de justesse et l'aida à s'asseoir par terre.

« Roger... que se passe-t-il ? Est-il encore... Est-ce qu'il va sauter ? Répondez-moi. Mais répondez donc ! Que dois-je faire ? »

Il fit un signe vague, en lui griffant les mains. Elle comprit que cela se voulait une tape rassurante. Bien timide, en vérité.

« Pas de danger », siffla-t-il en essayant de reprendre son souffle. « Plus de danger. Mais on s'est gouré. On s'est gouré de câble. On a eu de la veine, c'est tout. Juste de la veine. »

Elle se souvint : ils avaient essayé de priver Hans de tout contrôle sur la bombe. La commandait-il donc encore ? Birkson lui fournit la réponse avant qu'elle n'ait pu parler.

« Il est mort : cette explosion, c'était le détonateur qui sautait. Il a simplement réagi trop tard. Nous avons touché le contact de désarmement. L'écran est retombé en place, empêchant ainsi les demi-masses critiques de se rencontrer, même si la bombe était déclenchée. Et c'est ce qu'il a fait : il l'a déclenchée ! Ce bruit : Ce *mmmmrrrouf !* » Il n'était plus avec elle : ses yeux étaient abîmés dans la contemplation d'une époque et d'un lieu pour lui chargés d'horreur.

« J'ai entendu ce bruit — le détonateur — une fois. Au téléphone. J'étais en train de guider cette femme, vingt-cinq ans, pas plus, parce que je ne pouvais pas être sur place à temps. Elle n'avait que trois minutes devant elle. J'ai entendu ce bruit et puis plus rien ; plus rien. »

Elle s'assit par terre près de lui, tandis que ses hommes

commençaient à déblayer les débris, évacuaient la bombe, riant et plaisantant dans l'hystérie du soulagement. Enfin, Birkson parvint à se ressaisir : il n'y avait en lui plus trace de la bombe, hormis ce vide lointain dans le fond de ses yeux.

« Allons, dit-il en se relevant avec son aide. Vous avez droit à vingt-quatre heures de perm'. Vous l'avez bien mérité. On va retourner à Burning Tree et vous allez voir comment on réussit un par de cinq sur le dix-huitième trou.

« Ensuite, on dîne ensemble, comme prévu. Vous avez une bonne adresse ? »

# L'effet des fondus

« Avez-vous vu ce qu'ils donnent au ciné ce soir, Quester ? » L'hôtesse tenait dans ses mains un programme.

« Non. Et je n'ai pas le temps pour l'instant. Où est le capitaine ? Je voudrais bien qu'il...

— Deux vieux films en deux D, poursuivit-elle, ignorant ses protestations. Vous les avez déjà vus ? Ils sont très intéressants, très amusants : *Une nuit mémorable* et *L'Aventure du Poséïdon.* Je vous garde une place. »

Quester la rappela comme elle partait.

« Je me tue à vous dire que quelque chose ne tourne vraiment pas rond sur ce vaisseau. Est-ce que quelqu'un daignera enfin m'écouter ? »

Mais elle s'était enfuie, évanouie parmi la foule des fêtards. Elle était déjà bien assez occupée sans prendre encore le temps d'écouter les divagations d'un passager nerveux.

Quester se trompait quelque peu en appelant *La Boule de neige infernale* un vaisseau : la brochure d'accueil la baptisait du nom d' « astérite » mais ce n'était là que jargon publicitaire. Le premier venu aurait appelé ça une comète. Les Icarus Lines Inc. (qui en étaient propriétaires) l'avaient trouvée, dérivant à quelque cinq cents unités-astronomiques. Elle faisait soixante kilomètres de diamètre et pesait dans les mille milliards de tonnes.

Par chance, elle était essentiellement formée de matière

congelée riche en hydrogène. Pour la mouvoir, il avait suffi d'y installer un gros réacteur à fusion puis de laisser s'écouler cinq ans avant de pouvoir la ralentir pour la placer en orbite dans l'ombre de Mercure. La compagnie savait qu'elle ne trouverait guère d'amateurs pour embarquer sur une boule de neige dénudée. Aussi creusa-t-on la comète, y découpant salons, cuisines et postes d'équipage, à mesure de l'avance des travaux. Puis ce fut le tour des armateurs, pour tapisser de métal et de plastique les parois de glace nue avant de passer à l'aménagement des pièces. Ce n'étaient pas la place et l'énergie qui manquaient ; on travaillait sur une grande échelle dans un vaste dessein : utiliser la comète capturée pour des excursions touristiques vers le soleil.

Tout se passa bien durant cinquante ans. Les moteurs propulsèrent *La Boule de neige* hors de l'ombre protectrice et — au prix de dix millions de tonnes de glace et d'ammoniac en guise de combustible nucléaire — l'injectèrent sur une orbite hyperbolique qui effleurait littéralement les bords de la couronne solaire. Les affaires étaient bonnes : *La Boule de neige infernale* devint le lieu de villégiature le plus couru du système solaire, avant même les Anneaux de Saturne.

Les meilleures choses pourtant ont une fin et ce voyage devait être le dernier. Si énorme soit-elle, vient un temps où une comète est trop vaporisée pour demeurer stable à proximité du soleil. *La Boule de neige infernale* perdait un million de tonnes à chaque périple. Les ingénieurs avaient calculé qu'elle ne pourrait supporter qu'un seul passage avant de se disloquer sous l'effet de la chaleur intense.

Mais Quester commençait à s'interroger. Il y avait eu le problème des moteurs : dès le quatrième jour de la croisière, il avait suivi la visite guidée de la face opposée de l'astre, pour voir les moteurs à fusion. Tout au long du tunnel, le guide avait débité des statistiques pour préparer les touristes à cette vue époustouflante. C'étaient les plus gros moteurs de fusée jamais construits. Quester et tous les autres s'étaient donc attendus à être impressionnés. Ils l'avaient effectivement été ;

d'abord par la taille des puits où s'étaient trouvés les moteurs, ensuite par l'air de totale incrédulité qui s'était peint sur les traits du guide. Tout aussi impressionnante avait été la vitesse à laquelle il avait dissimulé cette réaction ; il n'avait hésité qu'un instant avant de s'empresser de meubler le silence avec une histoire qui semblait presque plausible :

« J'aimerais bien être averti de ce genre de trucs », avait-il dit dans un rire. Ce rire sonnait-il creux ? Quester n'aurait su le dire. « On n'était pas censés déposer les moteurs avant demain. Cela fait partie de notre programme de récupération d'urgence, voyez-vous : on enlève tout ce qui peut être réutilisé pour armer l'*Icarus,*ce vaisseau que vous avez tous pu voir lors de votre embarquement, près de Mercure. On a décidé de ne pas ralentir *La Boule de neige* à l'issue de cette orbite mais de la laisser simplement repartir d'où elle venait. Naturellement, il nous faut la déshabiller aussi vite que possible. C'est pourquoi l'équipement non absolument nécessaire pour la présente croisière a déjà été démonté. Le reste sera débarqué, une fois que nous serons de l'autre côté du soleil, en même temps que les passagers. Je ne suis pas physicien mais il s'agit évidemment d'économiser le carburant. Pas de quoi s'inquiéter, toutefois : maintenant que nous sommes lancés sur notre trajectoire, les moteurs sont désormais inutiles. » Sur quoi il s'était empressé de guider vers le tunnel le groupe de passagers murmurants. Quester lui non plus n'était pas physicien mais il était capable de résoudre des équations simples. Et il ne parvenait pas à trouver quelle économie pouvaient bien faire les Icarus Lines en déposant ainsi les moteurs : le carburant était gratuit ; et d'ailleurs, selon leurs propres dires, ce qu'il pourrait en rester dans les entrailles de la comète serait bel et bien perdu. Alors quelle importance si l'on en brûlait un peu plus ? Qui plus est, les vaisseaux chargés de transborder passagers et matériel de l'autre côté devraient rattraper *La Boule de neige* dont la vélocité était considérable puis dépenser encore plus de carburant pour ralentir jusqu'à une vitesse d'orbite solaire.

Tout cela lui semblait encore du gâchis.

Il essaya de penser à autre chose : il avait embarqué sur cette croisière pour se distraire et il n'était pas d'un naturel inquiet. Sans doute avait-il laissé tomber quelque part une virgule dans ses calculs ou bien avait-il omis quelque détail mineur de balistique. Personne en tout cas n'avait l'air de s'inquiéter outre mesure.

Lorsqu'il découvrit la disparition des chaloupes de sauvetage, il en fut plus furieux qu'effrayé.

« Mais qu'est-ce qu'ils sont en train de nous préparer ? demanda-t-il au steward qui était venu à son appel. Sous prétexte que c'est le dernier voyage, doit-on pour autant ne pas intégralement assurer notre sécurité ? J'aimerais bien savoir ce qu'il se passe. »

Le steward, homme affable, se gratta la tête avec perplexité en examinant de nouveau le berceau vide de l'embarcation de sauvetage.

« Ça me dépasse, avoua-t-il avec un sourire amical. Ça doit faire partie des opérations de récupération, je suppose. Mais nous n'avons pas eu le moindre pépin en plus d'un demi-siècle. J'ai même entendu dire que l'*Icarus* n'embarquerait même pas de capsules de sauvetage. »

Quester fulminait. Puisque jadis quelque ingénieur avait jugé que *La Boule de neige infernale* avait besoin de capsules de sauvetage, il se serait senti sacrément mieux si ledit vaisseau les avait encore effectivement eues.

« J'aimerais parler à quelqu'un qui soit au courant.

— Vous pourriez essayer le commissaire de bord », proposa le steward, puis il se reprit en hochant la tête : « Non. J'oubliais. Le commissaire n'est pas de ce voyage. Le second, alors... non, elle... Reste le capitaine, je suppose. Oui, vous pourriez lui parler. »

Quester descendit en grommelant la coursive menant à la passerelle. La compagnie n'avait pas le droit de désarmer le vaisseau avant son dernier voyage. En chemin, il entendit une annonce par la sono de bord :

« Attention ! Tous les passagers doivent se présenter sur le pont A à 13 heures précises pour un exercice de sauvetage. Le commissaire de bord... rectification, le second fera l'appel. La présence de tous les passagers est exigée. Ce sera tout. »

L'annonce ne fit rien pour le radoucir — quoiqu'elle le rendît perplexe.

La porte de la passerelle de commandement était entrouverte. Une ficelle avait été tendue dans l'embrasure. Y était suspendu un écriteau avec cette inscription faite à la main :

Le capitaine se trouve sur la passerelle provisoire
(Sur le pont F, après l'infirmerie)

A l'intérieur, une équipe d'ouvriers achevait de démonter les derniers équipements électroniques. Il régnait une odeur d'huile et d'ozone et la pièce baignait dans la lueur pourpre des étincelles électriques. Ce n'était plus qu'une coquille vide aux murs de glace nue.

« Que... ? commença Quester.

— Voyez avec le capitaine », dit le contremaître d'une voix lasse, tout en extrayant l'une des dernières cartes-mémoires dans une grande gerbe d'étincelles. « Moi, je fais juste mon boulot. Dans l'équipe de récup'. »

Quester y voyait plutôt une équipe de ferrailleurs. Il repartit en direction du pont F.

« Rectification à notre dernière annonce, dit la sono. L'exercice de sauvetage est annulé. Le directeur des relations publiques tient à vous annoncer qu'il ne prend désormais plus de réservations pour la visite de la salle des machines. L'officier en second... rectificatif, le troisième officier a demandé à l'ensemble du personnel d'évacuer la salle des réacteurs, une légère fuite s'étant déclarée durant les opérations de dépose. Les passagers n'ont pas à s'inquiéter : l'incident ne revêt aucun caractère de danger pour eux. Les besoins en énergie du vaisseau sont désormais couverts par le réacteur auxiliaire. Le directeur des relations publiques tient également à annoncer que les visites du réacteur auxiliaire sont suspendues. Ce sera tout. »

Est-ce seulement moi ? se demanda Quester en passant devant les groupes d'autres passagers dont aucun ne semblait troublé par tout cela.

Il repéra la passerelle provisoire, à l'extrémité d'une coursive peu fréquentée, encombrée de caisses en plastique où s'inscrivait : « A ENLEVER D'URGENCE. EXPRESS *URGENT* PRIORITÉ ABSOLUE. » Il se faufila avec difficulté entre ces empilements de conteneurs et s'apprêtait à toquer à la porte mais il s'arrêta en entendant des éclats de voix de l'autre côté. Des voix en colère.

« Je vous le répète, on devrait annuler immédiatement cette croisière. Je n'ai plus la moindre possibilité de manœuvrer ce vaisseau en cas d'urgence. Je vous avais dit que je voulais que les propulseurs d'orientation restent en place au moins jusqu'au périhélie !

— Capitaine, il est vain de protester désormais, intervint une autre voix. Que je partage ou non votre avis, en tout cas, les moteurs ne sont plus là et il est hors de question de les réinstaller. Il n'y a pas à discuter ces ordres. La compagnie n'est déjà pas en bonne posture, surtout après l'aménagement du nouvel astéroïde. Est-ce que vous imaginez combien coûterait d'annuler la croisière et de devoir rembourser sept mille passagers ?

— Que la compagnie aille se faire foutre ! explosa le capitaine. Ce vaisseau est *dangereux !* Que dites-vous des derniers calculs que je vous ai fournis ? Ceux qu'a effectués Lewiston. Les avez-vous au moins examinés ? »

La seconde voix se fit conciliante : « Capitaine, capitaine, vous gâchez votre énergie à vous soucier de ce cinglé. La risée de l'Académie lunaire ! Mais ses équations ne tiennent tout simplement pas debout !

— Elles me paraissent bien assez correctes.

— Faites-moi confiance, capitaine, les meilleurs esprits du système nous ont garanti que *La Boule de neige* tiendrait le coup. Enfin ! Ce vieux tas de ferraille est encore bon pour une douzaine de tours et vous le savez fort bien. Au pire, nous avons péché par excès de prudence...

— Eh bien, peut-être, grommela le capitaine. Je continue néanmoins à ne pas aimer cette histoire de chaloupes. Combien dites-vous qu'il nous en reste ?

— Vingt-huit », répondit l'autre, apaisant.

Quester sentit ses cheveux se dresser sur sa nuque.

Il jeta un œil dans la pièce, sans savoir encore ce qu'il allait dire. Mais elle était vide : les voix provenaient d'un haut-parleur encastré dans la cloison. Apparemment, le capitaine était ailleurs à bord.

Il caressa la possibilité de retourner se saouler dans sa cabine puis décida que c'était une mauvaise idée. Il irait se saouler plutôt au casino.

En chemin, il passa devant un berceau de chaloupe qui n'était pas vide : il était le siège d'une activité frénétique, avec un incessant va-et-vient d'hommes d'équipage le long des rampes d'accès. Passant la tête à l'intérieur, il vit qu'on avait ôté les sièges et que l'habitacle était bourré de conteneurs en plastique. Et on continuait d'en empiler.

Il arrêta l'une des femmes de l'équipe pour lui demander ce qu'il se passait.

« Demandez au capitaine », (Haussement d'épaules). « On m'a dit d'empiler ces caisses ici, c'est tout ce que j'en sais. »

Il redescendit et resta jusqu'à ce que le chargement fût achevé, puis on lui dit de s'écarter tandis que l'on coupait le champ nul pour permettre à la capsule de s'éloigner de *La Boule de neige.* A une distance de deux kilomètres, les moteurs furent mis à feu et la chaloupe s'éloigna en direction des planètes intérieures.

« Vingt-sept », marmonna Quester, puis il repartit vers le casino.

« Vingt-sept ? demanda la femme.

— Probablement moins, à l'heure qu'il est, dit Quester avec

un grand haussement d'épaules. Et chacune d'elles ne peut embarquer que cinquante passagers. »

Ils s'étaient retrouvés assis ensemble à la table de roulette, rapprochés au gré des flots humains qui allaient et venaient dans la salle. Quester n'était pas joueur ; il se trouvait simplement que ses jambes s'étaient dérobées sous lui et que le plus proche endroit où s'effondrer avait été la chaise sur laquelle il était présentement assis. La femme s'était matérialisée au milieu de ses brumes éthyliques.

Il était agréable de revenir à la gravité après les niveaux en apesanteur de *La Boule de neige.* Mais, découvrit-il, l'ivresse en apesanteur était moins risquée : on n'avait pas à se soucier en effet de garder son équilibre. Alors qu'ici au casino se posait le problème de tenir debout. C'était un problème trop ardu pour Quester.

Le casino était situé à l'extrémité d'un bras en lente rotation, monté horizontalement sur un mât articulé qui partait de *La Boule de neige infernale.* A l'autre bout de ce bras se trouvaient les restaurants qui servaient les passagers. Les deux modules étaient sphériques : la structure évoquait un anémomètre équipé de boules d'argent au lieu des coupelles habituelles. La vue était sidérante : tout en haut, la sphère argentée contenant les restaurants ; sur le côté, la surface de la comète en lente rotation, d'un gris sale sous la lumière du soleil ; de l'autre, les étoiles et l'attraction principale : Sol, soi-même, maculé d'une étonnante collection de taches. Le spectacle promettait d'être bon ce tour-ci. S'il y avait encore des spectateurs vivants, s'entend — ajouta pour lui-même Quester.

« Vingt-sept, dites-vous ? redemanda la femme.

— C'est cela même, vingt-sept.

— Cent Marks sur le vingt-sept », dit-elle en plaçant sa mise. Quester leva les yeux en se demandant combien de fois il lui faudrait se répéter avant qu'elle le comprenne.

La bille cliqueta puis s'immobilisa sur le numéro vingt-sept et le croupier repoussa de son râteau vers la femme un branlant empilement de jetons. Quester regarda de nouveau autour de lui le gigantesque édifice sur lequel il était assis, considéra l'incalculable tonnage en rotation que représentait la structure et il rit :

« Je m'étais toujours demandé pourquoi on avait construit cet endroit. Qui a besoin de gravité ?

— Et pourquoi donc l'a-t-on construit ? s'enquit-elle en récupérant les jetons.

— Pour lui (et il désigna le croupier). Cette petite boule se contenterait de flotter au bord de la roulette, faute de gravité. » Lui-même se sentait flotter sur la plante des pieds et il se leva, maintenant les bras écartés, en équilibre précaire.

« Par le fait, c'est bien le seul intérêt de la gravité dans tout le système : pour faire tomber ces petites boules sur le bon numéro... la vieille roue de la fortune : et une fois votre numéro sorti, vous ne pouvez plus rien y faire ; votre tour est venu, un point c'est tout, vingt-sept, voilà tout... »

Il se mit à sangloter en marmonnant ces vérités philosophiques tandis qu'elle le conduisait hors de la salle.

Le trajet en ascenseur jusqu'au moyeu de la structure en rotation le dessoûla considérablement. La graduelle diminution de poids, couplée avec l'effet Coriolis qui tendait à le repousser contre un mur, était plus que n'en pouvait supporter un estomac fatigué. Consciente de ce fait, la direction y avait prévu les aménagements idoines : Quester vomit jusqu'à en avoir les jambes flageolantes. Par chance, il pouvait à présent s'en passer, puisqu'il ne pesait plus rien.

La femme le propulsa dans la coursive, comme un vulgaire ballon. Ils atterrirent dans la grande salle de bal.

Cette salle était un hémisphère de champ nul installé à la surface de *La Boule de neige.* De l'intérieur, le champ était invisible. La piste de danse était bondée de couples qui s'essayaient à la chorégraphie en apesanteur ; pour la plupart, avec la grâce insigne d'une girafe acrobate.

Quester reprit quelque peu ses esprits sous cette gravité presque nulle. En partie grâce aux médicaments qu'il avait pris pour lutter contre le mal de l'apesanteur ; ceux-ci avaient en outre tendance à réduire les effets de l'alcool.

« Comment vous appelez-vous ? demanda-t-il à la femme.

— Consolaciòn. Et vous ?

— Quester. De Tharsis, Mars. Je... je me sens tout retourné... »

Elle flotta jusque vers une table, tirant toujours Quester qu'elle attacha à l'une des chaises. Il détourna son attention des corps qui se tortillaient sur la piste pour examiner sa voisine.

Consolaciòn était grande, d'une taille bien supérieure à la taille normale d'un homme ou d'une femme. Il estima qu'elle devait bien mesurer deux mètres cinquante de la tête aux orteils, bien qu'elle en fût dépourvue : ses pieds avaient été remplacés par des podes, sortes de mains démesurées très en faveur chez les gens de l'espace. Ils étaient très utiles en apesanteur — et pour d'autres choses, comme il put le découvrir lorsqu'elle avança sa jambe fine par-dessus la table pour lui caresser la joue de son pode. Ses jambes étaient aussi minces et flexibles que ses bras.

« Merci, lui dit-elle avec un sourire. Pour la chance, bien sûr.

— Hmm ? Oh ! vous voulez parler de la mise ? » Quester dut se forcer à détourner l'attention de ce délicieux contact sur sa joue. Elle était très belle. « Mais ce n'était pas pour vous conseiller un numéro. J'essayais simplement de vous dire...

— Je sais. Vous aviez l'air de parler de chaloupes de sauvetage.

— Oui. C'est quand même étonnant. J'ai... » Il s'interrompit, réalisant qu'il était incapable de se rappeler ce qui avait bien pu l'étonner. Il avait du mal à la distinguer nettement : elle portait un kaléidholo — ce qui signifiait qu'elle était nue, simplement vêtue d'un entrelacs de projections perpétuellement changeantes et semblant contenir cinquante ou soixante costumes différents qui ne restaient pas plus de quelques secondes : ainsi passait-on en fondu du fourreau en lamé à l'uniforme quasi militaire à galons et boutons dorés et de la guirlande de fleurs à la tenue de Lady Godiva. Il se frotta les yeux et poursuivit.

« Ils sont en train de déshabiller entièrement le vaisseau. Selon mon dernier décompte, il ne restait plus que vingt-sept chaloupes de sauvetage. Et d'heure en heure il en part d'autres. Embarquant l'équipement électronique, et les meubles, et les machines et Dieu sait quoi encore. J'ai surpris une conversation entre le capitaine et un représentant de la compagnie. Il avoue son inquiétude, lui, le *capitaine !* Mais personne d'autre n'a l'air de paniquer. Alors, est-ce que je m'en fais pour rien, ou quoi ? »

Consolaciòn baissa les yeux sur ses mains croisées puis au bout d'un moment le regarda à nouveau : « Moi aussi, je me suis sentie mal à l'aise », confia-t-elle d'une voix lasse. Elle se pencha vers lui. « J'ai partagé mes appréhensions avec un groupe d'amis. Nous... nous sommes réunis pour échanger les informations que nous avons pu recueillir. Nos amis se moquent de nous quand nous leur faisons part de nos soupçons mais... » Elle fit une pause et jeta alentour un regard méfiant. Malgré son état comateux, Quester ne put retenir un sourire.

« Continuez », lui dit-il.

L'ayant sans doute jaugé, elle se pencha encore plus près : « Nous devons nous retrouver sous peu. Plusieurs d'entre nous sont allés mener leur enquête — j'étais en train de surveiller le casino lorsque nous nous sommes rencontrés — et nous devons confronter nos découvertes pour essayer de déterminer un plan d'action commun. Etes-vous avec nous ? »

Quester dut combattre cette impression, de plus en plus vivace depuis ses premiers soupçons, de se trouver emporté dans quelque film d'aventures. Mais si c'était le cas, eh bien, ou pouvait dire qu'il avait le beau rôle.

« Vous pouvez compter sur moi. »

Sans plus de manière, elle lui saisit le bras dans son pode et le tira derrière elle, en s'agrippant à ce qui lui tombait sous la main. Il voulut protester mais elle était plus à l'aise que lui pour manœuvrer en apesanteur.

« Puis-je avoir votre attention, s'il vous plaît ? »

Quester regarda autour de lui et découvrit le capitaine au milieu de la piste, devant l'orchestre. Il n'était pas seul : l'encadraient des femmes en survêtement noir qui scrutaient, l'œil aux aguets, l'auditoire. Elles étaient armées.

« Je vous en prie, je vous en prie ! » Mains levées, le capitaine demanda le silence et finit par l'obtenir. Il s'épongea le front avec un mouchoir.

« Il n'y a aucune raison de s'alarmer. Quoi que vous ayez pu entendre, le vaisseau ne court aucun danger. Les bruits selon lesquels les moteurs principaux auraient été enlevés sont des mensonges purs et simples. Nous recherchons actuellement les auteurs de telles rumeurs et leur arrestation est imminente. L'ingénieur principal désire également vous faire savoir que les visites de la salle des machines devraient incessamment reprendre et... » L'une des femmes lui lança un regard. Il se tamponna de nouveau le front et consulta le bout de papier qu'il tenait. D'une main tremblante. « Ah... rectificatif : l'ingénieur vous fait savoir que les visites ne reprendront pas. Il y a eu... c'est-à-dire... elles sont en cours de révision... ou enfin, je ne sais pas. » La femme se détendit légèrement.

« La rumeur selon laquelle le réacteur aurait été coupé est sans aucun fondement. Le médecin de bord me confirme qu'il ne s'est produit aucune fuite radioactive et que même s'il y en a eu, le taux de radiation reste insignifiant et ne présente de danger que pour les passagers déjà soumis à des doses cumulatives élevées. Le médecin passera ramasser les dosimètres demain à 14 heures. Je vous le répète : il n'y a absolument aucune raison de s'alarmer. En tant que capitaine de ce vaisseau, je vous avoue ne guère apprécier les propagateurs de rumeurs. A l'avenir, toute personne surprise à colporter des ragots sur un hypothétique manque de fiabilité de ce vaisseau se verra traitée avec la plus extrême rigueur.

« L'exercice de sauvetage aura lieu comme prévu demain

sur le pont A. Tout ceux qui n'ont pas encore vérifié leur gilet de sauvetage devront l'avoir fait pour demain midi, heure de bord. C'est... est-ce bien tout ? » Ces derniers mots avaient été adressés, dans un murmure, à la femme sur sa gauche. Elle opina d'un bref signe de tête puis tous trois quittèrent la piste, leurs semelles magnétiques collant au plancher comme du papier tue-mouches.

Consolaciòn donna un coup de coude dans les côtes de Quester et murmura : « Ces femmes sont-elles des gardes du corps ? Pensez-vous que sa vie soit en danger ? »

Quester regarda de quelle façon les femmes maintenaient le capitaine par les coudes. Des gardes du corps, non. Des gardes tout court, certainement.

« Dites, je viens juste de me rappeler que j'avais encore des bagages à défaire, lui dit-il. Peut-être que je pourrais vous rejoindre, vous et vos amis, un peu plus tard. Je vais fureter un peu, voir ce que je peux glaner, si vous voulez, et... »

Mais il ne put se détacher de son étreinte. Ces podes avaient une sacrée force.

« Puis-je avoir votre attention, s'il vous plaît ? L'exercice de sauvetage de demain a été annulé. Je répète : annulé. Sur ordre du capitaine, les passagers qui se présenteront devant les berceaux de chaloupe en vue de l'exercice seront soumis à un interrogatoire. Terminé. »

Ils se dirigeaient vers la cabine de Consolaciòn lorsqu'ils furent bousculés par un groupe d'individus en uniforme, l'air résolu, et dont certains portaient des matraques.

« Où mène cette coursive ? demanda Quester.

— A la passerelle. Mais ils n'y trouveront personne, elle a été...

— Je sais.

— Je crois bien que nous sommes suivis.

— Quoi... ? » Il se retourna, tout en continuant de rebondir dans son sillage. Effectivement, il y avait quelqu'un derrière eux. Ils tournèrent un coin et Consolaciòn tira Quester dans une alcôve à peine éclairée, lui cognant rudement la tête contre la paroi. Il commençait à en avoir ras le bol de se faire ainsi trimbaler. En fait d'aventure, il avait plutôt l'impression de jouer le rôle de Winnie l'Ourson, traîné dans l'escalier derrière son petit maître. Il s'apprêtait à protester mais elle lui mit la main en bâillon sur la bouche. « Chut ! » lui siffla-t-elle.

Sympa, grommela Quester, *in petto*. On peut même plus donner son avis. Il se dit qu'en fin de compte il se trouvait mieux avant, seul et perplexe, que maintenant, à la traîne de cette géante mystérieuse.

Certes les choses auraient pu être pis : elle était nue et chaude à son toucher, quoique puissent lui dire ses yeux. Et si *grande !* Ils flottaient tous les deux dans la pièce et elle le dépassait à chaque bout de trente bons centimètres.

« Comment puis-je songer à une telle chose en un moment pareil ? » commença-t-il mais elle le fit taire à nouveau et le serra plus fort entre ses bras. L'alcool, puis la totale improbabilité des récents événements l'avaient rendu complètement détaché ; il se sentait partir à la dérive, privé de gouvernail. Rien dans sa vie ne l'avait préparé à affronter des choses telles que cet homme en combinaison noire qui venait de contourner furtivement le coin à leur poursuite.

Ils l'observèrent, depuis leur cachette en retrait. Une bonne partie des lampes de la coursive avaient sauté ou bien ne présentaient plus que des douilles vides. Peu avant, Quester s'en était d'ailleurs inquiété, l'ajoutant à sa liste des marques de négligence intolérable dans l'entretien d'un vaisseau. A présent, il s'en félicitait.

« On ne dirait pas vraiment un homme », murmura Consolaciòn. Certes, il n'avait pas l'air d'un homme. Ni d'une femme d'ailleurs. Pour tout dire, il n'avait pas l'air si humain.

« Humanoïde, je dirais, suggéra Quester dans un murmure. Dommage qu'on ne nous ait pas prévenus. Il est évident que le Système vient d'être envahi par la première race connue d'humanoïdes intelligents.

— Cessez de dire des bêtises. Taisez-vous donc. » L'homme — ou l'être — était tout près maintenant. Ils pouvaient distinguer le masque rose mal ajusté, les excroissances et boursouflures qui saillaient à des emplacements improbables sous son chandail et son pantalon. Il leur passa devant, laissant dans son sillage une forte odeur d'hydrogène sulfureux.

Quester se retrouva pris de fou rire. A sa surprise Consolaciòn l'imita. La situation était si grotesque qu'ils n'avaient le choix qu'entre rire ou hurler.

« Ecoutez, lui dit-il, moi je ne crois absolument pas aux sinistres envahisseurs humanoïdes.

— Non ? Mais vous croyez pourtant aux Envahisseurs surhumains qui ont occupé la Terre, pas vrai ? Alors que vous ne les avez même pas vus.

— Seriez-vous en train de me dire que cette chose était un... extra-terrestre ?

— Je ne dis rien du tout. Mais je me demande ce que faisaient ces gars tout à l'heure, avec leurs matraques. Croyez-vous à une mutinerie ?

— Consolaciòn, j'en viens à *souhaiter* une mutinerie ! Je fêterais l'événement, je donnerais tous mes biens aux bonnes œuvres, si simplement une chose aussi ordinaire et banale pouvait se produire. Mais je n'y crois pas. J'ai bien plutôt l'impression que nous sommes tombés de l'autre côté du miroir.

— Vous croyez que vous êtes devenu dingue ? »

Elle lui lança un regard sceptique.

« Ouais. Je commence tout juste à m'y faire. Vous n'existez évidemment pas. Peut-être même que ce vaisseau n'existe pas non plus. »

D'une légère rotation, elle remonta les jambes vers la poitrine de Quester. « Vous allez voir si je n'existe pas », et, faisant des podes et des mains, elle entreprit illico de le déboutonner.

« Attendez. Qu'allez-vous... comment pouvez-vous penser à ça en un moment pa... » Ça lui rappelait quelque chose. Elle rit, tout en lui maintenant les poignets des deux mains tandis que ses podes le déshabillaient à toute allure.

« Vous n'avez jamais été en danger avant. Moi si. C'est une réaction fréquente que d'être excité en situation de risque surtout lorsque le danger n'est pas immédiat. Et c'est votre cas. Et le mien aussi. »

C'était vrai. Il était excité. Mais il n'avait aucune envie de faire ça en plein couloir. Il protesta : « Il n'y a pas de place ici. Et puis, si une autre de ces créatures se pointait ?

— Justement ! N'est-ce pas excitant ? » Ses yeux brillaient à présent et sa respiration était brève, haletante. « Et si vous pensez qu'il n'y a pas assez de place, c'est que vous n'avez pas encore fait ça en apesanteur. Jamais tâté de l'hyperbole hermétique ? »

Quester soupira puis s'abandonna. Bientôt, il faisait mieux que s'abandonner. Il décida qu'il était aussi fou que tous les autres ou (si l'on veut) que lui était fou et elle, aussi sensée que tous les autres. Mais elle avait raison pour ce qui était de l'apesanteur : il y avait largement la place.

Ils furent interrompus par un crépitement de parasites dans les haut-parleurs. Ils marquèrent une pause pour écouter.

« Attention, attention, s'il vous plaît ! Ici le capitaine par intérim. L'ex-capitaine, ce laquais, ce traître de lèche-bottes est désormais aux fers. Vive le Comité révolutionnaire qui saura dorénavant nous mener sur la juste voie de la Procréation anti-abortive !

— Des Libres Géniteurs ! glapit Quester. On a été détournés par des Libres Géniteurs ! »

Le nouveau capitaine (une femme, apparemment) allait poursuivre sa diatribe mais sa voix fut coupée net dans un affreux gargouillis.

« Vive la Faction loyaliste des Glorieux Enfants de... » commença une nouvelle voix mais elle fut, elle aussi, coupée net. D'autres voix se mirent à crier, en une rapide succession.

« La contre-révolution a été matée, glapit encore un autre capitaine. Libérez nos ventres ! Nos gonades — notre liberté !

Attention, attention ! Ordre est donné à toutes les personnes de sexe féminin de se présenter immédiatement à l'infirmerie pour insémination artificielle. Les tire-au-flanc seront éliminées. Message terminé. »

L'un et l'autre restèrent un bon moment silencieux. Enfin Consolaciòn se dégagea un peu de son étreinte, le laissant se glisser hors d'elle. Elle poussa un gros soupir. « Je me demande si je pourrai invoquer le cumul des risques ?

— Folie : quatre ; réalité : zéro », gloussa Quester. Il était à présent de bonne humeur, tandis qu'ils redescendaient le corridor plongé dans la pénombre.

« Ça te travaille encore ? » rétorqua Consolaciòn. Elle semblait un peu fatiguée de lui. Il lui fallait sans cesse l'attendre tandis qu'il essayait tant bien que mal de suivre sa souple progression quadrumane. « Ecoute, si tu veux essayer une camisole, le tailleur c'est dans l'autre direction. Moi, peu m'importe le ridicule de la situation. J'essaierai de m'y faire.

— Je n'y peux rien, dut-il admettre. J'ai sans cesse l'impression d'avoir *écrit* cette histoire il y a déjà plusieurs années. Dans une autre vie peut-être. Je sais pas. »

Elle jeta un œil à un nouveau coude du couloir. Ils approchaient de la passerelle provisoire. Trois fois déjà, ils s'étaient arrêtés pour laisser passer des silhouettes vêtues de noir. Tous les autres — ceux qui étaient en tenue de vacances — s'étaient planqués contre les portes aussi vite qu'eux. Au moins semblait-il que les passagers n'étaient plus d'humeur aussi badine et se rendaient enfin compte que quelque chose ne tournait pas rond.

« T'es écrivain ? demanda-t-elle.

— Oui. J'écris de la scientifiction. Tu en as peut-être déjà entendu parler. Il y a un culte autour de ça mais on ne peut pas dire qu'on touche le grand public.

— De quoi ça traite ?

— La scientifiction traite de la vie sur Terre. Elle se place dans l'avenir — chacun d'entre nous crée son propre avenir hypothétique assorti de ses règles propres à partir d'un ensemble de postulats. Le postulat de base étant que nous avons trouvé le moyen de combattre les Envahisseurs et de récupérer la Terre, ou du moins d'y avoir une tête de pont. Dans mes histoires, nous sommes parvenus à déloger les Envahisseurs mais les dauphins et les baleines sont toujours là et désirent le retour de leurs alliés, aussi les humains les combattent-ils. Ce n'est que du récit d'aventure, du palpitant. L'un de mes héros s'appelle Panama Kid. »

Elle se tourna pour lui lancer un coup d'œil mais son expression demeurait indéchiffrable. Il avait tendance à être sur la défensive quand il s'agissait de sa vocation.

« Et on arrive à en vivre ?

— Je suis quand même parvenu à embarquer à bord de *La Boule de neige* pour sa dernière croisière, non ? Et ce n'était pas donné mais ça, tu le sais. Dis donc, et toi, qu'est-ce que tu fais ?

— Rien. Ma mère chassait les trous noirs. Elle en a décroché un en 45 et elle est devenue riche. Elle est repartie en me laissant l'argent. Elle est censée rentrer ici une cinquantaine d'années, si un trou ne l'a pas avalée entre-temps.

— Alors tu es née sur Pluton ?

— Non. Je suis née en apesanteur, à environ cent unités astronomiques du Soleil. Je crois même que c'est un record inégalé. »

Elle lui décocha un large sourire apparemment très satisfait.

« Alors, t'as choisi ?

— Hein ?

— Oui, as-tu décidé si tu étais l'auteur ou le personnage principal ? Si vraiment tu te crois dingue, tu peux te barrer. Que peux-tu faire d'autre sinon accepter la réalité de tes sens ? »

Il s'immobilisa, le temps de songer sérieusement à ce point — pour la première fois depuis leur rencontre.

« Eh bien, je l'accepte, répondit-il avec fermeté. Tout cela se passe effectivement. Sacré cétacé, mais c'est que ça arrive *pour de vrai !*

— Ravi de te voir revenu dans notre camp. Je t'avais bien prévenu qu'on ne pouvait tâter de l'hyperbole hermétique et continuer de douter de ses sens. »

Cela n'avait rien à voir avec leurs rapports sexuels, Quester le savait bien. Tout cela aurait pu fort bien être aussi illusoire que le reste — et il n'avait pas de draps tachés pour le prouver. Mais il croyait en *elle,* même s'il y avait décidément quelque chose d'illogique dans ce qui l'entourait.

« Attention ! Attention !

— Oh merde ! Quoi encore ? » Ils ralentirent à proximité d'un haut-parleur afin de l'écouter sans distorsion.

« Bonnes nouvelles ! Ici le capitaine par intérim qui vous parle au nom du Comité directeur compétent. Nous avons décidé de diriger cette comète sur une nouvelle trajectoire, plus proche du soleil afin de prendre de la vitesse pour quitter plus rapidement l'espace solaire. La décision a été prise de convertir le vaisseau ci-après rebaptisé le *Spermatozoa* en une nef de colonisation interstellaire chargée de répandre la semence de l'humanité parmi les étoiles. Tous les passagers se voient de ce fait enrôlés dans la Cellule prolétarienne de l'Eglise du peuplement illimité. La conversion de toutes les ressources en un système d'écologie fermée commencera sur l'heure. Préservez vos excréments ! Mesurez votre respiration jusqu'à l'issue de la crise ! Rectificatif ! Rectificatif ! Il n'y a pas de crise. Pas de panique ! Tout individu surpris à paniquer sera immédiatement abattu ! Le Comité directeur a décrété qu'il n'y avait pas de crise. Ordre est donné à tous les officiers encore en vie et capables de manipuler tous ces petits bidules qu'il y a sur la passerelle, de se présenter immédiatement. »

Quester considéra Consolaciòn :

« T'y connais quelque chose ?

— Je sais piloter un vaisseau, si c'est ce que tu veux dire. Mais je n'ai jamais volé sur un truc aussi... *énorme*... enfin, le principe est le même. Tu ne suggères quand même pas que j'aille leur donner un coup de main ?

— Je ne sais pas, admit-il. Je n'envisageais pas vraiment de plan d'action, il y a une minute encore. Et toi, qu'en penses-tu ? Pourquoi va-t-on vers la passerelle ? »

Elle haussa les épaules. « Juste voir ce qu'ils peuvent bien fiche, je suppose. Mais peut-être vaudrait-il mieux faire quelques préparatifs. Tâchons de trouver des gilets de sauvetage. »

Ils découvrirent dans le hall un placard contenant des équipements de secours. A l'intérieur se trouvait une vingtaine de ces dispositifs à champ nul baptisés gilets de sauvetage. Il s'agissait plus précisément de générateurs de combinaisons spatiales de secours équipés de recycleur d'eau et de bouteilles d'oxygène. Chacun d'eux consistait en un cylindre rouge d'environ trente centimètres de long sur quinze de diamètre, muni de bretelles et d'un simple flexible terminé par une bride métallique. L'appareil était porté sur le dos avec le tube passé par-dessus l'épaule. En fonctionnement, le gilet de sauvetage générait un champ nul qui épousait étroitement les contours du corps de son porteur. Le champ oscillait entre un millimètre et un millimètre et demi de la peau et ce mouvement de soufflet suffisait à évacuer l'air vicié par la buse d'échappement. Le dispositif se raccordait à la minuscule valve métallique implantée par chirurgie chez tous les passagers. Chez Quester, cette connexion se trouvait sous la clavicule gauche. Il avait presque oublié sa présence : simple fleur cuivrée qu'on aurait pu confondre avec un bijou, elle faisait en réalité partie intégrante d'un réseau de tuyauteries capables de dériver le sang veineux de son artère pulmonaire vers l'oxygénateur situé dans son dos, d'où il retournait, *via* une canalisation parallèle, vers son oreillette gauche.

Consolaciòn l'aida à se harnacher et lui montra le fonctionnement des quelques commandes manuelles. La plupart étaient cependant automatiques : le champ s'activerait au moindre changement brusque de température ou de pression.

Puis ils repartirent par les coursives silencieuses à la rencontre des pirates.

Au dernier coude avant de déboucher sur la passerelle

provisoire, ils s'arrêtèrent pour enclencher manuellement le champ de leur combinaison. Consolaciòn se transforma immédiatement en un miroir à silhouette féminine. Le champ réfléchissait toutes les radiations électromagnétiques hormis sur deux discontinuités de la taille des pupilles, à hauteur des yeux, et qui laissaient filtrer les quanta de lumière visible. C'était troublant : on appelait ça l'effet des fondus et ça donnait effectivement l'impression que le corps avait été tordu à travers une autre dimension de l'espace.

Elle disparut presque entièrement, à l'exception d'un lacis de distorsions qui écorchaient les yeux de Quester lorsqu'il essayait de les regarder.

Ils gagnèrent la porte donnant sur le pont et s'arrêtèrent un moment. C'était une porte parfaitement ordinaire. Quester se demanda ce qu'il faisait ici en compagnie de cette femme impulsive.

« On frappe d'abord, ou quoi ? demanda-t-elle, rêveuse. A ton avis, Quester ? Que ferait Panama Kid ?

— Il la défoncerait, répondit sans hésiter Quester. Mais lui ne se serait pas pointé ici sans son fidèle laser. Dis, tu ne crois pas qu'on ferait peut-être mieux de retourner...

— Non. Mieux vaut y aller tout de suite avant d'avoir trop réfléchi. Ces combinaisons sont une protection contre tout type d'arme que je connaisse. Au pire, ils ne peuvent que nous capturer.

— Et ensuite ?

— Ensuite, à toi de nous tirer de là grâce à tes bonnes paroles. Après tout, la repartie, c'est ton rayon, non ? »

Quester demeura silencieux tandis qu'elle reculait et s'adossait au mur opposé, ramassée, prête à donner de l'épaule contre la porte. Il n'avait pas envie de faire remarquer qu'habileté derrière une machine à écrire et talent oratoire n'étaient pas nécessairement liés. Après tout, si elle avait envie de risquer l'insémination forcée, c'était son affaire.

Pour voir, comme ça, il effleura de la paume le panneau de la porte. Il y eut un déclic et le battant s'ouvrit. Trop tard !

Poussant un hurlement, Consolaciòn déboula cul par-dessus tête dans la pièce, les quatre membres étendus comme une grosse étoile de mer argentée, cherchant désespérément à se raccrocher à quelque chose. Quester se rua derrière elle puis s'immobilisa net, à peine entré : il n'y avait personne.

« Tu parles d'une chute », haleta Consolaciòn en s'extrayant d'une pile de caisses à l'autre bout de la pièce. « Moi qui croyais... mais peu importe. C'est de ma faute. Qui aurait cru qu'elle n'était pas verrouillée ?

— *Moi,* remarqua Quester. Attends une minute... Tu ne trouves pas que... enfin, disons, qu'on se presse un peu trop, non ? Je n'ai pas vraiment eu le temps de trouver le moment de réfléchir depuis qu'on est partis mais je persiste à croire qu'on est partis du mauvais pied. Bon sang, on n'est pas dans un roman où tout se déroule selon le plan établi. J'en ai suffisamment écrit, je devrais le savoir. On est dans la vie réelle et ça signifie qu'il doit bien y avoir une explication rationnelle.

— Laquelle, donc ?

— Je ne sais pas. Mais je ne crois pas que c'est ainsi qu'on la trouvera. Les choses ne se passent pas comme... tiens, par exemple, ces communiqués par haut-parleurs : complètement *délirants !* Personne n'est fondu à ce point, pas même les Libres Géniteurs ! »

L'enchaînement de ses pensées fut interrompu par la bruyante intrusion de quatre individus en gilet de sauvetage.

Consolaciòn et Quester sautèrent en l'air pour se cogner au plafond et se retrouver en fin de compte promptement capturés.

« Parfait. Lequel de vous deux est le capitaine par intérim ? »

Il y eut un bref silence et puis Consolaciòn éclata de rire : « Lincoln ?

— Consolaciòn ? »

Les quatre faisaient partie de l'éphémère complot de Consolaciòn : apparemment, le vaisseau était bourré de gens assez inquiets pour tenter de prendre en main la situation. Quester n'avait pas eu le temps de saisir leurs noms qu'ils étaient surpris par un nouveau groupe de quatre, eux-mêmes talonnés par trois autres personnes. Le quiproquo menaçait de dégénérer en bataille rangée lorsque quelqu'un émit une suggestion :

« Pourquoi ne pas mettre un écriteau sur la porte ? Tous ceux qui se pointent ici sont persuadés que nous sommes les pirates. » Ce qui fut fait, le panneau indiquant que le capitaine par intérim était mort. Le temps que les nouveaux arrivants discutent de l'événement et de la conduite à tenir, on pouvait tranquillement leur expliquer la situation.

Quelqu'un arriva avec un plateau et des alcools et bientôt tous les prétendus libérateurs se détendaient en discutant autour d'un verre. En l'espace de quinze minutes, autant de théories avaient jailli.

A présent qu'ils se retrouvaient les pieds sur terre, Quester opta pour une attitude attentiste. Les données étaient encore insuffisantes.

« Une fois que vous avez éliminé l'impossible, cita-t-il, ce qui reste, si improbable que ce soit, doit être la vérité.

— Et ça nous avance à quoi ? demanda Consolaciòn.

— Simple point de vue mais moi je pense qu'on va devoir attendre notre retour sur Mercure pour découvrir de quoi il retourne. A moins de me ramener vivant un extra-terrestre, ou un Libre Géniteur ou ce que vous voulez... enfin, quelque preuve matérielle...

— Eh bien, allons en chercher une, dit Consolaciòn.

— Attention ! attention ! Ici l'ordinateur de bord. J'ai de graves nouvelles pour tous les passagers : L'ensemble de l'équipage a été assassiné ! Jusqu'à présent j'avais été bloqué par un programme truqué injecté par les révolutionnaires, ce qui m'a empêché de reprendre la direction des opérations. Heureusement, la situation est à présent redressée. Malheureusement, la passerelle est encore aux mains des pirates ! Depuis leur position, ils ont accès à toutes mes commandes manuelles et j'ai bien peur qu'il ne reste qu'une seule solution à ceux d'entre vous qui souhaitent éviter une catastrophe. Nous sommes sur une trajectoire qui va bientôt couper la chromosphère solaire et je suis dans l'incapacité de la rectifier aussi longtemps que la passerelle ne sera pas reprise ! Ralliez-vous à moi ! Levez-vous en un juste courroux pour repousser le vil usurpateur ! Balayez le pont ! Vive la contre-révolution ! »

Il y eut un bref silence, le temps pour tous d'assimiler les implications de cette annonce, silence auquel succéda un brouhaha aux limites de la panique. Plusieurs personnes se ruèrent vers la porte, pour ne pas tarder à battre en retraite et la verrouiller derrière eux : de l'extérieur montait un rugissement menaçant.

« ... la chromosphère ? Mais où diable sommes-nous donc ? Quelqu'un est-il monté récemment à la surface ?

— ... parlez-moi d'une croisière d'agrément ! Je n'ai même pas *vu* le Soleil et voilà maintenant qu'on nous annonce qu'on va...

— ... des pirates, des révolutions, des contre-révolutions, des Libres Géniteurs, des *extra-terrestres,* mais pour l'amour du ciel... ! »

Désemparée, Consolaciòn regardait autour d'elle, tout en écoutant le martèlement contre la porte. Elle repéra Quester, planqué derrière une console, et vint s'accroupir à côté de lui.

« Tire-nous donc de ce coup-ci par tes beaux discours, Panama Kid ! lui hurla-t-elle à l'oreille.

— Ma chère, je suis bien trop occupé pour parler. Si j'arrive à démonter le dos de ce truc... » Il s'acharna et finit par ôter un couvercle métallique. « Il y a eu un déclic là-dedans lorsque l'ordinateur a commencé à parler. »

Il y avait effectivement à l'intérieur un magnétophone équipé d'une large bobine. Quester pressa la touche de rembobinage, regarda la bande s'enrouler rapidement, puis appuya sur celle de lecture.

« Attention ! attention ! Ici l'ordinateur de bord. J'ai de graves nouvelles pour tous les passagers...

— Mais on a déjà entendu ça ! » cria quelqu'un. Quester resta un moment la tête dans les mains puis il leva les yeux vers Consolaciòn. Elle ouvrit la bouche pour dire quelque chose puis se mordit les lèvres, ses sourcils se touchèrent presque — en une mimique de perplexité si drôle que Quester en aurait éclaté de rire. Mais à cet instant même, le plafond de la passerelle de commandement fut pulvérisé.

Cela ne prit que quelques secondes. Il y eut un aveuglant éclair blanc, accompagné d'un rugissement terrible ; puis Quester se retrouva propulsé dans les airs et attiré vers l'extérieur. En un instant, tout le monde se vit recouvert d'un champ nul, agglutiné comme un banc de sardines autour du trou béant dans le toit. Les gens se faisaient aspirer par groupes de deux ou trois à la fois. La salle ne tarda pas à être vide et Quester était toujours à l'intérieur. Il baissa les yeux et vit la main de Consolaciòn qui lui étreignait la cheville. Elle agrippait d'un pode la console d'ordinateur solidement arrimée. Elle le hissa jusqu'à elle et le maintint, le temps qu'il se trouve une prise. Il claquait des dents.

La porte s'ouvrit à la volée et un nouveau paquet de passagers étonnés fut aspiré à travers le toit. Ce ne fut pas aussi long ce coup-ci : l'orifice était beaucoup plus grand. Au-delà, régnaient les ténèbres.

Quester fut surpris de son calme, une fois passé le premier choc. Il remercia Consolaciòn de l'avoir sauvé puis reprit ce qu'il s'apprêtait à dire avant l'explosion.

« As-tu déjà parlé à quelqu'un qui aurait effectivement vu un mutin, un Libre Géniteur ou autre ?

— Hein ? Est-ce bien le moment pour... ? Non, en fait je crois bien que non. Mais nous, nous avons quand même vu une espèce d'extra-terrestre ou Dieu sait quoi...

— Justement : Dieu sait quoi. Ce pouvait être n'importe quoi. Quelqu'un est en train de nous jouer en ce moment un tour diablement compliqué. Quelque chose est en cours mais ce n'est pas ce qu'on a voulu nous laisser croire.

— On a voulu nous laisser croire quelque chose ?

— On nous a fourni des indices. Certains contradictoires, certains complètement insensés, en nous encourageant à penser qu'une mutinerie était en train ; et ce magnétophone est bien la preuve que rien de tout cela ne s'est jamais produit. Ecoute plutôt. » Et il lui repassa les enregistrements des diverses bandes entendues plus tôt. Le son était nasillard dans leurs écouteurs.

« Mais qu'est-ce que cela prouve ? voulait savoir Consolaciòn. Peut-être que ce machin s'est simplement contenté d'enregistrer les messages au fur et à mesure de leur diffusion. »

Quester en resta coi un instant. Cette théorie d'un vaste complot l'avait séduit même s'il ignorait pourquoi.

Il fit défiler le ruban au-delà du dernier communiqué de l'ordinateur et poussa un soupir de soulagement en découvrant qu'il y en avait effectivement d'autres à la suite. Ils laissèrent la bande annoncer dans le vide des ennuis dans la salle des machines, des fuites au second réacteur auxiliaire et ainsi de suite : il était évident que tout cela participait d'un scénario qui ne pourrait plus se produire, vu que le vaisseau s'était déjà complètement déglingué et qu'ils fonçaient droit sur...

Ils étaient, semblait-il, parvenus en même temps à cette conclusion et se ruèrent ensemble vers le plafond pour voir ce qu'il se passait. Quester oublia comme de juste de se retenir à quelque chose et, sans la ferme prise de Consolaciòn, il partait tout droit à la vitesse de libération.

Le Soleil avait dévoré tout le ciel. Il était énorme, vraiment énorme.

« C'est ce qu'on avait payé pour voir, dit faiblement Consolaciòn.

— Ouais. Sauf que je comptais en profiter depuis la salle de bal. C'est plutôt... gros, non ?

— Tu crois que... ?

— Je ne sais pas. Je ne pensais pas qu'on s'en approcherait aussi près. Il y a un truc que le capitaine a dit — non, attends, ce n'était pas le capitaine, n'est-ce pas ? Enfin, l'un des enregistrements disait que... »

Le sol se souleva sous leurs pieds.

Quester aperçut l'ensemble du casino tournant sur sa droite. Il oscilla, dansa et se rompit : tournant toujours, les sphères jumelles se brisèrent, répandant vers les étoiles tables, roulettes, sabots, jetons, murs, tentures et tapis. Les débris éjectés formaient une double spirale analogue au panache de gouttelettes d'un tourniquet d'arrosage. Certains fragments scintillaient au soleil, pirouettant et gesticulant comme des sémaphores.

« Ce sont des gens...

— Sont-ils... ? » Quester ne put poser la question.

« Non, répondit Consolaciòn. Ces combinaisons les protégeront. Peut-être seront-ils recueillis plus tard. Tu vois, si l'on heurte quelque chose quand on est revêtu de ce genre de combinaison, on... » Elle n'eut pas le temps d'achever mais Quester eut tôt fait d'avoir la démonstration de ce qu'elle voulait dire. Le sol s'ouvrit à quelques mètres d'eux. Renversés, balayés, ils boulèrent, désemparés, en travers de la surface blanche et sale pour se retrouver suspendus au-dessus du puits. Quester heurta l'autre côté de la faille et rebondit. Il ressentit à peine l'impact, bien qu'ayant touché avec une relative violence car le champ de la combinaison se raidissait automatiquement dès que le heurtait un objet en déplacement rapide. Il pouvait lui en être reconnaissant car la faille commençait à se refermer. En s'agrippant à la surface, il chercha à regagner la lumière mais les parois de glace se rabattaient sur lui comme un livre qu'on referme.

Un bref instant, il demeura figé, tandis qu'autour de lui glace et roche vibraient et se vaporisaient sous l'incroyable pression des contraintes de rupture : il ne vit rien autre qu'un éclair blanc, tandis que l'eau et le méthane gelés se transformaient instantanément en gaz sans passer par une phase liquide intermédiaire. Puis il se sentit libéré lorsque les masses se séparèrent de nouveau.

Il était toujours figé dans une posture d'escalade mais à présent il pouvait voir. Il était entouré par des fragments de débris, depuis le caillou brillant d'un rouge vif, de la taille du poing, jusqu'aux icebergs géants qui disparaissaient en se sublimant sous ses yeux. Chaque fois que sa combinaison commençait à perdre de sa rigidité, un nouvel objet venait le heurter, le paralysant dans une nouvelle posture, le temps que sa combinaison absorbe l'énergie cinétique.

En un laps de temps incroyablement bref, tout avait disparu. Chacune des particules de l'explosion se voyait repoussée loin des autres particules par la pression des gaz surchauffés.

Mais Consolaciòn agrippait toujours sa cheville. Elle était le dernier élément qui subsistait de son univers, hormis quelques minuscules débris scintillants qui tournoyaient et tournoyaient, là-bas dans le lointain.

Et le Soleil.

Il pouvait le voir directement chaque fois qu'il passait dans son champ de vision, toutes les dix secondes. C'est à peine s'il apparaissait comme une sphère : de seconde en seconde il ressemblait de plus en plus à un vaste disque plat en ébullition. Devant cette présence écrasante et majestueuse, Quester se sentait — désagréablement — devenir tout petit. Il retrouva Consolaciòn entre ses bras. Il contempla son visage qui n'était qu'un lacis de miroirs reflétant à l'infini des images de Soleils que se renvoyaient sans fin les masques de leurs deux visages. Si déconcertant rien qu'une heure plus tôt, cet effet des fondus lui semblait à présent rassurant et familier, comparé au chaos environnant. Il serra la jeune femme contre lui et ferma les yeux.

« Est-ce qu'on va le percuter ?

— Impossible à dire. Si oui, ce sera le test le plus dur qu'aient jamais enduré ces combinaisons. Je ne sais pas si leur capacité a une limite. »

Il était abasourdi : « Tu veux dire qu'on pourrait effectivement... ?

— Je te le répète. Je n'en sais rien. Théoriquement, oui ; on pourrait fort bien traverser la chromosphère sans dommage aucun — par la chaleur en tout cas. Mais cela aurait pour conséquence de nous ralentir avec une sacrée violence. Et la décélération pourrait nous tuer. Les combinaisons nous protègent presque totalement des forces extérieures mais les accélérations internes peuvent fort bien briser les os et rompre les organes. Le gilet de sauvetage n'arrête pas l'action de la gravité ou des forces d'inertie. »

Il était inutile d'envisager trop longuement cette possibilité.

Ils fonçaient à travers la couronne à présent, laissant dans leur sillage une traînée de particules ionisées, pareille à la queue d'une minuscule comète. Ils cherchèrent autour d'eux d'autres survivants mais sans succès. Bientôt, ils ne purent plus distinguer qu'un brouillard scintillant à mesure que le potentiel électrique qu'ils avaient accumulé commençait à se décharger en formant des aigrettes de plasma brûlant. Cela ne dut pas se prolonger plus de quinze minutes ; puis le phénomène commença de se dissiper lentement.

Vint un moment où le Soleil leur sembla avoir légèrement rétréci. Ils n'en dirent rien, se contentant de rester serrés l'un contre l'autre.

« Quelles sont nos chances d'être recueillis ? » voulut savoir Quester.

Le Soleil était beaucoup plus petit à présent, diminuant presque à l'œil nu derrière eux. Ils n'avaient plus à se soucier que des vingt prochaines heures — ce qui correspondait à l'autonomie de leurs réserves d'oxygène.

« Comment le saurais-je ? Quelqu'un doit s'être aperçu maintenant qu'il s'est passé quelque chose mais j'ignore si un vaisseau pourra nous rejoindre à temps. Tout dépend de son éventuelle position à l'instant de la catastrophe. »

Quester contemplait les étoiles, à mesure qu'elles défilaient dans son champ visuel. Ils n'avaient aucun moyen de ralentir leur rotation ; si bien que les étoiles continuaient de tourner autour d'eux au rythme d'un tour toutes les dix secondes.

Il ne s'attendait pas à voir quelque chose mais ne fut pourtant pas surpris lorsque cela se produisit. C'était l'avant-dernière d'une longue succession d'inepties : un vaisseau s'approchait d'eux. Par radio, une voix leur annonça de se préparer à aborder puis leur demanda si le voyage leur avait plu. Quester s'apprêtait à lui répliquer vertement mais leur interlocuteur ne prononça qu'un seul mot, d'une voix lente et claire :

« Horreur ! »

Et tout bascula.

Je m'éveillai pour découvrir que tout cela n'avait été qu'un rêve.

Ma toute première histoire, écrite lorsque j'avais cinq ans, s'achevait sur une phrase pratiquement identique. Je n'en ai aucune honte. Si l'idée n'est pas nouvelle, elle était à l'époque originale pour moi. Ce n'est que plus tard que j'appris que ce n'était pas la bonne méthode pour conclure un récit, que le lecteur mérite mieux.

Alors voici mieux :

Je m'éveillai pour découvrir que *presque* tout cela n'avait été qu'un rêve. Le mot « Horreur » était un signal post-hypnotique destiné à lever les blocages induits dans ma mémoire par une suggestion préalable.

Je ne sais pas pourquoi je me fatigue à vous expliquer tout ceci. Je suppose que c'est parce que les vieux tics d'écriture ont la vie dure. Qu'importe que ce texte soit destiné à un ramassis de psychanalystes, de médiartistes et autres fumistes ; je dois au moins préserver le fil conducteur. J'ai enfreint les règles en passant à la première personne sur la fin mais je ne vois pas comment j'aurais pu écrire le support que me demandaient les Icarus Lines autrement qu'à la troisième personne.

« Je » suis Quester, bien que ce ne soit pas là mon nom véritable. Je suis effectivement écrivain de scientifiction mais je n'ai pas de personnage nommé Panama Kid. Le nom de Consolaciòn dissimule une autre personne. On m'avait suggéré de modifier les noms.

J'ai embarqué à bord de *La Boule de neige infernale* tout en sachant qu'elle allait se briser en route. Raison pour laquelle on l'avait à ce point déshabillée. Ils en avaient juste conservé de quoi maintenir la vague illusion qu'il s'agissait d'une croisière normale, avant de mettre le paquet pour nous flanquer une trouille du diable.

Nous le savions. Nous avions accepté de nous soumettre à un traitement hypnotique destiné à nous faire croire qu'on participait à une croisière banale avant de nous lâcher dans ce monde dingue qu'ils nous avaient concocté. Comme c'était leur première tentative, on a eu droit à tout ce que prévoyait le manuel : extra-terrestres, accidents, mutinerie, méprises et délire — et encore je n'ai pas tout vu. L'expérience est différente pour chaque passager mais le thème de base est de nous placer dans une situation terrifiante et manifestement périlleuse pour notre vie ; de bien nous agiter puis de nous faire déboucher de l'expérience sains et saufs.

Il n'y avait eu à aucun moment le moindre danger : nous étions sur une orbite stable, soigneusement calculée. Les gilets de sauvetage suffisaient à nous protéger de toute éventualité envisageable et nous étions conditionnés à les revêtir au moment opportun. La preuve en est que pas un passager ne fut blessé.

Mais *tous,* nous avions eu une trouille mortelle.

On me dit que vous voulez connaître nos motivations. Elles m'apparaissent avec clarté maintenant — même si à l'époque elles me semblaient tout autres. Si je me suis embringué dans ce film-catastrophe, c'est parce que je venais de vendre un roman et que j'avais envie de faire quelque chose de dingue, hors du commun. C'était la chose la plus tordue à laquelle j'aie pu penser et j'en viens à regretter de ne pas avoir choisi plutôt d'aller au musée. Parce que votre question suivante a sans doute trait à mes impressions à présent que tout est fini ; et je doute fort que vous appréciiez ma réponse : je crois refléter l'opinion de la majorité en souhaitant qu'à l'Icarus vous laissiez définitivement tomber ce genre de truc.

Jadis existait une attraction baptisée « le train fantôme ». On y pénétrait les yeux bandés et l'on y rencontrait diverses horreurs dont l'effet était encore accru par la nature inconnue des objets que l'on touchait — ou qui vous frôlaient. Aussi loin que remonte l'Histoire, les gens se sont toujours amusés à ce genre de choses : aller voir des films d'épouvante, monter sur les montagnes russes, lire des bouquins, visiter le musée des horreurs. Mais produire du frisson n'est pas aussi facile qu'on le dit : il y faut du talent, et de l'art, et une parfaite connaissance de ce qui se révélera authentiquement terrifiant et de ce qui ne sera que simplement amusant.

Vous autres, vous n'avez obtenu qu'un succès mitigé. En partie à cause de la nullité de votre approche lors de cette première croisière. Si, pour une prochaine fois, vous mainteniez une unité thématique — en vous cantonnant à la mutinerie ou bien à l'invasion, par exemple — au lieu de tout mélanger avec le reste des insanités que vous nous avez servies... mais qu'est-ce que je raconte ? Je ne veux rien améliorer. J'avoue certes avoir été quelque peu ébranlé par l'irréalité de l'ouverture, mais une fois dans la phase d'approche du Soleil, ce n'était plus que de la terreur à l'état pur : j'en ai encore l'estomac retourné rien que d'y penser.

Mais — et ça, je veux le crier sur les toits — vous êtes allés trop loin. Fondamentalement, je suis conservateur, comme le sont tous les auteurs de scientifiction — plus intéressés par le passé de la Terre que par l'avenir dans les étoiles. Mais on ne m'ôtera pas de l'idée que tout ceci était bien vain. En sommes-nous tombés là ? Alors que notre précieuse planète natale est aux mains de l'occupant depuis trois siècles, faut-il que nous consacrions tous nos efforts à la recherche futile de frissons de plus en plus raffinés ?

J'ose espérer que non.

Il y a encore une seconde considération, celle-ci plus délicate à formuler. Vous connaissez tous ces « idylles de croisière » où les passagers tombent amoureux pour en fin de compte se séparer définitivement, une fois arrivés à destination. Eh bien, c'est un peu ce qui nous est arrivé, à Consolaciòn et moi. Notre petit tour à travers la couronne solaire nous a rapprochés. Je n'ai pas encore écrit là-dessus : cela m'est trop douloureux. Deux jours durant, nous sommes restés accrochés l'un à l'autre. Nous avons fait l'amour avec les étoiles à nos pieds.

Nous aurions pu rester amoureux si nous avions été maîtres de nos propres esprits. Mais une fois que fut prononcé ce mot de passe magique, nous avons découvert que nous n'étions plus les personnages que nous avions jusque-là campés. Déjà qu'il est bien assez difficile de s'apercevoir que l'être que vous aimez n'est pas celui que vous croyiez, que dire alors lorsque c'est *vous* qui n'êtes pas tel que vous l'imaginiez ?

Terrifiante crise d'identité dont je suis tout juste en train de sortir. Moi, Quester, je ne me serais pas conduit comme je l'ai fait à bord de *La Boule de neige,* si j'avais été en possession de toutes mes facultés. On nous a testés — d'une manière quasiment destructrice — pour vérifier que l'injonction nous empêchant de découvrir la réalité sous-jacente était assez résistante pour tenir. Elle l'était, même si sur la fin j'ai commencé à entrevoir quelque chose à travers les voiles. Le danger eût-il été plus crédible, je reste persuadé que je n'aurais pas un instant douté de sa réalité. Et là, c'eût été *bien pis.* Telle quelle, la situation me permit de conserver un certain détachement, de nourrir l'idée que je pouvais bien être fou. J'avais parfaitement raison.

Le voyage vers le Soleil suffit largement comme sensation. Restez-en là, je vous en prie, afin que nous puissions rester sûrs de nos amours et de nos peurs sans en venir à penser que ce pourrait bien n'être que des illusions. Je garderai toujours le souvenir du regard de Consolaciòn lorsqu'elle s'éveilla du rêve qu'elle avait avec moi partagé. Le rêve s'était enfui ; Consolaciòn n'était pas celle que j'avais cru deviner.

Je n'ai plus qu'à essayer de trouver ailleurs ma consolation.

# Barbie tuerie

Le corps parvint à la morgue à 22 h 46. Personne n'y prêta guère attention. C'était un samedi soir et les cadavres venaient s'empiler comme des souches contre un barrage. Une employée débordée se fraya un passage entre les rangées de tables en inox, prit la liasse de papiers qui accompagnait le corps puis rabattit le drap sur son visage. Elle sortit de sa poche une fiche pour y reporter les indications mentionnées par la police et le personnel de l'hôpital :

*INGRAHAM, Leah Petrie. Sexe : féminin. Age : 35. Taille : 2,10 m. Poids : 59 kg. Décédée à son arrivée. Service des urgences. Mer des Crises. Cause du décès : homicide.*
*Parent le plus proche : inconnu.*

Elle enroula le fil attaché au carton autour du gros orteil gauche, fit glisser le poids mort de la table sur le chariot à roulettes, le mena jusqu'au casier 659-A et fit coulisser le long plateau.

La porte claqua et l'employée déposa la paperasse dans le panier de sortie — sans même avoir remarqué que nulle part dans leur rapport les enquêteurs n'avaient confirmé le sexe du cadavre.

Le lieutenant Anna-Louise Bach avait emménagé dans ses nouveaux locaux trois jours plus tôt et sur son bureau déjà le papier menaçait de dégringoler en avalanche par terre.

Qualifier ce cagibi de bureau était déjà une perversion de vocabulaire. S'y trouvait disposé un classeur pour les affaires en cours ; elle ne pouvait pratiquement l'ouvrir qu'au risque de sa vie. Les tiroirs avaient une fâcheuse tendance à lui sauter dessus, la clouant sur son siège dans le coin. Pour atteindre les « A », il fallait qu'elle grimpe sur sa chaise ; les « E » exigeaient, soit qu'elle s'assoie sur le bureau, soit qu'elle enjambe le tiroir du bas, un pied dans l'interstice et l'autre contre le mur.

Mais la pièce avait une porte. Certes, on ne pouvait l'ouvrir que si personne n'occupait l'unique chaise devant le bureau.

Enfin Bach n'était pas d'humeur à râler. Elle adorait les lieux. C'était dix fois mieux que la salle de garde où elle avait passé dix ans au coude à coude avec ses collègues sergents et caporaux.

Jorge Weil passa la tête par la porte.

« Salut ! On prend des paris sur un nouveau client. Qu'est-ce que tu m'offres ?

— Inscris-moi pour un demi-Mark », dit Bach sans lever les yeux du rapport qu'elle était en train de rédiger. « Tu ne vois donc pas que je suis occupée ?

— Pas autant que tu vas l'être. » Weil n'attendit pas d'être invité pour entrer et s'installer sur la chaise. Bach leva les yeux, ouvrit la bouche et ne dit rien. Elle avait certes autorité pour lui ordonner d'ôter ses gros pieds du panier « Affaires classées » mais pas l'expérience pour l'exercer. Avec Jorge, ils avaient travaillé en équipe trois ans durant. Pourquoi un simple galon doré peint sur l'épaule devrait-il modifier leurs relations ? Elle supposa que ce manque de façons de la part de Weil était sa manière de lui faire comprendre qu'il n'allait pas se laisser impressionner par sa promotion, aussi longtemps qu'elle-même n'en ferait pas un fromage.

Weil déposa un classeur au sommet de la pile branlante marquée « Affaires urgentes » puis se radossa. Bach avisa le tas de papier — et le passe-documents encastré dans le mur à moins d'un demi-mètre de là et qui menait à l'incinérateur — et envisagea la possibilité d'un accident. Un simple coup de coude maladroit...

« Tu ne comptes même pas l'ouvrir ? demanda Weil, l'air déçu. Ce n'est pas tous les jours que je fais les livraisons en main propre.

— Parle-m'en, puisque tu en as tant envie.

— D'accord. On a trouvé un corps, salement lacéré. On a trouvé l'arme du crime, qui est un couteau. On a trouvé treize témoins oculaires capables de décrire l'assassin mais on n'en a pas vraiment besoin puisque le meurtre a été commis devant une caméra de télévision : nous avons la bande.

— Tu es en train de me raconter une affaire qui a dû être résolue dix minutes après le premier rapport et sans la moindre intervention humaine. File donc ça à l'ordinateur, idiot. » Mais elle leva les yeux. Elle n'aimait pas l'odeur de ce truc. « Pourquoi me la filer à moi ?

— A cause du dernier élément en notre possession : le lieu du meurtre. Le meurtre a été commis dans la colonie des Barbies.

— Oh ! doux Jésus ! »

Le temple de l'Eglise standardiste de Luna était situé au centre de la Commune standardiste, Untelville, Crises-Nord. Le meilleur moyen de s'y rendre, découvrirent-ils, était par une ligne de desserte locale parallèle au métro express transcrisien.

Accompagnée de Weil, elle sortit une capsule de police bleue et blanche disposant d'un code de traitement prioritaire pour s'en remettre au réseau municipal de transport de La Nouvelle-Dresde — le trieur de pilules, comme l'appelaient les Dresdénites.

Ils furent aspirés par le tunnel d'accès jusqu'au triage principal où des milliers de capsules s'entassaient en attendant que l'ordinateur leur attribue un itinéraire. Une fois sur le grand convoyeur qui aurait dû les mener au faisceau d'attente, ils se virent récupérés par un grappin (surnommé « le bras de la loi » par les flics) et directement transférés vers l'une des multiples poches du Transcrisien, sous le regard furieux des usagers des autres capsules. Leur module s'y inséra, et Bach et Weil se retrouvèrent écrasés contre le dossier de leur siège.

Au bout de quelques secondes, ils émergeaient du tunnel pour déboucher sur la plaine des Crises, propulsés dans le vide à quelques millimètres du rail d'induction par la suspension magnétique. Bach leva les yeux sur la Terre puis regarda défiler par la vitre le morne paysage. Elle ruminait sombrement.

Il lui avait fallu examiner la carte pour se convaincre que la colonie barbie appartenait effectivement à la juridiction de la Nouvelle-Dresde — un bel exemple des magouilles du découpage électoral : Untelville était situé à cinquante kilomètres de ce qu'elle avait cru jusque-là être la limite de la Nouvelle-Dresde mais elle y était reliée par une ligne pointillée symbolisant une bande de terrain tout juste large d'un mètre.

Un grondement monta lorsqu'ils pénétrèrent dans un tunnel tandis que de l'air était injecté devant eux. Leur cabine vibra légèrement sous l'onde de choc avant de jaillir du sas pressurisé pour déboucher dans la station d'Untelville.

Les portes de la capsule chuintèrent et ils débarquèrent sur le quai.

La station de métro d'Untelville était en fait d'abord un quai de chargement attenant à un entrepôt : un vaste espace avec contre les murs des empilements de caisses qu'une cinquantaine de personnes s'employaient à charger dans des capsules de marchandises.

Bach et Weil restèrent un moment sur le quai, sans bien savoir où aller : le crime avait eu lieu à moins de vingt mètres devant eux, au beau milieu de la station.

« Cet endroit me flanque les foies, lança Weil.

— A moi aussi. »

Chacune des cinquante personnes que pouvait voir Bach était strictement identique aux quarante-neuf autres... Toutes semblaient de sexe féminin bien qu'on ne pût distinguer que leurs visages, leurs pieds et leurs mains, car le reste du corps était dissimulé par un ample pyjama blanc serré à la ceinture. Toutes étaient blondes ; toutes avaient les cheveux taillés à hauteur d'épaule et séparés par une raie au milieu, des yeux bleus, le front haut, un petit nez, une bouche étroite.

Le travail s'arrêta progressivement, à mesure que les Barbies remarquaient leur présence. Elles considéraient Bach et Weil avec suspicion. Bach en choisit une au hasard et s'approcha d'elle :

« Qui est la responsable ici ? demanda-t-elle.

— Nous », répondit la Barbie. Bach crut comprendre que la femme parlait d'elle, se rappelant vaguement que les Barbies n'employaient jamais de pronom singulier.

« Nous sommes censés rencontrer quelqu'un au temple, dit-elle. Comment s'y rend-on ?

— Par cette porte, dit la femme. Elle débouche sur la Grand-Rue. Suivez-la jusqu'au temple. Mais franchement, vous devriez vous couvrir.

— Hein ? Comment ça ? » Bach ne voyait pas en quoi leur façon de s'habiller prêtait à redire : certes, ni son compagnon ni elle n'étaient aussi vêtus que la Barbie. Bach portait son habituel slip de nylon bleu — en plus de la casquette réglementaire, des brassards et cuissards, et des sandales à semelle de feutre ; son arme, son communicateur et ses menottes étaient arrimés à une ceinture de cuir.

« Couvrez-vous, dit la Barbie avec un regard douloureux. Vous faites étalage de vos différences. Et vous, avec tout ce poil... » Il y eut des gloussements et quelques cris parmi les autres Barbies.

« Ça, ça regarde la police, coupa Weil.

— Euh, oui », enchaîna Bach, ennuyée d'avoir été mise sur la défensive par la Barbie. Après tout, on était à la Nouvelle-Dresde, dans un lieu de passage public — même si la tradition et l'usage en faisaient une enclave standardiste — et ils avaient parfaitement le droit de s'habiller à leur guise.

La Grand-Rue était en fait un petit boyau fort étroit. Bach s'était attendue à une promenade analogue aux zones commerciales de la Nouvelle-Dresde ; ce qu'elle découvrait ne différait en rien d'un corridor résidentiel. Ils avancèrent, attirant les regards curieux et parfois réprobateurs des passants tous identiques qu'ils croisaient.

Il y avait une modeste place à l'extrémité de la rue : sous un toit bas de métal nu, quelques arbres et un massif édifice de pierre, d'où rayonnaient plusieurs voies.

Une Barbie en tout point identique à ses semblables les attendait à l'entrée. Bach lui demanda si elle était bien celle que Weil avait eue au téléphone et elle lui répondit par l'affirmative. Bach s'enquit de la possibilité d'entrer causer à l'intérieur. La Barbie dit que l'accès au temple était interdit aux étrangers mais leur proposa de s'asseoir sur un banc à l'extérieur de l'édifice.

Une fois qu'ils furent installés, Bach commença son interrogatoire. « Primo, j'ai besoin de savoir votre nom et votre fonction. Je suppose que vous êtes... voyons voir ? » Elle consulta ses notes, hâtivement recopiées sur les données fournies par le terminal de son bureau. « Je n'ai pas l'impression d'avoir trouvé mention de votre fonction...

— Nous n'en avons pas, dit la Barbie. S'il vous faut un titre, considérez-nous comme les conservatrices des archives.

— D'accord. Et votre nom ?

— Nous n'avons pas de nom. »

Bach soupira. « Oui, j'entends bien : vous bannissez les noms en arrivant ici. Mais vous en avez bien eu un, avant. On vous en a donné un à la naissance. Il va me le falloir pour mon enquête. »

La femme prit un air douloureux. « Non, vous ne comprenez pas. Il est vrai que ce corps a jadis porté un nom. Mais on l'a effacé de l'esprit de celle-ci. Et ce serait causer à celle-ci une douleur considérable que de vouloir le lui remémorer. » Elle trébuchait toutes les fois qu'elle prononçait « celle-ci ». A l'évidence, même l'usage d'une circonlocution polie à la place du pronom personnel la mettait mal à l'aise.

« Dans ce cas, je vais essayer d'aborder autrement la question. » Bach se rendait bien compte que les difficultés commençaient — et ce n'était qu'un début. « Vous vous qualifiez de conservatrice des archives...

— C'est bien ce que nous sommes. Nous conservons les archives car la loi nous y oblige. Chaque citoyen doit être archivé — du moins est-ce là ce qu'on nous a dit.

— Pour une excellente raison, observa Bach : nous allons avoir besoin d'accéder à ces fameuses archives. Dans le cadre de l'enquête. Vous comprenez ? Je suppose qu'un policier les a d'ailleurs déjà parcourues, autrement jamais la défunte n'aurait pu être identifiée comme étant Leah P. Ingraham.

— C'est exact. Mais il ne vous sera pas nécessaire de les consulter à nouveau. Nous sommes ici pour avouer. C'est nous qui avons assassiné L. P. Ingraham, numéro de série 11005. Nous nous rendons sans résistance. Vous pouvez nous conduire à votre prison. » Et elle lui tendit les mains, les poignets joints, prête à recevoir les menottes.

Abasourdi, Weil fit mine de prendre ses bracelets, puis il consulta Bach du regard.

« Mettons d'abord les choses au clair. Vous me dites bien que c'est vous l'auteur de cet acte. Vous, personnellement.

— Absolument. C'est nous qui l'avons fait. Mais n'ayant jamais eu l'intention de défier l'autorité temporelle, nous désirons payer notre faute.

— Attendez une minute. » Bach saisit le poignet de la Barbie et força la main à s'ouvrir, paume en l'air. « C'est bien *cette* personne, ce corps, qui a commis le meurtre ? Cette main, cette main-ci qui a tenu le couteau qui a tué Ingraham ? Cette main, par opposition à " vos " milliers d'autres mains ? »

La Barbie fronça les sourcils. « Exprimé ainsi, non. Ce n'est pas *cette* main qui a tenu l'arme du crime. Mais *notre* main. Y a-t-il une différence ?

— Que oui. Et une sacrée, aux yeux de la loi. » Bach relâcha avec un soupir la main de la femme. La femme ? Elle se demanda si le terme convenait. Elle réalisa qu'elle avait besoin d'en savoir un peu plus sur les Standardistes. Mais il était pratique de les considérer ainsi avec leurs traits féminins.

« Essayons encore. J'aurai besoin de vous — ainsi que des témoins oculaires du crime — pour étudier l'enregistrement du meurtre. Personnellement, je serais incapable de distinguer la meurtrière de la victime. Ou de l'une ou l'autre des passantes. Mais sans aucun doute en êtes-vous capable. Je suppose que... enfin, comme on disait jadis : “ tous les Chinois se ressemblent ”. Pour les Blancs, cela va sans dire. Les Orientaux, eux, n'avaient aucun mal à se distinguer les uns des autres. Aussi, je pensais que... que vous autres, vous pourriez... » Elle se tut progressivement devant le regard d'incompréhension de la Barbie.

« Nous ne voyons pas de quoi vous voulez parler. »

Les épaules de Bach s'affaissèrent.

« Vous voulez dire que vous êtes incapable... Pas même en la revoyant... »

La femme haussa les épaules. « Nous nous ressemblons toutes pour celle-ci. »

Plus tard cette nuit-là, Anna-Louise Bach était étendue sur son aqualit, entourée de tas de bouts de papier. Ça faisait peut-être brouillon mais cela l'aidait à réfléchir de griffonner les données sur du papier plutôt que de les entrer sur son terminal. Et le meilleur boulot, c'était tard dans la nuit qu'elle le faisait, chez elle, au lit, après avoir pris un bain ou fait l'amour. Ce soir, elle avait fait les deux et jugeait qu'elle avait besoin de toute la revigorante clarté d'esprit que cela pouvait lui procurer.

Les Standardistes. Ils formaient une secte démodée, fondée quatre-vingt-dix ans plus tôt par quelque illustre inconnu. Ce qui n'avait rien d'étonnant puisque tout Standardiste abandonnait son nom en entrant dans l'ordre et faisait tous les efforts compatibles avec les lois en vigueur pour occulter nom et personnalité, comme si il ou elle n'avait pas existé. Le surnom « Barbie » n'avait pas tardé à leur être collé par la presse. Le nom trouvait son origine dans un jouet populaire entre la fin du XX^e siècle et le début du XXI^e et produit en masse : une poupée de plastique, reproduction d'une jeune « fille » asexuée dotée d'une garde-robe raffinée.

Les Barbies avaient étonnamment réussi, pour un groupe qui ne se reproduisait pas et devait donc entièrement compter sur l'admission de membres venus de l'extérieur pour assurer le renouvellement de ses effectifs. Le groupe avait grandi durant vingt ans, puis atteint un palier de population lorsque le chiffre des décès avait égalé celui des nouveaux membres — qui avaient coutume de s'appeler des « composants ». Les Barbies avaient modérément souffert de l'intolérance religieuse et déménagé de pays en pays pour finalement s'installer sur Luna, soixante ans auparavant.

Leurs nouveaux composants se recrutaient parmi cette frange de handicapés légers de la société, ces gens qui n'avaient pas su réussir dans un monde qui prêchait conformisme, passivité et tolérance vis-à-vis de vos milliards de voisins et malgré tout récompensait uniquement ceux qui se montraient assez individualistes et agressifs pour se démarquer du troupeau. Les Barbies avaient choisi de s'exclure d'un système où l'on devait être à la fois un visage anonyme dans la foule et un individu plein de fierté et riche d'espoirs, de rêves et de désirs.

Elles étaient dans la droite ligne d'une longue tradition de retraite et d'ascèse — renonçant à leur nom, leur corps et leurs aspirations temporelles au profit d'une vie réglée et simple à comprendre.

Bach se rendit compte qu'une telle évaluation ne rendait pas justice à certaines d'entre elles : toutes n'étaient pas nécessairement des paumées. Certaines dans leurs rangs avaient dû simplement être attirées par les idées religieuses de la secte, bien que Bach ne vît pas grand-chose de sensé dans leurs enseignements.

Elle parcourut les dogmes, tout en prenant des notes : les Standardistes prêchaient la banalisation de l'humanité, dénigraient le libre arbitre, élevaient au pinacle la notion de consensus et le groupe au statut de demi-dieu. Rien de bien inhabituel dans la théorie ; c'était plutôt sa mise en application qui mettait les gens mal à l'aise.

Il y avait une théorie de la Création et une divinité qui n'était pas révérée mais simplement contemplée. La Création intervenait lorsque la divinité — un archétype de la terre-mère dépourvu de tout nom — donnait naissance à l'univers. Elle le peuplait d'individus tous semblables, tous sortis du même moule universel. Le péché entrait dans le tableau le jour où l'un de ces individus avait commencé à s'interroger. Il ou elle portait un nom, qu'on lui avait donné *après* ce péché originel (ce qui était une partie de sa punition) mais Bach ne put trouver ce nom inscrit nulle part. Elle jugea que ce devait être considéré comme un gros mot que les Standardistes ne prononçaient jamais devant un étranger.

Cette personne demandait à la Déesse à quoi rimait tout cela. Qu'est-ce qu'elle reprochait au vide pour avoir cru bon de le peupler de gens qui n'avaient, semblait-il, aucune raison d'exister ?

C'en était trop : pour des raisons inexpliquées (et qu'il était même inconvenant de vouloir simplement éclaircir) la Déesse avait puni les humains en introduisant la diversité dans le monde : des verrues, des gros nez, des cheveux frisés, de la peau blanche, des gens grands et des gens gros et des tordus, et des yeux bleus, du poil, des taches de rousseur, des testicules et des grandes lèvres. Un milliard de visages et d'empreintes digitales, chacune des âmes piégée dans un corps distinct de tous les autres, et affligée du lourd fardeau d'essayer d'établir son identité dans un perpétuel combat à qui saurait se faire entendre.

Mais le dogme soutenait que l'on obtenait la paix en luttant pour regagner le Paradis perdu — lorsque tous les humains seraient à nouveau semblables, la Déesse les accueillerait de nouveau en son sein : la vie était un test, une épreuve.

Bach était certainement d'accord avec ce dernier point. Elle rassembla ses notes et les mit en tas, puis elle prit le livre qu'elle avait ramené d'Untelville. La Barbie le lui avait donné lorsque Bach avait demandé une photo de la victime.

Il s'agissait d'un recueil de plans d'un être humain. Le titre en était *Manuel des spécifications.* Mais on disait *Manuel* tout court. Chaque Barbie en portait un, accroché à sa taille en même temps qu'un mètre-ruban. Il donnait, en termes techniques, les tolérances définissant ce à quoi devait ressembler une Barbie. Il était à profusion illustré de croquis détaillés de chaque partie du corps, avec leurs cotes au millimètre.

Elle referma le livre et se rassit, adossée à l'oreiller. Elle attrapa la visionneuse, la cala sur ses genoux et pianota le code d'accès à l'enregistrement du meurtre. Pour la vingtième fois de la nuit, elle regarda la silhouette jaillir d'une foule de silhouettes identiques dans la station de métro, frapper Leah Ingraham et se fondre à nouveau dans la masse tandis que sa victime gisait à terre, sanglante et éviscérée.

Elle ralentit la bande, se concentrant sur la meurtrière, à la recherche de quelque trait spécifique. N'importe lequel. Coup de couteau. Jaillissement du sang. Grouillement de Barbies consternées. Tardivement, quelques-unes se ruent après la meurtrière. Pas assez vite. Rares sont les gens à réagir assez vite. Mais la meurtrière avait du sang sur les mains. Noter de poser des questions là-dessus. Bach visionna le film une fois encore, ne découvrit rien de nouveau et décida finalement de dormir.

La salle était vaste et longue, brillamment éclairée par des rampes tout en haut. Bach suivit l'employé au bout de la rangée de casiers carrés qui longeaient l'un des murs. L'air était humide et froid, le sol avait été récemment lavé au jet.

L'homme consulta la fiche dans sa main puis tira la poignée

métallique du casier 659-A, avec un bruit qui résonna dans toute la salle. Il fit coulisser le tiroir et souleva le drap recouvrant le corps.

Ce n'était pas la première fois qu'elle voyait un cadavre mutilé mais c'était sa première Barbie nue. Elle remarqua immédiatement l'absence d'aréole sur les deux excroissances de chair censées être des seins, ainsi que la peau lisse et sans marque du pubis. Les yeux froncés, l'employé consultait la fiche attachée au pied du cadavre. Il grommela : « Doit y avoir une erreur. Putain, la migraine ! Qu'est-ce que vous voulez faire avec un truc pareil ? » Il se gratta la tête puis biffa le grand F inscrit sur la fiche pour le remplacer par un joli N. Puis il regarda Bach avec un sourire penaud et répéta : « Qu'est-ce que vous voulez faire ? »

Pour Bach, c'était le cadet de ses soucis. Elle étudiait les restes de L. P. Ingraham, dans l'espoir que quelque détail sur ce corps lui révèle pourquoi une Barbie avait jugé qu'elle devait mourir.

Il n'était guère difficile de voir *comment* elle était morte. La lame avait profondément pénétré dans l'abdomen et, de là, la blessure remontait, béante, jusque sous le sternum. L'os était en partie entaillé. Le couteau avait beau avoir été aiguisé, il avait fallu un bras particulièrement musclé pour tailler dans une telle épaisseur de chair.

L'employé considéra Bach avec curiosité, comme elle ouvrait les jambes de la femme et examinait les fruits de son exploration : loin en arrière de la courbure, la fente minuscule de l'urètre, juste devant l'anus.

Bach ouvrit son exemplaire du *Manuel*, sortit un mètre et se mit à l'ouvrage.

« Monsieur Atlas, j'ai trouvé votre nom dans un guide de morphologie vous mentionnant comme un praticien ayant eu de fréquents rapports avec l'Eglise standardiste. »

L'homme fronça les sourcils puis haussa les épaules. « Et alors ? Libre à vous de ne pas les approuver mais il n'y a là rien d'illégal. Et mes archives sont irréprochables. Je n'effectue jamais aucun travail avant que la police n'ait vérifié le casier judiciaire. »

Il s'assit sur le rebord du bureau de sa spacieuse salle de consultation et fit face à Bach. M. Pierre Atlas (sûrement un *nom de métier*[1]) avait les épaules taillées dans le granite, des dents à l'éclat de nacre, et les traits d'un jeune dieu. Une véritable publicité ambulante et articulée pour sa profession. Bach croisa les jambes, nerveuse. Elle avait toujours eu un faible pour les beaux morceaux.

« Je ne fais pas une enquête sur vous, monsieur Atlas. Il s'agit d'une affaire de meurtre et j'apprécierais votre collaboration.

— Appelez-moi donc Pierre, dit Atlas avec un sourire triomphant.

— Dois-je vraiment ? Fort bien. Je suis venue pour vous demander ce que vous feriez — et combien de temps il vous faudrait — si je vous demandais de me transformer en Barbie. »

Son visage se décomposa : « Oh ! non, quel dommage ! je ne peux absolument pas laisser faire ça ! Mais ma chère, ce serait un crime ! » Il se pencha et lui effleura le menton tout en lui tournant la tête. « Non, lieutenant, pour vous je me contenterais de remplir un soupçon les fossettes — peut-être en tonifiant les muscles striés de la joue — ensuite j'éloignerais légèrement du nez les os des orbites afin d'écarter les yeux. Les rendre plus attirants, vous voyez. Une touche de mystère... Et puis, évidemment, il y a votre nez... »

Elle repoussa sa main et hocha la tête : « Non, je ne viens pas vous voir pour une opération. Juste pour savoir. Connaître l'étendue du travail nécessaire et savoir dans quelle mesure vous pouvez vous conformer aux spécifications de l'Eglise. »

Puis elle fronça les sourcils et le regarda avec suspicion : « Qu'est-ce que vous lui trouvez, à mon nez ?

1. En français dans le texte (*N.d.T.*).

— Eh bien, ma chère, loin de moi l'idée de lui trouver quoi que ce soit... Disons qu'il possède une certaine... puissance qui doit assurément de temps en temps vous être utile, dans le milieu parmi lequel vous évoluez. Et même cette inclinaison sur la gauche pourrait se justifier, esthétiquement...

— Vous occupez pas », coupa-t-elle, furieuse de s'être laissé embobiner par son boniment. « Contentez-vous de répondre à ma question. »

Il l'étudia avec soin, lui demanda de se lever et de pivoter sur elle-même. Elle allait objecter qu'elle n'avait pas obligatoirement pensé à elle comme sujet pour le bistouri mais à une femme en général lorsqu'il sembla soudain se désintéresser d'elle :

« Ça ne serait pas trop dur. Votre taille dépasse juste un petit peu les paramètres ; je pourrais la réduire en prenant sur les cuisses et les jambes, éventuellement raboter quelques vertèbres. Oter un peu de graisse ici pour la remettre là. Excision des mamelons, ablation de l'utérus et des ovaires, suture de l'entrejambe. Chez un homme, ablation du pénis. Il faudrait que je taille dans le crâne et que je déplace les os pour, en partant de là, rebâtir le visage. Disons deux jours de travail, une nuit blanche, et un consultant.

— Et une fois le travail terminé, que resterait-il pour m'identifier ?

— Vous voulez répéter ? »

Bach lui expliqua brièvement la situation et Atlas y réfléchit.

« Vous touchez là un problème : J'ôte effectivement les empreintes de doigts et d'orteils. Je ne laisse aucune cicatrice extérieure, si microscopique fût-elle. Ni verrue ni tache de rousseur, grain de beauté ou envie ; tout doit disparaître. Un test sanguin marcherait encore, tout comme une empreinte rétinienne. Une radiographie du crâne. L'empreinte vocale resterait sujette à caution : là, j'égalise autant que possible. Sinon, je ne vois rien d'autre.

— Rien que ne puisse révéler un simple examen visuel ?

— C'est bien tout l'intérêt de l'opération, n'est-ce pas?

— Je sais. J'espérais juste que vous pourriez connaître quelque détail inconnu des Barbies. Merci quand même. »

Il se leva, lui prit la main et la baisa. « De rien. Et si jamais vous décidez de régler cette histoire de nez... »

Elle retrouva Jorge Weil à la porte du temple au milieu d'Untelville. Il y avait passé la matinée, à éplucher les archives, et il était patent que le boulot ne lui plaisait pas. Il retourna avec elle dans le petit bureau où les archives étaient entreposées dans de vieux classeurs fatigués. Une Barbie les y attendait. Elle commença sans préambule : « Nous avons décidé, à notre égalisation d'hier soir, de vous aider autant que possible.

— Ah ouais? Eh bien merci. Je me demandais si vous accepteriez, compte tenu de ce qui s'est passé il y a cinquante ans. »

Weil parut perplexe : « Quoi donc? »

Bach attendit que la Barbie l'explique mais apparemment elle ne comptait pas s'en charger. « Très bien. J'ai découvert ça la nuit dernière. Les Standardistes ont déjà été impliquées dans un meurtre, peu après leur arrivée sur Luna. Tu as remarqué qu'on n'en voit jamais à La Nouvelle-Dresde? »

Weil haussa les épaules : « Et alors? Elles restent entre elles.

— On le leur a *ordonné*. Au début, elles pouvaient se déplacer à leur guise comme n'importe quel autre citoyen. Puis l'une d'entre elles a tué quelqu'un — cette fois-là, pas une Standardiste. On savait que le meurtrier était une Barbie ; il y avait eu des témoins. La police se mit à sa recherche. Tu devines la suite.

— Ils se sont retrouvés avec le même problème que nous. »

Weil grimaça. « Ça s'annonce plutôt mal, non?

— Pas facile d'être optimiste, concéda Bach. La meurtrière ne fut jamais retrouvée. Les Barbies offrirent de livrer une des leurs prise au hasard, pensant ainsi satisfaire la justice. Mais ça n'était bien sûr pas la solution. Il y eut un scandale public et les pressions se multiplièrent pour les contraindre à adopter l'un ou l'autre signe distinctif, comme un numéro tatoué sur le front. Je ne pense pas non plus que ça aurait marché : on aurait également pu le masquer.

« Le fait est que les Barbies furent vues comme une menace pour la société : elles pouvaient assassiner à leur guise puis se fondre dans leur communauté comme des grains de sable sur une plage. Et nous serions dans l'incapacité de punir un coupable. Rien n'était prévu dans la loi pour ce cas.

— Que s'est-il passé, alors ?

— On a déclaré l'affaire close mais il n'y eut ni arrestation, ni inculpation, ni suspect. On a passé un marché avec les Standardistes selon lequel elles pourraient pratiquer leur religion aussi longtemps qu'elles ne se mélangeraient pas avec les autres citoyens. Bref, on les reléguait à Untelville. C'est bien cela ? » Elle consulta la Barbie.

« Oui. Nous avons accepté l'accord.

— Je n'en doute pas. La plupart des gens ont tout juste conscience de votre existence. Seulement à présent, voilà : une Barbie en tue une autre et ce, sous l'œil d'une caméra de télévision... » Bach s'arrêta, soudain songeuse. « Dites, je viens de penser... attendez une minute. *Attendez une minute.* » Elle n'aimait pas du tout ça.

« Je me demande... le meurtre s'est produit dans une station de métro. Le seul endroit d'Untelville à être sous la surveillance du système de sécurité municipal. Et cinquante ans, ça fait beaucoup entre deux meurtres, même dans une ville aussi petite que... combien de gens vivent ici, m'as-tu dit, Jorge ?

— Sept mille, environ. J'ai l'impression de toutes les connaître intimement. » Weil avait passé sa journée à trier les Barbies. D'après les relevés effectués à partir de la bande, la meurtrière était à la limite supérieure de la taille permise.

Bach se tourna vers la Barbie : « Qu'en dites-vous ? Auriez-vous quelque chose de neuf à m'apprendre ? »

La femme se mordit les lèvres, parut indécise.

« Allons, vous disiez que vous alliez m'aider.

— Très bien. Il y a eu trois autres meurtres le mois dernier. Vous n'auriez jamais entendu parler de celui-ci s'il n'avait pas eu lieu devant des étrangers : des commanditaires étaient en effet présents à ce moment sur le quai de chargement. Et ce sont eux qui ont fait le rapport initial. Il n'était alors plus possible d'étouffer l'affaire.

— Mais pour quelle raison le vouloir ?

— N'est-ce pas évident ? Nous vivons sous la menace permanente de la persécution. Nous ne souhaitons pas apparaître comme une menace pour les autres. Nous voulons apparaître pacifiques — ce qui est la vérité — et préférons régler les problèmes du groupe au sein du groupe lui-même. Par consensus divin. »

Bach savait qu'à poursuivre le raisonnement dans cette voie, elle n'aboutirait nulle part. Elle décida donc de ramener la conversation aux meurtres précédents.

« Dites-nous ce que vous savez : qui a été tué, et si vous avez une idée du mobile. Ou bien devrai-je en parler avec quelqu'un d'autre ? » Un soupçon lui vint alors et elle se demanda pourquoi elle n'avait pas d'abord posé la question : « Vous êtes bien la personne avec qui j'ai parlé hier soir, n'est-ce pas ? Non, laissez-moi reformuler ma question : Vous êtes bien le corps... enfin, ce corps devant moi...

— Nous savons ce que vous voulez dire, coupa la Barbie. Euh, non, vous ne vous trompez pas. Nous sommes... *je* suis bien celle avec qui vous avez parlé. » Elle ne put prononcer le mot qu'avec un hoquet, rougissant furieusement. « Nous avons été... *J'ai* été choisie comme composant pour traiter avec vous puisqu'il fut entendu lors de l'égalisation que l'affaire devait être traitée. Celle-ci fut choisie... *J'ai* été choisie, à titre de punition.

— Vous n'avez pas à dire “ je ” si vous n'en avez pas envie.

— Oh, merci.

— En punition pour quoi ?

— Pour... tendances individualistes. Lors de l'égalisation, nous avons pris trop personnellement parti en faveur d'une coopération avec vous. En tant que nécessité politique. La tendance conservatrice souhaite s'en tenir à nos principes sacrés, quel qu'en soit le prix. Nous sommes divisées ; ce qui est la cause de sensations désagréables pour l'organisme, de malaise. Celle-ci s'étant ouvertement exprimée, elle fut punie pour avoir émis son opinion propre en étant désignée, *individuellement,* pour négocier avec vous. » La femme était incapable de regarder Bach dans les yeux. Son visage était brûlant de honte. « Celle-ci a donc reçu l'ordre de vous révéler son numéro de série. A l'avenir, quand vous viendrez, vous n'aurez qu'à demander le 23900. »

Bach le nota. « Parfait. Que pouvez-vous me dire quant à un éventuel mobile ? Pensez-vous que tous les meurtres pourraient être l'œuvre du même composant ?

— Nous l'ignorons. Nous ne sommes pas plus équipées pour discerner un... individu dans le groupe que vous ne l'êtes vous-même. Mais il règne ici une grande consternation : nous sommes effrayées.

— Je m'en doute. Avez-vous une raison de croire que les victimes étaient... (mais cela a-t-il un sens ?)... étaient *connues* de l'assassin ? Ou bien a-t-elle frappé au hasard ? » Bach espérait bien que non. Ce genre d'assassin était le plus dur à retrouver ; faute d'un mobile, il s'avérait difficile de relier le meurtrier à sa victime ou de séparer un seul individu parmi des milliers de personnes possibles. Avec les Barbies, ce dernier problème se voyait élevé au carré ou au cube.

« Là aussi, nous l'ignorons. »

Bach soupira. « Je désire voir les témoins du crime. Je ferais aussi vite de commencer à les interroger. »

Trente Barbies furent bientôt convoquées. Bach comptait les soumettre à un interrogatoire poussé pour voir si leurs récits se tenaient et s'ils avaient changé.

Elle les fit asseoir et les prit une par une. Et presque immédiatement tomba sur un mur de pierre. Il lui fallut plusieurs minutes pour voir le problème, minutes frustrantes passées à tenter d'établir laquelle des Barbies avait parlé la première au policier, laquelle avait été la seconde et ainsi de suite.

« Attendez un peu. Et écoutez-moi soigneusement. Ce corps était-il physiquement présent à l'instant du crime ? Ces yeux l'ont-ils vu se produire ? »

Froncement de sourcils de la Barbie. « Eh bien, non ? Mais quelle importance ?

— Pour moi, ça en a, mon chou. *Eh, vingt-trois mille neuf cent !* »

La Barbie passa la tête par la porte. Bach prit un air ennuyé : « J'ai besoin des gens qui étaient *effectivement* présents. Pas de treize personnes prises au hasard.

— L'histoire est connue de toutes. »

Bach passa cinq minutes à lui expliquer que pour elle ça faisait une différence, puis elle dut attendre une heure, le temps que 23900 localise les véritables témoins oculaires du drame.

Et de nouveau, elle se heurta au mur de pierre : les récits étaient absolument identiques, ce qu'elle savait rigoureusement impossible. Les observateurs rapportent *toujours* les événements de manière différente. Ils se font passer pour des héros, encadrent les faits d'inventions de leur cru, réarrangent, reconstruisent, interprètent. Mais pas les Barbies. Bach se battit une heure durant, essayant de coincer l'une d'entre elles, mais sans aboutir à rien. Elle était en face d'un consensus, une position qui avait fait l'objet d'une discussion entre les Barbies jusqu'à ce qu'en émerge ce compte rendu considéré comme la vérité. C'en était probablement une bonne approximation mais Bach ne pouvait rien en tirer : ce qu'il lui fallait, c'était des divergences où se raccrocher et il n'y en avait ici aucune.

Pis que tout, elle était à présent convaincue que personne ne lui mentait. Aurait-elle questionné les treize tirées au sort qu'elle aurait obtenu les mêmes réponses : elles se seraient considérées comme présentes puisque, certaines d'entre elles l'ayant été, elles leur avaient tout raconté.

Ce qu'il arrivait à l'une arrivait à toutes.

Ses possibilités de choix s'évaporaient rapidement. Elle congédia les témoins, rappela 23900 et la fit asseoir. Bach décompta les points sur ses doigts :

« Un. Avez-vous les effets personnels de la défunte ?

— Nous n'avons pas de propriété privée. »

Bach opina. « Deux. Pouvez-vous me conduire à sa chambre ?

— Nous dormons chacune dans la première chambre disponible le soir. Il n'y a pas de...

— D'accord. Trois : des amies ou des collègues, que je pourrais... » Bach se massa le front d'une main. « Bon. Passons. Quatre : quel était son boulot ? Où travaillait-elle ?

— Toutes les tâches sont interchangeables, ici. Nous travaillons sur ce qui exige de...

— *D'accord !* » explosa Bach. Elle se leva pour faire les cent pas. « Que diable attendez-vous de moi dans une situation pareille ? Je n'ai *rien* sur quoi travailler. Pas le moindre fichu *truc.* Pas moyen de savoir *pourquoi* elle a été tuée, pas moyen de choper *l'assassin,* pas moyen de... *et merde !* Mais qu'est-ce que vous attendez donc que je fasse ?

— Nous n'attendons rien de vous, dit placidement la Barbie. Nous ne vous avons pas demandé de venir. Nous préférerions de beaucoup vous voir simplement repartir. »

Dans sa colère, Bach l'avait oublié. Elle était bloquée, incapable de se mouvoir dans l'une ou l'autre direction. Finalement, elle croisa le regard de Weil et hocha la tête en direction de la porte.

« Sortons d'ici. » Weil ne dit rien. Il sortit derrière Bach et pressa le pas pour la rattraper.

Ils atteignirent la station de métro et Bach s'arrêta devant leur capsule. Elle s'assit pesamment sur un banc, mit le menton dans la main et considéra la masse fourmillante des Barbies au travail sur les quais de chargement.

« Une idée ? »

Hochant la tête, Weil s'assit à côté d'elle, ôtant sa casquette pour s'éponger le front.

« Ils chauffent trop, ici », remarqua-t-il. Bach opina, sans vraiment l'écouter. Elle observa le groupe de Barbies au moment où deux d'entre elles se séparaient de la foule pour s'avancer de quelques pas dans leur direction. Elles riaient toutes les deux, comme à quelque blague personnelle, tout en regardant Bach droit dans les yeux. Puis l'une porta la main sous sa tunique, pour en retirer un long couteau d'acier luisant. D'un geste souple, elle plongea la lame dans le ventre de l'autre Barbie et remonta, la soulevant sur la pointe des pieds. Celle qui venait d'être frappée parut un instant surprise, baissa les yeux sur elle, la bouche ouverte, tandis que la lame la vidait comme un poisson. Puis ses yeux s'écarquillèrent et, frappée d'horreur, elle fixa sa compagne puis lentement tomba à genoux en retenant le couteau tandis que le sang qui jaillissait à flots imbibait son blanc uniforme.

« *Arrêtez-la !* » hurla Bach. Elle était debout et courait, après un instant de paralysie horrifiée : cela avait *tellement* ressemblé à la bande.

Elle était à une quarantaine de mètres de la meurtrière qui progressait maintenant avec rapidité, plus au trot qu'au pas de course. Elle dépassa la Barbie qui venait d'être attaquée — et qui gisait à présent sur le flanc, étreignant toujours le manche du couteau, presque avec tendresse, serré contre elle, le corps lové autour de sa douleur.

Bach écrasa le bouton d'alerte de son communicateur et, jetant un coup d'œil derrière elle, vit que Weil s'agenouillait à côté de la victime, puis elle se retourna... pour découvrir une masse confuse de silhouettes en fuite. Laquelle était-ce ? *Laquelle, bon sang ?* Elle empoigna celle qui semblait se trouver au même endroit et avancer dans la même direction que l'assassin avant qu'elle n'ait détourné les yeux. Elle fit virevolter la Barbie, la frappa durement de la paume sur le côté du cou et la regarda s'effondrer tout en essayant en même temps de garder l'œil sur toutes les autres. Elles couraient dans les deux sens : certaines essayaient de fuir tandis que d'autres pénétraient sur le quai de chargement pour voir ce qu'il se passait. C'était une scène digne de l'asile, pleine de piaillements, de cris et de mouvements désordonnés.

Bach repéra quelque chose de sanglant gisant à terre puis s'agenouilla près de la silhouette inerte et lui passa les menottes.

Levant les yeux, elle découvrit une marée de visages, tous semblables.

Le commissaire baissa les lumières et Bach, Weil et lui se tournèrent vers le grand écran situé à l'autre bout de la salle. A côté de l'écran, se trouvait une photoanalyste du service, munie d'une baguette. La bande commença à défiler.

« Les voici », dit la femme, en indiquant deux Barbies de l'extrémité de sa longue baguette. Simplement deux visages à la lisière de la foule, et qui approchaient maintenant. « Ici, la victime ; la suspecte à sa droite. » Tout le monde regarda se reproduire l'agression. Bach fit la grimace en constatant le temps qu'il lui avait fallu pour réagir. A sa décharge, Weil avait mis une fraction de seconde de plus.

« Le lieutenant Bach commence à avancer ici. La suspecte retourne vers la foule. Si vous remarquez bien, elle surveille Bach par-dessus son épaule. Maintenant. Là. » Elle fit un arrêt sur l'image. « Bach perd le contact visuel. La suspecte retire le gant de plastique qui a évité au sang de lui tacher la main. Elle le laisse tomber, se déplace en biais. Le temps que Bach se retourne, et l'on constate qu'elle court après le mauvais suspect. »

Avec une fascination écœurée, Bach revit son image attaquer la mauvaise Barbie, avec la véritable meurtrière à moins d'un mètre sur sa gauche. La bande reprit sa vitesse normale et Bach contempla sans ciller l'assassin, jusqu'à en avoir mal aux yeux. Elle ne la reperdrait pas, cette fois.

« Elle fait preuve d'une incroyable témérité : elle ne va pas quitter les lieux avant vingt minutes encore. » Bach se vit s'agenouiller et aider l'équipe médicale à embarquer la Barbie blessée dans la capsule. La meurtrière était restée à côté d'elle, à la toucher presque. Elle sentit son bras se recouvrir de chair de poule.

Elle se rappela cette terreur horrible qui l'avait submergée tandis qu'elle était à genoux auprès de la femme blessée : *Ce pourrait être n'importe laquelle... celle derrière moi, par exemple...* Elle avait alors tiré son arme, reculé contre le mur et n'avait plus bougé jusqu'à l'arrivée des renforts quelques minutes plus tard.

Sur un geste du commissaire, la lumière revint. « Ecoutons ce que vous avez relevé », dit-il.

Bach jeta un œil à Weil puis lut sur son carnet : « Le sergent Weil a pu communiquer avec la victime peu avant l'arrivée des secours. Il lui a demandé si elle connaissait quelque élément susceptible d'identifier son assaillante. Elle répondit que non, se contentant de dire que c'était " le courroux ". Sans plus préciser. Je cite à présent le rapport écrit par le sergent Weil immédiatement après l'interrogatoire : " Ça fait mal, ça fait mal. Je vais mourir, je vais mourir. " Je lui dis que les secours arrivaient. Elle a répondu : " Je suis en train de mourir. " Ses propos sont devenus incohérents et j'ai tenté d'obtenir de l'une des spectatrices une chemise afin d'arrêter l'hémorragie. Aucune coopération ne se présenta.

— C'était ce mot de " je ", intervint Weil. Dès qu'elle l'a eu prononcé, toutes les autres ont commencé de s'écarter.

— Elle retrouva la raison, reprit Bach, assez longtemps pour me chuchoter un nombre. Ce nombre était douze cent quinze, que j'écrivis sous la forme un-deux-un-cinq. Elle se releva une dernière fois, prononça : " Je meurs. " » Bach referma le carnet et leva les yeux : « Bien entendu, elle ne se trompait pas. » Elle se tourna nerveusement. « Nous avons invoqué la section 35-b du Code unifié de La Nouvelle-Dresde article : *flagrant délit,* permettant de suspendre localement les droits civiques pour la durée de l'enquête. Nous avons pu localiser le composant 1215 par une méthode simple, en alignant toutes les Barbies et en leur demandant de baisser leur culotte : chacune d'entre elles a un numéro de série inscrit au bas des reins. Le composant 1215, une certaine Sylvester J. Cronhausen se trouve actuellement en détention.

« Tandis que se poursuivaient les recherches, nous nous sommes rendus aux dortoirs, à la loge 1215, avec une équipe de criminologues. Dans un compartiment secret sous l'alcôve, nous avons pu mettre la main sur ces articles. » Bach se leva, ouvrit le sac contenant les pièces à conviction, qu'elle étala sur la table.

Il y avait un masque de bois sculpté : affublé d'un gros nez crochu et d'une moustache, avec une couronne de cheveux bruns. A côté du masque se trouvaient plusieurs pots de crème et de poudre, du fond de teint et de l'eau de Cologne. Un chandail noir en nylon, un pantalon et des tennis, noirs également. Une liasse de photos découpées dans des magazines et montrant des gens ordinaires, portant, pour la plupart, plus de vêtements qu'il n'est habituel sur Luna. Il y avait enfin une perruque brune et un tablier de sapeur de la même teinte.

« C'est quoi, ce truc ? demanda le commissaire.

— Un tablier de sapeur, monsieur, expliqua Bach. Une moumoute pubienne...

— Ah. » Il contempla l'étalage, se radossa. « Quelqu'un aimait à se déguiser.

— A l'évidence, monsieur. » Bach était immobile, les mains au dos, le visage impassible. Elle éprouvait un intense sentiment d'échec, en même temps que la froide détermination de capturer la femme qui avait eu le culot de venir la coudoyer juste après avoir commis un meurtre sous ses yeux. Elle était certaine que le moment et le lieu du crime avaient été choisis à dessein, que l'on avait monté pour elle cette exécution.

« Pensez-vous que ces objets appartenaient à la défunte ?

— Rien ne nous autorise à l'affirmer, répondit Bach. Toutefois, les circonstances sont suggestives...

— De quoi ?

— Je ne peux pas en être sûre. Ces objets *pourraient* avoir appartenu à la victime. Une fouille opérée dans d'autres alcôves prises au hasard n'a rien donné d'analogue. Nous avons présenté les pièces au composant 23900, notre liaison. Elle a affirmé ne pas connaître leur usage. » Elle se tut, puis ajouta : « Je crois qu'elle mentait. Elle avait l'air parfaitement dégoûtée.

— L'avez-vous arrêtée ?

— Non monsieur. Je n'ai pas cru devoir le faire. Telle qu'elle est, c'est notre seule liaison. »

Le commissaire fronça les sourcils et croisa les doigts. « Je m'en remets à vous, lieutenant Bach. Franchement, nous aimerions être sortis de ce merdier le plus tôt possible.

— Je ne pourrais être plus en accord avec vous, monsieur.

— Peut-être ne me comprenez-vous pas. Il nous faut absolument avoir sous la main un accusé tout chaud. Et très vite.

— Monsieur, je fais de mon mieux. Mais franchement, je commence à me demander si je peux vraiment faire quelque chose.

— Vous ne me comprenez toujours pas. » Il regarda autour de lui. La sténo et la photoanalyste avaient quitté la salle. Il était seul avec Bach et Weil. Il bascula un interrupteur sur son bureau et Bach réalisa qu'il arrêtait un enregistreur.

« La presse s'est branchée là-dessus. Ça commence à chauffer. D'un côté, les gens ont peur de ces Barbies. Ils entendent parler du meurtre d'il y a cinquante ans et de notre accord tacite. Ils n'aiment pas beaucoup ça. De l'autre, il y a les libertaires des droits civiques. Ils se battront pour empêcher qu'il arrive quoi que ce soit aux Barbies. Par principe. Le gouvernement n'a aucune envie de se fourrer dans un tel pétrin. Je peux difficilement l'en blâmer. »

Bach ne disait toujours rien et le commissaire prit un air ennuyé. « Je vois qu'il va falloir vous mettre les points sur les *i*. Nous avons mis la main sur une suspecte.

— Faites-vous allusion au composant 1215, Sylvester Cronhausen ?

— Non, je parle de celle que vous avez capturée.

— Mais monsieur, la bande montre clairement qu'elle n'est pas la coupable. Ce n'est qu'une passante innocente. » Elle sentait la rage la gagner tandis qu'elle disait cela. Et merde ; elle avait essayé de son mieux.

« Jetez donc un œil à ceci. » Il pressa un bouton et le film commença de repasser. Mais cette fois sa qualité s'était considérablement détériorée : certaines séquences étaient couvertes de neige, l'image par moments s'effaçait complètement. C'était une très bonne imitation d'une défaillance de caméra. Bach se vit courir parmi la foule — il y eut un éclair blanc — et elle venait de frapper la femme. Les lumières revinrent dans le bureau.

« J'ai vérifié avec l'analyste. Elle nous suivra. Il y a une prime à la clef. Pour vous deux. » Ses yeux allaient de Weil à Bach.

« Je ne peux pas marcher dans cette affaire, monsieur. »

Il prit l'air de qui vient d'avaler un parapluie. « Je n'ai pas dit que nous ferions ça aujourd'hui. C'est une possibilité. Mais je vous demande d'envisager les choses sous cet angle, simplement de les envisager, et je n'en dirai pas plus. *Elles-mêmes* nous l'ont demandé. Elles vous ont offert un marché similaire, lors de votre première visite : clore l'affaire avec une confession : pas de vagues. Nous avons déjà cette détenue. Il lui suffit de dire qu'elle l'a tuée, et elle les a tuées toutes. Je veux que vous vous posiez la question : a-t-elle tort ? A la lumière de ses propres valeurs morales. Elle croit qu'elle partage la responsabilité de ces meurtres et la société exige un coupable. Quel mal y a-t-il à accepter leur compromis et laisser se répandre cette version ?

— Monsieur, je ne peux pas accepter ça : ce serait renier mon serment. Je suis censée protéger l'innocent et elle est innocente. C'est bien même la seule Barbie dont je sois certaine de l'innocence. »

Le commissaire soupira. « Bach, vous avez quatre jours. D'ici là, offrez-moi une solution de rechange.

— Oui, monsieur. Si je n'en ai pas, je vous dis tout de suite que je ne m'opposerai pas à votre plan. Mais vous devrez accepter ma démission. »

Anna-Louise Bach était allongée dans sa baignoire, la tête appuyée sur une serviette roulée. Seuls le cou, le bout des seins et les genoux affleuraient à la surface placide de l'eau teintée de pourpre par une généreuse dose de sels. Elle serrait entre ses dents un fin cigarillo d'où s'échappaient des volutes de fumée lavande dont le ruban allait rejoindre l'épais nuage amassé au plafond.

Du bout d'un pied, elle ouvrit les robinets, évacuant l'eau refroidie et rajoutant de l'eau chaude jusqu'à ce que la sueur se mette à lui perler au front. Elle était dans son bain depuis plusieurs heures. Elle avait le bout des doigts fripés comme des planches à laver.

Il n'y avait, semblait-il, guère de choix : les Barbies leur étaient étrangères, à elle comme à quiconque elle chargerait de les interroger. Elles ne voulaient pas de son aide pour résoudre les crimes. Toutes les vieilles règles, tous les vieux schémas devenaient sans objet : les témoignages ne signifiaient rien ; il était impossible de les distinguer entre elles, de confronter les récits. L'occasion ? Des milliers d'individus avaient pu l'avoir. Le mobile ? Aucun. Elle disposait d'une description physique minutieuse et même de bandes vidéo des meurtres. Les deux lui étaient inutiles.

Une seule tactique pourrait donner des résultats. Cela faisait des heures qu'elle restait à tremper, dans l'espoir de déterminer quelle était pour elle l'importance exacte de son boulot.

Bordel, que voulait-elle faire d'autre ?

Elle sortit rapidement de la baignoire, en éclaboussant copieusement le sol. Elle se précipita dans la chambre, tira les draps du lit et tapa sur les fesses de la silhouette mâle étendue.

« Allez, debout Svengali. Voilà ta chance de faire quelque chose pour mon nez ! »

Tant qu'elle eut l'usage de la vue, elle en profita jusqu'à la dernière minute pour lire tout ce qu'elle avait pu dénicher concernant les Standardistes. Lorsque Atlas travailla sur ses yeux, l'ordinateur lui bourdonna dans un écouteur. Elle mémorisa ainsi la plus grande partie du *Livre des Standards.*

Dix heures de chirurgie, suivies de huit heures allongée, paralysée, le corps soumis à une réfrigération forcée — les yeux fixés sur les mots qui défilaient sur un écran suspendu.

Trois heures d'exercice, pour s'habituer à des membres plus courts. Une heure encore pour assembler l'équipement.

En quittant la clinique Atlas, elle sentait qu'elle pouvait passer pour une Barbie, aussi longtemps qu'elle garderait ses vêtements. Elle n'était quand même pas allé *jusque-là.*

Les gens avaient tendance à oublier l'existence des sas d'accès débouchant à la surface. Un fait que Bach avait plus d'une fois mis à profit pour apparaître là où personne ne l'attendait.

Elle gara la chenillette de location près de l'entrée et l'abandonna là. Progressant gauchement dans sa combinaison pressurisée, elle entra, activa le sas, puis franchit la porte intérieure et déboucha dans une salle d'équipements d'Untel-ville. Elle rangea la combinaison, vérifia rapidement son apparence dans le miroir d'un lavabo, retendit le mètre-ruban qui ceinturait son ample tunique blanche et s'aventura dans les corridors obscurs.

Ce qu'elle était en train de faire n'était pas à proprement parler illégal mais elle restait sur le qui-vive : elle n'escomptait pas voir les Barbies prendre sa mascarade avec le sourire si jamais elles la démasquaient et elle savait avec quelle facilité pouvait définitivement disparaître une Barbie. Trois d'entre elles en avaient déjà fait l'expérience avant même que Bach ne fût sur l'affaire.

L'endroit semblait désert. On était en fin de soirée, selon la chronologie arbitraire de La Nouvelle-Dresde. Le moment de l'égalisation nocturne. Bach se hâta de descendre les couloirs silencieux pour gagner le rassemblement dans la grande salle du temple.

Elle était emplie de Barbies et pleine d'un tohu-bohu de conversations. Bach n'eut aucun mal à s'y glisser et quelques minutes suffirent à lui prouver que le travail de chirurgie esthétique d'Atlas répondait à ses promesses.

L'égalisation était le moyen trouvé par les Barbies pour uniformiser leurs expériences.

Elles avaient été incapables de simplifier leur existence au point de vivre chacune les mêmes expériences chaque jour ; le *Livre des Standards* disait que c'était le but vers lequel tendre mais sans doute impossible à atteindre de ce côté de la Sainte Réintégration dans la Divinité. On s'efforçait de maintenir les tâches disponibles à un niveau assez bas pour que tous les membres puissent les effectuer. La commune ne cherchait pas à faire du profit ; mais il fallait bien payer l'air, l'eau, la nourriture, en même temps que les pièces de rechange et l'entretien du matériel. Leur communauté devait produire quelque chose afin de commercer avec l'extérieur.

Elles vendaient des articles de luxe : statues religieuses taillées à la main, livres saints enluminés, faïences peintes et tapisseries brodées. Aucun de ces objets n'était standardiste. Les Barbies n'avaient aucun symbole religieux hormis leur uniformité et leur mètre-ruban mais rien dans leur dogme ne leur interdisait de vendre des objets de culte aux pratiquants d'autres religions.

Bach avait vu ces articles exposés dans les meilleures boutiques. Ils étaient méticuleusement réalisés mais souffraient du défaut de se ressembler par trop de l'un à l'autre. Dans une ère envahie par la technique, les acheteurs de produits réalisés à la main tendent à rechercher ces différences qu'induit la réalisation artisanale, quand les Barbies cherchaient à ce que toutes choses soient absolument semblables.

Situation ironique mais les Barbies sacrifiaient volontiers le profit à l'observance de leur règle.

Chaque Barbie tâchait durant la journée de faire autant que possible la même chose que toutes les autres. Mais il fallait bien que quelqu'un fasse la cuisine, entretienne la ventilation, charge le fret. Chaque composant avait donc tâche différente tous les jours. Lors de l'égalisation, on se rassemblait pour essayer d'aplanir le tout.

C'était fort ennuyeux. Tout le monde parlait à tout le monde en même temps. Chaque femme racontait à la cantonade ce qu'elle avait fait au cours de la journée. Avant la fin de la soirée, Bach avait entendu une centaine de fois la même série d'histoires qu'elle avait dû répéter à qui voulait l'entendre.

Tout détail inhabituel était repris par un haut-parleur afin que tout le monde en profite et que soit ainsi réparti l'intolérable fardeau de cette anomalie. Aucune Barbie ne voulait garder pour elle seule cette expérience unique ; elle s'en sentait salie, tachée, aussi longtemps qu'elle ne l'aurait pas partagée avec toutes les autres.

Bach commençait à en avoir sa dose — elle dormait presque — lorsque les lumières s'éteignirent. Le bourdonnement des conversations se tut — comme si une bande magnétique avait cassé.

« La nuit, tous les chats sont gris », chuchota quelqu'un tout près de Bach. Puis une voix isolée s'éleva. Solennelle, presque incantatoire.

« Nous sommes le courroux. Nous avons du sang sur les mains mais c'est le sang sacré de la purification. Nous vous avons déjà parlé de ce cancer qui nous dévore le cœur et malgré tout vous persistez à vous défiler devant le devoir à accomplir. *La crasse doit être ôtée de nous !* »

Dans l'obscurité totale, Bach essaya de deviner de quelle direction provenaient ces mots. Puis elle prit conscience d'un mouvement, des gens la frôlaient qui avançaient tous dans la même direction. Elle se mit à résister à la marée lorsqu'elle eut compris que tout le monde fuyait la voix.

« Vous croyez pouvoir user de notre sainte uniformité pour vous cacher parmi nous mais nul n'arrêtera la main vengeresse de Déesse. La marque est sur vous, nos sœurs de naguère. Vos péchés vous ont mises au ban et leur châtiment est proche.

« *Il en reste encore cinq parmi vous.* Déesse sait qui vous êtes et ne saura tolérer votre perversion de sa vérité sacrée. La mort vous frappera au moment où vous vous y attendrez le moins. Déesse voit en vous la différence, cette différence que vous recherchez tout en espérant la dissimuler à vos sœurs respectueuses. »

On reculait plus vite à présent et devant Bach une échauffourée prenait de l'ampleur. Elle se dégagea de cette foule qui exhalait la panique par chacun de ses pores. Le haut-parleur criait pour couvrir le brouhaha des gémissements et des frottements de pieds nus sur le sol. Bach s'avança, agitant ses mains étendues. Mais une autre main vint s'interposer d'abord.

Le coup n'était pas dirigé vers son estomac mais il l'expédia au tapis, suffoquée. Quelqu'un lui marcha dessus et elle réalisa que les choses allaient mal tourner pour elle si elle ne se relevait pas. Elle s'y essayait lorsque la lumière revint.

Il y eut un soupir de soulagement général tandis que chaque Barbie examinait sa voisine. Bach s'attendait presque à ce que l'on découvre un nouveau corps mais cela ne semblait pas être le cas. L'assassin s'était encore évanoui.

Elle se glissa dehors avant que l'égalisation ne s'achève et par les corridors déserts se hâta de gagner la chambre 1215.

Elle resta assise dans la pièce — guère plus qu'une cellule, avec un coffre, une chaise, une lampe sur une table — plus de deux heures avant que la porte, comme elle l'avait espéré, ne s'ouvre enfin. Une Barbie entra, essoufflée, referma la porte et s'y adossa.

« Nous nous demandions si vous viendriez », hasarda Bach.

La femme se précipita vers elle pour s'écrouler en sanglots à ses genoux.

« Pardonnez-nous, pardonnez-nous, notre chérie. Nous n'avons pas osé venir la nuit dernière. Nous avions peur que... que si... vous auriez pu être assassinée et alors le courroux nous aurait attendu ici... Pardonnez-nous. Pardonnez-nous.

— Tout va bien », dit Bach, faute de mieux. Et soudain la Barbie fut sur elle, et l'embrassait avec une passion désespérée. Bach était abasourdie même si elle s'était attendue à quelque chose de ce genre. Elle répondit du mieux qu'elle put. La Barbie enfin se remit à parler.

« Il faut qu'on arrête ceci. Il le faut. Nous avons une telle peur du divin courroux ; mais... mais cette *envie* ! Nous ne pouvons nous arrêter. Nous avons à tel point besoin de vous voir que c'est à peine si nous pouvons tenir toute la journée, sans savoir si vous êtes à l'autre bout de la ville ou bien au travail à côté de nous. Cela s'accumule tout au long du jour et la nuit, nous ne pouvons malgré tout nous empêcher de pécher encore. » Elle pleurait plus doucement cette fois, non pas de bonheur devant cette femme qu'elle croyait voir en Bach mais bien parce qu'elle avait atteint le fond du désespoir. « Qu'allons-nous devenir ? » demanda-t-elle, désemparée.

Bach l'apaisa : « Chuuuuut ! Tout va s'arranger. » Elle réconforta la Barbie, puis au bout d'un moment la vit relever la tête. Ses yeux semblaient briller d'une étrange lueur.

« Je ne peux plus attendre », et, ce disant, elle se leva et commença d'ôter ses vêtements. Bach pouvait voir ses mains trembler.

Sous ses habits, la Barbie avait dissimulé un certain nombre de choses qui ne lui étaient pas inconnues : Bach remarqua que la moumoute était déjà en position entre ses jambes. Il y avait un masque en bois fort semblable à celui qu'elle avait découvert dans le compartiment secret, ainsi qu'un pot. La Barbie en dévissa le couvercle et du bout du médius étala des taches brunes sur ses seins, figurant des aréoles stylisées.

« Regarde donc ce que *j'ai* trouvé », dit-elle en insistant lourdement sur le pronom, la voix tremblante. De la pile de vêtements jetés au sol, elle tira une vaporeuse nuisette jaune qu'elle fit glisser sur ses épaules. Elle prit la pose puis se mit à arpenter la chambre minuscule.

« Allons chérie, dit-elle, dis-le-moi, que je suis belle. Dis-le, que je suis adorable. Dis-le, que pour toi je suis la seule. La seule. Qu'importe donc ? As-tu encore peur ? Pas moi. Pour toi, j'oserai n'importe quoi, toi mon seul et unique amour. » Mais voilà qu'elle s'était arrêtée de marcher pour considérer Bach avec suspicion. « Pourquoi est-ce que tu ne te costumes pas ?

— Non... euh, je ne peux pas, dit Bach, pour temporiser. Ils... euh... quelqu'un a trouvé mes affaires. Tout a disparu. » Elle n'osait pas se dévêtir car ses mamelons et sa toison pubienne auraient paru par trop réels, même dans la pénombre.

La Barbie commençait à battre en retraite.

Ramassant son masque, elle se cacha derrière. « Que veux-tu dire ? Etait-elle là ? Le courroux ? Sont-elles déjà après nous ? C'est donc vrai, n'est-ce pas ? On ne peut pas nous voir. » Elle était de nouveau au bord des larmes, près de la panique.

« Non, non, je crois que c'était la police... » Mais ça n'arrangeait rien : la Barbie était à présent à la porte, qu'elle avait à moitié ouverte.

« C'est toi ! Qu'as-tu fait à... non, non, ne m'approche pas ! » Elle fouilla dans les vêtements qu'elle tenait maintenant à la main et Bach hésita, s'attendant à la voir sortir un couteau. Cela suffit à la Barbie pour filer, en claquant la porte derrière elle.

Lorsque Bach l'atteignit, la femme avait disparu.

Bach ne cessait de se répéter qu'elle n'était pas ici pour découvrir les autres victimes potentielles — dont faisait certainement partie sa visiteuse — mais pour attraper leur assassin. Le fait est qu'elle aurait préféré l'avoir sous la main pour l'interroger plus avant.

La femme était une perverse, selon la seule définition qui eut un sens pour les Standardistes. Elle était (et sans doute, comme elle, les autres victimes) une fétichiste de l'individualisme. Quand Bach eut compris cela, sa première idée fut de se demander pourquoi elles ne quittaient pas tout simplement la colonie pour redevenir qui bon leur semblait. Mais aussi, pourquoi un chrétien va-t-il voir les prostituées ? Par goût du péché. Dans le monde courant, ce que faisaient ces Barbies n'aurait guère eu de sens. Alors qu'ici, c'était un des pires péchés, et l'un des plus raffinés.

Et quelqu'un n'aimait pas ça du tout.

La porte se rouvrit : la femme était là, face à Bach, les cheveux hirsutes, le souffle court : « Il a fallu que nous revenions. Nous sommes tellement désolées d'avoir paniqué de la sorte. Pouvez-vous nous pardonner ? » Elle avançait vers Bach maintenant, les bras ouverts. Elle avait l'air si contrit, si vulnérable, que Bach fut prise par surprise lorsque le poing atterrit sur sa joue.

Bach donna contre le mur puis se retrouva clouée sous les genoux de la femme, sentant contre sa gorge quelque chose de froid et de pointu. Elle déglutit avec précaution, sans mot dire. Sa gorge l'irritait, insupportablement.

« Elle est morte, dit la Barbie. Et vous êtes la suivante. » Mais il y avait sur son visage quelque chose que Bach ne comprenait pas. La Barbie se frotta les yeux à plusieurs reprises puis loucha vers elle.

« Ecoutez, je ne suis pas celle que vous croyez. Si vous me tuez, vous allez attirer sur vos sœurs plus d'ennuis que vous ne pouvez en imaginer. »

La Barbie hésita puis lui fourra brutalement une main dans la culotte. Ses yeux s'agrandirent lorsqu'elle sentit les organes sexuels mais le couteau ne bougea pas. Bach sut qu'il lui faudrait parler vite, et ne pas se tromper sur ce qu'elle allait dire : « Vous comprenez ce dont je parle, non ? » Elle attendit une réaction. En vain. « Vous êtes au courant des pressions politiques qui s'accumulent. Vous savez bien que la colonie tout entière pourrait être balayée si jamais l'extérieur voyait en vous une menace. Vous ne voulez pas de ça.

— Si cela doit être, qu'il en soit ainsi, dit la Barbie. C'est la pureté qui compte. Si nous devons mourir, nous mourrons pures. Les blasphématrices doivent être tuées.

— Peu m'importe », dit Bach et cette fois, elle éveilla chez la Barbie un soupçon d'intérêt. « J'ai mes principes, moi aussi. Peut-être ne suis-je pas aussi fanatique que vous à leur égard. Mais ils sont importants pour moi. Et l'un d'eux est que tout coupable doit être conduit devant la justice.

— Vous avez une coupable. Jugez-la. Exécutez-la. Elle ne protestera pas.

— C'est *vous,* la coupable. »

La femme sourit : « Alors, arrêtez-nous.

— D'accord, d'accord. Manifestement, je ne peux pas. Même si vous ne me tuez pas, une fois que vous aurez franchi cette porte, jamais je ne serai capable de vous retrouver. J'y ai renoncé. Je n'ai tout bonnement pas le temps. C'était ma dernière chance et j'ai comme l'impression que ça n'a pas marché.

— Nous ne pensions pas que vous pourriez y arriver même avec plus de temps. Mais pourquoi devrions-nous vous laisser vivre ?

— Parce que nous pouvons naturellement vous aider. » Elle sentit la pression se relâcher quelque peu et parvint à déglutir à nouveau. « Vous ne désirez pas me tuer parce que cela pourrait détruire votre communauté. Moi-même... j'ai besoin de récupérer de ce gâchis un semblant de dignité. Je suis prête à accepter votre définition de la moralité et vous laisser faire la loi dans votre propre communauté. Peut-être même avez-vous raison. Peut-être ne formez-vous effectivement qu'un seul être. Mais je ne peux pas laisser condamner cette femme quand je sais pertinemment qu'elle n'a jamais tué personne. »

La lame ne touchait plus son cou maintenant mais la Barbie se tenait toujours prête à la lui plonger dans la gorge au moindre mouvement.

« Et si vous nous laissez vivre ? Qu'en retirerez-vous ? Comment allez-vous libérer votre “ innocente ” ?

— Dites-moi d'abord où se trouve le corps de la femme que vous venez de tuer. Je me charge du reste. »

L'équipe médicale était repartie et Untelville avait retrouvé son calme. Bach était assise au bord du lit avec Jorge Weil. Elle se sentait fatiguée comme jamais elle ne l'avait été. Depuis combien de temps n'avait-elle plus dormi ?

« Je vais te dire, commença Weil. Franchement, je ne croyais pas qu'un tel plan marcherait. Je suppose que je me trompais. »

Bach soupira. « Je voulais la capturer vivante, Jorge. Je pensais bien y parvenir. Mais quand elle s'est pointée avec le couteau... » Elle lui laissa le soin de finir pour elle, pour ne pas avoir à lui mentir. Elle avait déjà raconté tout ça lors de son interrogatoire. Dans sa version de l'histoire, après s'être emparée du couteau de son assaillante, elle avait d'abord tenté de la neutraliser mais avait finalement dû la tuer. Par chance, elle avait sa bosse sur l'occiput, provoquée au moment où elle avait heurté le mur. Ce qui rendait plausible une période d'évanouissement. Sinon, on aurait pu se demander pour quelle raison elle avait attendu si longtemps avant de prévenir la police et d'appeler une ambulance. A leur arrivée, la Barbie était déjà morte depuis une heure.

« Eh bien, je m'en remets à toi. Tu as sans aucun doute éclairci tout ça. Je t'avouerai que je me tâtais pour savoir si je devais faire comme toi et démissionner ou bien si j'aurais pu rester. A présent, je ne saurai jamais.

— Peut-être cela vaut-il mieux ainsi. Je n'en sais rien, moi non plus. »

Jorge lui fit un large sourire. « Je n'arrive pas à me faire à l'idée que c'est bien *toi,* derrière ce visage épouvantable.

— Moi non plus et je n'ai pas envie de regarder un miroir. Je file tout droit chez Atlas pour lui faire rectifier le tir. » Elle se leva avec lassitude et rejoignit avec Weil la station de métro.

Elle ne lui avait pas tout à fait dit la vérité. Certes elle comptait bien se faire rectifier au plus vite le visage — le nez et le reste — mais il lui restait encore une chose à faire.

Dès le début, un problème l'avait turlupinée : savoir comment l'assassin identifiait ses victimes.

Sans doute les déviantes convenaient-elles d'heures et de lieux précis pour accomplir leurs rites étranges. Cela n'avait rien de sorcier. N'importe quelle Barbie pouvait sans peine tirer au flanc. Dire qu'elle était malade sans que personne sache si c'était la même qui l'avait déjà été le jour, la semaine ou le mois précédent. Elle n'avait pas besoin de travailler : elle pouvait déambuler en faisant comme si elle se rendait d'une tâche à une autre. Personne ne pourrait la coincer. De même, quand 23 900 affirmait que jamais une Barbie ne passait deux nuits de suite dans la même chambre, elle n'avait aucun moyen de le vérifier. Manifestement, la chambre 1215 avait été définitivement monopolisée par les déviantes.

Et ces dernières n'avaient aucun scrupule à s'identifier mutuellement grâce à leur numéro de série, lors de leurs rencontres clandestines, même si elles pouvaient le faire aussi dans la rue. Alors que l'assassin n'avait même pas cette possibilité.

Quelqu'un avait pourtant su comment les identifier, les distinguer au milieu d'une foule. Bach pensait qu'elle avait dû s'infiltrer dans leurs réunions pour repérer d'une manière ou de l'autre les participantes. Ainsi pouvait-elle de proche en proche finir par les connaître toutes et se trouver alors prête à frapper.

Elle ne cessait de revoir l'étrange manière qu'avait eu la meurtrière de la regarder, du coin de l'œil. Le simple fait qu'elle ne l'ait pas immédiatement tuée en se trompant sur la personne signifiait qu'elle s'était attendue à découvrir quelque chose qui n'avait pas été là.

Et Bach avait son idée là-dessus.

Elle voulait se rendre d'abord à la morgue pour examiner les corps sous différentes longueurs d'onde et avec divers filtres. Elle aurait parié qu'une marque quelconque devenait alors visible sur les visages, marque que la meurtrière cherchait grâce à des lentilles de contact.

Il fallait qu'elle fût uniquement visible avec l'équipement convenable et en des circonstances bien précises. En y mettant le temps, elle trouverait.

S'il s'agissait d'une encre invisible, voilà qui soulevait une intéressante question. Comment avait-elle été appliquée ? Au pinceau, ou au vaporisateur ? Peu probable. Mais sur les mains de la meurtrière, une telle encre devrait avoir l'aspect et la consistance de l'eau.

Une fois qu'elle avait marqué ses victimes, il fallait en outre qu'elle soit sûre que la marque demeure un temps suffisant. Les meurtres s'étaient étalés sur un mois. Donc, ce qu'elle cherchait, c'était une encre indélébile, invisible, et qui imprégnait la peau.

Et si elle était indélébile...

A quoi bon y réfléchir plus avant ? Ou elle avait raison, ou bien elle avait tort. Lorsqu'elle avait passé son marché avec la meurtrière, elle avait envisagé la possibilité de vivre à tout jamais dans le doute. Certes, elle ne pourrait plus à présent traîner une meurtrière devant la justice, pas après ce qu'elle venait de dire.

Non, si elle retournait à Untelville et y découvrait une Barbie avec les mains tachées de la coupable, il faudrait qu'elle fasse justice elle-même.

# Équinoxiale

Paramètre se sentait suivie. Ils étaient derrière elle depuis des jours, toujours assez loin pour ne pas l'avoir directement en vue, mais jamais au point de lui permettre de les semer. Elle était en danger mais ce n'était plus le moment de s'en inquiéter.

Voilà qu'arrivait l'un des grands moments de son existence. Elle se proposait de le savourer intégralement et refusait de se laisser distraire par des chasseurs. Elle était en train de donner le jour à des quintuplés.

*Uno, Duo, Tri, Quad...* désespérante banalité.

*Prof, Joyeux, Atchoum, Grincheux...* non, ceux-là, ils étaient sept. *Army, Navy, Airforce, Marine, Garde-Côte ?* Ça donnait un pentagone — astuce intéressante. Mais qui aurait voulu être baptisé *Garde-Côte ?* Et d'ailleurs, c'était quoi au fait, un garde-côte ?

Elle évacua de son esprit la corvée du baptême. C'était sans importance ; ils se choisiraient eux-mêmes un nom le moment venu. Simplement, elle trouvait qu'il aurait été chouette de pouvoir les rattacher à quelque chose évoquant le chiffre cinq, ne serait-ce que pour des raisons de comptabilité.

« Ils viennent encore de nous repérer », pensa-t-elle mais ce n'était pas sa pensée propre : c'était la voix d'Equinoxe. Equinoxe était le compagnon de Paramètre, son environnement, sa combinaison spatiale, son alter ego, son symb. Elle regarda dans la direction d'où elle était venue.

Son regard embrassait la vision la plus spectaculaire de tout le système solaire : elle était à 230 000 kilomètres du centre de Saturne, à en croire les chiffres qui flottaient dans le coin supérieur gauche de son champ visuel. D'un côté se trouvait la masse énorme et jaune de la planète géante et tout autour d'elle une ligne dorée qui coupait en deux l'univers. Elle était à l'intérieur du second groupe d'anneaux, le plus brillant.

Mais Saturne et ses anneaux n'étaient pas tout ce qu'elle pouvait voir : à dix degrés environ de la planète et du plan de ses anneaux se trouvait un objet vaporeux, évoquant le pavillon d'une trompette. C'était transparent et la partie évasée était tournée vers elle. A l'intérieur de la forme se trouvaient quatre lignes rouges, nettes et bien délimitées vues de loin, mais qui devenaient floues à mesure qu'elles s'approchaient d'elle. C'étaient les chasseurs. Tout autour d'elle, mais cette fois dans le plan des anneaux, évoluaient lentement des lignes multicolores, terminées chacune par une flèche, en un vertigineux ballet tridimensionnel aux perspectives changeantes.

Rien de tout cela — que ce soient les lignes, les cônes, les « chasseurs » et même Saturne —, rien de tout cela n'était plus réel que l'image qui s'inscrit sur un tube cathodique. Une partie même était encore moins réelle que ça : les lignes changeantes, par exemple, étaient la représentation vectorielle des gros fragments de roche et de glace à portée du radar d'Equinoxe.

Le cône n'avait jamais été si proche depuis des jours. Mauvais présage car l'événement spatio-temporel dont il était la représentation était l'approche des chasseurs, avec une estimation de leur position possible, extrapolée à partir du dernier relevé. La zone brumeuse l'effleurait presque. Ce qui signifiait qu'ils pouvaient effectivement être très proches — même si ce n'était guère probable. Sans doute étaient-ils encore dans le fond de l'embouchure — là où la projection semblait presque solide — et presque certainement à l'intérieur des quatre lignes qui définissaient leur localisation la plus probable. Néanmoins, c'était encore trop près.

« Puisqu'ils savent qui nous sommes, à nous de les viser », décida Paramètre et il lui suffit d'y penser pour que le cône disparaisse, remplacé par quatre points rouges, suivis d'une queue qui se développait à vue d'œil.

« Trop près. Beaucoup trop près. » A présent, ils avaient deux lignes de mire : l'une de leur fait, la seconde obtenue en envoyant un signal rebondir sur eux. A partir de là, leurs symbs pouvaient calculer une trajectoire ; il était temps par conséquent de l'altérer.

Elle ne pouvait se permettre de modifier la sienne de la manière habituelle, à savoir en prenant appel sur une roche : les chasseurs étaient assez proches pour détecter un changement dans la vélocité des blocs de rocher et donc affiner leur estimation de sa position. C'était le moment d'utiliser ses propulseurs même si elle pouvait difficilement se permettre une perte de masse.

« Quelle direction ? demanda-t-elle.

— Je te suggère de dégager hors du plan. Ils ne s'y attendent pas encore. Ils ignorent toujours que tu es dans les douleurs de l'enfantement.

— Plutôt risqué : il n'y a rien pour se cacher, là-haut. » Equinoxe considéra ce point. « S'ils continuent d'approcher, tu seras bien obligée de prendre une décision peut-être encore plus radicale, et avec moins de chances de succès. Mais ce n'est qu'un simple conseil de ma part.

— Bien entendu. Eh bien d'accord. Vas-y, mon vert pâturage... »

Le monde autour d'elle tressauta et toutes les lignes de couleur se mirent à dégringoler, se courbant à mesure des changements de leur vélocité relative. Elle ressentit une légère pression dans le creux des reins.

« Garde l'œil sur eux. Je recommence à m'occuper de l'accouchement. Comment ça se passe, au fait ?

— Pas de problème. Une des filles est déjà engagée dans le canal — tu dois pouvoir la sentir...

— Ça, tu vas pouvoir me le répéter trois fois...

— ... et elle paraît un peu surprise à cause de la pression. Mais elle le prend bien. Elle te dit de ne pas t'inquiéter, que tout va bien se passer...

— Puis-je lui parler, maintenant ?

— Pas avant quelques heures, sois patiente.

— Bon. Ce ne devrait plus être long à présent. »

Et c'était absolument exact. Elle ressentit la vague des sensations lorsque son utérus se contracta de nouveau. Elle baissa les yeux, s'attendant distraitement à voir apparaître la première tête. Mais elle ne pouvait rien voir : son ventre saillait trop.

Rien de ce que voyait Paramètre n'était réel : tout n'était qu'illusion. Elle avait la tête complètement enfermée dans l'épaisse carapace opaque d'Equinoxe et toutes les impressions sensorielles qu'elle recevait passaient par la connexion directe des capteurs d'Equinoxe à son propre cerveau. Une bonne partie de ces informations était filtrée et arrangée pour en faciliter l'interprétation par Paramètre.

Ainsi s'explique qu'en baissant les yeux, elle ne voyait pas la surface vert sombre d'Equinoxe mais bien sa propre peau brune. Elle avait exigé cette illusion depuis fort longtemps, lorsqu'il était devenu pour elle important de croire qu'elle possédait toujours un corps. L'illusion était impeccable. Elle voyait distinctement ses empreintes digitales, le grain de beauté sur son genou, la couleur de ses mamelons, la cicatrice sur son avant-bras, le tout doucement éclairé par la lumière diffuse des Anneaux. Mais qu'elle essaie de se toucher et sa main serait arrêtée à bonne distance de ce qu'elle voyait à la surface de son corps. Equinoxe était peut-être invisible, mais elle était bien là.

Elle regarda, tandis que les contractions faisaient onduler et se rider son ventre comme du mastic. Voilà qui était plus normal. Elle se rappelait ses autres accouchements — avant qu'elle n'épouse Equinoxe. Dont un « naturel » qui ne s'était pas passé si bien que ça. Elle ne le regrettait pas mais l'expérience avait été douloureuse et elle n'avait aucune envie de la rééditer. Le second avait eu lieu sous anesthésie et n'avait rien eu de marrant. Elle aurait aussi bien pu ne pas être là : ni douleur ni plaisir, aucune *sensation*. Le même effet que de le lire dans un journal. Mais celui-ci, son troisième, c'était différent. Il était intense, intense au point qu'elle avait du mal à se concentrer pour échapper aux chasseurs. Mais il n'y avait pas de douleur. Tout ce qu'elle ressentait, c'était des séries de vagues de plaisir-douleur qui ne faisaient pas mal et qu'on ne pouvait relier à nulle autre expérience humaine.

L'une des lignes en face d'elle parut pointer presque directement dans sa direction. C'était un épais trait rouge — soit donc une masse de trois mille tonnes environ, formée de glace à soixante-dix pour cent. Le vecteur était court, signe que le bloc se déplaçait assez lentement pour que le rendez-vous soit facile.

Elle en profita et, avec l'infaillible instinct qu'elle avait développé, altéra légèrement sa course. La ligne bascula, se raccourcit encore plus avant de devenir plus brillante et de se mettre à pulser : c'était le signal de collision du détecteur d'approche d'Equinoxe.

Lorsque le bloc fut assez proche pour apparaître comme un objet et non plus sous forme de projection simulée, Paramètre pivota pour pointer les jambes dans sa direction. Elle amortit le choc de l'atterrissage puis commença de parcourir la surface d'une manière fort surprenante et à une vitesse proprement incroyable. Elle se mouvait avec la complexe coordination d'une araignée, crochée des quatre membres aux blocs de roche et de glace.

Elle aurait offert à l'observateur un spectacle comique : un haltère à disques, muni de bras et de jambes, avec au sommet une protubérance qui pouvait passer pour une tête. La surface extérieure d'Equinoxe était totalement dépourvue de replis ou d'angles vifs ; ce n'étaient que courbes douces sans la moindre saillie, hormis de courtes griffes à l'extrémité des membres. Au bout des jambes se trouvaient des appendices qui évoquaient plus des mains surdimensionnées que des pieds. Et les jambes se repliaient dans le mauvais sens. Ses genoux étaient articulés pour leur permettre de s'écarter latéralement.

Mais elle progressait sur le roc avec une facilité déconcertante, pas le moins du monde handicapée par sa grossesse, alors que pourtant les douleurs de l'enfantement se faisaient intenses.

Une fois qu'elle fut là où elle le désirait, elle donna une poussée des podes et des mains et s'éleva rapidement. Elle était maintenant sur une trajectoire à peu près perpendiculaire à celle de ses poursuivants. Elle espérait bien ainsi les surprendre. A présent, il lui fallait compter sur l'effet de masque des milliards de cailloux et de cristaux de glace autour d'elle. Durant les prochaines heures, elle allait être vulnérable si jamais ils se concentraient sur elle mais elle ne pensait pas qu'ils le feraient. Leurs symbs allaient estimer l'orientation de sa trajectoire pratiquement à l'opposé de celle qu'elle suivait en réalité. Si elle avait poursuivi sa route comme avant, sans doute l'auraient-ils rattrapée plus tard, une fois qu'elle aurait été encombrée de ses cinq nourrissons. C'était le moment ou jamais de jouer d'audace.

Cela fait, elle écarta cette décision de son esprit. Pas trop tôt. Le premier bébé était arrivé.

La tête émergeait juste lorsqu'elle repoussa le rocher. Elle savoura l'exquise douleur du moment où la tête forçait le passage à travers son corps, en se débattant pour gagner l'air libre. Qu'elle n'atteindrait d'ailleurs jamais : il n'y avait pas d'air, rien qu'une autre matrice préparée par Equinoxe, une matrice au sein de laquelle le bébé vivrait pour le restant de ses jours. Pas de première respiration pour les enfants de Paramètre ; pas de respiration du tout.

Les bébés étaient prématurés. Conçus depuis sept mois seulement, ils n'auraient pu survivre sans soins intensifs. Mais Equinoxe était le meilleur des incubateurs. Elle avait estimé

— et Paramètre était d'accord avec elle — que mieux valait leur donner naissance quand ils étaient encore petits pour lui permettre ainsi de les surveiller de plus près.

Paramètre déplaça ses jambes bizarrement articulées, remontant les podes vers le bébé. Elle pressa lentement et sentit s'enfoncer les podes, comme Equinoxe rétractait sa carapace extérieure. Puis elle sentit la tête avec ses propres terminaisons nerveuses. Elle fit courir ses longs doigts sur cette boule humide. Une nouvelle contraction et le bébé était sorti. Elle le tenait entre ses podes. Elle ne pouvait distinguer grand-chose et soudain l'envie la prit de le voir.

« C'est l'une des filles, n'est-ce pas ?

— Oui. Idem pour les deux, trois et cinq : Navy, Marine et Garde-Côte, si tu préfères être moins anonyme. »

Elle rit : « C'était juste une blague. Je ne peux pas dire que j'aime ces noms.

— Faute de mieux, on s'en contentera.

— Mais *eux,* ils n'en voudront pas.

— Peut-être. En tout cas, je pense déplacer le garçon pour l'amener en cinquième position. Les cordons sont quelque peu emmêlés.

— Comme tu veux. J'aimerais bien la voir. Army, je veux dire.

— Tu veux une image, ou je dois la déplacer ?

— Déplace-la. » Elle savait pertinemment qu'il ne s'agissait là que d'une querelle de sémantique : la projection procurée par Equinoxe aurait semblé tout aussi réelle, suspendue dans l'espace. Mais elle voulait que l'image coïncide avec la sensation d'avoir le bébé contre sa peau.

Par des ondulations de la paroi interne de son corps, Equinoxe parvint à déplacer le nouveau-né le long de la courbe du ventre de Paramètre jusqu'à ce qu'elle puisse le voir. Il était humide mais il n'y avait pas de sang ; Equinoxe l'avait déjà complètement absorbé.

« J'ai envie de le toucher de mes mains, pensa Paramètre.

— Vas-y. Mais n'oublie pas que le suivant se présente dans quelques minutes.

— Retiens-le. Je veux d'abord profiter de celle-ci. »

Elle plaça les mains sur l'invisible surface d'Equinoxe où elles s'immergèrent pour saisir enfin la petite fille. Elle gigota, ouvrit la bouche mais aucun son n'en sortit. Ce petit être humain tout neuf ne souffrait, semblait-il, d'aucun traumatisme. Elle bougeait lentement bras et jambes mais paraissait en fin de compte plutôt calme. En comparaison de la plupart des autres enfants humains, elle n'avait pas réellement eu de naissance. Paramètre essaya de lui présenter un sein mais elle n'en voulut pas. Elle n'avait jamais rien vu d'aussi mignon.

« Sortons le suivant, dit-elle. C'est tellement extravagant que je ne parviens toujours pas à y croire. Cinq ! »

C'est plongée dans un merveilleux brouillard qu'elle vit arriver les autres, chacun plus mignon que le précédent. Elle se retrouva bientôt recouverte de cinq corps minuscules, tous encore raccordés par leur cordon ombilical. Ceux-ci resteraient en place tant qu'Equinoxe n'aurait pas terminé l'accouchement en formant cinq bébés symbs semi-autonomes pour recevoir les enfants. Jusqu'à ce moment, ceux-ci feraient encore un peu partie d'elle-même. C'était une sensation que Paramètre adorait ; jamais plus elle ne serait aussi proche de ses enfants.

« Peux-tu déjà les entendre ? demanda Equinoxe.

— Non, pas encore.

— Il faudra que tu patientes encore un peu avant d'avoir le contact mental. Je me déconnecte. Tu te sens bien ? Je ne devrais pas mettre plus de deux heures.

— Ne t'inquiète pas pour moi. Ça ira. En fait, je n'ai jamais été aussi heureuse. » Elle cessa de parler pour se laisser submerger par une vague d'amour intense : l'amour qu'elle éprouvait pour son invisible compagne. En réponse, elle reçut un tel déferlement d'affection qu'elle sentit monter ses larmes : « Je t'aime, ma terre-mère.

— Et moi aussi je t'aime, mon soleil.

— J'espère que ce sera aussi bon pour toi que ce le fut pour moi.

— J'aimerais pouvoir partager cet instant avec toi. Mais revenons à nos affaires. Je crois bien qu'on a semé cette fois les chasseurs. Cela fait une heure qu'on n'a plus signe d'eux et la projection de leur trajectoire passe très loin de nous. Je pense que nous sommes en sûreté, du moins pour quelques heures.

— Je l'espère aussi. Mais ne t'inquiète pas pour moi. Je me débrouillerai pendant ton absence. Je n'ai pas peur du noir.

— Je sais. Ce ne sera pas long. A tout à l'heure. »

Paramètre sentit sa compagne se retirer. Un instant, elle eut vraiment peur. Mais pas du noir : de la solitude. Equinoxe ne serait pas disponible tout le temps qu'il allait lui falloir pour donner naissance à ses enfants et cela voulait dire qu'elle allait se retrouver coupée de l'extérieur. Cela n'importait guère mais cette absence d'Equinoxe dans son esprit avait quelque chose d'angoissant. Cela lui rappelait un incident désagréable de son passé.

Mais quand les lumières s'éteignirent, elle réalisa qu'elle n'était pas seule. Privée de la vue, de l'ouïe, de l'odorat et du goût par l'interruption des facultés d'interprétation d'Equinoxe, il lui restait encore le toucher et c'était suffisant.

Elle flottait dans une obscurité totale et sentit le vif picotement que provoquait une bouche en pinçant un mamelon pour se mettre à sucer. Imperceptiblement, elle se sentit glisser vers le sommeil.

•

Elle s'éveilla en proie à une vague sensation d'inconfort. C'était faible, irritant, impossible à ignorer. Elle chercha dans son esprit la présence d'Equinoxe et ne put la trouver. Elle était donc encore en train d'accoucher.

Mais la sensation persistait. Elle se sentait désemparée dans les ténèbres puis réalisa que l'obscurité n'était pas totale : régnait une vague lueur rose, comme lorsqu'on regarde derrière des paupières closes. Elle n'y trouvait pas d'explication. Et puis elle comprit ce qui n'allait pas, et c'était pire que tout ce qu'elle aurait pu imaginer : les bébés étaient partis.

Elle se tâta le corps avec une panique croissante mais ils n'étaient nulle part. Avant de se laisser totalement submerger par la panique, elle essaya d'imaginer ce qui avait bien pu se produire et la seule cause qu'elle pût trouver à cette séparation, c'était les chasseurs. Mais pourquoi auraient-ils enlevé les bébés ? Et puis, elle ne se maîtrisa plus ; elle se sentait impuissante dans l'obscurité sans Equinoxe pour lui créer l'univers.

Elle fut ramenée à la réalité par une pensée si sombre qu'elle put à peine l'admettre. Torturée, elle ouvrit les yeux.

Elle pouvait voir.

Elle flottait au centre d'une salle creusée à même le roc. Il y avait quelqu'un d'autre dans la salle, un autre symbiote plutôt ; tout ce qu'elle pouvait distinguer, c'était la forme vert sombre, incurvée du symb.

« Equinoxe ! » hurla-t-elle ; et elle s'entendit. Comme dans un rêve, elle abaissa les yeux sur son corps pour en découvrir la réalité nue. Elle se toucha ; pas de résistance : elle était seule. Une moitié d'elle-même avait disparu.

Son esprit se dissolvait ; elle le regarda s'en aller et sut que c'était préférable à la perspective d'une vie sans Equinoxe. Elle dit adieu aux derniers lambeaux de la réalité, révulsa les yeux et avala sa langue.

La silhouette ressemblait au dessin d'un bonhomme par un gosse de trois ans qui confondrait encore les sexes. Les épaules larges et le cou de taureau évoquaient une caricature d'haltérophile tandis que la taille fine et le cul rebondi tenaient de l'idéal féminin vu par un faible d'esprit. C'était vert et dépourvu de visage, hormis une ouverture ovale à l'endroit de la bouche.

« Et pourquoi voulez-vous devenir Annélide ? » La voix provenait de l'orifice de ce « visage ».

Paramètre sourit et se carra dans son siège. La procédure

sur Titan était tout sauf efficace. Elle avait passé trois jours à parler à des gens qui ne lui avaient été d'aucune aide, avant de tomber finalement sur cet homme qui semblait avoir l'autorité pour lui procurer un symb. Sa patience, déjà guère développée, était à bout.

« J'aurais dû préparer une bande. Vous êtes le quatrième guignol à me demander ça aujourd'hui.

— Néanmoins, il me faut votre réponse. Et pourquoi ne pas garder pour vous vos aimables remarques ? Je n'en ai pas besoin. Il ne m'en faudrait pas beaucoup pour que je me tire d'ici et vous laisse tomber.

— Pourquoi pas ? Je ne crois pas que vous soyez même capable de vous lever de cette chaise — et ne parlons pas de sortir. Je pensais que vous, les Présers, vous aviez besoin de nouvelles recrues, alors pourquoi me faire tout ce numéro ? Je peux très bien me lever et partir moi aussi. Vous n'êtes pas les seuls Annélides, vous savez. »

Il lui donna tort en se levant de son siège ; gauchement, certes, mais il se tenait droit et, détail encore plus intéressant, il y avait dans sa main un objet qui ne pouvait être qu'une arme. Elle était ébahie. Jusque-là, il était assis dans une pièce vide, les mains nues. Et soudain, cette arme, jaillie de nulle part.

« Si vous voulez dire par là que vous comptez rejoindre les Ingénieurs, je me trouverai dans l'obligation de vous faire sauter la cervelle. Vous avez dix secondes pour vous expliquer. »

Nulle trace de colère dans sa voix. Et le canon ne frémissait pas.

Elle déglutit péniblement mais resta bien immobile.

« Euh non, ce n'est pas ce que je voulais dire. »

Le canon retomba légèrement.

« C'était une remarque stupide », poursuivit-elle, les oreilles rouges de honte et de colère. « Personnellement, je me sens proche des Préservationnistes. »

L'arme disparut à l'intérieur du symb qu'il portait. Pour

autant qu'elle le sache, elle pouvait fort bien être toujours dans sa main.

« A présent, vous pouvez répondre à ma question. »

En prenant bien soin de contenir sa colère, elle commença son histoire. Elle avait le coup, maintenant, et avait su habilement la résumer. Elle ânonna son récit sur un ton chantonnant que son questionneur ne parut même pas remarquer.

« J'ai soixante-dix-sept années terrestres, je suis née sur Mercure, Enclave Hélios, fille d'un magnat de l'énergie immensément riche. J'ai grandi dans cette atmosphère stricte et confinée qui a toujours régné sur Mercure et que je détestais. Pour mes douze ans, ma mère m'a donné vingt pour cent de sa fortune, en ajoutant qu'elle espérait que j'en ferais bon usage. Heureusement pour moi, j'étais une adulte et donc hors de son atteinte, car je devais la décevoir grandement.

« J'ai pris un billet sur le premier vaisseau en partance et dont la destination se trouva être Mars. Durant les soixante années qui suivirent, je me suis efforcée de vivre toutes les expériences que pouvait éprouver un organisme humain tout en y survivant.

« Il serait lassant, et trop long, de vous détailler tout ce que j'ai fait mais pour ne pas que vous alliez croire que je dissimule quelque chose, en voici un échantillonnage au hasard : Drogue : je les ai toutes essayées. Certaines rien qu'une fois. D'autres, des années durant... A trois reprises, j'ai dû faire restructurer ma personnalité, au prix de la perte de tas de souvenirs.

« Sexe : avec deux, trois, quatre partenaires ; sept partenaires ; trente ; trois cents. Des orgies d'une semaine. Hommes, femmes, petites filles, petits garçons. Bébés. Eléphants. Pythons. Macchabées. J'ai changé de sexe si souvent que je ne suis plus certaine d'avoir grandi garçon ou fille.

« J'ai tué un homme. Je m'en suis tirée. J'ai tué une femme et m'en suis tirée de nouveau. La troisième fois, on m'a prise et j'ai passé sept ans en réhabilitation.

« J'ai voyagé. La Ceinture, Luna, les lunes de Saturne, Uranus, Neptune. Je suis allée sur Pluton et même au-delà avec un chasseur de trous noirs.

« J'ai tâté de la chirurgie. J'ai rejoint des adeptes de la paire et je suis restée un an rattachée à une autre femme comme une siamoise. J'ai essayé de nouveaux organes étranges et des systèmes sexuels bizarres. J'ai essayé des membres supplémentaires.

« Il y a quelques années, j'ai rejoint un culte de passifs. Ils croyaient qu'aucune action n'avait de sens, ce qu'ils démontraient en se faisant amputer des quatre membres, comptant sur la pitié des étrangers pour les nourrir et les garder en vie. Je suis ainsi restée des mois entiers sur une place publique près de Copratès. Il m'est arrivé d'avoir faim et soif. De mariner dans mes propres déjections ; et puis quelqu'un venait me nettoyer, le tout en général accompagné d'un ferme discours visant à me convaincre de laisser tomber cette vie pour regagner le droit chemin. Je n'en avais cure.

« Mais la deuxième fois qu'un chien m'eut prise pour un urinoir, j'ai craqué. J'ai demandé à quelqu'un de m'amener chez un toubib et j'en suis ressortie une autre femme : je décidai cette fois que j'avais *tout fait* et que je pouvais autant commencer à chercher une forme originale et raffinée de suicide. Je m'ennuyais à un tel point, j'étais si blasée que le simple fait de *respirer* me semblait une insupportable corvée.

« Et puis j'eus l'idée de deux endroits où je n'étais jamais allée : le Soleil et les Anneaux. Le Soleil, c'était ce suicide original dont je vous ai parlé. Quant au seul moyen d'atteindre les Anneaux, c'est à l'intérieur d'un symb. Et comme j'aurais plutôt tendance à vous préférer aux Ingénieurs… alors me voilà. »

Elle se carra au fond de son siège. Elle n'était guère optimiste quant à son introduction dans l'Eglise préservationniste et songeait déjà au moyen de rallier les Ingénieurs. Si quelqu'un avait une biographie du plus mauvais effet, c'était bien elle, et elle en était consciente. Ces Présers avaient une réputation de dévouement et, de ce côté, elle savait qu'elle ne pouvait guère présenter une image très convaincante. A vrai dire, elle se moquait éperdument du Vaste Projet des Ingénieurs. Qu'est-ce que ça pouvait lui fiche si une bande de fanatiques religieux essayait de peindre l'un des Anneaux de Saturne ?

« Votre avant-dernière affirmation est mensongère, l'avertit l'homme.

— Exact, cracha-t-elle. Toujours aussi imbus de vous-mêmes, mes salauds. C'est l'usage dans la bonne société d'avertir les gens quand on les soumet à un détecteur de mensonge. Voire de demander leur consentement. » Elle se leva pour partir.

« Asseyez-vous, je vous en prie, Paramètre. »

Elle hésita, puis obéit.

« Il serait temps de déblayer un certain nombre d'idées fausses. Primo : ici, on n'est pas dans la bonne société, on est en guerre. Une guerre de religion, la plus sale de toutes. Nous faisons ce que nous avons à faire dans l'intérêt de la sécurité. Le but unique de cet entretien était de déterminer si votre histoire était vraie. Peu nous chaut ce que vous avez pu faire, aussi longtemps que vous n'avez pas comploté avec notre ennemi. Est-ce le cas ?

— Non.

— Vous dites la vérité. Maintenant, l'autre erreur : nous ne sommes pas des salauds imbus de nous-mêmes. Nous sommes des pragmatistes. Et nous ne sommes pas non plus des fanatiques religieux, pas vraiment, même s'il s'avère que nous croyons tous profondément à ce que nous faisons ici. Et cela nous amène à la troisième erreur : la raison première de notre présence ici n'est pas de défaire les Ingénieurs, loin de là. Nous sommes également venus pour des raisons personnelles, nous aussi.

— Et qui sont... ?

— Personnelles. Chacun de nous avait une raison différente de venir. Vous, vous êtes venue satisfaire les derniers sursauts d'un appétit blasé ; c'est une raison banale. Vous vous préparez quelques surprises mais vous resterez. Il le faudra bien : vous ne pouvez pas supporter l'idée de repartir. Et puis ça vous plaira. Il se pourrait même que vous finissiez par nous aider à combattre les Ingénieurs. »

Elle le considéra, méfiante.

« Peu nous importent les raisons de votre présence ici. Votre histoire ne m'impressionne ni dans un sens ni dans l'autre. Vous vous attendiez sans doute à recevoir condamnation ou mépris. Ne vous flattez donc pas ! Tant que vous n'êtes pas ici pour les aider à peindre en rouge l'Anneau Bêta, nous on s'en fiche.

— Alors, quand est-ce que j'aurai un symb ?

— Dès que vous serez prête à subir un minimum de chirurgie. » Pour la première fois, il se détendit quelque peu. Les coins de la fente qui recouvrait sa bouche se retroussèrent en une grotesque tentative de sourire. « Je dois avouer avoir été particulièrement intéressé par un point de détail de votre récit : comment faites-vous donc pour avoir des rapports sexuels avec un éléphant ? »

Paramètre garda un visage parfaitement impassible :

« Il ne s'agit pas d'avoir des rapports sexuels avec un éléphant. Au mieux, on peut parler de rapports avec le sexe d'un éléphant. »

Le symb était une masse verdâtre, d'apparence molle, au centre de la pièce. Avec la meilleure volonté du monde, Paramètre ne pouvait s'empêcher de lui trouver une furieuse ressemblance avec une grosse bouse de vache verte. Il était plus petit que dans son idée mais c'était parce qu'il n'avait pas d'occupant. Elle allait y remédier.

Elle s'avança vers lui d'une démarche maladroite et baissa les yeux, dubitative. Elle n'avait guère le choix, maintenant que ses jambes arquées n'étaient plus conformées pour la marche. Modifiées par la chirurgie, elles n'autorisaient au mieux qu'une grotesque progression par hautes enjambées pour décoller ses longs doigts du sol. Elle était dorénavant idéalement adaptée à une existence en apesanteur. Soumise à un champ de gravité, elle se retrouvait d'une incroyable maladresse.

L'homme qui l'avait interrogée et qu'elle connaissait à présent sous le nom de Bushwacker était le seul autre occupant de la pièce. Il se débrouillait un peu mieux qu'elle mais tout juste. Il brûlait de retourner sur les Anneaux ; cette corvée à la base lui pesait. La gravité, c'était tout juste bon pour ces pauvres pieds-plats.

« Il suffit de l'effleurer, c'est tout ? »

A présent, elle commençait à hésiter.

« C'est exact. Le symb se chargera du reste. Ce ne sera pas facile. Vous aurez entre six semaines et trois mois de privation sensorielle, le temps que la personnalité se développe. Vous pourriez devenir folle en deux jours, seulement vous ne serez pas toute seule : la seule chose à quoi vous raccrocher, ce sera l'esprit du symb. Et ce sera un bébé ; peu facile. Vous devrez grandir ensemble. »

Elle prit une profonde inspiration, en se demandant pourquoi elle était si réticente. Elle avait sans problème accompli déjà des actes bien plus répugnants. Peut-être était-ce parce qu'elle commençait à réaliser que ce ne serait pas cette fois une simple passade. Cela pouvait fort bien durer longtemps.

« Allons-y. » Elle releva la jambe et toucha de l'un des doigts de pode la masse gélatineuse. Elle adhéra. Le symb se mit lentement à frémir.

Le symb était... chaud ? Non, au début c'est ce qu'elle avait pensé mais il aurait été plus exact de dire qu'il n'avait pas de température du tout. Il était à trente-sept degrés : la température du corps. Il se coula contre sa jambe, s'amincissant à mesure de sa progression. En peu de temps, il remontait le long de son cou.

« Inspirez, conseilla Bushwacker. Ça aidera un peu. »

Ce qu'elle fit, juste comme le symb recouvrait son menton. Puis il lui recouvrit la bouche, et le nez, et enfin les yeux.

Elle eut un instant de quasi-panique quand une partie de son cerveau lui dit qu'il *fallait* bien qu'elle respire — ce qu'elle essaya consciencieusement de faire. Rien ne se passa et elle eut envie de hurler. Mais tout allait bien : elle n'avait plus besoin de respirer. Lorsqu'elle ouvrit la bouche, le symb se coula dans sa gorge et sa trachée. Bientôt, elle avait les poumons recouverts de cette membrane dont la fonction était d'apporter à son sang l'oxygène et d'en ôter le gaz carbonique. Le tissu emplit le conduit nasal et se faufila par la trompe d'Eustache jusque dans l'oreille interne. C'est à ce moment qu'elle perdit l'équilibre et tomba par terre. C'est du moins ce qu'elle crut : elle n'avait plus aucune certitude. Elle n'avait ressenti aucun impact. Une vague de nausée l'envahit ; elle se demanda ce que ferait un symb si on vomissait. Mais comme ce ne fut pas le cas, elle supposa que ça ne devait jamais se produire.

Même si elle s'y était attendue, ce fut un choc lorsque le symb pénétra dans son anus et son vagin. Pas un choc désagréable, au demeurant ; et même une certaine sensation : elle le sentit napper tous les recoins de son utérus, se faufiler par l'urètre pour emplir la vessie puis — empruntant les uretères — gagner les reins. Entre-temps, un autre appendice avait remonté le gros intestin puis l'intestin grêle, consommant au passage les éléments nutritifs qui s'y trouvaient, pour finalement rejoindre l'appendice venu de la bouche. Lorsque ce fut fait, elle se retrouva littéralement enfilée comme le chas d'une aiguille, offrant ainsi le spectacle de l'équivalent topologique d'un tore.

Le silence l'entoura. Un calme total durant une période qu'elle n'avait aucun moyen d'évaluer mais qui ne devait pas avoir dépassé cinq minutes.

Le seul passage évident par où le cerveau humain est accessible par une voie naturelle, c'est en contournant le globe oculaire puis en longeant le nerf optique. Mais le symb n'aurait pas eu la possibilité par cet étroit passage d'établir une connexion suffisamment solide. Aussi, et par extrapolation du système adapté aux créatures respirant de l'oxygène que leur avait transmis le canal ophite, les spécialistes en ingénierie génétique avaient-ils donné au symb la capacité de se forcer un passage par le sommet du crâne.

Paramètre ressentit une vive douleur quand le symb se mit à lui forer un trou de deux centimètres au milieu de la tête. Mais elle disparut dès qu'il commença à tâtonner pour établir les connexions nécessaires. Le symb était toujours une chose inconsciente mais que guidait infailliblement un instinct soigneusement élaboré.

Paramètre soudain se sentit gagnée par la terreur, une terreur puérile, incontrôlable, qui l'épouvanta totalement mais qui pourtant ne provenait pas de son esprit. Elle lutta contre mais cela ne fit qu'empirer. Finalement, elle s'abandonna et se mit à pleurer comme un bébé. Elle était redevenue un petit enfant, refoulant ses soixante-dix années d'existence dans les ténèbres impalpables comme si elles n'avaient jamais existé.

Il n'y avait plus rien ; plus rien que deux voix absolument perdues et qui gémissaient dans le vide.

Le débat durait depuis des siècles pour savoir si les organismes symbiotiques de survie dans l'espace étaient réellement une forme d'intelligence artificielle (ou une intelligence étrangère, selon la définition que l'on adoptait). Ceux qui vivaient à l'intérieur partageaient unanimement cette opinion. Mais de l'autre côté — essentiellement formé de psychologues — on remarquait que ceux-là mêmes qui vivaient à l'intérieur des symbiotes étaient les plus mal placés pour en juger. Quelle que soit votre opinion sur le sujet, elle était fondée sur des préjugés personnels car il ne pouvait en la matière exister de faits objectifs.

Les symbs étaient des organismes issus de manipulations génétiques, capables de procurer un environnement autonome et complet à un être humain dans l'espace. Ils vivaient des déchets éliminés par le corps humain : urine, fèces, chaleur et gaz carbonique. Contenant plusieurs enzymes similaires à la chlorophylle, ils réalisaient la photosynthèse en exploitant la chaleur corporelle — bien qu'avec un faible rendement. Pour compléter les besoins énergétiques du couple, les symbs pouvaient utiliser la lumière solaire. Ils excellaient à stocker l'énergie dans des composés chimiques susceptibles d'être ultérieurement décomposés à la demande.

Accouplé à un être humain, le symb formait une machine thermique autonome. Un écosystème fermé, sans hôte ni parasite : une symbiose.

Pour l'être humain, le symb était un vert pâturage, un ruisseau murmurant, un arbre fruitier, un océan où nager. Pour le symb, l'homme était le terreau fertile, le rayon de soleil, la douce pluie, le riche engrais, l'abeille pollinisatrice. C'était une équipe idéale. Privé de l'autre, chacun devenait pour sa survie dépendant d'un système complexe d'aides mécaniques. Adaptés à un environnement qui n'existait plus, les humains ne pouvaient plus vivre dans leur état naturel : où qu'ils demeurent, depuis l'occupation de la Terre, ils étaient obligés de créer leur propre environnement. A présent, les symbs étaient susceptibles de le leur fournir gratis.

Mais il n'en avait pas toujours été ainsi.

Les symbs étaient plus complexes qu'en apparence. Les hommes étaient depuis toujours accoutumés à se servir sur leur environnement — à le plier ou le briser jusqu'à ce qu'il réponde à leurs besoins. Les symbs exigeaient plus de l'humanité : ils l'avaient obligée à *donner.*

Une fois à l'intérieur d'un symb, un être humain se retrouvait entièrement coupé de l'univers extérieur. La composante humaine du symbiote devait se reposer sur les facultés du symb. Et les données sensorielles étaient reçues de manière inhabituelle : le symb tirait une connexion directe avec l'intérieur du cerveau humain, afin d'y transmettre les données. Dans le processus, il devait se raccorder au cerveau de telle manière qu'il finissait par devenir difficile de dire où se terminait l'humain et où commençait le symb. Ce dernier réorganisait certaines portions du cerveau humain, libérant ses formidables capacités de calcul et d'intégration, et les exploitant pour traduire les données en images, en sens, en goûts, en odeurs, en sensations tactiles, véhiculées directement aux aires sensorielles... opération au cours de laquelle un esprit voyait le jour.

Le symb n'avait pas de cerveau à proprement parler, tout au plus était-il capable d'utiliser le cerveau humain en temps partagé et d'en faire un meilleur usage que son propriétaire initial. Ainsi semblait-il bien impossible qu'il eût une conscience autonome. Pourtant, tout Annélide dans le système en aurait juré. Et c'était bien là le nœud du problème : était-ce effectivement un esprit indépendant qui parasitait le cerveau humain pour véhiculer sa pensée consciente ou bien tout cela n'était-il que pure schizophrénie, le résultat de l'isolation, le fruit d'une projection ?

Il était impossible d'en décider. Sans un être humain à l'intérieur, il n'est rien de plus impuissant qu'un symb. Sans cette combinaison d'un cerveau humain, d'informations génétiques et de procédures codées par des enzymes, le symb ne pouvait guère faire autre chose que rester en tas, inerte comme l'étron vert auquel il ressemblait tant. Il ne disposait que d'une musculature rudimentaire dont il n'usait même pas lorsqu'il était seul. Il n'existe pas d'analogie valable pour décrire un symb sans être humain ; rien n'est à ce point dépendant de quelque chose d'autre.

Une fois en combinaison, le couple est transfiguré et devient bien plus que la simple somme de ses parties : l'homme est protégé contre les environnements les plus incroyablement hostiles. L'aire de survie d'un homme accouplé avec un symb s'étend depuis l'extérieur de l'orbite terrestre (limite de radiation) jusqu'à celle de Neptune (limite de rayonnement solaire). Chacun des membres du couple se nourrit, s'hydrate et respire grâce à l'autre. Le cerveau humain se voit transformé en un super-ordinateur. Le symb possède des organes émetteurs et récepteurs d'ondes radio et radar, en sus des capteurs de radiations et de rayonnements électromagnétiques dans le spectre de mille à seize mille angströms. Le système peut accroître sa masse en ingérant roche ou glace car le symb est capable de retenir l'eau et les sels minéraux et d'éliminer le reste. La seule chose à peu près dont le couple soit incapable, c'est de modifier sa vélocité sans l'aide d'un fragment de roche pour y prendre appui. Mais la belle affaire que de devoir transporter un pistolet propulseur à la place de tout l'attirail d'une combinaison spatiale ! Et dans les Anneaux, ils n'en avaient même pas besoin : le symb pouvait fabriquer assez de gaz pour assurer les contrôles d'attitude. Pour les changements de vélocité importants, les Annélides emportaient de petites bouteilles de gaz comprimé.

Alors, pourquoi tous les hommes dans l'espace n'étaient-ils pas installés dans des symbs ?

La raison en était que les symbs exigeaient plus que ce que la plupart des gens se sentaient prêts à offrir. Car il n'était pas simplement question d'en enfiler un si besoin était, pour l'ôter ensuite. Quand on enlevait un symb, le symb cessait tout simplement d'exister.

C'était probablement la plus lourde obligation à laquelle l'homme eût jamais été confronté. Une fois accouplé avec un symb, on l'était pour la vie. Jamais n'avait existé de relation plus étroite ; le symb vivait *à l'intérieur de votre esprit*, demeurait avec vous-même durant votre sommeil, traversant indépendamment vos rêves. Comparés à cela, des frères siamois étaient de véritables étrangers qui se croisent dans la nuit.

Il était exact que tous les humains à l'avoir essayé juraient qu'ils n'avaient pas vraiment vécu avant d'avoir rencontré leur symb. Par certains côtés, cela paraissait attirant mais, pour la plupart des gens, les contraintes qu'ils s'imaginaient surpassaient les éventuels bénéfices. Rares sont les gens capables de prendre un engagement dont ils savent qu'il sera permanent — surtout lorsque permanent peut signifier en l'occurrence cinq ou six cents ans.

Après un grand accès de popularité initial, l'engouement pour les symbs était retombé. A présent, tous les symbs du système étaient regroupés dans les Anneaux, où ils avaient su rendre possible un mode d'existence nomade jamais encore envisagé.

Les Annélides sont par définition des solitaires : les humains ne se rencontrent qu'à de longs intervalles, s'accouplent s'ils en ont l'envie puis repartent chacun de son côté. Les Annélides voient rarement deux fois la même personne dans toute leur vie.

Ce sont des solitaires qui ne sont jamais seuls.

« Es-tu là ? »

? ? ? ? ? ? ?

« Je sens ta présence. Il faut qu'on fasse quelque chose. Je ne peux plus supporter cette obscurité. Pas toi ? Ecoute : *Que la lumière soit !* »

? ? ? ? ? ?

« Oh ! tu es désespérant. Fiche donc le camp ! »

Tristesse. Une tristesse profonde, puérile, dans laquelle Paramètre se sentit plongée — tout en se maudissant d'être prise à ce piège infantile. Pour la millième fois, elle essaya de projeter ses jambes, de faire savoir à quelqu'un, dehors, qu'elle voulait *sortir.* Mais elle avait perdu ses jambes. Elle ne pouvait même plus dire si elle les bougeait.

Prise dans les tréfonds de la peine du symbiote, elle essaya de se ressaisir, de se distancier. En vain. Et dans un sanglot muet se laissa ravaler, de nouveau incapable de se distinguer de l'enfant étranger.

Sa poitrine se levait et s'abaissait. Une désagréable odeur chatouillait ses narines. Elle ouvrit les yeux.

Elle était toujours dans la même pièce mais elle avait à présent sur le visage un masque respiratoire qui pompait l'air dans ses poumons. Roulant des yeux, elle aperçut la silhouette grotesque de l'autre occupant de la pièce. Il flottait, ses jambes torses relevées, mains et podes croisés ensemble.

Un trou se forma sur le devant du visage lisse : « Ça va un peu mieux ? »

Elle se mit à hurler et hurler jusqu'à ce qu'elle retombe dans les brumes bénies de son univers de rêve.

« Tu y arrives. Continue. Non, c'est la mauvaise direction. Quoi que tu viennes de faire, fais juste l'inverse. »

C'était un essai : Paramètre n'avait pas la moindre idée de ce que pouvait représenter l'inverse, vu qu'elle n'avait déjà pas la moindre idée de ce que le petit symb avait pu faire d'abord. Mais c'était un progrès. Il y avait de la lumière. Faible, fluctuante, hésitante ; mais de la *lumière.*

La lueur indéfinie vacilla comme une chandelle, miroita, s'éteignit. Mais elle se sentait bien. Pas aussi bien pourtant que le symb lui-même : elle était inondée d'un sentiment de fierté et de réussite qui n'était pas le sien. Mais finalement, songea-t-elle, qu'importe que ce sentiment soit ou non le mien. Cela ne l'intéressait plus du tout de s'interroger pour savoir si c'était elle ou bien le symb qui ressentait quelque chose. Si l'un et l'autre devaient vivre la même expérience, quelle différence cela faisait-il ?

« C'était très bien. On y arrive. Toi et moi, petit. On partira. On se tirera de ce merdier. »

Partir ? Peur. Partir ? Peine. Partir ? Colère.

Les émotions lui parvenaient désormais étiquetées avec des mots et leur gamme ne cessait de s'étendre.

« Colère ? Colère, as-tu dit ? Comment ça ? Bien sûr que je veux sortir d'ici. Pourquoi penses-tu qu'on endure tout ça ? Ça n'a rien de facile, petit. Je n'ai pas souvenance d'un effort similaire depuis la fois où j'ai essayé de maîtriser mes ondes alpha, il y a des années de ça... Bon, attends une minute... » Peur, peur, peur. « Ne fais pas ça, gamin, tu me fous la trouille. Attends. Ce n'est pas ce que je voulais dire... » Peur, peur solitude, peur, PEUR ! « Arrête ! Arrête ! tu me fiches une trouille noire, tu... » Paramètre frissonnait de nouveau, elle retombait en enfance.

Terreur, noire, infinie. Paramètre se glissa hors de son esprit ; se fondit dans l'esprit de l'autre ; se gronda ; se morigéna ; se consola ; se réconforta ; s'aima.

« Tiens, prends un peu d'eau, ça te fera du bien.

— Vvvvvv... t'en.

— Hein ?

— Vvvten... Aten... Vaten... VA-T'EN !

— Il faudra d'abord que tu boives un peu d'eau. Je ne m'en irai pas avant.

— Va-t'en... Mort. Meurtre. Assassin... »

Paramètre était désemparée.

« Pourquoi, mais pourquoi ne veux-tu pas le faire ? Pour moi. Fais-le pour Paramètre. »

Négation.

« Tu veux dire : “ non ”. Où as-tu été pêcher ce joli vocabulaire ? »

Tes souvenirs : Non. J' le f'rai pas !

Paramètre soupira mais elle avait appris la patience, une patience infinie. Et quelque chose d'autre, une chose qui ressemblait fort à de l'amour. Du moins, était-ce une profonde admiration pour ce gosse plein de cran. Mais elle était toujours effrayée, car le symb commençait à gagner sur elle et ce n'est qu'avec un désespoir croissant qu'elle se raccrochait à l'idée d'amener l'enfant à s'ouvrir au monde extérieur pour lui permettre de dire à quelqu'un qu'elle voulait sortir.

Et ce désespoir ne faisait qu'empirer les choses. Elle ne pouvait le dissimuler au symb, et le simple fait de l'éprouver suffisait à le communiquer avec toute l'intensité de sa panique.

« Ecoute-moi. Il faut que l'on se tire de ce manège. Comment veux-tu qu'on discute intelligemment de quelque chose si je continue de te communiquer ma peur, ce qui te terrorise, ce qui me terrorise, ce qui te fait paniquer, ce qui me flanque encore plus la trouille, ce qui... bon, arrête ça ! »

Pas ma faute. Amour, amour. Tu as besoin de moi. Sans moi, tu es incomplète. J'ai besoin de ton engagement avant de pouvoir coopérer.

« Mais c'est impossible. Ne vois-tu donc pas que je dois être *moi-même.* Je ne peux pas être toi. Et c'est bien toi qui es incomplet sans moi, contrairement à ce que tu dis. »

Faux. Chacun de nous est incomplet sans l'autre. Trop tard pour toi. Tu n'es plus toi. Tu es moi, je suis toi.

« Je ne vais pas croire ça. Nous sommes ici depuis des siècles, des millénaires. Et si je ne t'ai pas accepté maintenant, je ne t'accepterai jamais. Je veux être libre, libre de voir le soleil disparaître. »

Faux. Tu es là depuis deux mois seulement. Et le soleil brille toujours.

« Aha ! Je t'ai eu, pas vrai ? Tu peux donc voir dehors ; tu es plus avancé que tu ne le dis. Pourquoi me raconter ainsi des histoires ? Pourquoi ne pas m'avoir dit que tu savais à quel moment on était ? Moi qui voulais tant le savoir. Pourquoi ne pas me l'avoir dit ? »

Tu ne l'as jamais demandé.

« Quel genre de réponse est-ce là ? »

Une réponse honnête.

Paramètre bouillait. Elle savait pertinemment qu'il était honnête. Elle savait pertinemment qu'elle était en train de tancer un gosse, tout aussi incapable qu'elle de lui dire un mensonge. Elle se raccrochait pourtant à sa colère, avec le sombre pressentiment qu'il ne lui restait plus que ça.

Tu me fais mal. Tu es fâchée. Je ne t'ai rien fait. Pourquoi me hais-tu ? Pourquoi ? ? ? ? ? ? Je t'aime. J'ai si peur que tu m'abandonnes.

« Je... je t'aime. Je t'aime, Dieu merci, je t'aime vraiment. Mais ce n'est pas moi. Non ! C'est quelque chose d'autre. J'ignore encore quoi, mais je me raccroche. Raccroche-toi aussi, raccroche-toi. »

Où es-tu ?
Paramètre ?
« Je suis ici. Va-t'en. »

« Va-t'en.

— Il faut que tu manges quelque chose. S'il te plaît, essaie. C'est bon pour toi. Franchement. Essaie.

— Manger ! » Elle se retourna, prise de crampes soudaines. De faim. De dégoût. Elle eut une nausée et rendit un peu de liquide. « Barre-toi. Ne me touche pas. Equinoxe ! Equinoxe ! »

La silhouette la toucha de sa main. La main était dure et froide.

« Tes seins... Du lait en suintait. Je me demandais...

— Partis... Tous partis... »

Paramètre.

« Quoi ? Es-tu prêt à recommencer avec cette image ? »

Non. Non. Pas besoin. Tu peux t'en aller.

« Hein ? »

Tu peux t'en aller. Je ne peux pas te retenir. Tu te crois autonome ; peut-être as-tu raison. Tu peux partir.

Paramètre était plongée dans la confusion.

« Pourquoi ? Pourquoi si brusquement ? »

J'ai pu examiner dans ta mémoire quelques-uns des concepts : Liberté. Autodétermination. Indépendance. Tu es libre de partir.

« Tu sais aussi ce que je pense, ce que je pense *franchement* de telles idées. Indémontrables, au mieux. Au pire, utopiques. »

Tu es cynique. Je reconnais qu'elles pourraient effectivement être vraies, auquel cas tu devrais être libre. Je te détiens contre ta volonté. Voilà qui est contraire à la plupart des codes éthiques, y compris ceux que tu admets plus particulièrement. Tu es libre de partir.

C'était un moment gênant. Plus douloureux qu'elle ne

l'aurait cru possible. Et elle n'était pas sûre de savoir si cette douleur était bien la sienne. Non que cela eût une importance.

Qu'était-elle en train de raconter ? Elle tenait peut-être là sa seule et unique chance et voilà qu'elle donnait raison à ce gamin qui lui répétait depuis le début qu'ils avaient déjà fusionné. Et le gamin l'avait entendu tout comme elle, elle entendait tout.

Oui, je t'ai entendue. Ça n'a pas d'importance. Je peux entendre tes doutes en bien des domaines. Je peux sentir ton incertitude. Jamais elle ne te quittera.

« Oui. Je suppose que c'est vrai. Mais toi. J'arrive à sentir bien des choses émanant de toi. Même si c'est indistinct. »

Tu sens ma mort.

« Non, non. Quand même pas. Ils te donneront un autre humain. Tu t'en sortiras. Sûrement. »

Peut-être. Désespoir. Incrédulité.

Paramètre se botta mentalement le derrière et se dit que si ce n'était pas tout de suite, elle ne s'en sortirait jamais.

« Bon. Laisse-moi sortir. »

Fondu. Retrait progressif. Douloureux et lent, à mesure que l'appendice commence à se dégager. Et Paramètre sentit que son esprit se déchirait en deux. Il en serait toujours ainsi. Sans aucun espoir d'amélioration.

« Attends, petit ! Attends ! »

Le retrait se poursuivait.

« Ecoute-moi. Vraiment ! Sans blague, je veux vraiment en discuter avec toi. Ne t'en va pas ! »

C'est mieux ainsi. Tu t'en tireras.

« Non ! Pas plus que toi ! J'en mourrai. »

Non, tu ne mourras pas. Tu l'as dit toi-même : si tu ne sors pas maintenant, jamais tu ne sortiras. Tu t'en... ça ira...

... adieu...

« Non ! Tu ne comprends pas. Je ne veux plus partir. J'ai peur. Ne me laisse pas comme ça. Tu ne peux pas me laisser. »

Hésitation.

« Ecoute-moi. Ecoute. Comprends-moi. Amour. Amour.

Partage. Engagement total, honnête et pur. Engagement-pour-toujours-jusqu'à-ce-que-la-mort-nous-sépare. Comprends-moi.

« Je te comprends. Nous ne faisons qu'un. »

Elle avait mangé — rien que pour rendre ensuite. Mais son geôlier était persévérant. Il n'allait pas la laisser mourir.

« Ça ne serait pas mieux si tu entrais avec moi ?

— Non. Je ne peux pas. Je suis presque partie. Ça ne servirait à rien. Où est Equinoxe ?

— Je t'ai déjà dit que je n'en savais rien. Et je ne sais pas non plus où sont tes enfants. Mais tu ne vas pas me croire.

— C'est exact. Je ne te crois pas. Assassin. »

Elle l'écouta, abrutie, lui expliquer comment elle avait fini par se retrouver dans cette chambre avec lui. Elle ne le crut pas, pas une seule seconde.

Il expliqua qu'il l'avait trouvée après avoir repéré une radiobalise émettant depuis l'extérieur du plan des Anneaux. Sur place, il avait découvert un pseudosymb, un symbiote simplifié créé par bouturage de la créature normale sans être au préalable passé par le stade de la conjugaison. Un pseudo n'avait que l'activité limitée de n'importe quelle autre plante : à savoir absorber le gaz carbonique et rejeter de l'oxygène par sa paroi interne.

Incapable d'établir un contact avec un corps humain, il demeure dans une configuration circulaire. Un être humain peut rester en vie à l'intérieur d'un pseudosymb mais il ne tardera pas à y mourir de soif.

Il avait retrouvé Paramètre à l'intérieur du pseudo, contusionnée, et perdant du sang par le sommet du crâne et par le sexe. Mais vivante. Plus remarquable encore, elle avait survécu aux cinq jours qu'il lui avait fallu pour l'amener au poste de secours des Présers. Ceux-ci n'en maintenaient en effet pas beaucoup en service. Et ceux qu'ils avaient étaient largement espacés.

« Tu t'es fait dévaliser par des Ingénieurs, lui dit-il. Il n'y a pas d'autre explication. Depuis combien de temps es-tu dans les Anneaux ? »

A la troisième répétition de la question, Paramètre marmonna : « Cinq ans.

— C'est ce que je pensais. Une nouvelle. C'est pour ça que tu ne me crois pas. Tu ne sais pas grand-chose des Ingénieurs, pas vrai ? Tu ne parviens pas à comprendre pourquoi ils auraient pris ton symb en te laissant la vie sauve, avec en prime une balise pour aider à te retrouver. Ça ne tient pas debout, c'est ça ?

— Je... non, je ne sais pas. Je n'arrive pas à comprendre. Ils auraient dû me tuer. Ce qu'ils ont fait est encore plus cruel. »

Aucune émotion n'était discernable sur le « visage » de l'homme mais, pour la première fois, il avait bon espoir de la voir s'en sortir. Au moins parlait-elle, même si c'était laborieusement.

« Tu aurais dû en apprendre plus. Je me bats depuis un siècle et je ne sais pas encore tout ce que j'aimerais savoir. Ils t'ont volée pour tes enfants, tu ne vois donc pas ? Pour les élever comme des Ingénieurs. Voilà le véritable enjeu de la bataille : la population. Le camp qui alignera la plus grande descendance est celui qui prendra l'avantage.

— Je n'ai pas envie de discuter.

— Je comprends. Veux-tu simplement écouter ? »

Il prit son absence de réponse pour un assentiment.

« Tu t'es toujours contentée de dériver tout au long de ton existence. C'est facile ici : il n'y a qu'à se laisser emporter au gré du temps. Si tu réfléchis un peu aux Ingénieurs, le problème consiste uniquement à les éviter. Ça n'est pas trop difficile. Compte tenu des kilomètres cubes de la région, le gibier garde l'avantage sur le chasseur. Il y a tant d'endroits où se cacher ; tant de façons d'esquiver.

« Mais tu as dérivé vers une zone délicate. Les Ingénieurs ont concentré une bonne partie de leurs forces dans ce secteur. Peut-être as-tu remarqué le pourcentage élevé de roches rouges. Ils chassent en bandes, ce que nous les Présers n'avons jamais fait. Nous formons un groupe trop lâche pour nous rassembler volontiers et nous savons tous que notre lutte véritable ne débutera pas avant encore un millénaire.

« Nous sommes l'armée la plus informelle de toute l'histoire humaine. De chaque côté, nous sommes des volontaires, et du nôtre, nous n'exigeons même pas des individus la moindre action pour combattre les Ingénieurs. Ainsi donc tu ne sais rien sur eux, hormis qu'ils ont fait vœu de peindre en rouge l'Anneau Bêta dans un délai de vingt-cinq mille ans. »

Il était enfin parvenu à provoquer chez elle un sursaut : « J'en sais quand même un peu plus. Je sais que ce sont des disciples de saint Anneau-Rouge-On-the-Rocks. Je sais qu'il vivait il y a près de deux siècles. Je sais aussi qu'il est le fondateur de l'Eglise de l'Ingénierie Cosmique.

— Tout ça, tu l'as lu dans un livre. Mais sais-tu que saint Anneau est toujours en vie ? Sais-tu comment ses disciples comptent s'y prendre pour peindre l'Anneau ? Sais-tu quel sort ils font subir aux Présers qu'ils capturent ? »

Il était sélectif dans ses interprétations : cette fois, il prit son silence pour un aveu d'ignorance.

« Il est vivant. Sauf que c'est *elle,* à présent. Son Edit sur la population d'il y a un demi-siècle a décrété que chaque Ingénieur devrait passer quatre-vingt-dix pour cent de son temps avec le sexe féminin et porterait trois enfants par an. S'ils font vraiment ça, nous n'avons pas une chance : les Anneaux seront intégralement recouverts d'Ingénieurs en l'espace de quelques siècles. »

Elle se sentait vaguement intéressée, pour la première fois depuis des semaines.

« J'ignorais qu'il s'agissait d'un projet à si long terme.

— Le plus long jamais entrepris par des hommes. Au rythme actuel, il faudrait trois millions d'années pour peindre intégralement l'Anneau. Mais le rythme s'accélère. »

Il attendit, cherchant à attirer de nouveau son attention, mais elle était retombée dans son indifférence. Il poursuivit :

« Le seul aspect de leur religion que tu sembles ignorer est leur interdit du meurtre. Jamais ils ne prendront la vie d'un homme ou d'un symb. »

Voilà qui suscita son attention. Elle se remit à trembler : « Equinoxe ! Où est...

— Elle est presque certainement vivante.

— Comment peuvent-ils la garder en vie ?

— Tu oublies tes enfants ? Les cinq... »

La dernière chose que devait entendre Paramètre en l'espace de deux ans fut : « Prends ça, tu pourrais en avoir besoin. Tu n'as qu'à le presser contre une roche rouge, c'est tout. Ça dure éternellement. »

Elle prit l'objet, un mince tube terminé par une ampoule jaune à chaque extrémité. C'était un applicateur de bactériophage, rempli avec une forme d'A.D.N. spécialement traitée pour attaquer et décomposer sélectivement les dépôts de poussière rouge laissés par le virus annulaire des Ingénieurs. Coller son extrémité contre une roche contaminée suffisait à déclencher une réaction en chaîne qui ne s'achèverait que lorsque toute la surface aurait retrouvé sa teinte d'origine.

Paramètre pressa négligemment l'objet contre son flanc, où il s'enfonça sans laisser de trace dans l'épais tégument de la coquille extérieure d'Equinoxe. Puis elle franchit le sas et se retrouva au pays des merveilles...

« Je n'ai jamais rien contemplé de semblable, dit-elle à Equinoxe.

— Non. Certainement. » Le symb n'avait pour tout point de comparaison que la seule expérience de Paramètre.

« Où faut-il aller ? Quelle est cette forme dans le ciel ? Par où sont les Anneaux ? »

Rire affectueux. « Grande bête d'herbivore ! Nous sommes *dans* l'Anneau. C'est pour ça qu'il s'étend tout autour de nous. Partout, hormis dans cette direction. Le soleil est derrière ce côté-ci, c'est pourquoi les particules sont principalement éclairées par l'arrière. Tu peux vaguement l'apercevoir, grâce à la lumière réfléchie.

— Où as-tu appris tout ça ?

— Dans ta tête : toutes les données s'y trouvent. Avec la capacité de déduction. Simplement, tu n'as jamais pris la peine d'y réfléchir.

— Je crois que je vais me mettre à réfléchir beaucoup désormais. C'est presque effrayant. Mais je te le redemande : où allons-nous maintenant ?

— N'importe où, pour autant que ce soit loin de cet horrible endroit. Je ne crois pas avoir envie de retourner au marché de l'Anneau avant dix bonnes années.

— Allons, allons, gronda Paramètre. Il faudra sûrement qu'on y retourne avant. N'as-tu pas la moindre fibre poétique ? »

Le marché de l'Anneau était le lieu d'échange pour cette étonnante variété de somptueuses œuvres d'art qui étaient une retombée de la vie solitaire dans les Anneaux. Courtiers, producteurs, imprésarios, éditeurs, marchands d'art, de poésie ou de musique d'ambiance... tous ces gens qui gagnent leur vie comme intermédiaires entre le public et l'artiste en tirant un pourcentage des œuvres d'art qui leur passent entre les mains ; tous se retrouvent au marché de l'Anneau pour y acheter des merveilles contre l'équivalent de colliers de verroterie. Les Annélides n'avaient nul besoin d'argent. Tous les échanges relevaient du troc pur et simple : une bouteille de gaz neuve contre une symphonie qui vous éclatait la tête par son rythme unique et ses harmonies. Une poignée de simples comprimés de sels minéraux, dont les Annélides avaient besoin une fois tous les dix ans pour leur équilibre en oligo-éléments, pouvait acheter une toile qui rapporterait des milliards une fois retournée à la civilisation. Cela relevait de la spéculation. Personne ne pouvait deviner à l'avance parmi ces milliers d'œuvres, *laquelle* captiverait au bon moment le goût du public pour atteindre des sommets. Tout ce que savaient les négociants, c'est que pour des raisons inexpliquées, l'art des Anneaux atteignait régulièrement les cotes les plus hautes et recueillait les plus enthousiastes critiques. C'était un art différent. Issu d'un point de vue totalement neuf.

« Je suis incapable de percevoir en ces lieux la moindre poésie. D'autre part, ignorerais-tu que lorsqu'on se mettra à créer, ce sera de la musique ?

— Je l'ignorais. Comment le sais-tu ?

— Parce qu'un air chante dans mon cœur. Et il chante faux. Tirons-nous d'ici. »

Elles laissèrent derrière elles la sphère métallique du marché qui bientôt ne fut plus qu'un simple vecteur bleu, pointé dans la direction opposée.

Elles passèrent deux années entières rien qu'à s'habituer à leur environnement. Intarissable était leur émerveillement. Lorsqu'il leur arrivait de rencontrer d'autres couples, elles les évitaient. Ni l'une ni l'autre ne se sentait prête ; pour l'heure, elles s'estimaient comblées.

Elle se sentait couler, et elle en était heureuse. Chaque journée passée sans Equinoxe lui était une torture. Elle en était venue à haïr son geôlier, même si son récit était bien vrai. Il la maintenait en vie, ce qui était la chose la plus cruelle qu'il pût lui faire subir. Sa haine pourtant n'était qu'une arme dérisoire. Et guère efficace.

Le regard perdu dans le lointain, elle remarquait à peine ses allées et venues.

Puis un jour, ils furent deux. Elle le nota sans passion, les vit s'embrasser, puis commencer à s'épancher. Ainsi donc l'autre individu était-il de sexe féminin ; ils s'apprêtaient à s'accoupler. Elle se détourna pour ne pas regarder, tandis que les deux symbs se fondaient dans leur processus de conjugaison pour lentement s'épandre en une sphère verte et lisse à l'intérieur de laquelle l'homme et la femme allaient s'accoupler en silence avant de se séparer à nouveau, sans doute pour toujours.

Mais quelque chose attira son regard et la fit se retourner : une excroissance était en train de se former sur le côté de la sphère qui lui faisait face. Saillant de plus en plus, elle forma bientôt une nouvelle sphère, plus petite. Une ligne rose marquait la frontière entre les deux globes.

Elle détourna de nouveau les yeux, incapable de prêter plus longtemps intérêt au spectacle de cette naissance. Quelque chose pourtant la travaillait encore.

« Paramètre. »

L'homme (ou bien était-ce une femme ?) flottait à côté d'elle, tenant le bébé symb.

Elle se figea. Ses yeux s'emplirent d'horreur.

« Tu es malade ?

— Peut-être bien. Je ne peux pas te forcer. Mais le voilà. Je m'en vais à présent et tu ne me reverras jamais plus. Tu peux vivre ou mourir, libre à toi. Mais j'aurai fait tout ce que j'aurai pu. »

C'était une chaude journée sur la Face supérieure. Quoique les journées fussent perpétuellement chaudes — même si certaines l'étaient plus que d'autres.

L'annélographie était une discipline facile ; les Anneaux forment trois groupes principaux : Alpha, Bêta, et le mince Gamma. Les divisions de Encke et de Cassini sont le résultat des tiraillements gravitationnels entre Saturne et ses plus grosses lunes pour s'approprier les particules formant les Anneaux. En dehors de ça, il y a les deux Faces — supérieure et inférieure, de part et d'autre du plan des Anneaux — puis l'Espace extérieur et l'intérieur. Les Annélides ne visitaient jamais cette dernière région à cause des intenses ceintures de radiation qui entouraient, comme sur Terre les ceintures de Van Allen, la planète. L'Extérieur était loin des zones passantes de l'Anneau mais le site était superbe car de ce point de vue on pouvait découvrir dans le ciel l'Anneau tout entier. L'expérience était curieuse pour les enfants, habitués dès la naissance à voir le ciel coupé en deux par les Anneaux.

Paramètre était sur la Face supérieure pour absorber la lumière solaire, bien plus intense ici qu'à l'intérieur de l'Anneau. Equinoxe était en configuration déployée. Le couple ressemblait ainsi à une vaporeuse coupole parabolique d'un diamètre de deux cents mètres. Une coupole transparente, avec des veines qui lui donnaient l'aspect d'une toile d'araignée. L'illusion était renforcée par la présence, en son centre, d'une petite silhouette écartelée comme une mouche. Une mouche qui était Paramètre.

Flotter de la sorte était un vrai délice. Elle regardait droit vers le soleil qui, malgré la distance, était assez brillant pour lui brûler rapidement les yeux si elle l'avait effectivement contemplé. Mais elle n'en voyait qu'une projection. Et les récepteurs visuels d'Equinoxe étaient loin d'avoir la fragilité de l'œil humain.

Le devant de son corps était baigné de rayonnement. C'était très sensuel, mais d'une manière inédite : c'était le bonheur inconscient d'une fleur épanouie au soleil qu'éprouvait Paramètre, et non les brûlantes passions auxquelles elle était habituée. L'énergie parcourait tout son corps jusqu'à l'extrémité des voiles captrices de lumière déployées par Equinoxe. Son esprit était plus déconnecté qu'elle ne l'aurait cru possible. Ses pensées ne se manifestaient qu'à des heures d'intervalle, et pour n'évoquer que les plaisirs paresseux d'une existence végétative. Elle s'imaginait nue, livrée à la caresse du vent et de la lumière, flottant au centre d'un cercle de vie argentée. Elle pouvait sentir le souffle du vent sur son corps, dans cet espace sans air, tout en se demandant vaguement comment Equinoxe pouvait tisser des illusions aussi parfaitement convaincantes.

Il y eut une bourrasque soudaine.

« Paramètre. Eveille-toi, ma chérie.

— Hmmmmm ?

— Une tempête se prépare. Il est temps de ferler les voiles et de mettre cap sur le port. »

Paramètre sentit de nouvelles bourrasques tandis qu'elle remontait des eaux tièdes du sommeil.

« Est-on loin de l'Anneau ?

— Ça ira. On peut y être en dix minutes ; il suffit que je tire un bord et que je donne une poussée de quelques secondes. »

Dans sa configuration déployée, Equinoxe formait une voile solaire relativement efficace. En modifiant l'angle qu'elle présentait aux rayons du soleil, elle pouvait lentement altérer sa vélocité. Tout ce qu'avait à faire Paramètre était de passer au large des Anneaux en décrivant un grand arc de cercle, au-dessus ou en dessous de ces derniers. Equinoxe pourrait les ramener à l'abri des Anneaux en l'espace de quelques jours, grâce à la pression du vent solaire. Mais la tempête était un danger qu'elles devaient sans cesse garder à l'esprit.

C'était ce vent solaire que sentait Equinoxe, un nuage de particules expulsées du soleil par la pression des tempêtes sous sa surface. Ses capteurs de radiations en avaient détecté les premières bouffées superluminiques et le plus dangereux de l'averse ne devait pas être loin.

Les radiations étaient le danger principal de la vie dans les Anneaux. La surface extérieure d'un symb était à l'épreuve de la majorité des radiations que le couple symbiotique était susceptible de rencontrer dans l'espace. Ce qui la traversait n'avait rien d'inquiétant, les doses en tout cas étaient loin de pouvoir provoquer le moindre malaise. Toutefois, des particules hautement énergétiques isolées pouvaient provoquer des mutations chez l'ovule ou le spermatozoïde humain.

L'intensité du vent s'accrut tandis qu'elles amenaient les voiles et donnaient une poussée de gaz.

« S'est-on mis en branle à temps ? demanda Paramètre.

— Il y a une bonne marge mais on ne pourra pas éviter de recevoir quelques radiations dures. Ne t'inquiète pas pour ça.

— Et les enfants ? Si je veux en avoir plus tard, ça ne risque pas de poser un problème ?

— Bien sûr. Mais tu ne donneras jamais le jour à une mutation : dès les premières semaines, je me rendrais compte de la moindre déviation et je ferais avorter le fœtus sans même avoir besoin de t'en avertir.

— Mais tu m'avertirais quand même, n'est-ce pas ?

— Si tel est ton désir. Mais c'est sans importance. Sans plus que la surveillance quotidienne que j'exerce sur tout l'ensemble de tes processus organiques.

— Si tu le dis.

— Effectivement. Je te le répète : ne t'inquiète pas. Contente-toi de tenir les manettes du moteur et je me charge du reste. Les choses ont toujours pour moi un petit côté irréel dès lors qu'elles ne sont plus à l'échelle moléculaire. »

Paramètre avait une confiance aveugle en Equinoxe. A tel point que lorsque le plus gros de la tempête commença de les secouer, elle ne s'inquiéta pas une seule seconde. Elle lui ouvrit les bras, l'étreignit. Ça lui faisait drôle que le « vent » ne l'emporte pas comme une feuille. Elle aurait bien aimé. La seule chose qui lui manquait vraiment, c'était de sentir la bourrasque gonfler ses cheveux : elle n'en avait pas un seul. Ils auraient gêné la liaison établie entre leurs deux organismes.

A peine y avait-elle songé qu'une longue chevelure brune lui fouettait le dos, encadrait de boucles son visage et venait lui picoter les yeux. Elle pouvait la voir, la sentir contre sa peau mais pas la toucher. Elle n'en fut pas surprise puisqu'elle n'était en réalité pas là. Elle rit : « Merci ! » Puis elle rit encore plus lorsqu'elle eut baissé les yeux : elle était couverte de poils ; une toison longue et vaporeuse qui croissait à vue d'œil.

Elles réintégrèrent l'Anneau, précédées des volutes d'une imaginaire chevelure longue de un kilomètre.

Trois jours plus tard, elle contemplait toujours la boule en suspension.

Au cinquième, sa main se dirigea vers elle.

« Non. Non. Equinoxe, où es-tu ? »

Le symb était en état de latence. Seul un bébé symb pouvait subsister sans un humain pour le nourrir et l'hydrater ; une fois qu'il s'était attaché à un être humain, il mourait très vite si on l'en privait. Mais en phase latente, les symbs pouvaient subsister des semaines durant avec un métabolisme ralenti.

Le simple contact de sa main pouvait le rendre actif.

La faim se frayait un chemin à travers son corps ; elle l'ignora complètement. C'était devenu un élément de son existence, une chose à laquelle elle se raccrochait pour ne pas penser à la faim *véritable* qui lui dévorait le cerveau. Jamais la faim ne la forcerait à accepter le symb. C'était absolument hors de question.

Au neuvième jour, sa main se mit à avancer. Elle la regarda, implorant Equinoxe d'arrêter le mouvement, de lui en donner la force.

Elle le toucha.

« Je crois qu'il serait temps qu'on essaie le nouvel utérus.

— Je crois que tu as raison.

— Si cette chose là-bas est un mâle, c'est ce qu'on va faire. »

Parmi toutes ses capacités, Equinoxe disposait du moyen d'élaborer à l'intérieur de son corps un module susceptible d'isoler une cellule clonée et de la cultiver jusqu'à ce qu'elle devienne un organe complet ; l'organe de son choix. C'est ce qu'elle avait fait avec l'une des cellules de Paramètre : elle l'avait prélevée, clonée puis fait croître pour donner un nouvel utérus. A court d'ovules, l'utérus originel de Paramètre était depuis longtemps dans l'incapacité de procréer alors que celui-ci était rayonnant de vie.

Elle avait opéré Paramètre, prélevant l'organe usé pour le remplacer par le neuf. Cela s'était passé rapidement et sans douleur ; Paramètre ne l'avait même pas senti.

A présent, elles étaient prêtes à y implanter la semence.

« Mâle » : c'était la voix de l'autre silhouette.

Avant, Paramètre lui aurait répondu : « Solitude » et il serait reparti.

Mais là, elle lui dit : « Femelle. »

Il se présenta : « Désert. »

« Paramètre. »

Le rituel d'accouplement achevé, ils se turent, dérivant l'un vers l'autre. Sa trajectoire était bien calculée, quoique un peu rapide. Une fois entrés en contact, ils s'agrippèrent des quatre membres. Lentement leurs symbs se fondirent l'un dans l'autre.

Une sensation de plaisir submergea Paramètre.

« Qu'est-ce que c'est ?

— Qu'est-ce que tu imagines ? Le paradis. Croyais-tu que d'être asexués nous empêchait de trouver du plaisir dans la conjugaison ?

— Je suppose que je n'y avais pas pensé. C'est... différent. Pas mal du tout. Mais aucun rapport avec un orgasme.

— Accroche-toi. On ne fait que commencer. »

Il y eut un moment d'insécurité lorsque Equinoxe retira ses connexions, à l'exception de celle plongeant dans son cerveau. Elle frémit comme une sensation étrange la parcourait, avant de réaliser qu'elle était en train de retenir son souffle : elle avait recommencé à respirer. Elle sentit crépiter sa poitrine lorsqu'elle refit jouer des muscles depuis longtemps inertes mais une fois retrouvé le réflexe, elle parvint sans peine à l'oublier, laissant la corvée à son cerveau postérieur.

La surface intérieure des symbs devint peu à peu phosphorescente, ce qui lui permit de distinguer vaguement une silhouette qui flottait devant elle. La lumière s'accrut pour atteindre l'intensité d'un brillant clair de lune. Elle le distinguait clairement à présent :

« Salut ! » Il parut surpris de son envie de parler mais sourit néanmoins.

« Salut. Tu dois être nouvelle.

— Comment l'as-tu deviné ?

— Ça se voit : tu veux parler. Tu comptes sans doute me voir passer par tout un rituel compliqué. » Et ce disant, il s'avança et l'attira vers lui.

« Bas les pattes. J'aimerais d'abord te connaître un petit peu mieux. »

Il soupira mais la relâcha. « Désolé. Visiblement, tu n'es

pas encore au courant. Bon d'accord. Que veux-tu savoir de moi ? »

Elle le détailla : il était petit, légèrement plus petit qu'elle. Et totalement chauve, comme elle. Il semblait impossible de deviner son âge ; tous les indices habituels faisaient défaut. Au sommet de son crâne s'attachait un ombilic serpentin.

Elle découvrit qu'elle avait en fait bien peu de chose à lui demander mais, par principe, elle lui lança une question pour la forme : « Quel âge as-tu ?

— Je suis assez vieux : quatorze ans.

— D'accord. Faisons comme tu veux. » Elle le toucha et se déplaça pour lui faciliter la pénétration.

A sa surprise ravie, cela dura plus que les trente secondes qu'elle avait escomptées. C'était un amant accompli ; il connaissait apparemment tous les mouvements qu'il fallait. Elle sentait monter en elle une délicieuse excitation lorsqu'elle l'entendit dans sa tête : « Voilà. Tu sais, à présent », et sa tête résonna de son rire.

Et tout ce qui avait précédé, si bon cela fût-il, n'avait été que de la mise en train.

Paramètre et le bébé symb hurlaient de douleur.

« Je ne voulais pas de toi », s'écriait-elle, projetant, tant vers l'enfant que vers elle-même, des vagues de répulsion. « Tout ce que je veux, c'est Equinoxe. »

Et cela dura de la sorte pendant un temps infini. Les étoiles s'éteignirent autour d'eux. La galaxie tourna comme un manège. L'univers se contracta ; explosa ; se contracta de nouveau. Explosa, se contracta puis laissa tomber, conscient de perdre son temps. Le temps prit fin, en même temps que tous les événements.

Et tous deux continuèrent de flotter, se hurlant l'un à l'autre.

Désert dérivait sur l'arrière-plan tourbillonnant des étoiles. Il ne se retourna pas et Paramètre non plus. Ils se connaissaient trop bien pour avoir besoin d'adieux. Peut-être ne se reverraient-ils jamais plus mais peu importait puisque chacun emportait tout ce qu'il voulait garder de l'autre.

« J'ai eu une vie mouvementée mais jamais rien de comparable. »

Equinoxe semblait absorbée. Elle reconnut calmement que ç'avait été, sans doute, extra super mais il y avait autre chose en plus. Une connaissance nouvelle.

« J'aimerais bien essayer quelque chose.

— Vas-y. »

Paramètre sentit son corps soudain caressé par un millier de petites langues humides, chacune, et simultanément, en quête du moindre repli. Elles étaient torrides, mille milliards de degrés au bas mot, mais elles ne brûlaient pas : au contraire, elles calmaient.

« Où gardais-tu donc tout ça ? haleta-t-elle une fois que ce fut fini. Et pourquoi as-tu arrêté ?

— Je viens tout juste de l'apprendre. J'ai profité de l'expérience pour regarder. Et pour piquer quelques trucs.

— Tu en as d'*autres ?*

— Bien sûr. Mais je n'ai pas voulu commencer avec les plus intenses avant de voir l'effet que te faisait celui-là. Je crois que c'était très chouette. Tu as tressailli de manière magnifique : les ondes delta étaient absolument superbes. »

Paramètre éclata de rire : « Pas de ce baratin clinique avec moi. Dis plutôt que ça t'a plu au point de te flanquer la trouille.

— Voilà qui s'approche au plus près d'une traduction de ma réaction. Mais j'étais sérieuse en te disant que j'avais en réserve des trucs qu'on trouvera, je crois, encore mieux. Je peux combiner les sensations de manière inédite : as-tu apprécié la façon subtile avec laquelle la “ chaleur ” se mêlait à cette sensation de plumes parcourues par un courant électrique ?

— Formulé ainsi, ça paraît totalement monstrueux. Mais

c'était exactement ça, oui. Des plumes électriques. Mais la douleur n'avait rien à faire là-dedans. »

Equinoxe considéra la chose : « Je n'en suis pas si certaine. J'étais entièrement polarisée sur ton centre de la douleur. Mais en l'excitant d'une manière nouvelle, tout comme Désert t'a excitée. Je suis en train de découvrir quelque chose : c'est en rapport avec la réalité de la douleur. Toutes les expériences que tu peux vivre sont fonction plus de ton cerveau que de tes terminaisons nerveuses. La douleur ne fait pas exception. Ce que je fais, c'est connecter les deux centres — plaisir et douleur — en leur faisant emprunter d'autres cheminements sensoriels, afin de...

— Equinoxe...

— ??????

— Fais-moi l'amour. »

Elle était au centre du soleil et chaque atome de son corps fondait sous la brûlure d'une glace torride. Elle nagea jusqu'à la surface, prenant son temps pour traverser les vagues de plastique des gaz ionisés et, là, se mit à grandir jusqu'à pouvoir tenir dans la main cette sphère radiante et la frotter sur tout son corps. Elle crachait et fumait et pulsait, projetait à sa guise de gigantesques protubérances, la drapant dans les volutes de flammes mordantes et de vapeurs ardentes. Les flammes s'insinuèrent en elle, aiguisant ses nerfs avec des jets de gaz acérés comme des pointes d'aiguilles et doux comme des baisers. Elle se sentit avalée tout entière par une chose rose et sans nom, et glissa dans ses entrailles visqueuses pour atterrir au beau milieu d'un bassin de soufre parfumé.

Elle s'y fondit. Elle le fit fondre. Equinoxe était là ; elle la prit et toutes deux se jetèrent dans une vague, une gigantesque muraille liquide, gonflée de gigatonnes d'énergie amassée et qui reculait pour former une déferlante haute de mille kilomètres. Elle vint s'écraser sur une plage de peau caoutchouteuse qui devint une forêt de serpents qui l'étreignirent jusqu'au moment où le sommet de son crâne éclata, tandis qu'autour d'elle tombait une pluie de fleurs minuscules qui toutes étaient Equinoxe.

Elle se retrouva ramenée des confins du système solaire pour réintégrer une forme qui s'appelait peut-être « Paramètre » mais ne répondait à rien. Et puis elle s'éleva sur une fusée qui s'enfonça dans les tréfonds de son vagin, dans des recoins secrets qui n'étaient même pas là mais lui faisaient l'effet de miroirs reflétant son propre visage. Elle n'était plus qu'une ogive nucléaire de sensations, amorcée, et prête à exploser. Fouettée par des étincelles qui étaient autant de baisers de plumes électriques. Elle avait atteint la vitesse de satellisation ; la vitesse de libération ; la vitesse de la lumière. Elle se retourna comme un gant et contint l'univers. La vitesse de la lumière était plus lente qu'une allure d'escargot ; elle la transcenda.

Il y eut une explosion ; une implosion. Elle se retira d'elle-même et retomba en elle, et les fragments de son corps dérivèrent jusqu'à la plage où aidée d'Equinoxe, elle réunit en tas ces minuscules morceaux palpitants plus petits que des atomes.

Ce fut un long travail. Elles prirent leur temps.

« La prochaine fois, suggéra Paramètre, tâche de me bricoler deux trois éléphants. »

Quelqu'un avait inventé une horloge.

Elle battait.

Paramètre s'éveilla.

« C'est toi qui as fait ça ? »

Pas de réponse.

« Arrête ce foutu machin. »

Le battement cessa. Elle roula sur elle-même et se rendormit. Autour d'elle, des milliards d'années s'écoulèrent.

Inutile ; elle ne pouvait pas dormir.

« Es-tu là ? »

Oui.

« A ton avis, que devrait-on faire ? »

Désespoir. Nous avons perdu Equinoxe.

« Tu ne l'as jamais connue. »

Tu garderas toujours en toi quelque chose d'elle. Assez pour te faire mal. Nous aurons toujours mal.

« Je veux vivre à nouveau. »

Vivre dans la douleur ?

« S'il n'y a pas le choix. Allons. Recommençons. Essaie de faire de la lumière. Allez, tu peux le faire. Je ne peux pas te dire comment ; tu dois y arriver tout seul. Je t'aime. Fonds-toi en moi, nettoie-moi, efface ma mémoire. »

Impossible. On ne peut pas se changer. Je veux Equinoxe.

« Arrête, tu ne l'as jamais connue. »

Je la connais aussi bien que toi. Mieux même. En un sens, je *suis* Equinoxe. Mais en même temps, je ne la serai jamais.

« Cesse donc de parler par énigmes. Fonds-toi avec moi. »

Impossible. Tu ne peux pas m'aimer encore.

« Tu préfères encore dormir là-dessus quelques millénaires ? »

Oui. Tu es tellement plus belle endormie.

« Dois-je prendre ça pour une insulte ? »

Non. Tu m'as aimée dans ton sommeil. Tu m'as parlé, tu m'as appris, tu m'as donné amour et conseil, tu as fait de moi une adulte. Mais tu continues de croire que je suis Equinoxe. C'est faux. Je suis moi.

« Qui ça ? »

Pas de nom. J'en aurai un seulement lorsque tu commenceras vraiment à me parler.

« Rendors-toi. Tu m'embrouilles. »

Amour, affection. Dodo, l'enfant do.

« Tu as déjà un nom ?

— Oui. Je m'appelle Solstice. »

Paramètre pleura, elle pleura beaucoup, et longtemps, et se lava dans l'eau de ses propres larmes.

Il leur fallut quatre années pour finir par parvenir au marché des Anneaux. Elles y négocièrent une chanson, qu'il leur avait fallu trois ans pour élaborer, une complainte douce-amère mais non dénuée d'espoir, orchestrée pour trois luths et synthétiseur ; assortie de la promesse de quatre autres œuvres au cours du siècle suivant, elles la négocièrent avec un agent-en-eaux-troubles contre un fusil à éléphant. Puis elles se lancèrent sur une piste vieille de quatre ans pour traquer le souvenir de ces jours lointains où régnaient les pachydermes...

Tout comme jadis une génération d'hommes savait reconnaître à sa forme une colline, la disposition de ses arbres et l'agencement de ses fleurs, leur odeur et leur contact ; tout comme une autre génération savait au premier regard retrouver un coin de rue ; ou bien une autre encore repérer à ses détails un tronçon de corridor enterré sous la Lune ; de la même manière, Paramètre savait reconnaître les rochers : elle savait quel était celui sur lequel elle avait pris appel en ce dernier jour avant qu'on ne lui enlève Equinoxe ; un fragment de roc dont elle savait à présent qu'il avait été une base avancée des Ingénieurs. Elle savait exactement où il était allé depuis ce jour, la vitesse et la durée de sa trajectoire. Elle savait où le situer à présent et c'était vers lui qu'elle et Solstice se dirigeaient. L'environnement serait différent mais elle saurait le retrouver.

Elles le trouvèrent, au bout de trois années seulement de recherches. Paramètre le reconnut aussitôt, reconnut chacune des crevasses, chacun des pics de la face où elle avait atterri. La porte était de l'autre côté. Elles se choisirent un roc analogue à quelques kilomètres de distance et s'installèrent pour une longue attente.

Soixante-seize fois, Saturne décrivit au-dessus d'elles ses révolutions, tandis qu'elle surveillait avec la lunette du fusil le trafic de la station.

A la fin de cette période, elles connaissaient les horaires de la base mieux encore que ses résidents. Quand vint le temps d'agir, elles avaient étudié le moindre détail jusqu'à ce qu'il devienne presque un réflexe.

Une silhouette sortit du rocher et partit dans la direction convenable. Paramètre abaissa le canon du fusil et ajusta son tir. Bien qu'à la limite de sa portée, elle ne doutait pas de faire mouche. La raison de cette confiance était la longue ligne imaginaire rouge qu'elle voyait s'allonger depuis l'extrémité du canon : elle représentait la distance que parcourrait la balle en un millième de seconde. De la silhouette qu'elle visait partait également une ligne, loin d'être aussi longue. Tout ce qui lui restait à faire, c'était d'ajuster ces deux lignes bout à bout puis de presser la queue de détente.

Tout se passa comme prévu. L'arme tirait des balles assommantes, de minuscules générateurs d'harmoniques qui neutraliseraient la paire pour une durée de six heures. La carapace extérieure d'un symb était à l'épreuve de l'énergie cinétique de la plupart des projectiles, naturels ou artificiels. Elle n'avait pas osé faire usage d'un rayon paralysant, de peur d'être détectée par les Ingénieurs de la station.

Elles se lancèrent à la poursuite du couple inconscient. Sans se presser : plus tard surviendrait le rendez-vous et plus elles seraient loin du danger.

Il leur fallut cinq heures pour les rejoindre. Une fois en contact, Solstice prit les choses en main. Elle avait garanti à Paramètre qu'il leur serait possible de se fondre avec un symb inconscient et elle avait raison. Peu après, Paramètre flottait dans la cavité sombre en compagnie de l'Ingénieur, qui était de sexe féminin. Elle lui plaça sous le menton le canon de son arme et attendit.

« Je ne sais pas si je peux faire ça, Solstice.

— Il n'y aura sûrement pas de quoi en tirer gloire mais tu connais les raisons aussi bien que moi. Contente-toi de penser à Equinoxe.

— Je me demande si c'est une si bonne idée. J'aimerais mieux lui faire quelque chose dont je puisse me glorifier.

— Tu veux reculer ? On peut encore se tirer. Mais si jamais

elle s'éveille et nous voit, ça pourrait devenir risqué de lui laisser la vie.

— Je sais. Je suis obligée de le faire. Simplement je n'aime pas ça. »

La femme Ingénieur commençait à bouger. Paramètre serra plus fermement son fusil.

Elle ouvrit les yeux, regarda autour d'elle et parut écouter. Solstice empêchait l'autre symb d'appeler à l'aide.

« Je n'opposerai aucune résistance, dit la femme. Mais est-ce trop demander que de me laisser dix minutes pour le rituel des mourants ?

— Vous les aurez et même plus si vous savez parler vite. Je ne veux pas vous tuer mais j'admets que je pourrais m'y voir contrainte. J'ai deux ou trois choses à vous dire et pour ce faire, j'ai besoin de votre coopération. Si vous refusez, ça ne m'empêchera pas malgré tout d'obtenir de vous ce dont j'ai besoin. Ce que j'espère, c'est que vous trouviez le moyen de me prouver que votre mort est inutile. Allez-vous m'ouvrir votre esprit ? »

Un éclair apparut dans les yeux de la femme puis il s'obscurcit. Paramètre eut immédiatement des soupçons.

« Ne soyez pas nerveuse, dit l'Ingénieur. Je ferai comme vous le demandez. C'était simplement, disons, la surprise. » Elle se détendit et Paramètre se laissa aller entre les bras de Solstice, qui prit le relais, jouant les intercesseurs.

Pour l'une comme pour l'autre, l'enjeu de cette révélation mutuelle était vital

Elles furent assaillies d'un seul coup par cette pesanteur impalpable de la ferveur religieuse et de la dévotion. Et par-dessus tout, la Grande Cause, le projet qui se poursuivrait bien après la mort de tous les contemporains. L'audace de ce projet ! Cette vision de l'Homme agissant ; dominateur ; artiste ; Ingénieur ! L'univers devrait admettre la progression de l'humanité en contemplant le prodige à l'œuvre dans les Anneaux de Saturne.

Le grand saint Anneau-Rouge était un utopiste de première bourre : il s'était trouvé amèrement déçu par la façon dont l'humanité avait envahi le système solaire. Lui qui pensait en termes de terraformation et de modification de l'orbite des planètes, tout ce qu'il voyait, c'étaient des terriers creusés dans la roche.

Alors il prêcha, et parla de sphères de Dyson et d'arches spatiales, d'étoiles qu'on pouvait allumer ou éteindre à volonté, de galaxies à remodeler... Pour lui et pour ses disciples, l'univers était un immense jouet complexe avec lequel ils pourraient réaliser des choses magnifiques. Ils voulaient démonter un trou noir pour voir ce qu'il avait dans le ventre. Ils voulaient recaler le décalage vers le rouge. Ils croyaient en une création continue, car la théorie de l'explosion initiale eût impliqué la vanité de tous leurs efforts.

Paramètre et Solstice oscillèrent sous la force de cette foi ; la conviction que cet acte prétendument symbolique pouvait amener l'humanité à prendre la direction que désirait saint Anneau. Il avait dans l'idée qu'existaient quelque part des créatures, comptables de nos actes, et susceptibles d'être favorablement impressionnées par ce Grand Œuvre. Lorsqu'ils verraient quelle jolie chose était devenu l'Anneau Bêta, ils feraient bien un geste pour donner un coup de main aux forces de saint Anneau.

La femme qu'elles avaient capturée et dont, apprirent-elles, le nom était Rose l'Anneau-Rouge 3351, était persuadée de la vérité de telles idées. Elle avait dévoué toute sa vie à l'accomplissement du Dessein. Mais ils virent sa foi vaciller lorsqu'elle dut contempler ce qu'elles avaient à lui montrer. Elle recula, fuyant les souvenirs, bien protégés dans leur coquille, séchés et racornis, des jours qui avaient suivi l'enlèvement d'Equinoxe. Elles les lui brandirent et la forcèrent à les regarder, épluchant les strates d'oubli sous lesquelles elles s'étaient protégées, pour les lui jeter à la face.

Elles la laissèrent enfin, recroquevillée, pantelante, flottant dans les airs.

« Vous avez vu ce que nous avons enduré ?

— Oui. » Elle sanglotait.

« Et vous savez ce qu'il nous reste à faire pour trouver Equinoxe. Vous l'avez vu dans mon esprit. Ce que je veux savoir, c'est si l'on peut faire autrement. Connaissez-vous un autre moyen ? Dites-le-moi, vite.

— Je ne sais vraiment pas, pleura-t-elle. C'est ainsi que l'on traite tous les Présers qu'on capture. On ne peut pas les tuer. C'est contraire à la loi. Alors on les sépare, on garde le symb et on abandonne l'être humain. Nous savons que la plupart ne sont jamais retrouvés mais c'est pourtant le mieux que l'on puisse faire. Mais je ne savais pas que c'était comme ça. Je n'y avais jamais songé... J'en viens à penser que...

— Inutile de penser. Vous avez raison. Il serait effectivement plus charitable de tuer le partenaire humain. Je ne sais pas, en ce qui concerne le symb. Il faudra que j'en parle avec Equinoxe. Au début, j'ai eu envie de tuer tous les Ingénieurs des Anneaux, en formant mon projet avec un grand luxe de précautions pour leur éviter de mourir trop vite. Je ne peux plus faire une telle chose. Je ne suis plus une Préser. Je ne l'ai jamais été. Je suis simplement à la recherche de mon amie. Je me moque bien que vous peigniez l'Anneau ; vous pouvez continuer. Mais moi, il faut que je retrouve Equinoxe, que je retrouve mes enfants. Vous devez répondre à ma question maintenant : voyez-vous un moyen pour que je vous laisse la vie sauve, tout en faisant néanmoins ce que j'ai à faire ?

— Non. Il n'y a pas d'autre solution. »

Paramètre soupira. « Très bien. Alors, accomplissez votre rituel.

— Je ne suis plus certaine d'en avoir très envie.

— Vous feriez sans doute mieux. Votre foi vient d'être ébranlée mais vous pourriez bien avoir raison au sujet de ces comptables de nos actes. Et dans ce cas, je ne voudrais pas vous savoir par ma faute partie du mauvais côté. » Elle avait déjà commencé à s'éloigner de cette femme qu'elle s'apprêtait à tuer et qui peu à peu devenait un simple objet, une chose sur

laquelle elle allait effectuer une opération déplaisante, et no
plus une personne humaine ayant le droit de vivre.

Rose l'Anneau-Rouge 3351 se calma graduellement
mesure qu'elle avançait dans son auto-extrême-onction. Lors
qu'elle en fut parvenue au bout, elle avait retrouvé la mêm
contenance qu'au début de son épreuve.

« Ce fut une vie que j'ai connue dans toute sa plénitude, dit
elle avec douceur. Les Ingénieurs ne prétendent pas tou
connaître. Notre politique de séparation des couples d
symbiotes fut une erreur. Mon seul regret est de ne pouvoir e
avertir personne. » Elle considéra Paramètre d'un air dubitati
mais sut que c'était inutile. « Je vous pardonne. Je vous aime
mon assassin. Faites votre office. » Elle offrit son cou blanc e
ferma les yeux.

« Hum », dit Paramètre. Elle n'avait pas entendu le
derniers mots de sa victime ; elle s'était déconnectée pour n
plus voir que son cou. Elle laissa Solstice lui guider les mains
Comme par instinct, elles trouvèrent les points de pressio
appuyèrent, et tout se passa exactement comme l'avait prév
Solstice. En quelques secondes, la femme fut plongée dan
l'inconscience.

Il fallait à présent qu'elle reste en vie quelques minutes, l
temps pour Solstice d'accomplir ce qu'elle avait à faire.

« Je l'ai, émit la pensée de Solstice, ébranlée.

— Ça a été dur ? » Paramètre était demeurée en retrait

« N'en parlons pas. Je te montrerai ça dans une dizain
d'années et on pourra toujours pleurer dessus pendant un an
Mais en tout cas, je l'ai. »

Ainsi donc, l'autre symb était déjà morte et Solstice s'étai
trouvée avec elle à ce moment. La tâche de Paramètre serai
loin d'être aussi difficile.

Elle plaça de nouveau les pouces contre le cou de la femme
colla l'oreille contre sa poitrine. Elle pressa, plus fort cett
fois. Bientôt, les battements hésitèrent, s'affolèrent soudain
Elle eut une convulsion ; l'instant d'après elle était morte

« Partons d'ici. »

Ce qu'elles avaient trouvé, c'était le quartz émetteur employé par les symbs ingénieurs.

C'était l'unique moyen dont disposaient les habitants des Anneaux pour distinguer l'ami de l'ennemi : les organes radio des symbs étaient dès la naissance accordés pour émettre sur une fréquence spécifique et les Ingénieurs n'utilisaient exclusivement qu'une seule bande de fréquence. Les Présers en employaient une autre car eux aussi avaient à cœur d'identifier amis et ennemis. Mais Paramètre, qui ne s'identifiait pas plus à un clan qu'à l'autre, avait désormais les moyens physiques d'étayer son absence de conviction. Elle pouvait dorénavant émettre sur l'une ou l'autre bande en fonction des besoins du moment et donc évoluer librement d'une société à l'autre. Capturée, elle se verrait d'un côté comme de l'autre jugée comme une espionne mais elle, elle ne se considérait pas ainsi.

Il avait fallu tuer le couple symbiotique d'Ingénieurs car il était impossible d'ôter cet organe sans causer la mort du symb. Il était toutefois possible de le cloner et telle était bien l'échappatoire que Paramètre lui avait offerte. Mais l'offre avait été refusée. Si bien qu'à présent Solstice disposait de deux voix : la sienne, et celle de l'autre organe qu'elle s'était déjà implanté.

Outre cette seconde voix, elles avaient recueilli un certain nombre de renseignements sur la vie des Ingénieurs, renseignements sans lesquels il leur aurait été impossible d'agir sans se faire immédiatement démasquer. Elles connaissaient à présent les croyances et les coutumes des Ingénieurs et pourraient s'y conformer aussi longtemps qu'elles ne seraient pas impliquées dans un rapport sexuel. Ça pouvait devenir tangent mais elles avaient une parade : le moyen le plus sûr d'éviter les rapports était d'être enceinte et c'est bien ce qu'elles comptaient faire.

Ça n'avait apparemment aucune importance mais il s'appelait Appoggiature. Elles l'avaient rencontré la troisième semaine après le meurtre. C'était un risque — modéré — mais un risque tout de même. Il avait pris calmement la chose. Il avait tout appris des actes et des plans de Paramètre au cours de leur rapport et ça l'avait laissé imperturbable. Le dévouement fanatique était chose rare chez les Présers ; le seul véritable fanatique qu'eut jamais rencontré Paramètre était Bushwacker qui s'était montré prêt à l'abattre au premier soupçon de trahison. Paramètre et Solstice étaient conscientes que leur attitude était certes une trahison de la cause préservatrice. Appoggiature semblait ne pas s'en formaliser, ou du moins estimait-il justifiée leur position après ce qu'elles avaient enduré.

« Mais avez-vous songé à ce que vous ferez toutes les deux si jamais vous retrouvez Equinoxe ? Je ne sais pas quel est votre avis mais ça me paraît un problème épineux.

— Epineux, certes, reconnut Solstice. Pour moi, surtout. Mais qu'on ne me parle pas de problème tant qu'on n'aura pas enduré mon sentiment d'insécurité en repensant à ce jour-là.

— Et la mienne, d'insécurité, donc ! intervint Paramètre. Non, on n'est pas encore fixées. Tout ce qu'on sait, c'est qu'il faut qu'on la retrouve. Ainsi que les enfants. Même si pour eux c'est moins net : je ne les ai jamais vus que quelques minutes et ils doivent avoir sept ans aujourd'hui. Je ne peux guère espérer grand-chose de ce côté.

— Je ne compterais pas non plus beaucoup sur Equinoxe, reprit-il. Je sais ce qui se passe pour un Symb lorsqu'il est séparé d'un être humain. Quelque chose en lui meurt ; j'ignore quoi. Mais pour lui, tout doit recommencer depuis le début. Equinoxe sera désormais partie intégrante de l'un ou l'autre de tes enfants, selon celui qu'elle aura pu récupérer au moment de la séparation. Tu ne la reconnaîtras pas, et réciproquement.

« Il faut qu'on le fasse malgré tout. Je préfère te quitter, maintenant. »

Six mois durant elles dérivèrent, laissant le corps de Paramètre s'enfler, révélant ainsi qu'elle était manifestement enceinte et donc sexuellement indisponible. Durant ce répit, elles eurent le temps de réfléchir.

Elles conclurent, un nombre incalculable de fois, à leur stupidité ; à l'inanité d'une quête dont l'aboutissement serait aussi l'achèvement du but de leur vie, les laissant confrontées au vide des mille prochaines années de leur existence. Et pourtant, elles ne pouvaient se contenter d'agir en automates. Pour un individu seul, peut-être était-ce possible, mais ça ne pouvait pas marcher quand on est deux. Votre alter ego était toujours là pour vous rappeler, par sa seule présence, que vous viviez un mensonge.

Et puis, il y avait Rose l'Anneau-Rouge 3351. Si elles renonçaient, elles l'auraient alors tuée pour rien. Voilà qui aurait été trop dur à supporter. Elles la gardaient sans cesse à l'esprit, chérissaient son souvenir, hantées sans cesse par la honte de leur acte. Et puis ce symb, dont Solstice n'avait pas encore été capable de prononcer simplement le nom. Un jour, Paramètre devrait aussi revivre ce crime, mais de plus près. Solstice était, si possible plus encore que Paramètre, décidée à s'assurer de la nécessité d'un tel acte.

Aussi s'en retournèrent-elles vers ce secteur infesté d'Ingénieurs où jadis Equinoxe avait été faite prisonnière de guerre.

Il y eut un moment de tension, la première fois qu'elles utilisèrent l'organe de transmission volé mais tout se passa sans encombre. Après cela, elles furent capables d'évoluer librement dans la société des Ingénieurs. C'était un monde étrange, imprégné d'un rituel qui aurait immédiatement confondu le novice. Mais elles avaient bénéficié d'une éducation religieuse instantanée et se raccrochèrent aux souvenirs de Rose l'Anneau-Rouge, enterrés dans leur esprit.

Elles prirent le nom Venge-la-Terre 9954-f, un nom répandu, suivi d'un chiffre aléatoire, avec le « f » marquant la situation sociale : Seules les femmes Ingénieurs ayant enfanté cent rejetons étaient censées ajouter cette lettre à leur nom.

Les naissances devaient, en théorie, être enregistrées au temple de Saint-Anneau — diamétralement opposé à leur position actuelle —, conservatoire des quelques archives que l'on pouvait recueillir dans la société nomade des Anneaux. Mais, vérification faite que leur transmetteur volé trompait les Ingénieurs, il n'y avait plus de danger. Même dans cette société où les contacts étaient plus fréquents que chez les Présers, minimes étaient les risques de rencontrer deux fois la même personne. Quant à celui, pour Paramètre et Solstice, de tomber sur la véritable Venge-la-Terre 9954-f, il ne valait même pas la peine d'être évoqué.

Leur base de manœuvre était précisément ce rocher d'où elle avait pris appel le jour de sa capture, ce rocher que Rose l'Anneau-Rouge avait quitté en son dernier jour. C'était un Centre de communications, un lieu de rencontre, de réunions ; le moyen grâce auquel les Ingénieurs parvenaient à maintenir leur cohésion face aux hasards formidables du vide de l'espace.

Paramètre avait pris le boulot de gérant de la station, un poste volontaire et sans attributions précises : la tâche consistait en fait à demeurer sur place et vaguement coordonner les activités de la base. Lesquelles se résumaient à transmettre par écrit les informations jugées trop importantes pour être confiées oralement, et plus généralement à tenter de soutirer à chaque Ingénieur, dès son arrivée, ce genre d'information. Telle quelle, la tâche convenait à merveille à ses projets.

Se posait toutefois le problème de sa grossesse. Les femmes enceintes avaient besoin de beaucoup de soleil, d'eau et de glace, et en général elles ne prenaient pas ce genre de poste. Elle dut affronter bien des questions à ce propos, dont elle se tirait en arguant d'un tel amour du travail qu'elle refusait d'en décrocher. Le problème d'un ensoleillement suffisant restait toutefois bien réel. La position actuelle de la station, profondément encaissée à l'intérieur des Anneaux, faisait que la lumière incidente du soleil était très faible. Il aurait fallu qu'elle aille au-dessus du plan des Anneaux, là où la lumière était moins diffusée par ces quantités de blocs rocheux, mais la chose était impossible.

Elle s'arrangeait donc pour passer toutes ses heures de liberté à l'extérieur, avec Solstice en configuration déployée.

Le principal sujet des conversations était l'échec de l'Edit-Démo, et c'est là ce qui la mena à des informations concernant Equinoxe.

Aux termes de l'Edit, chaque Ingénieur devait subir un changement de sexe et passer neuf ans sur dix avec le sexe féminin. Chacune de ces neuf années devaient naître trois enfants. Les chiffres contaient toutefois une autre histoire.

C'était la première trace de résistance à un édit ; inorganisée, certes mais dérangeante néanmoins. Le sujet avait provoqué bien des discussions et quantité de déclarations solennelles : chacun jurait d'engendrer autant d'enfants que possible mais Paramètre se demandait jusqu'à quel point c'était sincère. Ses propres évaluations révélaient que certes le nombre des femmes excédait celui des hommes mais dans une proportion de trois à un seulement et non de neuf contre un. On avançait diverses causes à cet état de fait : la première, et la plus évidente, était tout simplement la préférence. Statistiquement, quatre-vingt-dix pour cent de tous les individus avaient un sexe préféré ; lesquels individus se répartissaient également quant à leur préférence. Pour que soient atteints les pourcentages visés, il aurait donc fallu que trente-cinq pour cent des Ingénieurs vivent avec le sexe qu'ils aimaient le moins. Les chiffres effectifs indiquaient que rares étaient ceux qui s'y conformaient : comme par défi, ils demeuraient obstinément mâles.

Ensuite se posait le problème logistique : pour acquérir la masse nécessaire à produire un seul bébé, un couple symbhumain devait ingérer près d'une tonne de roche et de glace. Les éléments chimiques nécessaires à la fabrication du bébé ne représentaient qu'une infime fraction de cette masse. Pour la convertir ensuite en une forme utilisable, il fallait de l'énergie. Le couple devait passer de longues heures au soleil. Après cela, restait peu de temps pour peindre l'Anneau, alors que c'était là ce que la plupart des Ingénieurs considéraient comme leur mission première, plutôt que de se muer en usines à bébés.

On disait que saint Anneau était entré en méditation, et ce depuis dix ans déjà, pour tenter de découvrir un moyen de sortir de ce dilemme. Il voyait progressivement son Grand Projet ralentir au point d'en être effectivement compromis. Que, dans un avenir lointain, le taux de naissance des Ingénieurs ne surpasse pas largement celui des Présers, et les ennuis seraient certains. L'époque du plus grand effort des Présers était encore à venir. Dans la situation présente, un Préser pouvait passer trois ou quatre jours avant de voir un seul rocher peint ; ils étaient encore par trop dispersés. Mais à mesure que s'accroissait leur nombre, le rythme des recolorations devait grandir en proportion. Car les Ingénieurs étaient obligés de tenir compte de tous les rochers à repeindre pour compenser l'effet négatif de l'action des Présers. Si les deux populations étaient en gros équivalentes, on se trouverait dans l'impasse, situation qui ne profiterait qu'aux Présers. Pour accomplir le Grand Dessein, il fallait que quatre-vingt-dix pour cent des rochers de l'Anneau Bêta soient peints. Pour atteindre un tel chiffre, les Ingénieurs devaient être dix fois plus nombreux que les Présers, faute de quoi la quantité de rochers peints plafonnerait en dessous des prévisions. C'était donc là une crise majeure, bien que nul ne fût en mesure d'en voir l'issue de son vivant.

C'est en discutant la chose avec l'un des Ingénieurs, une femme nommée Gloire de l'Anneau-Rouge 43-f, que la faille apparut. Elle avait été l'une des premières disciples de saint Anneau-Rouge et cela faisait deux siècles qu'elle vivait dans l'Anneau. Elle avait donné le jour à 389 enfants et reconnaissait que c'était en dessous de son quota. Elle était la preuve vivante de l'irréalisme des buts de saint Anneau et pourtant, elle gardait une foi inébranlable en le bien-fondé d'une telle politique. Elle se reprochait de ne pas avoir eu six cents enfants et s'était donné comme but de rattraper son quota d'ici le prochain siècle. Pour ce faire, il lui faudrait engendrer cinq cents enfants. Paramètre la trouvait pathétique. Présentement, elle attendait des septuplés.

« Je vois toutes ces jeunes arriver ici, portant des jumeaux dans leur ventre et je me demande comment elles osent se baptiser Ingénieurs, se plaignit-elle. Rien que le mois dernier, j'en ai vu une avec un seul enfant en train. Un ! Tu peux imaginer ça ? Combien en as-tu, là ?

— Trois. Peut-être aurais-je dû en avoir plus. » Paramètre essayait de prendre un air coupable.

— C'est très bien. Trois, voilà le bon chiffre. Je ne te demanderai pas si tu en as eu trois également l'année dernière.

« Et le nombre de mâles que je vois me donne envie de pleurer : j'estime la proportion à 7,43 femmes pour 2,57 hommes. » Elle retomba dans un silence maussade.

« Comme si ça ne suffisait pas, renchérit Paramètre, je crois savoir que le taux de naissance des Présers a rattrapé le nôtre.

— C'est pas vrai ? » La nouvelle la rendait soucieuse et elle aurait été soulagée d'apprendre que cette information était totalement fallacieuse. Paramètre employait souvent cette méthode pour amener la conversation sur les femmes préser en général et sur une Préser en particulier, une femme capturée dans les parages quelques années plus tôt, alors qu'elle portait des quintuplés.

« Mais ça ne devrait pas me surprendre, remarqua son interlocutrice. Ces temps-ci, de plus en plus de Présers capturées étaient enceintes de trois, quatre, voire cinq enfants. »

Voilà qui était mieux. Paramètre chercha le moyen de lui tirer les vers du nez. Mais l'autre poursuivait :

« Je me rappelle, il y a près de dix ans... ou bien cinq, peut-être ? Je m'y perds... Cette Préser que certains des nôtres avaient prise. Eh bien, elle venait d'en avoir cinq. »

Paramètre était tellement surprise qu'elle faillit laisser filer l'occasion :

« Cinq ? » parvint-elle à croasser. C'était suffisant.

« Effectivement. Depuis combien de temps as-tu vu l'une des nôtres donner le jour à cinq enfants ? Et ces anarchistes n'ont même pas d'Edit-Démo pour les y forcer. Elle avait fait ça pour le plaisir !

— Etais-tu là lorsque ça c'est produit ? Lorsqu'on l'a capturée ?

— Je l'ai appris plus tard. Ils ont gardé par ici les marmots durant quelques jours. Personne ne savait qu'en faire. Personne n'avait entendu parler de la crèche.

— Une crèche ?

— Tu vois : toi aussi. Les ragots ne se colportent plus. Voilà une information qui aurait dû être répercutée.

— Je veillerai sans aucun doute à ce que cela soit fait si tu veux bien m'en parler.

— Il existe une crèche pour les enfants de prisonniers de guerre, à environ cinquante mille kilomètres d'ici. C'est là que nous sommes censés conduire les enfants des Présers capturées pour les endoctriner. »

Paramètre et Solstice eurent du mal à digérer cette nouvelle.

« Un endoctrinement qui ne réussit pas trop mal, n'est-ce pas ?

— Saint Anneau-Rouge, j'espère bien. Je ne suis pas allée voir moi-même. Mais on a besoin de tous les moyens possibles, ces temps-ci.

— Dis-moi simplement où elle se trouve. Pour que je puisse diffuser d'ici les éléments de son orbite. »

Les triplés furent un échec : durant le dixième mois, alors qu'elles se dirigeaient vers la crèche, Solstice avertit Paramètre que c'était sans espoir ; elles n'avaient pu accumuler suffisamment d'énergie et de matières premières durant le séjour sur la base. Il n'était plus possible de rattraper leur retard de développement et il était trop tard pour amasser les éléments minéraux nécessaires.

Solstice les fit avorter et réabsorba les corps. Grâce à

l'énergie ainsi récupérée, elles purent atteindre assez vite la crèche : il ne leur fallut en tout que deux ans.

Elle était désertée : une coquille vide. Les nouvelles voyageaient lentement dans l'Anneau. Une enquête alentour apprit à Paramètre qu'elle n'était plus utilisée depuis quinze ans. Ainsi donc ses enfants n'étaient-ils jamais arrivés à destination.

C'était un moment à désespérer mais elles étaient au-delà du désespoir. Quelque part sur le chemin de la crèche, elles avaient cessé de croire à la possibilité de ce qu'elles essayaient de réaliser. Aussi la découverte de cette crèche abandonnée n'avait-elle pas constitué un choc. Et pourtant, il était difficile d'accepter que leur quête pût s'achever ici ; elles étaient sur la brèche depuis neuf ans.

Mais les chiffres étaient indiscutables : le volume de l'Anneau Bêta était de soixante-dix milliards de kilomètres cubes et dans chacun d'eux pouvaient se cacher un millier d'enfants.

Elles restèrent dans les parages de la crèche durant quelques semaines, interrogeant les Ingénieurs, tâchant de trouver un biais pour faire mentir les statistiques. Faute de connaître la destination des enfants, elles n'avaient aucune issue ; ils pouvaient être n'importe où, ce qui était si vaste que mieux valait n'y pas songer.

En fin de compte, elles repartirent, un peu au hasard.

Trois jours plus tard, elles rencontraient un autre Préser, un mâle, avec lequel elles s'accouplèrent. Il compatit à leur malheur mais reconnut avec elles qu'elles n'avaient aucune chance de retrouver leurs enfants. Solstice veilla scrupuleusement à ce que Paramètre ne fût pas fécondée : les grossesses, elles en avaient leur content pour un bon siècle.

Et puis, après avoir quitté le Préser, elles sentirent qu'elles étaient en train de s'endormir.

Sauf qu'elles savaient que cet assoupissement n'avait rien à voir avec le sommeil.

Avant même d'ouvrir les paupières, Paramètre, affolée, se tâta le sommet du crâne.

« Solstice...

— Je suis là. Ne fais pas de mouvements brusques. Nous avons été capturées. J'ignore par qui, mais il est armé. »

Elle ouvrit les yeux. Elle était dans la sphère d'accouplement et le tentacule de Solstice était toujours fermement arrimé à sa tête. Quelqu'un d'autre était là. Un jeune. Il lui fit signe, de son arme, et elle hocha la tête.

« Ne vous inquiétez pas, dit-il. Si vous pouvez répondre à quelques questions, vous en sortirez sans doute indemne.

— Soyez rassuré, je ne ferai aucune difficulté. »

Elle réalisa que ce n'était guère qu'un enfant ; onze ans environ. Mais il avait l'air de s'y connaître en paralysants.

« On vous observe depuis une semaine. Vous parliez à des Ingénieurs, nous en avons donc naturellement déduit que vous étiez des leurs. Et voilà que vous venez de parler à un Préser, et qui plus est, sur la fréquence des Présers. J'aimerais une explication.

— J'étais une Préser, à l'origine. Récemment, j'ai tué un Ingénieur et lui ai volé son organe de transmission. » Elle savait qu'elle n'avait pas le temps d'inventer un mensonge convaincant pour s'éviter la décharge de paralysant. Elle n'était même pas certaine qu'il y eût un mensonge assez convaincant pour la couvrir dans une telle situation.

« De quel côté vous reconnaissez-vous, à présent ?

— D'aucun des deux. Je veux être indépendante, si on veut bien me le permettre. »

Il eut l'air songeur. « Ce pourrait être plus facile que vous ne croyez. Pourquoi avez-vous tué l'Ingénieur ?

— Je devais le faire pour pouvoir évoluer dans leur société afin de rechercher mes enfants et le symb qui m'ont été arrachés il y a de cela plusieurs années. J'ai été...

— Quel est votre nom ?

— Paramètre... et Solstice.

— Parfait. J'ai un message pour vous, Paramètre. Emanant

de vos enfants. Ils vont bien et vous cherchent dans la région. On devrait parvenir à les localiser en l'espace de quelques jours. »

Les enfants étaient conscients de l'embarras d'une telle situation. A mesure qu'ils se joignaient au groupe, émergeant des parois de la sphère en lente dilatation, ils se contentaient d'un baiser fugace avant de se retirer dans un coin, étroitement regroupés.

Paramètre et Solstice étaient si secouées qu'elles pouvaient à peine penser. Les cinq enfants, encore, elles pouvaient les admettre ; mais Equinoxe ? Qu'en était-il ?

Elles avaient la nette impression que les enfants reconnaissaient Paramètre, puis durent admettre que c'était fort possible. Equinoxe leur avait parlé quand elles étaient encore dans la matrice, forçant leur esprit à assimiler images et sons. Une partie de ces images avait dû leur montrer Paramètre.

Les enfants de l'Anneau ne sont pas comme les autres enfants humains. Ils naissent en connaissant déjà la majeure partie de ce qu'il leur faudra savoir pour survivre dans les Anneaux. Puis ils sont capables de se joindre à un bébé symb et de l'aider en l'espace de quelques semaines à parachever son développement pour en faire un adulte. A partir de là, le symb reprend alors le dessus durant trois ans, au cours desquels il éduque leur couple et lui fait visiter les endroits susceptibles de les aider à devenir forts et saints. En fait, l'un et l'autre ont atteint leur maturité dès l'âge de trois ans. C'est obligatoire ; ils ne peuvent compter rester avec leur mère plus des quelques semaines nécessaires à l'obtention d'un symb adulte. Dès ce moment, ils se retrouvent livrés à eux-mêmes. Les handicaps inhérents à la petite enfance sont compensés par l'aide et les conseils du symb.

Paramètre considérait ces étranges enfants, ces gamins dont l'aire de jeux faisait des milliards de kilomètres cubes et dont les jouets s'appelaient étoiles et comètes. Que savait-elle d'eux ? Ils auraient aussi bien pu faire partie d'une autre espèce. Mais ça ne devait pas avoir d'importance ; tout comme pour Solstice.

Solstice était quasiment hystérique : aux prises avec une terreur — qu'en un sens elle ne pouvait comprendre —, la terreur d'être sur le point de perdre Paramètre. Elle était en danger de perdre l'esprit. Une part d'elle-même aimait Equinoxe aussi désespérément que Paramètre ; une autre savait qu'il n'y avait place que pour un seul symb avec chaque être humain. Qu'adviendrait-il à l'heure du choix ? Comment l'affronteraient-elles ?

« Equinoxe ? »

Solstice poussa un cri silencieux. « Equinoxe ? »

?????????

« Est-ce toi, Equinoxe ? »

La réponse était très faible, très lointaine. Inaudible.

« C'est moi, Paramètre.

— Et moi Solstice. Tu ne me connais pas... »

Je te connais. Tu es moi. J'ai été toi. Je me souviens de nous deux. Intéressant.

Mais la voix n'avait pas l'air intéressée. Elle était froide.

« Je ne comprends pas. » Personne ne savait au juste qui avait dit ça.

Mais si. Je suis partie. Il y a un nouveau moi. Un nouveau toi. Voilà tout.

« Nous t'aimons.

— Oui, bien sûr que vous m'aimez. Mais que reste-t-il de moi, à aimer ?

— Nous sommes perdues. »

Vous vous en sortirez.

Les enfants flottaient ensemble : calmes, respectueux, attendant que leur mère ait appréhendé sa nouvelle réalité. Enfin, elle frissonna.

« Peut-être finirons-nous par comprendre un jour », dit Paramètre.

L'une des filles parla :

« Equinoxe n'est plus, Mère. Et pourtant, elle est toujours avec nous. Elle a fait un choix, lorsqu'elle a su que nous allions être capturées : elle a réabsorbé ses enfants puis s'est fractionnée en cinq parts. Aucun de nous ne la contient toute mais à nous tous nous suffisons pour la contenir. »

Paramètre hocha la tête, cherchant à trouver un sens à tout cela. L'enfant qui l'avait amenée ici n'avait rien voulu lui dire, préférant attendre qu'elle ait retrouvé sa progéniture.

« Je ne comprends toujours pas comment vous êtes parvenus à me retrouver.

— Simple affaire de patience. Nous n'avons jamais atteint la crèche ; nous avons été libérés en chemin par des Alphans. Ils ont tué tous les Ingénieurs qui nous gardaient, avant de nous adopter eux-mêmes.

— Qui sont les Alphans ?

— Les Alphans sont les Annélides qui vivent dans l'Anneau Alpha et ne sont ni présers ni ingénieurs. Ce sont des renégats de l'un et l'autre camp qui ont choisi de se retirer du conflit. Ils se sont occupés de nous et nous ont aidés lorsque nous leur avons fait part de notre désir de te retrouver. Nous savions vers où nous étions allés et savions aussi que ce n'était qu'une affaire de temps avant que tu ne fasses ton apparition, si jamais tu étais encore en vie. Alors, nous avons attendu. Et tu n'as mis que neuf ans pour être là. Tu es pleine de ressources.

— Peut-être. » Elle considérait les jambes de ses enfants. Elles étaient bizarrement difformes. Et puis, quels étaient ces instruments atrophiés qui les terminaient ? Vraiment bizarre.

« Ce sont des pieds, Mère, expliqua l'enfant. Il y a des chirurgiens sur Alpha mais nous ne nous serions jamais permis d'aller les voir avant de t'avoir retrouvée. Nous irons à présent. On espère que tu nous accompagneras.

— Hein ? Euh, je suppose que je devrais. C'est de l'autre côté de la division de Cassini, n'est-ce pas ? Et il n'y a pas de guerre là-bas ? Pas de meurtres ?

— C'est exact. On se contrefiche qu'ils repeignent l'Anneau Bêta avec des rayures ou des pois. Présers ou Ingénieurs, ce ne sont que des tordus. C'est nous, les véritables Annélides.

— Solstice ?

— Pourquoi pas ?

— On vous suit. Au fait, comment vous appelez-vous ?

— Army, dit l'une des filles.

— Navy, dit la seconde.

— Marine.

— Airforce.

— Et Eléphant », dit le garçon.

# Les mannequins

« Vous êtes sûre qu'elle n'est pas dangereuse ?

— Pas du tout. Pas pour vous, en tout cas. »

Evelyn referma la vitre coulissante de la porte et fit un effort pour maîtriser les doutes qui l'envahissaient. Il était un peu tard pour s'apercevoir que les dingues la mettaient mal à l'aise.

Un coup d'œil circulaire lui permit de découvrir avec soulagement que ce n'était pas des patients qu'elle avait peur. Mais bien de cette impression de forteresse que donnait l'Institut Bedford : un cauchemar de fenêtres grillagées et de cellules capitonnées, de draps, de taies et de camisoles, de seringues et d'infirmiers musclés. C'était une prison. Avec un tel luxe de précautions, il n'était que naturel qu'elle se sentît nerveuse à l'idée des occupants auxquels était destiné pareil édifice.

Elle regarda de nouveau dans la cellule. A l'intérieur, la femme semblait si petite, si calme et posée pour être la cause de toute cette agitation.

Le Dr Burroughs referma l'épais dossier qu'il venait de parcourir : *Barbara Endicott. Age : 28 ans. Taille : 1,58 m. Poids : 46 kg. Diagnostic : Schizophrénie paranoïaque. Remarques : sujet à considérer comme dangereux. Renvoyé en observation par la cour d'assises de la juridiction du Massachusetts pour meurtre. Marque une intense hostilité envers les hommes.* Et il y en avait encore. Beaucoup. Evelyn l'avait feuilleté.

« Elle souffre d'une psychose fortement implantée. Comme de bien entendu, à partir de postulats illogiques, le système imaginé, soigneusement élaboré, s'avère d'une parfaite cohérence interne.

— Je sais, dit Evelyn.

— Vraiment ? Oui, je suppose. A travers les livres et les films. » Il referma le dossier et le lui remit.

« Vous savez, ce n'est pas tout à fait pareil quand on leur parle vraiment. Ils sont sûrs de ce qu'ils racontent, comme jamais ne peuvent l'être les gens sains d'esprit. Nous avons tous nos petits doutes, n'est-ce pas... Pas eux. Eux, ils ont vu la vérité et rien ne les convaincra du contraire. S'occuper d'eux exige d'être solidement accroché à la réalité. Vous risquez d'en revenir un peu ébranlée. »

Evelyn avait hâte qu'il finisse et lui ouvre la porte. Elle n'avait pas de problème avec son sens du réel. Avait-il vraiment peur que cette femme l'influence avec des conneries comme celles de ce dossier ?

« Elle est sous électrochoc depuis une semaine, indiqua-t-il avec un haussement d'épaules résigné. Je sais ce qu'en disent vos profs. La décision ne vient pas de moi. Il est tout bonnement impossible de communiquer avec eux. Une fois épuisées la raison et la persuasion, on essaie les chocs. Rien n'y a fait. Sa psychose est toujours aussi bien ancrée. » Il se balança vers l'arrière, fronçant les sourcils.

« Je crois que vous feriez aussi bien d'y aller. Vous ne risquez absolument rien : son hostilité ne vise que les hommes. » Il fit un signe à l'infirmier en blouse blanche. L'homme, qui avait la carrure d'un pilier de rugby, tourna la clé dans la serrure, ouvrit la porte et s'effaça pour la laisser entrer.

Barbara Endicott était assise sur une chaise près de la fenêtre. Le soleil pénétrait à flots et ses rayons, découpés par les barreaux, lui dessinaient une grille sur le visage. Elle se tourna, sans se lever.

« Bonjour. Euh... je suis Evelyn Winters. » La femme

s'était détournée sitôt qu'elle avait ouvert la bouche. Sa confiance, entamée déjà par l'environnement sinistre, menaçait de la déserter totalement.

« J'aimerais parler avec vous, si cela ne vous gêne pas. Je ne suis pas un docteur, Barbara. »

La femme se retourna pour la regarder.

« Alors, qu'est-ce que vous faites en blouse blanche ? »

Evelyn baissa les yeux sur sa blouse de laboratoire. Elle se trouvait l'air idiot avec ce truc sur le dos.

« On m'a dit de la mettre.

— Qui ça " on " ? dit Barbara, avec un petit ricanement. Vous m'avez l'air parano, ma chère. »

Evelyn se décrispa un peu :

« Là, c'était plutôt à moi de poser cette question. " On ", c'est les gens qui travaillent dans cet... endroit. » *Bon sang, calme-toi !* La femme avait plutôt l'air amicale maintenant qu'elle voyait qu'elle n'était pas médecin. « Je suppose qu'ils veulent savoir si je fais partie des malades.

— Exact. Auquel cas, ils vous passeraient un de ces costumes bleus.

— Je suis étudiante. On m'a dit que je pouvais vous poser quelques questions.

— Faites. » Et elle sourit, un sourire si pur, si amical qu'Evelyn le lui rendit et tendit la main. Mais Barbara hocha la tête.

« C'est bon pour les hommes, dit-elle en lui montrant sa main. Pour dire : " Tu vois ? Je n'ai pas d'arme. Je ne vais pas te tuer. " On n'a pas besoin de ça, Evelyn : nous sommes des femmes.

— Oh ! bien sûr ! » Elle fourra gauchement la main dans sa poche de blouse, poing serré. « Je peux m'asseoir ?

— Bien sûr. Il n'y a que le lit mais il est assez dur pour servir de siège. »

Evelyn s'assit au bord du lit, dossier et calepin sur les genoux. En s'assurant de son équilibre, elle découvrit que tout son poids reposait encore sur la plante des pieds, comme si elle était prête à fuir d'un bond. Le spectacle sordide de cette chambre lui était pénible : peinture grise écaillée, fenêtre aux vitres jaunes, enchâssée derrière un grillage scellé dans le mur. Le sol était bétonné, humide, hostile.

La pièce était légèrement réverbérante. Pour seuls meubles : la chaise et le lit avec sa couverture et ses draps gris.

Barbara Endicott était petite, brune, avec ces traits si parfaits et lisses qui pour Evelyn avaient toujours évoqué l'Orientale. Elle avait l'air pâle — conséquence sans doute de deux mois de cellule. Mais en dessous, se dissimulait une santé robuste. Assise sous le damier de lumière, elle se gorgeait des quelques rayons de soleil qui parvenaient à traverser la vitre. Elle portait un peignoir bleu attaché à la ceinture, sans rien dessous, et des pantoufles.

« Donc, je suis en quelque sorte vos travaux pratiques du jour. C'est vous qui m'avez choisie ou bien quelqu'un d'autre ?

— On m'a dit que vous ne vouliez parler qu'aux femmes.

— C'est vrai mais vous n'avez toujours pas répondu à ma question, pas vrai ? Je suis désolée. Je n'avais pas l'intention de vous rendre nerveuse, franchement. Ça ne se reproduira plus. Je me conduis comme une vieille folle.

— Comment ça ?

— Sûre de moi, agressive. A raconter tout ce qui me passe par la tête. C'est ainsi que se conduisent tous les fous, ici. Mais moi je ne suis pas folle, bien entendu. » Ses yeux papillotaient.

« Je ne peux pas savoir si vous me bourrez le mou », constata Evelyn et soudain elle se sentit beaucoup plus proche de la femme. C'était un piège dans lequel il était facile de tomber, que de considérer les gens dérangés comme mentalement déficients, et privés de facultés de raisonnement. Barbara Endicott ne présentait aucun trouble de ce côté-là. Elle savait faire preuve de subtilité.

« Bien sûr que je suis folle, lui dit-elle. Est-ce qu'on m'aurait bouclée, sinon ? » Elle lui fit un large sourire et

Evelyn se détendit. Son dos se dénoua et les ressorts du lit gémirent sous son poids.

« D'accord. Vous voulez qu'on en parle ?

— Je ne suis pas sûre que vous vouliez l'entendre. Vous savez que j'ai tué un homme, n'est-ce pas ?

— Vraiment ? Je sais que l'enquête a conclu en ce sens mais on vous a estimée inapte à passer en jugement.

— Je l'ai bien tué. Il fallait que je vérifie.

— Vérifier quoi ?

— S'il pouvait encore marcher la tête coupée. »

Et voilà : de nouveau une étrangère. Evelyn réprima un frisson. La femme avait dit ça sur un ton tellement raisonnable, manifestement sans désir aucun de choquer. Et certes Evelyn dut reconnaître que cela ne l'avait pas frappée comme elle aurait pu l'être quelques minutes plus tôt : révoltée, oui ; mais pas horrifiée.

« Et qu'est-ce qui vous avait portée à le croire ?

— Là n'est pas la question, gronda-t-elle. Elle est peut-être pour vous sans importance, mais pour moi, si : Je n'aurais jamais fait une chose pareille s'il n'avait pas été important pour moi de savoir.

— De savoir... oh ! Et alors, a-t-il marché ?

— Bien sûr que oui. Durant deux ou trois minutes il a titubé tout autour de la pièce. Je l'ai vu et j'ai su que j'avais raison.

— Me direz-vous ce qui vous avait menée à l'en croire capable ? »

Barbara la dévisagea.

« Et pourquoi vous le dirais-je ? Regardez-vous. Vous êtes une femme mais vous avez gobé toutes leurs histoires. Vous travaillez pour eux.

— Que voulez-vous dire ?

— Vous êtes toute peinturlurée ; vous vous êtes rasé les jambes avant de les recouvrir de nylon et vous marchez tant bien que mal, entravée par une jupe et des talons conçus pour vous faire trébucher si jamais vous prend l'envie de les fuir quand ils essaieront de vous violer. Vous venez ici accomplir leur travail. Pourquoi vous le dirais-je ? Vous ne me croiriez pas. »

Evelyn n'était en rien inquiète de la tournure prise par la conversation. Il n'y avait aucune hostilité dans le ton de Barbara : de la pitié, tout au plus. Barbara ne lui ferait pas de mal, tout bonnement parce qu'elle était une femme. Maintenant qu'elle l'avait compris, elle se sentait capable de poursuivre avec plus d'assurance.

« Peut-être bien. Mais n'est-ce pas de votre devoir de m'éclairer, en tant que femme, sur une telle menace si elle est vraiment si grave ? »

Barbara se claqua la cuisse, visiblement ravie : « Là, vous m'avez eue, doc. C'est vrai. Mais faut être sacrément rusée pour me retourner ainsi mes propres illusions ! »

Evelyn nota sur son calepin : *Peut se montrer bavarde à propos de son complexe hallucinatoire. Elle est tellement sûre d'avoir raison qu'elle se permet d'en plaisanter.*

« Qu'est-ce que vous écrivez ?

— Hein ? Oh... » *Sois honnête, elle saura si tu mens. Joue franc jeu, rivalise en insolence...* « ... de simples notes sur votre état. Je dois rendre un diagnostic à mon instructeur. Il veut savoir quel genre de folle vous êtes.

— Facile : je suis une schizophrène paranoïaque. Pas besoin d'un diplôme pour le voir.

— Non, effectivement. Eh bien d'accord, racontez-moi ça.

— Ce que je crois, à la base, c'est que la Terre a été envahie par une sorte de parasite durant la préhistoire, sans doute à l'époque des cavernes. C'est difficile à dire avec précision, l'histoire est un tel ramassis de mensonges. Ils la récrivent en permanence, vous savez. »

Une fois encore, Evelyn se demanda si elle ne se fichait pas d'elle et cette idée l'amusa. Cette femme était rusée, complexe. Elle l'obligeait à marcher sur des œufs. Un tel discours était typiquement paranoïaque et Barbara le savait pertinemment.

« Jouons votre jeu : que désigne ce “ ils ” ?

— “ Ils ”, c’est le pronom passe-partout paranoïde qui désigne tout groupe impliqué, consciemment ou non, dans telle ou telle conspiration destinée à vous “ coincer ”. Je sais bien que ça paraît dingue mais de tels groupes existent.

— Vraiment ?

— Bien sûr. Je ne dis pas qu’ils organisent des réunions pour décider du meilleur moyen de vous harceler. Non. Mais vous admettez bien, n’est-ce pas, l’existence de groupes dont les intérêts ne recoupent pas les vôtres ?

— Certes.

— Eh bien, le principal n’est pas de savoir s’ils forment délibérément une véritable conspiration : quelle que soit leur méthode, le résultat reste le même. Pas besoin non plus que l’attaque soit personnelle.

« Tous les ans, le fisc complote bien pour vous dépouiller de l’argent que vous avez gagné, non ? Ils sont en cheville avec le Président et le Congrès pour vous extorquer votre argent et le redistribuer à d’autres mais ils ne vous connaissent pas personnellement. Ils volent tout le monde. Voilà ce dont je veux parler. »

*Justifie sa peur des forces extérieures hostiles en se référant à des groupes antagonistes réels.*

« Oui, je vois ça. Mais tout le monde connaît le fisc. Vous, vous parlez d’un secret que vous êtes la seule à connaître. Pourquoi devrais-je vous croire ? »

Son visage redevint sérieux. Peut-être prenait-elle conscience de la taille de son adversaire. L’adversaire avait toujours les plus solides arguments, c’était dans l’ordre des choses. *Pourquoi auriez-vous raison et tout le monde tort ?*

« C’est là le point délicat. Vous pouvez m’offrir des tonnes de “ preuves ” que j’ai tort et je n’ai rien à produire contre ça. Si vous aviez été là quand j’ai tué ce type, vous auriez vu. Mais je ne peux pas recommencer. »

Elle prit une profonde inspiration et sembla se préparer à une discussion prolongée.

« Revenons à ces parasites, dit Evelyn. Il s'agit des hommes ? C'est bien ce que vous dites ?

— Non, non. » Elle eut un rire sans humour. « L'homme, tel que vous l'entendez, n'existe pas. Il n'y a que des femmes, infestées dès la naissance par ces... ces... » Elle brassa l'air, cherchant un vocable assez hideux pour exprimer son dégoût. Elle n'en trouva pas. « Des choses. Des organismes. J'ai dit qu'ils ont envahi la Terre mais je n'en suis pas sûre. Peut-être sont-ils originaires d'ici. Impossible de le savoir, ils sont trop largement implantés. »

*Se laisse de la marge à l'intérieur de son raisonnement.* Oui. Ça collait avec les manuels. Il serait difficile de la coincer, de lui poser une question à laquelle elle ne répondrait pas en fonction de ses illusions. Elle avouait ne pas tout connaître du problème et pouvait fort bien rejeter des pans entiers du débat sous prétexte qu'ils étaient truqués — l'histoire par exemple.

« Alors, comment se fait-il que... non, attendez. Peut-être vaudrait-il mieux que j'en sache un peu plus sur ces fameux parasites. Où se cachent-ils ? Comment se fait-il que personne, en dehors de vous, ne s'en soit rendu compte ? »

Elle hocha la tête, à présent tout à fait sérieuse, semblait-il. Il n'était plus question pour elle de plaisanter quand le sujet devenait à ce point précis.

« Ce ne sont pas à proprement parler des parasites. Plutôt un genre de symbiote : ils ne tuent pas leur hôte, pas tout de suite. Ils l'assistent même, à court terme, le rendent plus fort et plus grand, plus apte à la domination. Mais à longue échéance, ils finissent par rendre l'hôte plus sensible à la maladie, affaiblissent son cœur. Quant à leur aspect, vous en avez déjà vu : des vers aveugles, impuissants, inertes. Ils se fixent au conduit urinaire de la femme, emplissent et recouvrent le vagin, insinuant leurs terminaisons nerveuses jusque dans les ovaires et l'utérus. Ils lui injectent dans le corps des hormones qui provoquent l'apparition des difformités : pilosité faciale, hypertrophie musculaire, diminution des capacités de raisonnement et large carence émotionnelle ; l'hôte devient agressive et meurtrière. Ses seins ne se développent pas. Elle devient définitivement stérile. »

Evelyn griffonnait furieusement pour dissimuler ses émotions. Elle aurait voulu rire ; elle avait envie de pleurer. Qui pouvait déchiffrer l'esprit humain ? Elle frémit à l'idée des pressions qu'avait dû subir cette femme apparemment normale pour parvenir à une aussi bizarre vision de l'univers. Un père ? Un amant ? Avait-elle été violée ? Barbara ne l'avait pas aidée à aborder de tels sujets, arguant qu'ils ne regardaient qu'elle, et elle seule. D'ailleurs, cela n'avait aucun rapport avec ce qu'elle considérait comme les faits en question.

« Je ne vois pas très bien par où commencer, dit Evelyn.

— Oui, je sais. Ce n'est pas le genre de choses qu'on vous laisse tout loisir d'examiner, pas vrai ? C'est trop étranger à tout ce qu'on vous a toujours poussée à croire. Désolée. J'espère pouvoir vous aider. »

*Bordel !* (Elle biffa ce dernier mot.) *Met ses interrogateurs sur la défensive. S'apitoie sur leur inaptitude à voir les choses comme elle les voit.*

« Appelons ça de la " nouvelle biologie ", si vous voulez », dit Barbara en se levant pour arpenter lentement l'espace confiné. Ses pantoufles trop larges lui glissaient des pieds à chaque pas. « Mes premiers soupçons remontent à quelques années, déjà. Le monde ne pouvait pas tenir debout autrement. Il vous faudra bien en venir à douter de ce qu'on vous a appris : apprendre à vous fier aux preuves raisonnées, à vous servir de vos yeux comme de ceux d'une vraie femme et non d'un homme imparfait. Ils vous ont entraînée à croire en leurs valeurs, leur système. Ce que vous commencez à comprendre, c'est que ce sont des femmes incomplètes — et non l'inverse. *Ils sont incapables de se reproduire seuls ;* ça devrait vous donner une indication, non ? Les " mâles " vivent à nos dépens comme des parasites, ils profitent de notre fertilité pour perpétuer leur espèce. » Elle se tourna vers Evelyn, le regard brûlant. « Peux-tu essayer de voir les choses ainsi ? Rien qu'une fois. N'essaie pas d'être un homme ; mais de te redéfinir. Tu ne sais pas ce que tu es. Toute ta vie, tu t'es battue pour être un homme. Ils ont décidé du rôle que tu devais jouer. Et tu n'es pas faite pour. Tu n'as pas ce parasite pour te bouffer le cerveau. Peux-tu admettre ça ?

— Je peux toujours, pour la beauté de la démonstration.

— C'est déjà ça. »

Evelyn avançait avec circonspection. « Euh... que dois-je faire au juste pour... " voir les choses comme une femme " ? Jusqu'à présent, j'avais l'impression d'en être une, déjà.

— *L'impression ?* Nous y voilà. Une simple impression. Tu sais ce que c'est que l' " intuition féminine " ? C'est la façon humaine de penser. Et ils l'ont ridiculisée au point que nous nous en méfions automatiquement. Ils y étaient bien obligés : eux qui ont perdu le don de discerner intuitivement la vérité. Je vois bien que tu n'aimes pas cette expression. Normal. On l'a tellement tournée en dérision que même une " femme cultivée " comme toi ne croit plus à son existence. C'est exactement ce qu'ils veulent te faire penser. D'accord. Laisse tomber le mot " intuition ". Prends-en un autre. Ce dont je parle, c'est de cette capacité innée qu'a l'être humain de sentir la vérité dans un domaine. Nous savons toutes que nous la possédons mais on nous a habituées à nous en méfier. Et maintenant elle est fichue. N'as-tu jamais eu l'impression d'avoir raison, sans pouvoir expliquer pourquoi, sinon que tu étais sûre d'avoir raison ?

— Oui. Je crois bien que oui. C'est le cas pour la plupart des gens. » *Rejette toute discussion logique, considérée comme faisant partie intégrante de son oppression.* Elle décida de le vérifier.

« Ce que l'on m'a... appris à faire, c'est appliquer les règles de la logique pour analyser une question. Exact ? Et vous dites que ça ne vaut rien, nonobstant des millénaires d'expérience humaine ?

— C'est exact. Quoiqu'il ne s'agisse pas d'expérience

humaine. Il s'agit d'un stratagème, d'un jeu. Un jeu très compliqué.

— Et la science, alors ? La biologie, en particulier.

— La science ? C'est le plus grand de tous les jeux. Y as-tu jamais songé ? Crois-tu sérieusement que les grandes questions de l'univers, les vérités d'importance qui devraient être sans peine à notre portée, seront résolues par des scientifiques en train de pinailler sur le nombre de neutrons capables de danser sur une tête d'épingle ? C'est un serpent qui se mord la queue, pertinent pour lui seul, uniquement. Mais une fois que tu as accepté les règles de base, tu es piégée. Tu t'imagines qu'il suffit de compter, trier et dénombrer pour apprendre. Tu vas devoir rejeter tout ça pour considérer le monde avec un regard neuf. Tu seras surprise par ce qui t'attend, prêt à être glané.

— La génétique ?

— Balivernes. Toute la structure de la génétique n'a pour seul objet que justifier une position insoutenable : qu'il y a deux sexes, sans valeur aucune, isolés, mais qui, une fois réunis deviennent capables de se reproduire. Ça ne tient pas debout quand on y réfléchit. Des gènes et des chromosomes, provenant pour moitié de chacun des parents : non, non et non ! Au fait, as-tu déjà vu un gène ?

— J'ai vu des photos.

— Ah ! » Pour l'heure, cela sembla lui suffire. Elle se mit à arpenter la chambre, subjuguée par l'ampleur de sa vision. Elle se retourna pour faire face à Evelyn : « Je sais, je sais. J'y ai suffisamment réfléchi. Reste ce… cet ensemble de postulats de base que l'on traîne toute notre vie. Impossible de ne pas les accepter presque intégralement, n'est-ce pas ? Disons que je pourrais te raconter que je ne crois pas en Tokyo, par exemple ; que Tokyo n'existe pas pour le simple prétexte que je n'y suis pas allée voir moi-même. Les séquences d'actualité ne seraient que d'habiles trucages, d'accord ? Les carnets de voyage, les livres, le japonais… toute une conspiration destinée à me faire croire à l'existence d'un endroit nommé Tokyo.

— Je suppose que ça pourrait se défendre.

— Bien sûr que ça se défend. Toutes, sans exception, nous existons à l'intérieur de nos têtes, et nous regardons dehors à travers l'orbite de nos yeux. La société n'est possible qu'à condition d'admettre un certain nombre d'éléments sur la foi d'informations de seconde main. Si bien que nous sommes toutes de mèche pour accepter ce que nous racontent les autres, sauf à trouver une raison pour laquelle on nous mentirait. La société peut être considérée comme une vaste conspiration visant à faire accepter sans discussion des choses invérifiables. Nous nous y employons toutes, toutes nous délimitons un ensemble d'éléments qu'on estime inutile de prouver. »

Elle allait poursuivre mais referma la bouche. Elle semblait se demander si elle devait continuer. Elle considéra Evelyn, dubitative.

Evelyn changea de position sur la couchette. Dehors, le soleil se couchait dans une brume rouge et or. Elle n'avait pas vu le jour passer. D'ailleurs, à quelle heure était-elle entrée dans cette chambre ? Elle ne savait plus. Son estomac grognait mais elle ne se sentait pas trop mal. Elle était fascinée. Elle éprouvait comme une lassitude, une faiblesse qui lui donnait envie de s'étendre.

« Où en étais-je ? Ah oui, les suppositions invérifiées. Bon. Si nous ne pouvons rien accepter de ce que l'on nous raconte, nous ne pouvons plus vivre en société. On peut s'en sortir en en refusant une bonne partie : croire que la Terre est plate, que des trucs comme les photons, les gènes ou les trous noirs, ça n'existe pas ; nier la résurrection de Christ. On peut s'écarter largement de l'opinion majoritaire. Mais que l'on bâtisse une vision du monde entièrement nouvelle et là commencent les ennuis.

— Le plus dangereux encore, remarqua Evelyn, étant lorsqu'on se met à vivre selon lesdits postulats.

— Oui, oui, j'aurais dû me montrer plus prudente, n'est-ce pas ? Garder pour moi cette découverte. Ou continuer à y réfléchir. J'étais tellement *sûre,* tu comprends, mais comme une idiote, il a fallu que j'aie une preuve ; que je vérifie si un homme pouvait bien vivre avec la tête tranchée, à l'encontre de ce que racontaient tous les ouvrages médicaux. Il fallait que je sache si c'était le cerveau qui le commandait ou bien ce parasite. »

Evelyn se demanda quelle question lui poser, maintenant que Barbara s'était tue. Mais elle savait que c'était inutile : la femme était lancée, à présent ; elle ne s'arrêterait pas avant plusieurs heures. Mais elle sentait qu'elle devait essayer de la guider.

« Je me demandais, finit-elle par hasarder, pourquoi vous n'aviez pas besoin d'une seconde expérience. Une... contre-épreuve, en quelque sorte. Pourquoi ne pas avoir tué une femme également, pour voir si... » Elle sentit ses cheveux se hérisser sur sa nuque. S'il était une occasion où elle aurait mieux fait de la fermer... et devant une paranoïaque homicide, par-dessus le marché ! Sa gorge lui parut soudain douloureuse. Elle retint sa main qui se dirigeait déjà vers son cou, en un geste de protection dérisoire. *Elle n'a pas d'arme mais elle pourrait bien avoir assez de force...*

Mais Barbara ne releva pas cette idée. Elle n'avait, semblait-il, pas même noté son malaise.

« Quelle idiote ! explosa-t-elle. J'ai vraiment été idiote. Bien sûr que j'aurais dû l'admettre sans discussion. Je sentais que j'avais raison. Je le *savais.* Mais cette vieille tournure scientifique a fini par me pousser à l'expérimentation. *L'expérimentation !* » Elle avait craché le mot. Elle marqua une pause, se calma, parut réfléchir.

« Tuer une femme ? » Elle hocha la tête puis considéra Evelyn avec un sourire torve. « Ma chère, mais ce serait un meurtre ! Je ne suis pas une tueuse. Ces “ hommes ”, pour moi, sont déjà morts ; les tuer n'est qu'un acte de pitié — et de légitime défense. De toute façon, une fois effectuée cette première expérience, j'ai bien vu que je n'avais en fait rien prouvé. Tout au plus, réfuté le postulat selon lequel un homme ne peut survivre décapité. Ça laisse encore pas mal de possibilités, pas vrai ? Peut-être le cerveau ne se trouve-t-il pas dans la tête ? Peut-être ne sert-il même à rien. Comment savoir ce qui est en toi ? As-tu jamais contemplé ton propre cerveau ? Comment es-tu sûre de ne pas être en fait une simple poupée mécanique haute comme deux pouces, assise derrière une console sous ton crâne ? Tu n'as pas cette impression, des fois ?

— Euh... » Barbara avait touché un nerf sensible. Non pas avec l'histoire de la poupée qui n'était qu'une manière fantaisiste de présenter les choses mais avec cette idée de vivre à l'intérieur de son propre crâne, avec les orbites comme des fenêtres ouvertes sur l'univers.

« Bon. Mais tu rejettes l'intuition de tes sens. Moi j'en tiens compte. »

La lumière dans la pièce déclinait rapidement. Evelyn regarda l'empoule nue au plafond, en se demandant quand elle allait s'allumer. Elle commençait à avoir sommeil, elle se sentait si fatiguée. Mais elle voulait en savoir plus. Elle s'allongea un peu sur le lit et détendit bras et jambes.

« Peut-être faudrait-il... » Elle se mit à bâiller, et bâiller, incapable de se retenir. « Pardon. Peut-être faudrait-il m'en dire plus sur ces parasites.

— Ah... Bon, d'accord. » Barbara retourna s'asseoir. Dans l'ombre, Evelyn la discernait à peine. Elle perçut un léger craquement, comme celui des patins d'un fauteuil à bascule. Mais ce n'était qu'une vulgaire chaise. Pas même en bois. Et pourtant, l'ombre de Barbara se balançait avec lenteur, en mesure, et le craquement continuait.

« Les parasites : je t'ai déjà dit ce qu'ils font. Attends que je t'explique à présent comment je vois leur cycle de reproduction. »

Evelyn sourit dans l'obscurité. *Un cycle de reproduction. Evidemment, il leur en fallait bien un.*

Relevée sur un coude, elle appuya la tête contre le mur derrière elle. Ça promettait d'être intéressant.

« Ils ont une reproduction asexuée, comme tout le reste. Par bourgeonnement car les jeunes sont considérablement plus petits que les adultes. A ce moment, des médecins les implantent dans l'utérus des femmes qu'ils savent enceintes et ils se développent alors en même temps que l'embryon.

— Une minute, dit Evelyn en se redressant. Pourquoi ne pas les implanter sur tous les enfants ? Pourquoi laisser les filles... oh, je vois.

— Eh oui : ils ont besoin de nous. De la chaleur d'une matrice pour croître et c'est nous qui l'avons. D'où cette oppression systématique des femmes non infestées pour en faire des pondeuses dociles et disponibles. Ils nous ont convaincues de l'impossibilité d'avoir des enfants sans leur imprégnation — ce qui est bien le plus gros de tous leurs mensonges.

— Ah bon ?

— Oui : tiens, regarde. »

Evelyn scruta la pénombre et vit Barbara debout, de profil. Elle était illuminée comme par l'éclat vacillant d'une chandelle. Evelyn ne chercha pas à comprendre, pourtant une sensation bizarre la travaillait. Un peu comme si elle s'étonnait de son manque de curiosité.

Mais avant qu'elle ait pu s'inquiéter de cette impression fugitive, Barbara avait défait la ceinture de son peignoir, laissant les pans s'ouvrir. Son ventre était légèrement bombé, signe indéniable d'un début de grossesse. Elle en caressa l'arrondi de la main.

« Tu vois ? Je suis enceinte. De quatre ou cinq mois. Je ne peux pas dire avec précision, tu comprends, puisque je n'ai pas eu de rapports depuis cinq ans. »

*Grossesse nerveuse,* songea Evelyn en cherchant son calepin. Où l'avait-elle donc fourré ? Sa main tomba dessus dans l'obscurité, puis sur le crayon. Elle voulut écrire mais la mine était cassée. Cassée, ou bien tordue ?

Elle entendit de nouveau craquer le plancher et sut que Barbara s'était réinstallée dans le fauteuil à bascule. Tout ensommeillée, elle chercha d'où provenait la lumière mais en vain.

« Et les autres mammifères ? demanda Evelyn, avec un nouveau bâillement.

— Hum. Pareil. J'ignore s'il s'agit d'une espèce unique de parasite, capable de s'adapter à n'importe quelle sorte de mammifère ou bien s'il existe des espèces spécifiques. Mais en tout cas, il n'y a jamais de mâle. Nulle part. Que des femelles et des femelles contaminées.

— Et chez les oiseaux ?

— Je ne sais pas encore, reconnut-elle. Je soupçonne toute cette notion même de sexe de faire partie du jeu. C'est une idée tellement improbable. Pourquoi deux sexes ? Un seul suffit. »

*Se laisse une marge de manœuvre,* écrivit Evelyn. Mais non, elle n'avait rien écrit. Ou alors ? Elle avait encore perdu son bloc. Elle se rencogna sous le tas de couvertures — ou de fourrures ; elle se sentait au chaud, en sécurité dans ce lit. Elle perçut un bruit de coulissement. Là, derrière le judas, fantomatique à la lueur de la chandelle, venait d'apparaître le visage d'un homme. C'était le gardien, qui les épiait. Elle étouffa un cri, voulut se rasseoir tandis que la lumière revenait. On entendit une clé grincer dans la serrure.

Barbara était agenouillée au bord du lit. Son peignoir était toujours ouvert sur un ventre énorme. Elle prit les mains d'Evelyn et les tint serrées.

« L'indice le plus flagrant de tout cela, c'est l'accouchement », murmura-t-elle. La lumière vacilla quelques instants, tandis que les grincements et les trépidations du bouton de porte se faisaient moins aigus, se muaient en grondements pleurards comme ceux d'un tourne-disque qui ralentit. Barbara prit dans ses bras la tête d'Evelyn et l'attira contre son sein. Evelyn ferma les yeux, sentit la peau tendue et, dessous, quelque chose bouger à l'intérieur du ventre de la femme. L'obscurité revenait.

« La douleur. Pourquoi faudrait-il enfanter dans la douleur ? Pourquoi si souvent devons-nous mourir en nous reproduisant ? Ça ne semble pas juste. Je ne dis même pas que c'est illogique ; ça n'est pas juste. Mon intuition me dit que ce n'est pas comme ça. Ça ne devait pas être comme ça. Veux-tu savoir pourquoi nous mourons en enfantant ?

— Oui Barbara, dis-le-moi. » Elle ferma les yeux et s'enfouit dans la tiédeur avec délices.

« C'est à cause du poison qu'ils nous injectent. » Elle lui caressait doucement les cheveux tout en parlant. « Ce truc blanc, cette déjection. Ils nous racontent que c'est avec ce machin qu'ils nous rendent enceintes mais c'est un mensonge. Ça nous déforme, même celles d'entre nous qui ne sont pas contaminées. Ça infecte l'utérus et fait grossir l'embryon au point qu'il devient trop large pour le canal utérin : quand vient le moment de notre naissance, fille ou demi-fille, nous devons franchir un pertuis ravagé par le poison. D'où la douleur et parfois même la mort.

— Hum. » La pièce était très silencieuse. Dehors, les cigales commençaient leur chanson. Elle ouvrit encore une fois les yeux, chercha la porte et l'homme. Sans succès. Elle aperçut une chandelle, posée sur une table en bois. Etait-ce une cheminée, là-bas, dans l'autre pièce ?

« Mais il n'y a pas de raison que ça se passe toujours ainsi. Sûrement pas. L'enfantement virginal est absolument sans douleur. Je le sais. J'en ferai bientôt de nouveau l'expérience. Te rappelles-tu à présent, Eve ? Te rappelles-tu ?

— Quoi ? Je... » Elle se redressa légèrement, toujours collée contre l'autre femme, chaude et rassurante. Où était passée la cellule ? Le sol en béton et la fenêtre grillagée ? Elle sentait son cœur s'emballer, commença de se débattre mais Barbara était robuste. Elle la maintint serré contre son ventre.

« Ecoute, Eve, écoute, ça vient ! »

Eve posa la main sur le ventre gonflé et le sentit bouger. Barbara se déplaça légèrement, se pencha pour recueillir quelque chose d'humide et de chaud, quelque chose qui bougeait dans le creux de sa main. Elle l'éleva vers la lumière. Un enfantement virginal. Une petite fille, minuscule — une livre ou deux, pas plus — qui ne pleurait pas mais regardait autour d'elle avec curiosité.

« Je peux la prendre ? » renifla-t-elle, et puis les larmes ruisselèrent sur la petite humaine. Une foule se pressait autour d'elle mais elle ne la voyait pas. Qu'importe : elle était revenue.

« Te sens-tu mieux maintenant ? demanda Barbara. Te rappelles-tu à présent ce qui est arrivé ?

— Un peu, vaguement, murmura Eve. J'étais... ça me revient à présent. Je croyais que j'étais... c'était horrible. Oh ! Barbara, c'était horrible ! Je croyais...

— Je sais. Mais tu es revenue. Il n'y a pas de quoi avoir honte. Ça nous arrive encore à toutes. On devient folles. Nous sommes programmées pour ça, nous autres qui faisons partie de la génération contaminée. Mais pas nos enfants. Détends-toi et prends le bébé, ma chérie. Tu oublieras. C'était un mauvais rêve.

— Mais c'était si *réel !*

— C'est ainsi que tu étais. Mais tu es de retour parmi tes amies à présent et nous sommes en train de gagner. Il faut qu'on gagne ; nos ventres sont à nous. Nos enfants sont plus nombreux de jour en jour.

*Nos enfants.* Les siens et ceux de Barbara et... et de Karen, oui, Karen. Elle leva les yeux et découvrit sa vieille amie, qui lui souriait. Et puis Clara, et June aussi, et Laura. Et là-bas, derrière, avec ses enfants, Sacha. Et... qui était-ce ? Mais...

« Bonjour Maman. Tu te sens mieux maintenant ?

— Beaucoup mieux, ma chérie. Ça va bien. Grâce à Barbara. J'espère bien que ça ne se reproduira plus. »

Elle renifla et s'essuya les yeux. Elle s'assit, berçant toujours le minuscule bébé.

« Comment va-t-on l'appeler, Barb ? »

Barbara sourit et, une dernière fois encore, Eve aperçut, fantomatiques, les contours de la cellule, la robe de chambre bleue, le Dr Burroughs. Ils s'effacèrent à jamais.

« On l'appellera Evelyn. »

# Beatnik Bayou

La femme enceinte nous suivait depuis une heure lorsque Cathay fit ce truc impensable.

Au début, ç'avait été pour rire. Denver et moi, on ignorait de quoi il retournait, sinon qu'il y avait plus ou moins de grabuge entre elles deux : elle et Cathay étaient sortis pour parler. Puis la femme s'était mise à hurler et Cathay n'avait pas tardé à s'y mettre à son tour. Finalement, Cathay avait dit quelque chose que je n'avais pas entendu avant de venir rejoindre la classe. C'est-à-dire moi, Denver, Manette et Cathay, ces deux derniers étant les profs, Denver et moi les élèves. Je sais, vous n'êtes pas censés discerner qui est qui mais croyez-moi, en général on le sait.

C'est comme ça que la classe a commencé. Cette femme ne voulait rien entendre et nous suivait où que nous allions. Elle était à peu près aussi empotée que n'importe quel animal imaginable et ce n'est sûrement pas moi qui l'aurais plainte après la façon qu'elle avait eu de parler à Cathay qui est mon ami. Chaque fois qu'elle glissait et atterrissait sur le derrière, on se marrait tous un bon coup.

Pas pour longtemps. Au bout d'une heure, elle commença à devenir plutôt inquiétante. Je n'avais jamais vu quelqu'un d'aussi têtu.

Si elle n'arrêtait pas de déraper, c'est parce qu'elle nous poursuivait à travers Beatnik Bayou, là où habite Manette.

Manette elle-même le décrit comme « douze arpents de vase, de moustiques et de clair de lune ». Certains de ses visiteurs s'étaient montrés moins poétiques mais plus imagés. Je ne sais pas combien fait un arpent mais le Bayou est vachement large. Manette fabrique son clair de lune dans un alambic de cuivre et d'alu au beau milieu d'une jonchaie. Les moustiques ne piquent pas mais ils font un sacré potin. La vase n'est que de la bonne vieille vase du Mississippi, idéale pour patauger. La plupart des gens détestent instantanément le coin sitôt qu'ils le voient mais moi, il me plaît bien. La femme ne tarda pas à se retrouver maculée de boue. Elle avait trois handicaps : le premier était sa robe de grossesse qui lui descendait aux chevilles et la recouvrait entièrement, à l'exception du visage, des pieds, des seins, et de son ventre proéminent. Elle n'arrêtait pas de marcher sur sa robe et de s'étaler. A force, ça me faisait grimacer à chaque fois.

Le second handicap était son ventre qui la forçait à marcher, tout son poids porté sur les talons. Ce qui n'est pas la meilleure façon de progresser dans la vase, et pour preuve elle se retrouvait régulièrement les fesses par terre.

Son troisième problème était l'os pelvien de la gaine de grossesse qu'on devait lui avoir récemment installée. C'était l'un de ces modèles qui écartent largement les jambes, avec une articulation médiane destinée à s'ouvrir pour faciliter le passage du bébé. Elle en avait bien besoin car elle était grande et mince, le genre de femme qui aurait pu mourir en couches à l'époque où de telles choses étaient encore un problème. Mais ça l'obligeait à se dandiner comme un canard.

« Coin coin », s'exclama Denver en essayant de sourire. On s'est retournés tous les deux vers la femme, qui nous suivait toujours, en se dandinant de plus belle. Elle s'étala, se releva tant bien que mal. Denver ne souriait plus quand elle croisa son regard.

Elle grommela quelque chose.

« Quoi ?

— Elle m'énerve, répéta Denver. Je me demande bien ce qu'elle veut.

— En tout cas, elle le veut sacrément. »

Cathay et Manette étaient à quelques pas devant nous et je vis Manette se retourner. Elle parlait à Cathay. Je ne crois pas que j'étais censé entendre mais j'ai entendu tout de même. J'ai de bonnes oreilles.

« Ça commence à inquiéter les gosses.

— Je sais », répondit-il en s'essuyant le front du dos de la main. Tous les quatre nous l'avons regardée escalader péniblement le dernier raidillon. Seules sa tête et ses épaules étaient visibles.

« Merde. Je pensais qu'elle abandonnerait presque tout de suite. » Il grogna mais son visage redevint inexpressif.

« Rien à faire : la confrontation est inévitable.

— Je croyais qu'elle avait déjà eu lieu, nota Manette en haussant un sourcil.

— Mouais. Eh bien, apparemment ça n'a pas suffi. Allez, venez. Ça fait partie de votre vie, à vous aussi. » Il voulait parler de Denver et de moi, et quand il disait ça, on savait que c'était censé être une « expérience éducative ». Cathay pouvait transformer les choses les plus étranges en expériences éducatives. Il repartit vers le ruisseau peu profond que nous venions de franchir et tous les trois nous le suivîmes.

Si j'ai eu l'air dur avec Cathay, je le regrette : en fait, c'était un très bon prof. Capable de reprendre ces vieilles scies sur la méthode pratique, l'expérience vécue, l'instruction intégrée, l'assimilation et le tiers temps pédagogique — toute cette sagesse conventionnelle de l'institution éducative — pour faire fonctionner le tout, mieux que n'importe quel maître ne l'avait jamais fait. Je savais bien que ce n'était pas vraiment un enfant, je l'avais reconnu dès la première fois qu'on s'était vus, quand j'avais sept ans, mais ce n'est que dernièrement que le fait avait acquis toute son importance. Et ce n'était que la rançon du cynisme de ceux de mon âge, comme se plaisait à le souligner sans cesse Manette, avec son air suffisant.

Bon, d'accord, il avait donc bien quarante-huit ans. Mais physiquement, il avait tout juste mon âge, soit à peine treize ans : un petit gamin un peu joufflu, aux boucles blondes encadrant un visage androgyne, avec à peine l'ombre d'un début de duvet autour des couilles.

Lorsqu'il s'est retourné pour affronter cette bonne femme énorme et menaçante, pour calmement lui faire face, ça m'a ému.

Fasciné, aussi. Mentalement, je me suis accroupi pour regarder, attendre, et bien observer. J'étais sûr d'en apprendre sur la « vie », d'ici peu. La classe avait commencé.

En nous voyant ainsi revenir, la femme hésita. C'est à pas prudents qu'elle descendit le talus pour s'arrêter au bord du ruisseau, attendant de voir si Cathay allait la rejoindre. Mais non. Elle fit une horrible grimace, releva sa jupe jusqu'à la taille et entra dans la rivière.

L'eau lui léchait les cuisses. Elle faillit s'étaler en voulant écarter des touffes de barbe-de-vieillard. Sa robe de dentelle était décorée de brindilles et de feuilles et toute maculée de boue.

« Pourquoi ne pas faire demi-tour ? » cria Manette qui était à côté de Denver et moi ; elle brandissait le poing. « Ça ne vous mènera à rien !

— Ça, c'est à moi d'en décider », lui renvoya-t-elle. Son cri était rauque, horrible, et ce visage, sans doute joli naguère, était tout renfrogné. Un alligator remontait le courant dans sa direction. Elle lui balança son poing et faillit en perdre l'équilibre : « Dégage, espèce de lézard gluant ! » grommela-t-elle. Le reptile se rappela soudain quelque affaire urgente à l'autre bout du marais et se hâta de déguerpir.

Elle se hissa sur la berge ; de la vase jusqu'aux chevilles ; haletante. Elle était dans un état pitoyable et, derrière sa colère, je pouvais à présent discerner de la peur. Ses lèvres frémirent un instant. J'aurais voulu qu'elle s'asseye ; sa seule vue m'épuisait.

« Il faut que vous m'aidiez, dit-elle simplement.

— Croyez-moi, si je le pouvais, je le ferais, dit Cathay.

— Alors, prévenez quelqu'un qui puisse.

— Je vous l'ai déjà dit, si l'Echange pédagogique ne peut rien pour vous, ce n'est certainement pas moi qui pourrai faire quelque chose. Les quelques personnes de ma connaissance disponibles pour un contrat sont inscrites sur les listes d'échange.

— Mais aucune n'est libre avant au moins trois ans.

— Je sais bien. C'est la pénurie.

— Alors, aidez-moi, dit-elle, misérable. Aidez-moi. »

Cathay se massa lentement les yeux du pouce et de l'index puis carra les épaules et mit les mains sur ses hanches.

« Je vais recommencer une fois encore : quelqu'un vous a donné mon nom en disant que j'étais libre pour un contrat de formation initiale. Je...

— Mais oui ! Et il a même dit que...

— Je n'ai jamais entendu parler de cette personne, coupa Cathay en élevant le ton. A en juger par ce que vous me dites, il a dû vous refiler mon nom, pris sur la liste de l'Association des professeurs, pour se débarrasser de vous, tout simplement. Je suppose que je pourrais le faire mais, franchement, je ne me sens pas le droit de soumettre un autre professeur au genre de traitement que vous m'avez assené. » Il fit une pause et, pour une fois, elle ne répondit pas.

« Bon, dit-il finalement. Je suis vraiment désolé que l'homme avec lequel vous aviez signé pour l'éducation de votre enfant ait préféré partir sur Pluton. Si je m'en réfère à vos explications, ce qu'il a fait n'est pas illégal, ce qui ne veut pas dire que ce soit éthique. » Il fit une grimace, à cette idée d'un professeur se défilant devant une obligation d'éthique. « Tout ce que je peux dire, c'est que vous auriez dû faire examiner votre contrat, et vous faire inscrire sur les listes d'attente depuis trois ans au moins... et merde, à quoi bon ? Pour ce que ça vous sert. Vous avez ma sympathie, j'espère que vous me croyez.

— Alors aidez-moi », murmura-t-elle en finissant dans un

sanglot. Elle se mit à pleurer doucement. Ses épaules tressautaient, les larmes ruisselaient de ses paupières, mais elle ne quitta pas des yeux Cathay.

« Je ne peux vraiment rien faire.

— Il le faut.

— Encore une fois, j'ai des obligations de mon côté. Dans un mois, quand j'aurai rempli mon contrat avec la mère d'Argus (il me montrait), je régresserai de nouveau jusqu'à l'âge de sept ans. Ne comprenez-vous donc pas ? J'ai déjà signé un contrat d'intérim : l'enfant en question aura sept ans dans quelques mois. J'ai signé pour son éducation il y a quatre ans. En aucune façon je ne puis m'en défaire, légalement ou moralement. »

Le visage de la femme se déformait à nouveau, marqué de haine.

« Pourquoi pas ? lança-t-elle d'une voix rauque. Pourquoi pas, bordel ? Il a bien laissé tomber mon contrat, lui ! Et pourquoi bon Dieu serais-je la seule à devoir en souffrir ? Pourquoi moi, hein ? Ecoutez-moi bien, espèce de foutu petit merdeux de résidu de couche ! Vous êtes mon ultime recours. Après vous, il ne me reste plus qu'à aller voir l'éducateur public. Ou tenter de l'élever de mon côté, toute seule, sans aucun conseil. Vous voulez être responsable de ça ? Quel fichu début dans la vie lui offre-t-on là ? »

Elle continua dans cette veine durant dix bonnes minutes, devenant à chaque phrase plus illogique et grossière. J'avais hésité à son égard entre une sorte de sympathie écœurante — après tout, elle était effectivement dans un sacré pétrin, même si elle ne devait s'en prendre qu'à elle-même — et une franche hostilité. A présent, elle me flanquait tout bonnement les jetons. Impossible de regarder des yeux torturés sans avoir envie de se planquer. Mon regard dériva jusqu'au ventre gonflé et jusqu'à l'œilleton de l'utéroscope, posé dans son nombril. Je n'avais pas besoin d'y regarder pour savoir qu'elle était à terme, et largement. Elle avait fait retarder l'accouchement, pendant le temps qu'elle cherchait un précepteur.

Même si tout cela ne rimait pas à grand-chose : l'éducation du gosse ne commencerait pas avant ses six mois. Mais telle était bien là la mesure de son désespoir et de l'illogisme de sa conduite sous l'effet de l'agression.

Cathay endura ça sans broncher, jusqu'à ce qu'elle finisse par éclater de nouveau en larmes. Cette fois, je la vis différemment, peut-être un peu plus comme la voyait Cathay. J'étais désolé pour elle mais les larmes ne parvenaient pas à m'émouvoir. Je la sentais capable de nous dénoncer tous si jamais nous ne lui résistions pas. Tout compte fait, c'était à elle de payer pour son imprudence. Elle faisait son possible pour faire endosser à d'autres la responsabilité mais Cathay n'était pas du genre à se laisser faire.

« Je ne voulais pas faire ça », dit Cathay. Puis, se retournant vers nous : « Manette ? »

Manette avança d'un pas et croisa les bras sur sa poitrine.

« Bon, d'accord, dit-elle. Ecoutez : je n'ai pas saisi votre nom et d'ailleurs je n'ai pas spécialement envie de faire connaissance. Mais qui que vous soyez, je peux vous dire que vous êtes dans ma propriété, sur mon domaine. Je vous ordonne de déguerpir et je vous conseillerai de ne plus jamais y remettre les pieds.

— Je ne partirai pas », dit la femme, têtue, en fixant le bout de ses pieds. « Je ne partirai pas tant qu'il n'aura pas promis de m'aider.

— Ma prochaine étape, ce sera d'appeler la police, avertit Manette.

— Je ne pars pas. »

Manette regarda Cathay puis haussa les épaules, désemparée. Je crois que l'un et l'autre étaient en train de s'apercevoir que cette expérience vécue commençait à devenir un peu raide.

Cathay pesa la situation quelque temps, regardant la femme enceinte dans le fond des yeux. Puis il se baissa pour ramasser une poignée de boue. Il la considéra, la soupesa, puis la lui lança.

Elle l'atteignit à l'épaule gauche avec un bruit mouillé et se mit à couler lentement.

« Barre-toi. Barre-toi d'ici !

— Je ne partirai pas. »

Il lui lança une autre poignée de glaise, la touchant au visage.

« Tire-toi », dit-il en ramassant encore de la vase. Cette fois, il la toucha à la jambe, mais à présent Manette s'était jointe à lui et la femme se faisait littéralement bombarder.

Avant d'avoir tout à fait réalisé ce qui arrivait, je me suis retrouvé à ramasser moi aussi de la boue pour la lui balancer. Et Denver également. J'étais haletant et je n'étais pas sûr de bien savoir pourquoi.

Lorsqu'en fin de compte elle se retourna pour fuir, je remarquai que j'avais les muscles des mâchoires durs comme l'acier. Il me fallut un bon bout de temps pour me décrisper et, même alors, j'avais encore mal aux incisives.

Il existe deux structures à Beatnik Bayou. La première comprend une vieille buvette-casse-croûte complètement pourrie, baptisée « la Boîte à sucre », complète avec pompe à essence rouillée sur le devant, antique distributeur de sodas sous le porche et publicité pour le *Pain Rainbow* sur la porte à claire-voie. Sur un côté, il y a un plateau Dodge gris posé sur des cales en béton, près d'un tas de pièces détachées rouillées et couvertes d'orties. La camionnette n'a plus de roues. L'accompagne une berline Toyota sans moteurs ni vitres. Un chemin de terre passe devant la cabane et mène au quai. Dans la direction opposée, la piste contourne un cyprès moussu et...

... et débouche sur un mur. Le choc. Douze arpents — six hectares — ont beau faire beaucoup pour le disneyland d'un particulier, ce n'est pas encore suffisant pour vous donner l'illusion d'y être vraiment. En l'occurrence, on était censé se trouver dans la Louisiane de 1951, ancienne mode.

Manette est positivement fascinée par ce vingtième siècle qu'elle fait aller de 1903 à 1987.

Mais la plupart du temps, ça marche : vous voyez rarement les murs car des arbres sont là pour boucher la vue. De toute façon, si je m'imprègne de l'atmosphère des lieux, c'est moins par les yeux que par le nez, les oreilles ou la peau : comme avec l'odeur du bois vermoulu, le bruit d'une grenouille en train de plonger ou le bourdonnement du compresseur du distributeur de sodas, le frétillement argenté d'une douzaine d'alevins lorsque je puise l'eau de la citerne à l'arrière du cabanon, le contact du bois chauffé par le soleil quand je m'assois sur la jetée pour pêcher l'anguille des marais.

Le fonctionnement du « soleil » exige beaucoup d'énergie, si bien qu'on a pas mal de jours de brouillard et de longues nuits. Ça renforce également l'illusion. Je défie quiconque d'aller se balader la nuit dans le bayou, entouré du bruit des cigales et des crapauds-buffles, sans se croire de retour sur la Bonne Vieille Terre. Exception faite de la gravité lunaire, bien entendu.

Manette a fait un héritage. Même avec ça et un salaire d'enseignante, le bayou s'avère un endroit coûteux à entretenir. C'était à l'origine un environnement des plus conventionnels mais elle eut tôt fait de découvrir que les marécages exigeaient moins d'entretien et puis elle aime bien les atmosphères miteuses. Elle ajouta la buvette, acheta les voitures en trompe l'œil à des artistes du genre puis s'empressa d'aller inscrire le tout au Bureau du tourisme lunaire, comme reconstitution historique authentique. S'ils savaient au sujet de la Toyota, ils en feraient une maladie mais ce n'est certainement pas moi qui irai le leur dire.

La seule autre structure n'a strictement rien à voir, elle, avec la Louisiane de quelque époque que ce soit : c'est un tipi, juché sur une légère éminence, juste hors de vue de la Boîte à sucre. Cheyenne, je pense. On y passe le plus clair de notre temps lorsqu'on vient au bayou.

Et c'est là que nous sommes allés, après l'incident avec la femme enceinte. Le sol est en terre battue et il y a toujours un feu qui brûle au milieu. Il y a des tas de coussins tout autour et deux gigantesques aqualits.

On a essayé de discuter de l'incident. Je crois que Denver était la plus retournée de nous tous mais à voir la posture crispée de Cathay, assis pendant que Manette lui massait le dos, je voyais bien qu'il était embêté lui aussi. Sa voix était troublée.

J'admets avoir eu la trouille mais il y avait autre chose en plus et j'étais loin d'être prêt à lui en parler. Manette et Cathay le sentirent et pour l'heure n'insistèrent pas. Manette prit la pipe et la bourra de feuilles de dexeplante. C'est une pipe à long tuyau. Elle l'alluma puis s'adossa, le bec entre les dents et le fourneau coincé entre les orteils. Elle exhala une douce fumée ambrée. Et tandis qu'à l'extérieur le soir tombait, elle fit circuler la pipe. C'était bon et ça me calma merveilleusement. Idéal pour s'endormir.

Sauf que je ne dormis pas. Pas tout à fait. Peut-être ma puberté était-elle trop avancée pour que la drogue contenue dans la plante ait encore son effet tranquillisant. Ou peut-être étais-je trop excité par l'émotion. Denver en revanche s'endormit assez vite.

Pas Cathay ni Manette. Ils firent l'amour de l'autre côté du tipi, et d'une manière si lente et rêveuse que je compris que la drogue les affectait. Bien que Cathay ait la quarantaine et Manette dépassé les cent ans, l'un et l'autre ont des corps d'enfant de treize ans — et le métabolisme qui va avec le terrain.

Ils n'allèrent pas en fait jusqu'au bout ; disons qu'ils firent traîner, un peu comme on le fait avant que l'orgasme n'acquière de l'importance. Je m'aperçus que je prenais plaisir à rester simplement allongé à les contempler, derrière mes paupières mi-closes.

Ils parlèrent un moment. Plus je m'efforçais de les écouter et plus l'assoupissement me gagnait. Quelque part en cours de route, je perdis la partie contre le sommeil.

Je pris conscience de la chaleur d'un corps tout près de moi. Il faisait encore sombre et la seule lumière provenait des braises dans l'âtre.

« Désolé Argus, dit Cathay. Je ne voulais pas te réveiller.

— Ça va. Tu me prends dans tes bras ? » Il obéit et je me tortillai pour me caler confortablement, le dos contre lui. Je restai ainsi un bon moment, simplement à jouir de l'instant, sans penser à rien, sinon à son souffle chaud dans mon cou ou à son pénis que je sentais lentement se raidir contre mon dos. Si l'on peut appeler ça penser.

Combien de nuits avions-nous dormi ainsi au cours des sept dernières années ?

Trop pour pouvoir les compter. Nous nous connaissions de toutes les façons possibles. L'an dernier, il avait été de sexe féminin, et avant, nous avions été femmes ensemble. A présent, nous étions mâles l'un et l'autre et c'était chouette là aussi. Une part de moi-même se moquait du sexe que nous pouvions bien avoir mais une autre se demandait quel effet ça ferait d'être femme et de connaître Cathay en tant qu'homme. On n'avait pas encore essayé cette combinaison-là.

Cette idée me donna par avance des frissons. Cela faisait trop longtemps que je n'avais pas eu un vagin. J'avais envie de sentir Cathay entre mes cuisses, tout comme Manette l'avait eu, quelques instants plus tôt.

« Je t'aime », lui marmonnai-je.

Il m'embrassa l'oreille. « Moi aussi je t'aime, grosse bête. Mais à quel point m'aimes-tu ?

— Comment ça ? »

Je le sentis changer de position pour appuyer la tête sur une main. Du bout des doigts, il me dénoua une boucle de cheveux.

« Je veux dire, m'aimeras-tu encore lorsque je t'arriverai tout juste au genou ? »

Je hochai la tête, saisi d'un froid soudain. « Je ne veux pas parler de ça.

— Ça, je le sais fort bien mais je ne peux pas te laisser l'oublier. Ce n'est pas une chose censée disparaître. »

Je me remis sur le dos pour le dévisager. Il y avait comme l'ombre d'un sourire sur ses traits tandis qu'il jouait avec mes lèvres et mes cheveux du bout de ses doigts fins, mais son regard restait soucieux. Cathay ne peut plus guère me cacher grand-chose.

« Il faudra bien que ça arrive, insista-t-il, visiblement impitoyable. Pour les raisons mêmes que tu m'as entendu exposer à cette femme. Je suis obligé de revenir à l'âge de sept ans. Il y a un autre enfant qui m'attend. Elle te ressemble beaucoup.

— Ne fais pas ça », m'écriai-je, très malheureux. Je sentis au coin de mon œil perler une larme que Cathay essuya. Je lui étais reconnaissant de ne pas avoir souligné combien je me montrais injuste. Nous étions l'un et l'autre au courant ; il l'avait accepté et continuait du mieux qu'il pouvait.

« Tu te souviens de notre discussion sur le sexe ? Il y a en gros deux ans, je crois. Pas longtemps après m'avoir pour la première fois dit que tu m'aimais.

— Je m'en souviens. Je m'en souviens parfaitement. »

Il m'embrassa. « Et pourtant, il faut que je continue. Peut-être que ça m'aidera. Tu te rappelles : on avait reconnu tous les deux que le sexe de l'un ou l'autre n'avait guère d'importance. Puis je t'ai fait remarquer que tu allais grandir, tandis que moi je redeviendrais un enfant. Et que sexuellement, nous allions continuer à nous éloigner. »

Je hochai la tête, sachant que si je parlais j'allais me mettre à pleurer.

« Et on avait également reconnu que notre amour était plus profond que cela. Que nous n'avions pas besoin de sexe pour que ça marche. Et ça peut effectivement marcher. »

C'était vrai. Cathay restait proche de tous ses anciens élèves. Nous étions adultes à présent et venions souvent le voir. Pour le simple plaisir de se retrouver ensemble, parler et s'étreindre. Depuis peu, l'amour avait refait son apparition mais, tous, on savait que ça n'aurait qu'un temps.

« Je ne crois pas avoir ce genre de perspective, dis-je avec prudence. Ils savent que dans quelques années tu seras à nouveau adulte. Je le sais moi aussi et pourtant, ça me fait le même effet que si...

— Oui... ?

— ... que si tu m'abandonnais. Je suis désolé, c'est simplement l'effet que ça me fait. »

Il soupira et m'attira contre lui. Il me serra durant quelques instants avec force et c'était tellement bon.

« Ecoute, dit-il enfin, je suppose qu'il n'y a pas moyen de l'éviter. Je pourrais te raconter que tu surmonteras tout ça. Et c'est vrai. Mais ce n'est pas ça qui t'aidera. J'ai eu le même problème avec chacun des enfants à qui j'ai enseigné.

— Oui ? » Je l'ignorais et j'avoue que ça me requinqua légèrement.

« Oui. Et je ne te le reproche pas. Moi aussi, je l'éprouve, cette envie de rester avec toi. Mais ça ne marcherait pas, Argus. J'aime mon travail. Sinon, je ne le ferais pas. Il y a bien des moments difficiles — comme à présent. Mais d'ici quelques mois, tu te sentiras mieux.

— Peut-être. » J'étais loin d'avoir son assurance mais je sentais qu'il valait mieux mettre un terme à cette conversation en partageant son avis.

« D'ici là, ajouta-t-il, nous avons encore quelques semaines à passer ensemble. Je crois qu'on devrait en profiter le mieux possible. » Et il s'y mit illico, faisant courir ses mains partout sur mon corps. C'est lui qui fit tout le travail, me laissant me détendre et tenter de me remettre les idées en place.

Alors, je me suis laissé aller, bras croisés derrière la nuque, essayant de ne penser à rien autre qu'au cercle brûlant de ses lèvres.

Et puis j'ai commencé à sentir que je devais faire quelque chose moi aussi et je compris ce qui n'allait pas : il croyait me donner ce que je désirais en me faisant l'amour comme nous l'avions toujours fait depuis que nous avions grandi ensemble. Mais il existait une autre manière et je réalisai que je n'avais plus si envie que cela qu'il reste âgé de treize ans. Ce que je voulais en réalité, c'était avoir avec lui de nouveau sept ans.

J'effleurai sa tête, il leva son visage et de nouveau nous nous sommes embrassés. Puis nous avons commencé à nous frotter l'un contre l'autre comme nous le faisions toujours depuis notre première rencontre, en cet insouciant contact d'un âge où compte moins le sexe que le simple bien-être d'un moment.

Mais le corps est exigeant et ne se laisse pas longtemps abuser. Nos mouvements bientôt devinrent frénétiques, et puis quelque chose d'humide entre nous me fit comprendre, aussi sûrement que l'entropie, que jamais nous ne pourrions revenir en arrière.

A mon retour, les signes du changement étaient partout autour de moi.

Vous grandissez un peu, décousez bras et jambes de votre combinaison jusqu'au jour où il vous faut en acheter une neuve. Les gens cessent de vous voir comme un gentil petit bonhomme, commencent à parler de vous comme d'un beau jeune homme. Et toujours avec ce sourire, comme s'il s'agissait d'une blague que vous n'êtes pas censé saisir.

Les gens vous traitent différemment à mesure que vous grandissez. Au début, vous n'avez presque pas de rapports avec les adultes, hormis votre propre mère et celles de vos amis. Vous vivez dans un monde de gosse où les adultes ne sont même pas un obstacle car ils s'écartent de votre passage quand vous déboulez dans les corridors. Vous entrez dans plein d'endroits gratis. Les gens aiment bien vous avoir auprès d'eux, ça les rend heureux — il y a si peu d'enfants — et pratiquement tout le monde aimerait en avoir plus qu'un seul. C'est à peine si vous remarquez qu'on vous sourit tout le temps.

Mais ce n'est plus du tout pareil à treize ans : maintenant, c'était après une hésitation, l'espace d'une fraction de seconde, que l'on me gratifiait de mes privilèges d'enfant. Je ne pouvais pas le leur reprocher : j'étais presque aussi grand que la plupart des adultes que je rencontrais.

Mais j'avais désormais commencé à les remarquer, à les observer. En particulier, lorsqu'ils ne se savaient pas observés. Je vis qu'une bonne partie d'entre eux passaient le plus clair de leur temps à froncer les sourcils. A l'occasion, je notai même sur les visages une douleur véritable. Je voyais bien que ça ne durerait pas toujours. Tôt ou tard, je finirais par croiser quelque ligne invisible et la douleur demeurerait sur ces visages et ce serait à moi d'essayer de la comprendre. Je serais un adulte et je n'étais pas si sûr de vouloir le devenir.

Ce fut à cause de cet intérêt nouveau pour les visages que je remarquai la femme assise en face de moi dans le train d'Archimède. J'avais l'intention de devenir écrivain, aussi avais-je tendance à tout voir sous l'angle d'histoires et de personnages. Je l'observai, donc, tentant de bâtir autour d'elle une histoire.

Elle était séduisante : dans les vingt-cinq ans, une chevelure lisse et brune, la peau bronzée, un visage arrondi sans trace visible de chirurgie plastique ni traits particulièrement saillants — hormis ces yeux marron foncé. Elle était vêtue d'une simple robe tombant à mi-cuisse, taillée dans une étoffe fine et blanche qui coulait comme de l'eau à ses moindres mouvements. Elle avait posé un coude sur le dossier de son siège et mâchonnait une phalange d'un air absent, tout en regardant par la fenêtre.

Son visage ne semblait réciter aucune histoire particulière. Bien que surprise à l'improviste, elle ne trahissait nulle douleur, nulle crainte ni souci d'importance. Peut-être avais-je simplement failli à le remarquer. J'étais encore neuf à ce jeu et savais donc imparfaitement ce qui pouvait revêtir de l'importance pour un adulte. Mais je persistais.

Et puis elle se tourna pour me regarder et, là, elle ne souriait plus.

Enfin, elle souriait, si vous voulez, mais ce n'était pas pour dire : « Est-il chou. » C'était le genre de sourire qui me donnait envie de porter des vêtements : depuis que j'avais appris le pourquoi des érections, je ne voulais plus en avoir en public.

Je croisai les jambes. Elle changea de place pour s'asseoir à côté de moi. Elle leva la paume et je la touchai. Elle me faisait face, une jambe repliée sous elle, et le bras posé sur le dossier derrière moi.

« Je m'appelle Trilby, dit-elle.

— Salut. Moi, c'est Argus. » Je me surpris à tenter de rendre ma voix plus grave.

« Je te regardais en train de m'observer, d'en face.

— Non ?

— Dans la vitre, expliqua-t-elle.

— Oh ! » Je regardai et, sans aucun doute, de sa place elle pouvait donner l'impression de contempler le paysage tout en observant en réalité mon reflet dans la glace.

« Je n'avais pas l'intention d'être grossier. »

Elle rit en me posant la main sur l'épaule, puis elle l'ôta. « Et moi, alors ? Moi, je faisais ça à la sournoise. Pas toi. Et puis, ne t'en fais pas. Je m'en fiche. » Je changeai encore de position et son regard descendit. « Et ne t'inquiète pas pour ça, non plus. Ce sont des choses qui arrivent. »

Je me sentais encore nerveux mais elle parvint à me mettre à l'aise. Nous avons parlé le restant du voyage et je ne garde aucun souvenir de notre conversation. La gamme des sujets abordés devait être fort réduite car je suis certain que jamais elle ne fit référence ni à mon âge, ni à mes études, ni à sa profession — ni même aux raisons qui l'avaient conduite à lier conversation avec un garçon de treize ans dans les transports en commun.

Rien de tout cela n'avait d'importance. J'étais prêt à parler de n'importe quoi. Si je m'interrogeais sur ses raisons, je supposais qu'ayant en fait dans les vingt ans, elle n'était pas encore loin de sa propre enfance.

« Es-tu pressé ? » demanda-t-elle à un moment, inclinant un peu la tête.

« Moi ? Non. Je dois aller voir... » (non, non, pas ta mère) « ... une amie. Mais elle peut bien attendre. Elle compte me retrouver à l'arrivée. » Voilà qui était mieux.

« Puis-je t'offrir quelque chose ? » Sourcil levé, petit signe de la main : ses gestes étaient économes mais semblaient en dire plus que ses paroles. Mentalement, je lui rajoutai quelques années. Pas mal d'années, même.

Le train arrivait justement à Archimède ; nous nous sommes levés et je m'empressai d'accepter son invitation.

« Bien. Je connais un coin sympa. » J'eus droit au fameux sourire de la part du barman qui s'apprêtait à m'offrir le verre traditionnel — dans les limites légales de deux consommations — mais Trilby changea tout ça.

« Deux whiskies irlandais, je vous prie. Et avec des glaçons. » Elle parla avec assurance, en élevant légèrement la voix, et une chose complexe se produisit entre elle et le serveur : elle lui adressa un regard, il haussa un sourcil puis me jeta un coup d'œil et sembla comprendre quelque chose. Son attitude envers moi changea du tout au tout.

J'avais bien l'impression que quelque chose m'était passé au-dessus mais je n'eus pas le temps de m'en inquiéter. On n'avait pas le temps de s'inquiéter en compagnie de Trilby. Les boissons arrivèrent et nous les avons goûtées.

« Je me demande pourquoi ils persistent à appeler ça de l'irlandais », remarqua-t-elle.

Nous sommes alors partis dans une discussion sur les Envahisseurs ou sur l'Irlande ou sur l'occupation de la Terre. Je ne suis plus certain. C'était sans importance et la vraie conversation se déroulait dans nos regards. La plupart du temps, c'était elle qui me racontait des trucs sans paroles tandis que je me contentais d'opiner, la langue pendante.

Nous nous sommes retrouvés dans les bains publics en bas du corridor. Elle avait les mamelons roses, en forme de cœur de la Saint-Valentin : mis à part ça, son corps n'était en rien remarquable, quoique merveilleusement ferme sous sa douceur. Elle était si différente de Manette, de Denver ou de Cathay. Si différente de moi. Je cataloguai ces différences, assis derrière elle dans le grand bassin, tout en massant ses épaules pleines de savon.

En chemin vers le solarium, elle s'arrêta devant l'une des alcôves privées et resta là, à attendre et me regarder. Mes jambes me propulsèrent dans la pièce où elle me suivit. Mes mains se refermèrent dans son dos et ma bouche s'ouvrit lorsqu'elle m'embrassa. Elle m'allongea sur le sol moelleux et me prit.

Qu'y avait-il de si différent dans tout ça ?

J'eus tout loisir d'y réfléchir durant le long trajet depuis le terminus du glisseur jusqu'à chez moi.

Trilby et moi, nous avions fait l'amour durant près d'une heure. Rien de spécial là-dedans, rien de nouveau par rapport à ce que j'avais déjà essayé avec Manette et Denver. J'avais cru qu'elle aurait quelque truc inédit et fantastique à me montrer mais ce n'avait pas été le cas.

Pourtant, elle n'avait pas été comme Manette ou Denver. Son corps réagissait d'une manière différente, se déplaçait dans des directions auxquelles je n'étais pas habitué. J'avais fait de mon mieux. En la quittant, je sus qu'elle était heureuse et malgré tout je sentis qu'elle attendait plus.

Je m'aperçus que j'étais tout prêt à lui en donner plus. J'étais de nouveau amoureux.

En posant la main sur la porte, je compris soudain qu'elle m'avait déjà oublié. Il eût été stupide d'imaginer autre chose. Je n'avais été pour elle qu'une agréable diversion, une intéressante nouveauté.

Je ne lui avais pas demandé son nom, ni son adresse ou son numéro. Pourquoi pas ? Peut-être me doutais-je déjà qu'elle n'avait cure de me revoir.

Je frappai le panneau du plat de la main et broyai du noir tout au long du trajet de la cabine vers la surface.

Ma maison n'est pas ordinaire. Bien entendu, elle appartient à Darcy, ma mère. Elle était justement là, en train de mettre la touche finale à un diorama. Elle leva les yeux, me sourit et me tendit la joue pour un baiser.

« J'ai fini dans un moment. Je voudrais avoir terminé avant de manquer de lumière. »

Nous vivons dans une vaste bulle en surface. Une partie est divisée en pièces dépourvues de plafond mais la plus grande surface est dévolue au studio de Darcy. La bulle est transparente mais elle filtre les ultraviolets pour éviter à ses occupants d'être brûlés.

C'est une existence peu banale mais qui nous convient. De notre point de vue, sur le flanc sud d'une étroite vallée, trois autres bulles semblables seulement sont visibles. Pour un étranger, il serait impossible de deviner que toute une cité grouille juste en dessous de la surface.

En grandissant, je n'ai jamais songé à l'agoraphobie mais l'affection est répandue chez les Sélénites. J'éprouvais de la compassion pour ceux qui n'avaient pas la chance de grandir en profitant d'une telle vue.

Darcy l'apprécie pour sa lumière. C'est une artiste et elle y est sensible. Elle travaille une quinzaine sur deux, se reposant durant la nuit. J'ai grandi selon cet horaire, la laissant seule lorsqu'elle entreprend ses marathons à l'aérographe, pour ne revenir à la maison passer deux semaines avec elle que lorsque le soleil a cessé de briller.

Tout cela devait changer quelque peu après mon dixième anniversaire. Jusqu'alors, nous avions vécu seuls, Darcy réduisant considérablement son emploi du temps jusqu'à mes quatre ans puis reprenant progressivement du travail, à mesure que je gagnais plus d'indépendance. Elle avait fait de la sorte afin de pouvoir me consacrer tout son temps. Et puis un jour, elle me fit asseoir et m'annonça que deux hommes venaient s'installer chez nous. Ce n'est que plus tard que je compris à quel point Darcy avait modifié son mode de vie pour m'élever convenablement : c'est une polyandre type, particulièrement attirée par les artistes dissidents aux traits durs, virils et sans concessions, dont les œuvres ne se vendent pas mais qui sont généralement pourvus d'un solide appétit. Elle aime leur appétit et cette détermination à ne pas céder aux goûts du public que tous affichent. Elle en a le plus souvent trois ou quatre autour d'elle, qu'elle nourrit et à qui elle offre un endroit où dormir. En retour, elle n'exige pas grand-chose, sinon qu'ils fassent le ménage derrière eux.

Je dus enjamber le dernier de ces compagnons familiers pour gagner la cuisine. Profondément endormi, il émettait des ronflements sonores et ses mains étaient maculées de taches jaunes, rouges et vertes. C'était la première fois que je le voyais.

Darcy apparut derrière moi alors que je me préparais un casse-croûte ; elle m'étreignit puis tira une chaise et s'assit. Le soleil serait encore là une bonne demi-heure mais elle n'avait plus le temps de commencer une autre peinture.

« Comment ça va ? Tu n'as pas appelé depuis trois jours.

— C'est vrai ? Je suis désolé. J'étais dans le bayou. »

Elle fronça le nez. Darcy avait vu le bayou. Une fois.

« Ce trou ? Je voudrais bien savoir pourquoi...

— Darcy. Ne revenons pas là-dessus. D'accord ?

— Tope-là. » Elle étendit ses mains maculées de peinture et décrivit un mouvement circulaire comme pour effacer quelque chose, et c'était exactement ça. Voilà comme j'aime Darcy. « J'ai un nouveau compagnon.

— J'ai failli trébucher dessus. »

Elle se passa la main dans les cheveux et me fit un sourire en biais. « Il se remettra. Il s'appelle Thogra.

— Thogra, dis-je en faisant une grimace. Ecoute, s'il est bien propre et reste en dehors de mes jambes, on... » Mais je fus incapable de poursuivre. Nous avons éclaté de rire tous les deux et j'ai failli m'étrangler avec une bouchée qui était passée de travers. Darcy connaît mon opinion sur ses goûts en matière de compagnons d'oreiller.

« Et qu'est devenu... comment s'appelle-t-il déjà ? Ce type qui manquait pas d'aisselle... Le gars qui se faisait toujours arrêter pour outrage aux bonnes odeurs. »

Elle me tira la langue.

« Tu sais bien qu'il a nettoyé le plancher depuis pas mal de temps.

— Ah ah ! Mais moi, c'est de sa période avant qu'il ait découvert les vertus de l'eau que je me souviens. Tous mes copains qui se demandaient où on pouvait bien faire de l'élevage de boucs, les fleurs qui perdaient leurs pétales dans son sillage, le...

— Abil n'est pas revenu », dit posément Darcy.

Je cessai de rire. J'avais su qu'il était parti quelques semaines mais ce sont des choses qui arrivent. Je haussai un sourcil.

« Ouais. Eh bien, tu sais qu'il a vendu deux ou trois trucs. Et il a reçu plusieurs propositions. Mais je garde bon espoir de le voir au moins repasser prendre son duvet. »

Je ne pipai pas mot. Les amours de Darcy suivent un scénario dont elle est parfaitement consciente mais les ruptures sont toujours aussi difficiles. Ses amants parlent souvent avec mépris de ce genre d'art commercial qui nous permet, à Darcy et moi, de manger et de payer les quittances d'oxygène. Ensuite, trois genres de choses arrivent en général : soit ils n'arrivent à rien et repartent aussi pauvres qu'à leur arrivée, leur mépris intact. Soit certains, rares, réussissent selon leurs propres vœux, forçant le monde à accepter leurs visions personnelles. Souvent Darcy parvenait à rester en bons termes avec ces derniers ; elle entretient des relations du genre « passe donc chez moi, on se fera l'amour » avec la moitié des artistes de Luna.

Mais la forme de départ la plus courante intervient lorsque l'artiste décide un beau jour qu'il en a marre de la pauvreté. Avec une réduction minime de leur train de vie, ils se révèlent tout à fait capables de s'en sortir. Il leur devient dès lors intolérable de vivre avec la femme qu'ils ont jusque-là ridiculisée. Darcy s'empresse alors de les flanquer dehors avec le minimum de dégâts. Ils n'ont plus assez d'appétit ni d'orgueil pour lui convenir. Mais ça lui fait quand même toujours mal.

Darcy changea de sujet : « J'ai pris rendez-vous chez le médico pour ton Changement. Tu dois y être lundi prochain, le matin. »

Une suite d'impressions nettes et précises défila rapidement dans mon esprit : Trilby, des seins aux pointes en forme de cœur, ce que j'avais ressenti lorsque mon pénis était entré en elle, et puis la chaleur de l'épuisement après que ma semence eut quitté mon corps.

« J'ai changé d'avis à ce propos, dis-je en croisant les jambes. Je ne suis pas prêt pour un nouveau Changement. Dans quelques mois, peut-être. »

Elle en resta bouche bée.

« Changer d'*avis ?* La dernière fois que je t'ai parlé, tu étais tout prêt à changer de *sexe.* En fait, tu as même dû m'extorquer l'autorisation.

— Je me rappelle, reconnus-je, non sans une certaine gêne. J'ai juste changé d'avis, voilà tout.

— Mais, Argus... ce n'est franchement pas sympa. Moi qui viens de veiller quinze jours à me convaincre du plaisir de retrouver ma fille. Cela fait si longtemps. Ne crois-tu pas que...

— Ce n'est vraiment pas à toi d'en décider, maman. »

Elle avait l'air d'être sur le point de se fâcher puis ses yeux s'étrécirent. « Il doit y avoir une raison. Tu as rencontré quelqu'un, toi. Pas vrai ? »

Mais je n'avais pas envie de discuter de ça. Je le lui avais dit, la première fois que j'avais fait l'amour et pratiquement chaque fois que j'avais couché avec quelqu'un depuis. Mais ça, je n'avais aucune envie de le partager avec elle.

Alors, je lui ai raconté l'incident survenu un peu plus tôt ce même jour dans le bayou. Je lui ai parlé de la femme enceinte et de ce qu'avait fait Cathay.

Darcy fronçait de plus en plus les sourcils. Quand j'en fus arrivé au passage avec la boue, son front se couvrit de rides.

« Je n'aime pas ça, dit-elle.

— Franchement, moi non plus. Mais je ne voyais pas ce qu'on pouvait faire d'autre.

— Je ne pense vraiment pas que l'affaire ait été bien menée. Je crois que je ferais mieux d'appeler Cathay pour lui en toucher un mot.

— Je préférerais pas. » Je ne rajoutai rien et elle étudia mon visage durant un long (et pénible) moment. Elle et Cathay avaient déjà eu un différend quant à la façon de m'éduquer.

« On ne doit pas tolérer ça.

— S'il te plaît, Darcy. Il n'a plus qu'un mois à être mon maître. Laisse passer, d'accord ? »

Au bout d'un moment, elle acquiesça et regarda ailleurs. « Tu grandis de jour en jour », remarqua-t-elle avec tristesse. Je ne savais pas pourquoi elle disait ça mais j'étais content qu'elle ait laissé tomber le sujet. A vrai dire, je n'avais plus envie de penser à cette femme. Mais je n'allais pas tarder à devoir y réfléchir. Et sous peu.

J'avais eu l'intention de passer la semaine à la maison mais Manette appela le lendemain matin pour m'annoncer que le *Mardi gras 56* allait être à nouveau présenté et que ça commençait dans quelques heures. Elle avait pris des places pour nous quatre.

Manette avait déjà vu la présentation mais pas moi, et Denver non plus. Je lui dis que je venais, allai prévenir Darcy mais elle dormait encore. Elle dormait souvent deux jours d'affilée après une journée lunaire de travail. Je lui laissai un mot et me dépêchai pour ne pas rater le train.

Ça s'appelle le musée de l'Héritage culturel et, bien qu'ils le financent avec leurs impôts, les Sélénites, pour la plupart, n'y mettent jamais les pieds : les expositions les dérangent. Mais j'ai cru toutefois comprendre que ces derniers temps, avec la montée du Parti de libération de la Terre, il avait regagné les faveurs d'un public avide de chercher ses racines.

Une fois, ils y ont présenté la ville de Londres en 1903 et je suis allé voir à quoi pouvaient ressembler les musées terriens en y visitant la réplique du British Museum. Le M.H.C. ne ressemble pas du tout à ça : seul un très petit nombre d'œuvres d'art, d'objets et de curiosités historiques avaient été apportés sur la lune aux jours précédant l'Invasion. En conséquence, toutes les reliques tangibles du passé de la Terre étaient à présent détruites.

D'un autre côté, le système informatique lunaire possédait à l'époque déjà une capacité virtuellement illimitée ; absolument tout avait été enregistré et stocké : tous les livres, les tableaux, les quittances, les statistiques, les photos, tous les procès-verbaux publics ou privés, tous les films, toutes les bandes magnétiques existaient dans les banques de données. A l'instar des disneylands peuplés d'animaux clonés à partir de cellules stockées dans la Bibliothèque génétique, le M.H.C. est rempli de copies conformes réalisées grâce aux archives du temps jadis.

Je retrouvai les autres à la Boîte à sucre — où Denver était en train d'essayer de persuader Manette d'amener Mardi avec nous. Mardi, c'est l'hippopotame qui vit dans le bayou, défiant allégrement toutes les règles de l'authenticité. Denver lui avait passé une chaîne et la bête nous attendait, placide, nous contemplant en clignant ses petits yeux porcins.

Denver était tout excité à l'idée de se rendre au *Mardi gras,* accompagné d'un hippopotame nommé Mardi mais Manette fit remarquer que jamais les gardiens ne nous laisseraient pénétrer dans La Nouvelle-Orléans avec cet animal. Denver finit par céder et renvoya donc Mardi dans son marécage. Tous quatre nous prîmes la route sortant du bayou et, par le trottoir central, devions bientôt regagner le centre ville.

Il y a vingt-cinq théâtres au sein du M.H.C. En général, la moitié fonctionne tandis que les autres font relâche pour monter le spectacle suivant. Le *Mardi gras 56* est à l'affiche depuis dix ans et se produit normalement deux fois l'an pour une durée de deux semaines. C'est l'un des environnements les plus populaires.

Nous nous sommes donc rendus à la salle d'orientation, écouter la conférence sur la manière de se comporter avant de se voir attribuer nos costumes. C'est la partie que je goûte le moins : en gros, jusqu'au début du XXIe siècle, la conception du vêtement répondait à deux critères principaux : la pudeur et la torture. Si ça ne faisait pas mal, il fallait le redessiner. Pas étonnant que les gens aient pu passer leur temps à s'entretuer. Qui ne l'aurait fait avec une telle pesanteur et des chaussures qui vous martyrisent à ce point les pieds.

« On sera des beatniks », dit Manette en considérant les rayonnages de costumes d'époque. « C'est ce qu'il y avait de plus simple et ça colle à peu près avec la vérité : il y en avait bien dans le Quartier français. »

La simplicité nous convenait parfaitement : les filles n'avaient pas besoin de soutien-gorge et, pour les pieds, on avait le choix entre des sandales de cuir ou des espadrilles.

Je ne peux pas dire toutefois que j'appréciais énormément ces trucs nommés *Levi's :* ça grattait et ça me coinçait les couilles. Mais après avoir visité l'Angleterre victorienne (j'étais alors une femme et ce qu'on faisait porter aux filles à cette époque épouvanterait la plupart des Sélénites d'aujourd'hui) n'importe quoi marquait un progrès.

On accédait à l'holotorium par les toilettes au fond d'une boîte de nuit située sur Bourbon Street. Les garçons à gauche, les filles à droite. Je crois qu'ils faisaient ça pour vous faire tout de suite comprendre que vous retourniez dans le passé, à une époque où les gens se comportaient de façon bizarre. Il y avait même un troisième lavabo mais ce n'était qu'une fausse porte avec inscrit dessus : « non-Blancs. » Ça, c'était complètement incompréhensible.

J'aime bien la musique de La Nouvelle-Orléans de 1956. Il en existe de multiples variétés qui toutes paraissent similaires pour des oreilles modernes, avec leurs rythmes simples et leur mélange de vents, de cordes et de percussions. Le terme générique est *jazz* et le genre de jazz joué cet après-midi dans la minuscule cave enfumée est baptisé dixieland. Y dominent deux instruments, la clarinette et la trompette, qui chacune improvisent une mélodie très simple tandis que le reste de la formation tâche de faire le plus de bruit possible.

Il y eut une brève discussion : Cathay et Manette voulaient que Denver et moi restions avec eux, sans doute pour profiter de la moindre occasion d'étaler leur supériorité — entendez : nous « éduquer ». Après tout, c'étaient des enseignants. Denver avait l'air de s'en fiche mais moi je préférais être seul.

Je résolus le problème en sortant dans la rue, me disant qu'ils pourraient toujours me suivre s'ils y tenaient. Mais non, et je me retrouvai donc libre de flâner à ma guise.

Aller à l'holotorium n'est pas comme d'assister au sensirama où l'on se contente d'attendre, bien calé dans un fauteuil, que le spectacle vienne à vous. Et ce n'est pas non plus comme un disneyland où tout est réel et où l'on n'a qu'à se balader. Ici, il s'agit de faire attention à ne pas ruiner l'illusion

La majorité du spectacle, la plupart des décors et la totalité des acteurs ne sont que des hologrammes. Tous les gens réels que vous croisez sont des visiteurs en costume, tout comme vous. Dans le cas de La Nouvelle-Orléans, on avait simplement dessiné un réseau de rues en les revêtant comme autrefois. Puis, là où devaient se situer les bâtiments, on avait monté des murs de deux mètres, qu'on avait ensuite dissimulés derrière des hologrammes d'édifices d'époque. Quelques-unes des portes étaient vraies et il suffisait de pénétrer dans ces maisons pour y découvrir des intérieurs authentiques jusqu'au moindre détail. Mais la plupart cachaient de simples boîtes vides.

Si on y va, ce n'est pas pour se faire des niches avec les holos : ce serait tout à fait contraire à l'esprit du lieu. On se surprend plutôt à prendre soin de ne pas briser l'illusion : vous ne vous adressez aux gens qu'après avoir vérifié qu'ils sont réels, et vous ne touchez les objets qu'après les avoir soigneusement étudiés ; aucun hologramme ne résiste à un examen scrupuleux aussi reste-t-il toujours possible de trier la réalité de l'illusion.

La scène était vaste : on avait reproduit le Quartier français — le Vieux Carré — depuis le Mississippi jusqu'à Rampart Street, et de Canal Street jusqu'à un point situé six pâtés de maison plus à l'est. De l'autre côté de la rue, la cité semblait grouiller de vie sur des kilomètres bien que je susse que se dressait un simple mur au droit de la ligne jaune centrale.

La Nouvelle-Orléans 56 commence à midi le Mardi gras et se poursuit tard dans la nuit. Nous étions arrivés en fin d'après-midi, avec le soleil qui commençait à jeter de longues ombres sur les parades sans fin. J'avais envie de visiter l'endroit avant la nuit.

Je redescendis le Canal sur quelques pâtés de maison, en regardant les « vitrines ». Il y avait un antique cinéma sans relief dont la façade annonçait *Tant qu'il y aura des hommes* — film récompensé par un truc nommé « Oscar ». Je vis que c'était un endroit réel et faillis y entrer mais j'ai toujours peur que pour moi ces vieux films en 2-D ne tombent à plat, malgré tout le bien que peut en dire Manette.

Alors j'ai préféré plutôt flâner dans les rues, avec l'idée d'écrire une histoire que je situerais dans la vieille Nouvelle-Orléans.

C'est pourquoi je n'avais pas voulu rester à écouter la musique avec les autres. La musique n'est pas une chose que l'on puisse vraiment incorporer dans un récit, au-delà d'une simple description de ce à quoi elle ressemble, de qui la joue et d'où elle est jouée. De la même façon, se rendre au cinéma plat n'aurait été guère productif.

Mais les rues, les rues ! Là, il y avait matière à étude.

Le tracé était identique à celui du vieux Londres mais tous les détails avaient changé : les rues étaient pleines de voitures sans chevaux, de grosses boîtes en tôle qui devaient sans doute être le moyen de transport le plus inefficace jamais conçu. Rien n'était parfaitement ordonné, rien n'était très net. Traverser la chaussée, c'était risquer un orteil écrasé ou des coupures sous la plante des pieds. Pas étonnant qu'ils aient dû porter de grosses godasses.

Je savais à quoi servaient les feux rouges et verts et les lignes peintes sur la chaussée. Mais à quoi pouvaient bien servir les rangées de compteurs alignés le long de chaque trottoir ? Et quel était cet objet métallique rouge sur lequel urinait un chien ? Que signifiaient les couinements des cornes des véhicules ? A quoi rimaient ces fils, suspendus tout là-haut à des poteaux de bois ? Ignorant tout des festivités du Mardi gras, je passai donc une heure agréable à chercher les réponses à toutes ces questions et bien d'autres encore.

Quel défi que de vouloir écrire sur ce temps, faire de son histoire une tranche de vie où ces choses étranges semblent normales et raisonnables ! Je pris une habitante de La Nouvelle-Orléans transplantée sur Archimède et tâchai de m'imaginer sa confusion.

Puis j'aperçus Trilby et oubliai aussitôt La Nouvelle-Orléans.

Elle était derrière le volant d'un break Ford 1955. Je le sais parce que lorsqu'elle m'eut fait signe de la rejoindre, et qu'elle eut glissé sur la banquette pour me laisser conduire, je pus le lire sur une plaque dorée apposée contre la cloison, juste sous le grand hublot avant.

« Comment ça se pilote, ce truc ? » demandai-je en essayant de dissimuler mon trouble. Il y avait quelque chose qui ne collait pas. Peut-être que je l'avais su depuis le début mais ne l'admettais qu'à présent.

« Tu appuies sur cette pédale pour avancer et sur celle-là pour arrêter. Mais en gros, ça marche tout seul. » La voiture lui donna raison en accélérant dans le flot de la circulation holographique. Je posai les mains sur le volant et découvris que je pouvais guider le véhicule dans une certaine limite : aussi longtemps que je ne risquais pas de heurter quelque chose, il me laissait faire.

« Qu'est-ce qui t'amène ici ? » J'essayai de prendre un ton dégagé.

« Je suis allée chez toi. Ta mère m'a dit où tu étais.

— Je ne me rappelle pas t'avoir donné mon adresse. »

Elle haussa les épaules, l'air pas particulièrement réjoui : « Ce n'est pas dur à trouver.

— Je... je veux dire, tu n'as pas... »

Je n'étais pas sûr d'avoir envie de le dire mais je décidai que mieux valait continuer :

« On ne s'est pas rencontrés par hasard, n'est-ce pas ?

— Non.

— Alors c'est toi mon nouveau prof. »

Elle soupira. « C'est une simplification abusive. Disons que j'aimerais bien être l'un de tes nouveaux professeurs. Cathay m'a recommandée auprès de ta mère et lorsque je lui en ai parlé, elle a paru intéressée. Je comptais juste jeter un coup d'œil sur toi dans le train mais quand je t'ai vu me reluquer... eh bien, j'ai eu l'idée de te laisser matière à souvenir.

— Merci. »

Elle détourna les yeux. « Darcy m'a dit aujourd'hui que ce pourrait bien avoir été une erreur. Je crois que je t'ai mal jugé.

— C'est agréable d'apprendre que tu peux faire une erreur.

— J'ai peur de ne pas comprendre...

— Je n'aime pas me savoir prévisible. Sentir qu'on joue avec moi. Peut-être que cela heurte ma dignité. Peut-être que j'en ai eu ma dose avec Manette et Cathay. Toutes ces leçons.

— Je vois, à présent. (Un soupir.) C'est une réaction fréquente chez les enfants doués, ils...

— Ne dis pas ça.

— Je suis désolée mais il le faut. Il est inutile de te dissimuler que mon travail est de connaître les gens et plus spécialement les enfants. A savoir les périodes qu'ils traversent, y compris celles où ils se plaisent à croire qu'ils n'en traversent pas. N'ayant pas su reconnaître ce trait chez toi, j'ai donc commis une erreur. »

Je soupirai. « Et alors, après tout ? Darcy t'aime bien. Ce qui veut dire que tu seras ma nouvelle prof, pas vrai ?

— Non. Pas avec moi, en tout cas. Je suis l'un des premiers grands choix que tu es appelé à faire sans une quelconque ingérence d'un adulte.

— Je ne pige pas.

— C'est parce que tu ne t'es jamais assez intéressé à ton éducation, pour découvrir ce qui t'attendait. Au risque de te vexer à nouveau, je dirai que c'est une réaction fréquente chez les jeunes de ton âge. Dans un mois à peine, tu quitteras Cathay pour te tourner vers une formation déjà plus spécialisée et tu ne t'es pas encore soucié de savoir ce que cela implique. As-tu jamais pris le temps de réfléchir au chemin à parcourir avant de devenir un écrivain ?

— Je suis déjà un écrivain », lui rétorquai-je en me mettant pour la première fois en colère. Jusque-là, je m'étais senti plutôt blessé. « Je sais manier le langage. Et j'observe les gens. Je n'ai peut-être pas encore beaucoup d'expérience mais je saurai bien l'acquérir, avec ou sans toi. Je peux même fort bien me passer de professeur à présent. Ça au moins, je le sais.

— Tu as bien sûr raison. Mais tu sais que ta mère comptait te payer une éducation spécialisée. T'es-tu jamais demandé à quoi ça pourrait ressembler ?

— Non, pourquoi ? Est-ce que tu crois donc que rien ne m'intéresse dès lors que ça n'a plus l'air important ? Je veux dire, qui m'a jamais demandé mon avis là-dessus ? Quel est mon rôle dans tout ça ? Tout le monde a l'air de parfaitement savoir ce qui me convient le mieux. Pourquoi devrais-je être consulté ?

— Parce que tu es presque un adulte, à présent. Et mon boulot, si tu m'engages, sera de te faciliter la transition. Quand tu auras passé le cap, tu le sauras et tu n'auras alors plus besoin de moi. Ce n'est pas la phase primordiale : au tout début, le boulot de ton maître a été de travailler avec ta mère pour t'enseigner les bases de la vie en société et de remplir ta petite tête avec tout ce que peut assimiler un gamin de sept ans : ils t'ont enseigné le langage, la dextérité, la réflexion, le sens des responsabilités, l'hygiène, et t'ont appris à ne pas entrer dans un sas sans ton scaphandre. Partis d'un petit enfant égoïste, ils ont fait de toi un être moral. C'est une tâche délicate : un rien, et tu aurais pu faire un sociopathe.

« Puis ils t'ont confié à Cathay. Sans que tu t'en rendes compte : il est apparu un beau jour, un simple nouveau copain de ton âge. Tu étais heureux et confiant. Il t'a guidé tout en douceur, laissant ta curiosité naturelle accomplir la plus grosse part du travail. Il a su discerner tes capacités créatrices quand tu ne les avais pas encore soupçonnées toi-même et veilla toujours à te procurer de quoi nourrir avec profit ta réflexion, tes réactions, ton expérience.

« Mais ces derniers temps, tu es devenu pour lui un problème. Pas de ta faute, ni de la sienne ; mais tu n'as plus envie d'être guidé par personne. Tu veux te débrouiller seul. Tu as plus ou moins l'impression d'être manipulé.

— Ce qui n'a rien de surprenant, remarquai-je : je suis effectivement manipulé.

— C'est exact. Dans une certaine mesure. Mais qu'aurait dû faire Cathay, à ton avis ? Laisser agir le hasard ?

— Là n'est pas la question. Nous parlons de mes sentiments présents et mon sentiment, c'est que tu as été malhonnête avec moi. Tu m'as fait me sentir ridicule. J'ai cru que ce qui arrivait était... spontané, tu vois ? Comme un conte de fées. »

Elle me fit un drôle de sourire : « Quelle façon bizarre de voir les choses. Quand mon intention était de t'aider à passer le stade des pollutions nocturnes. »

Je suppose que la sérénité avec laquelle elle admit la chose dut me désarçonner. J'aurais dû lui dire que ça ne faisait pas vraiment de différence. Contes de fées ou pollutions nocturnes, c'étaient deux visions de mondes impossibles, de mondes où les choses se passaient comme on en avait envie. Mais je ne dis rien.

« Je me rends compte à présent que ce n'était pas la meilleure façon de t'aborder. Franchement, j'ai cru que tu apprécierais. Attends, laisse-moi rectifier : j'ai cru que tu apprécierais encore, même une fois au courant. Je suppose quand même que tu as effectivement goûté la chose, sur le moment. »

Là non plus, je ne dis rien car c'était la pure vérité. Mais là n'était pas la question.

Elle attendit, me regardant diriger la vieille voiture au milieu de la circulation. Puis, avec un soupir, elle regarda de nouveau par le hublot.

« Eh bien, à toi de choisir. Comme je te l'ai dit, on ne décidera plus pour toi, dorénavant. Il faudra que tu décides toi-même si tu veux ou non que je sois ton professeur.

— Et pour m'enseigner quoi, au juste ?

— Le sexe, entre autres. »

J'allais dire quelque chose mais restai coi à l'idée qu'on pût penser qu'elle pouvait m'apprendre — ou qu'il fallait m'apprendre — quoi que ce fût sur le sexe. Voyons, qu'y avait-il à apprendre ?

C'est à peine si je remarquai que la voiture s'arrêtait toute seule, et je ne fus tiré brusquement de mes réflexions que lorsqu'un homme en bleu passa la tête par la vitre de mon côté. Il y avait une femme derrière lui, habillée pareil. Je réalisai alors qu'ils étaient costumés en policiers de 1956.

« Etes-vous Argus-Darcy-Méric ? demanda l'homme.

— Ouais. Et vous, qui êtes-vous ?

— Mon nom est Jordau. Je suis désolé mais vous allez devoir me suivre. Plainte a été déposée contre vous. Vous êtes en état d'arrestation. »

Arrêter : retenir prisonnier. Ou interrompre brusquement. Etre arrêté inclut ces deux acceptions, me semble-t-il. Vous êtes en prison et votre existence connaît un arrêt temporaire :

tout ce que vous faisiez se voit interrompu et soudainement, une seule chose acquiert de l'importance.

Je n'étais pas trop inquiet jusqu'au moment où je compris ce que devait être ladite chose. Après tout, tout le monde se fait un jour ou l'autre arrêter : c'est inévitable dans une société légaliste. Déposer une plainte contre quelqu'un reste encore le meilleur moyen d'éviter le recours à la violence. J'avais déjà été arrêté à trois reprises et par deux fois déclaré coupable. J'avais une fois moi-même déposé une plainte qui avait été reçue.

Mais ce coup-ci promettait d'être différent : je doutais de m'être fait embarquer pour quelque peccadille dont je n'aurais pas même eu conscience. Non : ce devait être en rapport avec la femme enceinte — et la boue. J'eus tout le temps d'y songer tandis que je me morfondais dans ma cellule aux murs nus, tout le temps de vraiment m'inquiéter. Nous l'avions attaquée physiquement, c'était indubitable.

Je fus finalement appelé devant la chambre d'examen. Elle était plus vaste que celle où j'avais été déjà convoqué : en ces occasions, n'étaient impliquées que deux personnes.

Ici, la pièce possédait cinq cabines vitrées munies chacune d'une chaise et disposées de telle manière que nous nous faisions face autour d'un cercle. On me conduisit à la seule cabine vide et je découvris Denver, Cathay, Manette... et la femme.

Ces cabines sont silencieuses. On s'y sent très seul.

Je vis entrer la mère de Denver qui s'assit derrière sa fille, à l'extérieur du box. En me retournant, j'aperçus Darcy. A ma surprise, Trilby l'accompagnait.

« Bonjour Argus. » La voix du Calculateur central emplit la cabine minuscule, aussi douce qu'à l'accoutumée mais sans son habituel côté rassurant.

« Bonjour C.C. » J'essayai d'avoir un ton léger mais bien sûr le C.C. ne s'y laissa pas tromper :

« Je suis désolé de te voir dans une telle situation.

— Est-ce grave à ce point ?

— Les charges le sont certainement, il serait vain de le nier. Je ne puis me prononcer sur les témoignages ou sur tes chances. Mais tu n'ignores pas que tu es passible de la peine de mort avec commutation automatique. »

Je le savais. Je savais également qu'elle était rarement appliquée à quelqu'un de mon âge. Mais Cathay et Manette ?

Je n'ai jamais apprécié ce terme de « commutation ». Il donne plus ou moins l'impression qu'on ne va pas vous tuer, tout en vous tuant. Tout ce qu'il y a de plus mort, vous êtes, en fait. L'astuce, c'est qu'ensuite on développe un clone à partir de l'une de vos cellules, clone que l'on soumet à une croissance accélérée avant de le charger avec vos souvenirs préenregistrés. Ainsi, quelqu'un de fort semblable à vous continuera de vivre mais *vous,* vous serez bel et bien mort. Dans mon cas, le dernier enregistrement remontait à trois ans : j'étais donc confronté à l'éventuelle disparition du quart de mon existence. Si l'on jugeait nécessaire de me tuer, le nouvel Argus — pas moi, non, mais quelqu'un avec mes souvenirs et mon nom — repartirait à l'âge de dix ans. Etroitement surveillé, soumis à un encadrement spécial pour lui éviter de devenir le sociopathe que j'avais été.

Le C.C. se lança dans l'explication légale de l'organisation des débats : l'énoncé de mes droits, des charges pesant contre moi, des peines encourues et de la procédure exercée au cas où les éléments le conduiraient à estimer le crime comme capital.

« Ouf », soupira alors le C.C., en reprenant ce ton sans manière qu'il me savait préférer. « Maintenant que nous voilà débarrassés des formalités, je peux bien te dire qu'au vu des premières conclusions, je n'ai pas l'impression que tu auras des problèmes.

— Tu dis pas ça pour me faire plaisir ? » J'étais sincèrement terrorisé. L'énormité de la situation avait eu largement le temps de m'imprégner.

« Allons, tu me connais ! »

Les dépositions commencèrent. Ce fut d'abord la plaignante, dont j'appris qu'elle s'appelait Tiona. Cette première citation était informelle : on pouvait s'exprimer en toute liberté et la femme ne se priva pas de dire quelques vérités gratinées à chacun de nous quatre.

Le C.C. nous interrogea successivement sur le déroulement des faits. Je considérai la déposition de Cathay comme la plus exacte — en dehors de la mienne. Dans le cours du débat, Cathay et Manette déposèrent l'un et l'autre une contre-plainte. Le C.C. en prit note. Elles seraient jugées simultanément.

Il y eut un bref silence puis l'ordinateur parla de sa voix « officielle » :

« Concernant Argus et Denver : les dépositions ne permettent pas de conclure à la préméditation, mais aucun des prévenus ne contestant la description matérielle de l'incident, la cour conclut à l'accusation de coups et blessures volontaires.

« Considérant toutefois comme circonstances atténuantes l'âge des prévenus et leur consécutive incapacité à résister à l'effet d'entraînement inhérent à la situation,

« ne sera retenue que la charge d'atteinte à la dignité avec préméditation.

« Dans l'affaire Tiona contre Argus : coupable.

« Dans l'affaire Tiona contre Denver : coupable.

« L'un ou l'autre a-t-il quelque chose à dire avant l'énoncé de la sentence ? »

Je réfléchis un instant : « Je suis désolé. Je regrette vraiment ce qui s'est passé. Je ne le referai plus.

— Je ne regrette rien, dit Denver. Elle l'a cherché. J'en suis désolé pour elle mais je ne regrette pas ce que j'ai fait.

— Commentaires consignés, annonça l'ordinateur. Vous êtes condamnés chacun à une amende de trois cents Marks, à surseoir jusqu'à ce que vous soyez en âge de travailler, auquel moment elle sera perçue à concurrence de dix pour cent de vos revenus jusqu'à solde complet, la moitié allant à Tiona et l'autre moitié revenant à l'Etat. L'application définitive de la sentence sera suspendue jusqu'à ce que la cour ait un supplément d'information sur les affaires encore en suspens. »

« Tu t'en es bien tiré, dit le C.C. en ne s'adressant qu'à moi. Mais reste dans les parages. Ça peut encore changer et il se pourrait bien qu'en fin de compte tu n'aies même pas à régler d'amende. »

Ça faisait plutôt drôle de recevoir successivement une sentence puis des marques de sympathie de la part de la même machine. Je dus me garder de cette impression que le C.C. était de mon côté. Il ne l'était pas ; pas vraiment, l'ordinateur est absolument impartial pour autant que je sache. Pourtant, son intelligence est si vaste qu'il se fabrique une personnalité différente pour chaque citoyen avec lequel il est en relation. La section qui venait de me parler était réellement de mon côté mais elle demeurait hors d'état d'influer sur les décisions de la section chargée de prononcer les jugements.

« Je ne saisis pas. Que doit-il se passer à présent ?

— Eh bien, faut que je remette ça. Ce qui signifie que chacun d'entre vous a raconté son histoire de son propre point de vue. Nous ne sommes pas encore allés assez loin dans le sens de la vérité. Cette fois, je vais être obligé de vous brancher avant de refaire un tour de table. »

Et tandis qu'il parlait, je vis les sondes jaillir derrière chacune des chaises : petits serpents dorés terminés par des broches. J'en sentis une derrière moi, fouiller dans mon cuir chevelu jusqu'à ce qu'elle ait trouvé la prise où elle se brancha.

Il y a deux échelons de déposition sous sonde. Darcy, Trilby et la mère de Denver durent quitter la salle pour la première partie — où chacun racontait son histoire sans aucune censure du subconscient.

La transcription confirma que je n'avais effectivement pas menti lors de ma déposition initiale — contrairement à Tiona qui avait dit plein de mensonges. Mais malgré tout, l'histoire n'avait pas l'air d'être la même. Je révélai toutes sortes de choses que je n'aurais jamais avouées sans la sonde : terreurs, désirs égoïstes et restés inavoués, motivations infantiles.

Tout cela est très gênant et je suis content de n'en avoir aucun souvenir. Je le suis d'autant plus que seuls Tiona et moi, en tant que principaux intéressés, pouvons consulter mon témoignage. Je regrette simplement de ne pas être le seul.

La seconde phase est la déconnexion du subconscient. Je racontai donc mon histoire pour la troisième fois, en des termes aussi désincarnés que les directives d'un script de holovision.

Puis les sondes se retirèrent et j'éprouvai un vertige passager : je savais où j'étais, d'où je venais, et pourtant j'avais l'impression de l'avoir entendu raconter plutôt que de l'avoir réellement vécu. Mais cette sensation se dissipa rapidement. Je m'étirai.

« Est-ce que tout le monde est prêt à poursuivre ? » demanda poliment le C.C. Tout le monde dit oui.

« Très bien.

« Dans l'affaire Tiona contre Argus et Denver : le jugement de culpabilité demeure intégralement maintenu dans l'un et l'autre cas mais considérant la provocation, les circonstances atténuantes dues à l'immaturité, ainsi que l'absence de signes dénotant la persistance d'un comportement antisocial, les amendes sont suspendues et commuées en assignation pour Denver et Argus à se présenter chaque semaine à des séances d'évaluation et de rééducation morale jusqu'à nouvelle décision, lesquelles séances ne devront pas durer moins de quatre semaines.

« Dans l'affaire Tiona contre Manette : Manette est déclarée coupable d'agression. Ce jugement est tempéré par son motif qui était l'acceptation de l'attitude de Cathay vis-à-vis de Tiona et la croyance en son bien-fondé. La cour note que ladite attitude était dictée par la *pitié ;* son fondement en droit est une autre affaire.

« Il ne fait aucun doute qu'une agression physique est intervenue. On ne saurait l'excuser, quel qu'en soit le motif.

« En conséquence, et pour erreur de jugement,

« La cour condamne Manette à une amende égale à dix

pour cent de ses revenus sur une période de dix ans, le tout à verser à la partie lésée, à savoir Tiona. »

Tiona n'avait pas l'air à l'aise. Elle devait avoir déjà compris que les choses ne tournaient pas à son avantage. Je commençais à saisir moi aussi.

« Dans l'affaire Tiona contre Cathay, poursuivait le C.C., Cathay est déclaré coupable d'agression. Son acte a été dicté par la volonté d'éviter une situation telle que celle dans laquelle il se retrouve présentement, sachant en outre que Tiona souffrirait grandement d'être traînée devant les tribunaux.

« Il a donc essayé de mettre un terme à la confrontation en ménageant au maximum Tiona, sans jamais imaginer qu'elle serait assez malavisée pour porter l'affaire devant la justice. Ce qu'elle fit nonobstant, si bien qu'il se trouve à présent lui-même reconnu coupable d'agression.

« Au vu de ces motifs, l'indulgence tempérera la décision de la cour. Cathay est donc condamné à payer la même amende que sa collègue Manette.

« L'affaire principale à présent, savoir le cas de Manette et Cathay contre Tiona. »

Je vis celle-ci se tasser encore un peu plus sur son siège.

« Vous êtes reconnue coupable, pour cause de démence, des charges suivantes :

« Poursuite, effraction, injures, et quatre autres cas d'infraction.

« Votre délit a été de vouloir faire endosser à d'autres la responsabilité de vos erreurs de jugement et de votre malchance. La cour compatit à vos malheurs, et reconnaît que la faute ne vous en incombe pas entièrement. Cela toutefois n'excuse pas votre attitude.

« Cathay a voulu vous rendre un service en tablant sur le fait que votre état de dérangement mental ne durerait pas jusqu'à ce que la plainte aboutisse et qu'une fois seule, en y réfléchissant, vous mesureriez le tort que vous lui aviez fait et comprendriez qu'un tribunal trancherait en sa faveur.

« L'Etat vous laisse la responsabilité du maintien de votre santé mentale ; il n'a pas à connaître de vos opinions ni de votre appréciation de la réalité pour autant que celle-ci n'interfère pas avec les droits des autres citoyens. Vous êtes libre d'estimer Cathay responsable de vos troubles, même si cette opinion est irrationnelle. Mais lorsque celle-ci vous conduit à l'agression, l'Etat ne peut plus l'ignorer et doit dès lors juger de sa validité.

« La cour est habilitée à exercer ce jugement et ne trouve en les faits nulle circonstance qui fût d'ordre à asseoir de telles assertions.

« La cour conclut dont à la démence.

« La sentence est la suivante :

« Sous réserve de l'approbation des parties lésées, vous pouvez choisir entre la mort avec commutation de peine ou bien la soumission à un traitement destiné à supprimer vos comportements antisociaux.

« Argus, réclamez-vous sa mort ?

— Hein ? » C'était une sacrée surprise pour moi, et pas une du genre agréable. Mais la décision ne me posa pas de problème : « Non, je ne réclame rien. Je pensais en avoir fini. Je suis vraiment écœuré de tout ce truc... au fait, tu l'aurais vraiment tuée si je te l'avais demandé ?

— Je ne puis répondre car tu ne l'as pas fait. Il est peu probable que j'eusse obtempéré, en grande partie en raison de ton âge. » Il poursuivit en interrogeant les quatre autres et je soupçonne que Tiona aurait mangé les pissenlits par la racine si Cathay l'avait demandé, mais il s'abstint. Tout comme Manette et Denver.

« Très bien. Que choisissez-vous, Tiona ? »

Elle répondit d'une toute petite voix qu'elle serait reconnaissante à la cour d'avoir la chance d'être laissée en vie. Puis elle remercia chacun d'entre nous. C'était une épreuve horriblement pénible pour moi ; mes facultés d'empathie étaient à saturation et j'essayais de m'imaginer quelle serait mon impression si le représentant officiel de la société me déclarait fou.

Le reste n'était plus que règlement de détails. Tiona fut lourdement condamnée aux dépens, tant en taxes et frais de justice qu'en dommages et intérêts à verser à Cathay et Manette. Leurs propres amendes se retrouvèrent noyées dans les siennes avec pour résultat qu'elle devrait leur verser de l'argent durant de nombreuses années. Son enfant avait été mis en cryogénie ; le C.C. décida qu'il y resterait jusqu'à ce qu'elle fût déclarée saine d'esprit puisqu'elle était à l'heure actuelle dans l'incapacité de l'élever. Je m'aperçus que si elle avait envisagé de le placer en animation suspendue le temps de lui trouver un autre maître, nous aurions tous pu éviter ce procès.

Tiona se précipita dehors sitôt que les portes s'ouvrirent derrière nous. Darcy me serra dans ses bras tandis que Trilby demeurait en retrait, puis je les dépassai pour rejoindre les autres, m'attendant à quelque réjouissance.

Mais ni Manette ni Cathay n'étaient soulagés. En fait, on aurait dit qu'ils venaient de perdre le procès. Ils nous félicitèrent, Denver et moi, avant de s'éloigner en hâte. Je regardai Darcy : elle ne riait pas, elle non plus.

« Je ne pige pas. Pourquoi tout le monde a-t-il l'air sinistre ?

— Il faut encore qu'ils affrontent le Conseil des professeurs, expliqua Darcy.

— Je ne saisis toujours pas. Ils ont bien gagné ?

— Avec le C.P., la question n'est pas simplement d'avoir gagné ou pas, intervint Trilby. Tu oublies qu'ils ont été reconnus coupables d'agression. Qui plus est — en fait, il ne pouvait pas leur arriver pire — Denver et toi vous étiez là lorsque la chose s'est produite. C'est à cause d'eux que vous avez tous les deux participé à cette agression. J'ai bien peur que cela ne fasse tiquer le C.P.

— Mais si le C.C. a estimé qu'ils n'avaient pas à être punis, pourquoi le C.P. jugerait-il différemment ? Le Calculateur central n'est-il pas plus intelligent que les gens ? »

Trilby grimaça. « J'aimerais pouvoir te répondre. J'aimerais bien même être sûre de mon opinion là-dessus. »

Elle me retrouva le lendemain, peu après que le Conseil des professeurs eut annoncé sa décision. Je n'avais pas vraiment envie qu'on me trouve mais le bayou n'est pas si vaste qu'on puisse vraiment s'y cacher aussi n'avais-je pas essayé : j'étais en fait assis dans l'herbe sur la plus haute colline de Beatnik Bayou — qui était également l'endroit le plus sec.

Elle fit accoster son canoë et gravit lentement la colline, me laissant amplement le temps de l'avertir si vraiment j'avais envie de rester seul. Et puis merde, après tout. Il faudrait bien que je lui parle.

Durant un long moment, elle resta simplement assise à côté de moi, les coudes posés sur les genoux, à contempler les eaux calmes — tout comme je l'avais fait l'après-midi durant.

« Comment le prend-il ? dis-je enfin.

— Je ne sais pas. Il est revenu, si tu veux lui parler. Il en a probablement envie, lui.

— Au moins, Manette s'en est bien tirée, elle. » A peine l'avais-je dit que cela me parut bien creux.

« Trois ans de mise à l'épreuve, ça n'a rien de rigolo. Elle va devoir fermer ce coin quelque temps. Le mettre dans la naphtaline.

— La naphtaline. » Je vis Mardi l'hippopotame, vautré dans la vase profonde. Mardi en animation suspendue ? Je songeai au petit bébé de Tiona, attendant dans un bocal que sa mère redevienne saine d'esprit. Je revis ces jours heureux où l'on pataugeait dans la boue du bayou, et puis les eaux geler, les glaçons se mêler aux lianes dans les branches des arbres. « Je suppose que ça va coûter un paquet de tout faire redémarrer dans trois ans d'ici, non ? » Je n'avais qu'une très vague notion de l'argent. Jusqu'à présent, ça ne m'avait jamais paru important.

Trilby me regarda en plissant les yeux. Elle haussa les épaules.

« Je crois plutôt que Manette va devoir vendre. Il y a un acheteur qui voudrait agrandir le domaine pour en faire un terrain de golf.

— Un terrain de golf », répétai-je, tout engourdi. Pelouse manucurée, aimables fausses rivières, pièges à sable et fanions claquant au vent. Un espace stérile. J'eus une envie soudaine de pleurer mais pour quelque raison je n'en fis rien.

« Tu ne peux pas revenir ici, Argus. Rien ne demeure toujours semblable. Le changement est une chose à laquelle tu dois t'habituer.

— Cathay aussi. » Et dans quelle mesure devait-on s'attendre à voir une personne changer ? Non sans un choc, je pris conscience que désormais Cathay allait faire ce que j'avais toujours voulu de lui : grandir avec moi, vieillir au lieu de se voir régresser pour grandir ensuite avec un autre enfant. Et ce fut soudain trop pour moi. Ce n'était pas de ma faute si tout cela lui arrivait mais, l'ayant souhaité, le voir se réaliser me donnait cette impression. Les larmes me vinrent et coulèrent un long moment.

Elle était encore là quand je me fus ressaisi. Je ne savais plus où aller. Je me sentais vidé, avec comme une brûlure au fond de la gorge. Personne ne m'avait dit que la vie allait être ainsi.

« Et... et cette enfant que Cathay s'était engagé à éduquer ? » finis-je par demander, sentant que je devais dire quelque chose. « Que va-t-il lui arriver ?

— Le C.P. s'en charge, répondit Trilby. Ils trouveront quelqu'un. De même pour l'enfant de Manette. »

Je la regardai. Elle était allongée, appuyée sur les coudes pour se relever. Ses mamelons en forme de cœur se fripèrent alors même que je la contemplais.

Elle m'observait, un sourire en coin. Je me sentis un peu mieux. Elle était terriblement mignonne.

« Je suppose qu'il peut... enfin, peut-il enseigner à des gosses plus âgés ?

— Je suppose que c'est possible, dit Trilby avec un haussement d'épaules. Mais je ne sais pas s'il voudra. Je connais Cathay : il n'est pas du genre à prendre ça bien.

— Est-ce que je peux faire quelque chose ?

— Pas vraiment. Parle-lui. Témoigne-lui de ta sympathie mais pas trop. Ce sera à toi de voir. S'il a envie d'être avec toi. »

C'était trop déroutant : comment étais-je censé savoir ce dont il avait besoin ? Il n'était pas venu me voir. Contrairement à Trilby.

Ainsi donc, il ne me restait plus à présent qu'une seule possibilité pas trop compliquée, une chose que je pouvais encore faire sans avoir à réfléchir. Je roulai vers Trilby, l'enjambai et me mis à l'embrasser. Elle réagit avec un érotisme qui me parut irrésistible. Elle connaissait effectivement certains trucs dont je n'avais jamais entendu parler.

« Comment était-ce ? » dis-je beaucoup plus tard.

Encore ce sourire. J'avais l'impression de l'amuser en permanence et, d'une certaine manière, je m'en fichais. Peut-être parce qu'elle ne se formalisait pas d'être, elle, l'adulte quand moi j'étais l'enfant. Ainsi en serait-il pour nous. C'était à moi de la rejoindre ; et pas à elle de régresser pour m'imiter.

« Tu cherches à avoir un diplôme ? me demanda-t-elle. Comme au XX$^{e}$ siècle ? » Elle se leva et s'étira.

« D'accord, je vais être franche : tu mérites un A pour l'effort. Mais n'importe quel gamin de treize ans aurait pareil. Tu n'y es pour rien. Côté technique, disons peut-être un C moins. Non pas que je me sois attendue à mieux — pour les mêmes raisons.

— Alors tu veux donc m'apprendre à faire mieux ? C'est ça ton boulot ?

— Uniquement si tu m'engages. Et le sexe ne représente qu'une si faible part. Ecoute, Argus. Je ne vais pas être ta mère. Darcy fait ça très bien. Je ne serai pas non plus ton compagnon de jeu, comme a pu l'être Cathay. Je ne vais pas te faire de leçons de morale. D'ailleurs, tu en as eu ta dose. »

C'était vrai. Cathay n'avait jamais été franchement de ma génération, malgré tous ses efforts pour agir et se comporter comme tel. Mais l'illusion avait commencé à s'effilocher et je suppose que c'était obligatoire. Il ne m'était plus possible d'ignorer les contradictions. J'étais devenu trop cynique et subtil pour qu'il puisse encore me dissimuler ses leçons derrière l'activité de tous les jours.

Cela me tracassait tout autant que naguère le Calculateur central : le C.C. pouvait être amical avec moi et l'instant d'après me condamner à mort. Je voulais plus que cela et Trilby semblait pouvoir me l'offrir.

« Je ne t'enseignerai pas non plus de science ou de technique, me disait-elle. Tu auras des précepteurs pour cela, une fois que tu auras décidé de ce que tu veux faire.

— Et toi, que fais-tu donc dans ce cas ?

— Tu sais, je n'ai jamais été capable de trouver comment le décrire correctement. Je ne serai pas tout le temps là comme pouvait l'être Cathay. Tu viendras me voir quand tu voudras ou peut-être quand tu auras un problème. Je t'écouterai avec sympathie et je ferai mon possible, mais la plupart du temps, je te rappellerai uniquement que c'est à toi seul d'opérer les choix difficiles. Et si tu t'es montré stupide, je te le dirai mais je ne serai ni étonnée ni déçue si tu continues d'agir tout aussi stupidement. Tu peux m'utiliser comme modèle mais je n'y tiens pas particulièrement. Je te promets en tout cas de toujours te dire les choses avec franchise, comme je les vois. Je n'essaierai pas de te les faire passer sans douleur. Il est temps que tu souffres. Pense à Cathay comme à un enfant de profession. Ce n'est pas pour le dénigrer. Il a fait de toi un être civilisé alors qu'il t'a pris quand tu l'étais à peine. C'est grâce à lui que tu es capable de t'inquiéter de sa situation aujourd'hui, que tu peux te sentir déchiré entre tes loyautés. Et il est bien capable de savoir dans quel sens tu choisiras.

— Choisir ? Comment ça ?

— Je ne peux pas te le dire. » Elle ouvrit les mains, avec un grand sourire : « Tu vois à quel point je peux t'aider ! »

Voilà qu'elle me déroutait à nouveau. Pourquoi les choses ne peuvent-elles pas être plus simples ?

« Alors, si Cathay est un enfant professionnel, toi tu es une adulte professionnelle ?

— Tu peux voir les choses comme ça. Quoi que ce ne soit pas tout à fait analogue.

— Je crois que je ne vois toujours pas à quoi pourrait bien te payer Darcy.

— On va pas mal faire l'amour. Qu'est-ce que t'en dis ? C'est assez simple pour toi ? »

Elle fit tomber la terre de son dos et regarda le sol avec une grimace. « Mais plus jamais par terre. Je n'aime pas la crasse. »

Comme elle, je regardai alentour. C'est vrai. Le coin était moche. Pas sympa du tout. Je me demandai comment j'avais fait pour l'aimer à ce point. Brusquement, j'avais envie de sortir, d'aller dans un endroit propre, et sec.

« Viens, dis-je en me levant, j'ai bien envie de ressayer certains de tes trucs.

— Cela veut-il dire que j'ai un boulot ?

— Ouais. Je crois bien. »

Cathay était assis sous le porche de la Boîte à sucre, avec une rangée de bouteilles de bière brune alignées sur la rambarde. Il sourit à notre approche. Il puait l'alcool.

C'est étrange. On a pris bien des cuites ensemble, tous les quatre. C'est super. Mais quand il n'y en a qu'un seul à être saoul, ça prend un petit côté dégoûtant. Oh, je ne le lui reprochais pas. Mais quand vous buvez ensemble, toutes les plaisanteries vous paraissent drôles. Si vous êtes seul à boire, vous ne devenez plus qu'un vulgaire casse-pieds baragouineur.

Avec Trilby, on s'est assis de chaque côté de lui. Il avait envie de chanter. Il nous fourra des bouteilles dans les mains et j'essayai de me mettre dans l'ambiance en sirotant ma canette. Mais il ne tarda pas à pleurer et je me sentis vraiment mal. Je reconnais que ce n'était pas entièrement par sympathie. Je me sentais impuissant car je ne pouvais pas faire grand-chose. Et puis je m'en voulais un peu pour certaines des promesses qu'il m'avait fait faire. Je serais venu le voir, de toute façon. Il n'avait pas besoin de me bafouiller sur l'épaule en me suppliant de ne pas l'abandonner.

Il pleura donc sur moi, puis sur Trilby, pour retomber en fin de compte dans sa morosité. Je fis de mon mieux pour le consoler :

« Cathay, ce n'est pas la fin du monde. Trilby dit que tu seras encore capable d'enseigner à des gosses plus âgés. De mon âge et plus. Le C.P. a juste dit que tu ne pourrais plus t'occuper des petits. »

Il marmonna quelque chose.

« Ça ne devrait pas être si différent, poursuivis-je, incapable de savoir quand m'arrêter.

— T'as p'têt' raison.

— Bien sûr que oui. » J'étais inconsciemment en train de tomber dans cette fausse jovialité que montrent les gens pour consoler les ivrognes. Il le perçut immédiatement :

« Qu'est-ce que t'en sais ? Tu crois que... bordel, qu'est-ce que tu sais ? Tu sais quel genre de personne il faut pour faire mon boulot ? Un type un peu désaxé, voilà ce qu'il faut. Quelqu'un qui n'a pas plus envie que toi de grandir. On est des trouillards tous les deux, Argus. Tu le sais pas mais moi je le sais. Alors bon Dieu, qu'est-ce que je vais faire ? Hein ? Pourquoi que tu ne barres pas ? T'as eu ce que tu voulais, non ?

— Calme-toi, Cathay, dit Trilby d'une voix apaisante en le serrant contre elle. Calme-toi. »

Il parut immédiatement contrit et se remit à pleurer doucement. Il nous dit combien il était désolé, le dit et le répéta, et il était sincère. Il dit qu'il n'avait pas voulu faire ça, que c'était venu tout seul, que c'était cruel.

Et ainsi de suite.

J'étais complètement frigorifié.

On l'a mis au lit dans la cabane et puis on a repris le chemin.

« Il va falloir le surveiller ces prochains jours, dit Trilby. Il s'en sortira mais ce sera dur.

— Ouais. »

Je jetai un dernier coup d'œil à la cabane avant de tourner le faux coin de la route. Durant un instant, je vis Beatnik Bayou comme une illusion parfaite, une fenêtre à travers le temps. Et puis nous avons contourné l'arbre et tout s'est désagrégé. Tout ça n'avait jamais eu la moindre importance.

Mais c'est vrai que c'était un coin pourri.

Je n'avais jamais réalisé à quel point la Boîte à sucre pouvait être moche.

Je ne devais plus la revoir. Cathay vint vivre avec nous quelques mois, tâtant un peu de l'art. Darcy me confia en privé qu'il était désespéré. Puis il déménagea et je le vis souvent après ça ; on se disait toujours bonjour.

Mais sa compagnie était déprimante et il le savait. En plus, il reconnaissait que j'étais le symbole même de ce qu'il essayait d'oublier. Si bien qu'on ne s'est jamais beaucoup parlé.

Des fois, je viens jouer au golf dans le vieux bayou. Il ne fait que deux trous mais on parle de l'agrandir.

Ils ont fait un bon boulot de rénovation.

# Adieu, Robinson Crusoé

C'était l'été et Piri vivait sa seconde enfance. Première, deuxième, qui comptait ? Son corps était jeune. Jamais il n'avait à ce point débordé de vie, depuis le temps de sa véritable enfance, en ce printemps lointain où le soleil s'approchait et l'air commençait à fondre.

Il coulait des jours heureux sur l'atoll de Rarotonga, dans le disneyland de Pacifica. Pacifia était encore en cours de construction mais les écologistes s'étaient servis de Rarotonga comme d'un banc d'essai pour les atolls plus ambitieux qu'ils édifiaient au large des côtes « australiennes », ceux du type de la Grande Barrière. Aussi ce biotope était-il particulièrement soigné. Il était ouvert aux visiteurs mais jusqu'ici, seul Piri l'occupait : le « ciel » déconcertait tous les autres clients.

Piri, lui, s'en moquait. Il était équipé d'un jouet flambant neuf : une imagination en parfait état de marche, un sens sélectif du merveilleux qui lui permettait d'évacuer de son environnement tout ce qui ne cadrait pas avec ses fantasmes de l'heure.

Il fut éveillé par la chaleur sur son visage du soleil tropical filtrant entre les palmes. Il s'était construit un abri de fortune à l'aide d'épaves et de débris ramassés sur la plage. Non pas pour le protéger des éléments : la direction du disneyland maîtrisait parfaitement le climat ; il aurait fort bien pu dormir à la belle étoile. Mais les naufragés se construisaient *toujours* quelque espèce d'abri.

Il se leva d'un bond avec cette vivacité de la jeunesse habituée à vivre pleinement, épousseta le sable collé à sa peau nue et courut vers les rouleaux qui déferlaient sur l'étroit ruban de la plage.

Sa démarche était maladroite : il avait des pieds deux fois larges comme la normale et terminés par des orteils flexibles et palmés formant des nageoires ; il soulevait dans sa course des gerbes de sable sec. Sa peau était café-au-lait et parfaitement imberbe.

Il fit un long plongeon, fendit habilement la vague et s'éloigna en barbotant. Il s'arrêta quand il eut de l'eau à mi-corps. Il se boucha le nez, battit des bras, expirant par la bouche et déglutissant en même temps. Entre ses côtes inférieures s'ouvrirent comme deux longues cicatrices, aussi minces que des cheveux, révélant des filaments rouge orangé qui se déployèrent progressivement. Il n'était plus désormais une créature aérienne.

Piri plongea de nouveau, la bouche ouverte, et cette fois il ne remonta pas. Œsophage et trachée s'obstruèrent tandis qu'une nouvelle valve entrait en action : elle ne laissait passer l'eau que dans un seul sens, ainsi son diaphragme fonctionnait-il comme une pompe aspirant l'eau par la bouche et la refoulant à travers ses ouïes. Son passage dans la partie inférieure du thorax provoqua un afflux de sang dans les branchies qui prirent une couleur pourprée, en même temps qu'elles repoussaient les poumons vers le sommet de la cage thoracique. Un chapelet de bulles d'air s'échappa de ses flancs puis se tarit. La métamorphose était achevée.

L'eau lui parut se réchauffer autour de lui. Jusqu'alors elle avait été d'une agréable fraîcheur ; à présent, elle ne semblait plus ni chaude ni froide. C'est que sa température corporelle avait baissé sous l'action des hormones libérées par une glande artificielle implantée dans son crâne. Il ne pouvait se permettre de brûler de l'énergie sur le même rythme qu'il le faisait à l'air libre ; l'eau était en effet un trop bon réfrigérant. Sur toute la surface de son corps, artères et capillaires se contractèrent donc en même temps que se ralentissait une partie de son métabolisme.

Au cours de l'évolution naturelle, jamais aucun mammifère n'était passé de la respiration aérienne à la vie aquatique et le projet avait exigé toutes les ressources du génie génétique. Mais tout ce que contenait son corps faisait toutefois partie intégrante de son organisme. Il n'avait pas fallu moins de deux jours d'opération pour y implanter l'ensemble de ces organes.

Il ignorait tout de la chimie complexe qui le maintenait en vie quand il aurait dû rapidement succomber au manque d'oxygène et à l'hypothermie. Il ne connaissait que le seul plaisir de pouvoir survoler comme un trait les fonds de sable blanc. L'eau était limpide, bleu-vert dans le lointain.

Le fond descendait régulièrement sous lui puis brusquement remontait vers les vagues. Piri longea la barrière verticale jusqu'à ce que sa tête vienne briser la surface puis, s'accrochant aux arêtes et aux saillies, il se retrouva debout au soleil. Il prit une profonde inspiration et redevint une créature aérienne.

Le changement provoqua un léger malaise. Il attendit que cessent vertige et quinte de toux, frissonnant un peu, le temps que son corps retrouve un métabolisme de créature à sang chaud.

C'était l'heure du petit déjeuner.

Il passa la matinée à fourrager dans les flaques d'eau. Elles abritaient des douzaines de plantes et d'animaux qu'il avait appris à dévorer crus. Il mangea en quantité, pour emmagasiner de l'énergie en vue de son expédition de l'après-midi à l'extérieur du lagon.

Piri évitait de regarder le ciel. Non par crainte ou par gêne, comme c'était le cas chez les autres. Mais il lui fallait maintenir l'illusion d'être sur un atoll du Pacifique, d'être un naufragé et non un vacancier au sein de la bulle d'un environnement reconstitué sous la surface de Pluton.

Peu après, redevenu poisson, il plongeait dans la mer, à l'extérieur de l'atoll.

L'eau qui baignait le récif était riche en oxygène, grâce au constant brassage des vagues. Même ici, pourtant, il lui fallait rester sans cesse en mouvement pour assurer un débit suffisant à l'eau sur les cils de ses branchies. Mais il put ralentir sa progression à mesure qu'il gagnait les sombres tréfonds de la barrière rocheuse. Les rouges et les ors de son univers se voyaient ici dévorés par les bleus, les verts et les pourpres.

Le calme y régnait. Il y avait certes des sons mais ses oreilles y étaient peu adaptées. Il traversa lentement des colonnes de lumière bleutée, se contentant d'assurer à ses ouïes le débit strictement nécessaire.

A dix mètres de profondeur, il hésita. Il avait pensé descendre inspecter son élevage de crabes, installé dans sa grotte de l'Atlantide. Puis il se demanda s'il ne ferait pas mieux d'aller chasser Ocho l'Octopode. L'espace d'un instant, il retrouva ce travers de l'enfance : l'incapacité à savoir quoi faire. Ou peut-être pis, songea-t-il : n'était-ce pas le signe qu'il grandissait ? L'élevage de crabes, ça le gonflait. Aujourd'hui, tout du moins.

Il tergiversa quelques minutes, chassant sans conviction le menu fretin rouge qui fleuretait avec les anémones. Sans rien attraper. Ça n'allait pas du tout. L'aventure existait quand même bien dans ce merveilleux monde du silence. Il fallait qu'il s'en trouve une.

Ce fut l'aventure qui le trouva. Piri vit nager quelque chose au beau milieu de l'eau, presque à la limite de sa vision. C'était long et pâle, un pur missile de mort en réduction. Le corps broyé par la panique, il chercha une anfractuosité où se réfugier.

Piri l'appelait le Spectre. Bien des fois il l'avait aperçu en pleine mer. Huit mètres de gueule, d'estomac et de queue : la faim personnifiée. D'aucuns considéraient le grand requin blanc comme le plus féroce carnivore de tous les temps. Piri voulait bien le croire.

Peu lui importait que le Spectre ne présentât aucun danger pour lui : la direction de Pacifica n'aimait pas voir ses clients se faire dévorer vifs. Pourvu qu'il ait signé une décharge en bonne forme, tout adulte pouvait bien choisir d'aller dans l'eau sans protection. Mais les enfants devaient se faire implanter obligatoirement un tranquilliseur. Piri en avait un, quelque part sous la peau de son poignet gauche : un sonar réglé pour émettre une fréquence sonore synonyme de terreur pour tout prédateur aquatique.

Le Spectre, comme tous les requins, barracudas, murènes et autres prédateurs de Pacifica, différait de ses cousins qui peuplaient les océans de la Terre : On l'avait cloné à partir de cellules conservées par la biothèque de Luna. Cette bibliothèque génétique avait été créée deux siècles plus tôt pour tenir lieu d'assurance contre l'extinction des espèces. A l'origine, n'y étaient stockées que les espèces menacées mais, des années déjà avant l'Invasion, ses directeurs s'étaient efforcés de recueillir un échantillonnage absolument complet. Et puis, les Envahisseurs étaient arrivés et les Sélénites avaient eu bien assez de soucis à survivre sans l'aide de la Terre occupée pour se soucier de la biothèque. Mais quand plus tard il s'était agi de construire les disneylands, la biothèque avait été là.

A cette époque, le génie génétique avait assez progressé pour autoriser un grand nombre d'altérations de la structure génétique. Pour les disneylands, les biologistes avaient en gros laissé faire la nature. Mais ils avaient changé les prédateurs. Chez le Spectre, par exemple, le changement consistait en un organe raccordé au cerveau qui déclenchait une crise de frayeur en réaction à certains types d'ultrasons.

Alors, pourquoi le Spectre était-il encore là ? Piri cligna ses membranes nictitantes pour tenter d'améliorer sa vision. Il y parvint en partie : la silhouette lui apparut quelque peu différente.

La queue ne semblait pas battre latéralement mais bien de haut en bas, comme en un mouvement de ciseaux. Et il n'existait qu'un seul animal à nager ainsi. Ravalant sa peur, Piri s'écarta du récif.

Mais il avait trop longtemps attendu. Sa terreur du Spectre allait au-delà du simple danger — lequel était inexistant. C'était quelque chose de beaucoup plus fondamental, un réflexe irraisonné qui lui donnait la chair de poule rien qu'à la vue de cette longue forme blanche. Il ne pouvait s'en empêcher et d'ailleurs ne le voulait pas. Mais cette peur l'avait retenu blotti derrière son rocher et l'autre en avait profité pour filer. Il essaya bien de refaire son retard mais bientôt perdit trace de ces pieds qui battaient dans la pénombre.

Sur les flancs de la silhouette, il avait eu le temps d'entrevoir des branchies que les profondeurs coloraient de bleu nuit. Il avait l'impression qu'il s'agissait d'une femme.

Tongaville était l'unique établissement humain sur l'île. Il abritait une équipe de personnel d'entretien avec ses enfants — cinquante personnes en tout — dans des huttes de branchages inspirées de celles des Polynésiens. Certaines de ces paillotes dissimulaient les ascenseurs desservant les salles souterraines destinées à accueillir les touristes une fois le projet achevé. Les paillotes s'arracheraient alors à prix d'or et les plages seraient bondées.

Piri pénétra dans le cercle de lumière et salua ses amis rassemblés autour du feu.

C'était le soir que s'animait Tongaville. La journée de travail achevée, tout le monde se retrouvait autour du feu de camp où rôtissait un agneau ou bien un chevreau-éprouvette. Mais la grande spécialité culinaire, c'était les primeurs. Les écologistes travaillaient encore à peaufiner le système, surveillant les floraisons, repiquant les espèces défaillantes. Ils se retrouvaient souvent avec des excédents de denrées qui auraient coûté une fortune à l'extérieur. Les travailleurs s'en octroyaient une partie. On considérait cela comme un des avantages en nature du boulot. C'était déjà bien assez dur de trouver du personnel capable de vivre sous le ciel de Pacifica.

« Salut Piri ! lança une fille. T'as rencontré des pirates, aujourd'hui ? » C'était Harra, naguère l'une de ses meilleures amies mais qui depuis un an lui avait paru de plus en plus distante. Elle portait une jupe de fibre tressée et des tas de colliers de fleurs. Elle avait quinze ans maintenant et lui... mais quelle importance ? Il n'y avait pas de saisons, ici. Seulement l'alternance des jours. Pourquoi les compter ?

Piri ne sut que dire. Ils avaient joué tous les deux naguère, là-bas sur le récif. A l'Atlantide engloutie, au Sous-marin, aux Pirates-du-Récif, chaque jour une intrigue différente avec ses bons et ses méchants. Mais sa question lui semblait cacher un mépris à peine déguisé. Avait-elle désormais perdu tout intérêt pour les pirates ? Qu'est-ce qui lui prenait ?

Elle se radoucit en voyant sa mine déconfite.

« Allez, viens donc t'asseoir. Je t'ai gardé une côtelette. » Et elle lui brandit une grosse portion de mouton.

Piri la prit et s'assit à côté d'elle. Il se sentait affamé, il n'avait rien pris depuis son solide petit déjeuner.

« J'ai cru voir le Spectre aujourd'hui », dit-il, l'air détaché.

Harra haussa les épaules. Elle s'essuya les mains sur les cuisses puis le dévisagea : « Cru ? Tu crois l'avoir vu ? »

Harra se fichait bien du Spectre. Combien de fois s'étaient-ils fait peur, elle et Piri, à l'épier en train de rôder.

« Ouais. Mais je ne crois pas que c'était vraiment lui.

— Où l'as-tu vu ?

— Du côté de la mer, au large, à — disons — dix mètres de profondeur. J'ai eu l'impression que c'était une femme.

— Je ne vois pas comment ce serait possible : il n'y a que toi... et Midge, et Darvin, à avoir des... est-ce que cette femme avait une bouteille ?

— Négatif. Des branchies. Je les ai bien vues.

— Mais vous n'êtes que cinq à avoir des branchies. Et je sais où étaient les quatre autres aujourd'hui.

— Toi aussi, tu en as eu », remarqua-t-il non sans quelque acrimonie.

Soupir. « On ne va pas recommencer ! Je te l'ai déjà dit :

j'en avais marre des palmes. J'avais envie de revenir me balader sur la terre ferme.

— Je peux bien me balader sur la terre ferme, moi, remarqua-t-il sombrement.

— Bon, bon, d'accord. Tu trouves que je t'ai lâché. Ça ne t'est jamais venu à l'idée que l'inverse pouvait être également vrai ? »

Piri était perplexe mais Harra s'était levée et s'éloignait rapidement. Il pouvait la suivre ou bien finir de manger. Elle n'avait pas tort, pour les palmes ; poursuivre les gens n'était pas son fort.

Mais Piri n'était pas du genre à rester longtemps inquiet. Il se goinfra, et mangeait encore bien après que tous les autres se furent levés pour chanter et danser.

De toute façon, il restait dans son coin, d'habitude : chanter, encore, mais danser, c'était en dehors de ses capacités.

Il s'allongeait sur le sable en se demandant s'il n'avait pas encore un petit creux — ce bol de Teriyaki de crevettes, peut-être ? — lorsque Harra revint. Elle s'assit à côté de lui.

« J'ai parlé avec ma mère de ce que tu as raconté. Elle a dit qu'un touriste s'est pointé aujourd'hui. On dirait bien que t'as raison : il s'agissait effectivement d'une femme et elle était amphibie. »

Piri ressentit un vague malaise. Une seule touriste, ça n'avait rien d'une invasion mais elle pouvait bien en être le présage.

Et puis : amphibie. Jusqu'à présent, personne ne s'était engagé dans une telle dépense, en dehors de ceux qui escomptaient s'installer ici à demeure. Sa retraite tropicale risquait-elle d'être découverte ?

« Que... que vient-elle faire ici ? » Il engloutit machinalement une autre cuillerée de salade de crabe.

« C'est toi qu'elle cherche... » railla la jeune fille en lui donnant un coup de coude dans les côtes. Sur quoi elle se jeta sur lui et se mit à le chatouiller jusqu'à ce qu'il ne puisse plus retenir ses hurlements ravis. Il se débattit, faillit bien reprendre le dessus mais elle était plus lourde et un peu plus décidée que lui. Elle le cloua au sol, l'arrosant de pétales de fleurs arrachés dans leur lutte. L'une des corolles rouges de ses cheveux lui tombait dans l'œil. Elle l'écarta, le souffle court.

« T'as pas envie de venir faire un tour sur la plage ? » lui demanda-t-elle.

Harra était sympa mais les dernières fois qu'il était sorti avec elle, elle avait essayé de l'embrasser. Ce n'était pas encore un truc pour lui : il n'était qu'un gosse. Et il sentait bien qu'elle devait encore avoir une idée de ce genre derrière la tête.

« Je me sens trop lourd », répondit-il et c'était pratiquement l'exacte vérité ; il s'était honteusement gavé et n'avait qu'un seul désir : se pelotonner dans sa case et dormir.

Harra ne dit rien, elle essayait d'abord de reprendre son souffle. Elle finit par opiner, un peu sèchement, puis se leva. Piri aurait bien voulu voir sa tête : il sentait bien que quelque chose clochait. Elle lui tourna le dos et s'en alla.

Robinson Crusoé se sentait bien abattu en regagnant sa hutte. La balade le long de la plage, loin des chants et des rires, il l'avait fait seul. Pourquoi avoir refusé la compagnie de Harra ? Quel mal y avait-il à ce qu'elle voulût l'initier à de nouveaux jeux ?

Et puis non, après tout ! Elle ne voulait pas jouer à ses jeux à lui, alors pourquoi jouerait-il aux siens ?

Après quelques minutes passées assis sur le sable sous le croissant de lune, il avait fini par se composer un personnage. Oh, qui dira le supplice du naufragé solitaire, rejeté loin de la compagnie de ses semblables, avec sa foi en Dieu pour unique réconfort ! Dès demain, il se promettait de relire les Ecritures, de partir explorer la côte rocheuse au nord de l'île, de tanner quelques peaux de chèvre ; de pêcher aussi, peut-être.

Ses plans pour le lendemain ainsi établis, il pouvait aller

dormir, non sans avoir essuyé une dernière larme en songeant à la lointaine Angleterre.

La femme fantôme vint lui rendre visite cette nuit-là. Elle s'agenouilla près de lui dans le sable, écarta de ses yeux ses cheveux blonds. Il avait le sommeil agité, battait des pieds : le cœur battant, aveuglé de terreur, il se battait au fond des abysses. Derrière lui béaient les mâchoires, presque au ras de ses orteils. Elles claquèrent avec bruit.

Il se redressa, tout embrumé de son rêve, pour découvrir devant lui l'alignement des dents acérées des brisants. Et dans le clair de lune, une longue forme blanche qui plongea sous une vague déferlante et disparut dans l'écume.

« Salut ! »

Piri se réveilla en sursaut. L'inconvénient quand on est un enfant qui vit en solitaire sur une île déserte (ce qui, tout bien pesé, est le rêve de tous les gosses), c'est d'être privé de la tiédeur d'un sein maternel contre lequel pleurer après un cauchemar. Il n'en faisait pas souvent mais quand c'était le cas, ils étaient gratinés.

Il cligna des yeux, ébloui. Elle était devant lui, à contre-jour. Il fit une grimace et détourna le regard. Vers ses pieds. Ils étaient palmés, avec de longs orteils. Son regard remonta. Elle était nue ; et très belle.

« Qui... ?

— T'es réveillé, à présent ? » Elle s'accroupit à côté de lui. Pourquoi s'était-il attendu à lui découvrir des dents acérées et triangulaires ? Ses rêves se brouillaient, délavés comme une aquarelle sous la pluie, et il se sentit nettement mieux. Elle avait un joli visage. Elle lui souriait.

Il bâilla, et s'assit. Il se sentait abruti, courbatu, les yeux remplis d'un sable qui ne venait pas de la plage. Une nuit épouvantable.

« Je crois, oui.

— Bien. Que dirais-tu d'un petit déjeuner ? » Elle se releva pour aller chercher un panier sur le sable.

« D'habitude, je... » Mais il se mit à saliver à la vue des goyaves, des melons, des harengs fumés et du long pain de seigle. Elle avait également apporté du beurre et de la marmelade d'oranges. « Alors, peut-être un peu de... » et il avait déjà mordu dans une succulente tranche de melon. Mais il n'eut pas le temps de finir que le prenait un besoin plus pressant encore.

Se levant, il fila derrière le palmier dont le tronc était déjà taché à hauteur de la taille et pissa contre l'arbre.

« Vous le direz à personne, hein ? » demanda-t-il anxieux.

Elle leva les yeux : « Pour l'arbre ? Ne t'en fais pas. »

Il revint s'asseoir et reprit sa tranche de melon. « Je pourrais avoir des tas d'ennuis. Ils m'ont donné un truc exprès, en me disant de m'en servir.

— Pas de problème, pour moi, dit-elle en beurrant une tartine avant de la lui donner. Après tout, Robinson Crusoé n'avait pas de Sanisette, pas vrai ?

— Vrai », dit-il en dissimulant sa surprise. Comment pouvait-elle savoir ça ?

Piri ne savait trop que dire. Elle était là, partageait sa matinée, presque aussi indiscutable que la plage ou la mer.

« Comment vous appelez-vous ? » C'était un début comme un autre.

« Léandra. Mais tu peux m'appeler Lee.

— Moi, c'est...

— Piri. J'ai entendu parler de toi par les gens qui étaient à la fête, hier soir. J'espère que tu ne m'en veux pas de m'imposer ainsi. »

Il haussa les épaules et, d'un geste, suggéra l'amoncellement de victuailles : « Revenez quand vous voudrez », dit-il en éclatant de rire.

Il se sentait bien. C'était chouette d'avoir une présence amicale après une telle nuit. Il la contempla de nouveau d'un regard adouci.

Elle était grande ; nettement plus que lui. Physiquement, la trentaine, ce qui était inhabituellement vieux pour une femme.

Il estima qu'elle devait être plus proche des soixante, soixante-dix ans mais n'avait rien pour le lui confirmer. Après tout, lui-même était bien nonagénaire et bien malin qui aurait pu le deviner. Elle avait ces yeux bridés, caractéristiques de l'addition d'une paupière transparente sous les paupières naturelles. Sa chevelure formait une fine crête, taillée court, partant d'entre les sourcils pour rejoindre la base du cou. Elle avait les oreilles soigneusement collées au crâne, ce qui renforçait son aspect mince et fuselé.

« Qu'est-ce qui vous a amenée à Pacifia ? » demanda Piri.

Elle s'allongea sur le sable, les mains croisées derrière la tête, l'air très détendu.

« La claustrophobie. » Un clin d'œil. « Pas vraiment. Je ne tiendrais pas longtemps sur Pluton avec un truc comme ça. » Piri n'était pas très sûr de la suivre mais il sourit néanmoins comme s'il savait. « J'en ai marre de la foule. J'avais entendu dire que les gens ne se plaisaient pas ici, à cause du ciel, mais lors de ma visite, ça ne m'avait pas gênée. Alors je me suis payé des palmes et des branchies et j'ai décidé de venir passer ici quelques semaines à faire de la plongée en solitaire. »

Piri leva les yeux vers le ciel. Un sacré spectacle. Il avait fini par s'y habituer, tout en sachant qu'il n'était pas utile de le contempler plus que nécessaire.

L'illusion était incomplète et d'autant plus effrayante que la moitié du ciel déjà peinte était d'un parfait réalisme. Il avait toutes les apparences d'un infini pur et bleu, si bien que lorsque le regard glissait ensuite vers la voûte rocheuse nue, marquée de traces d'explosion et peinte uniquement de numéros gigantesques, à peine visibles du sol, vingt kilomètres plus bas, on en venait presque à s'imaginer le regard de Dieu, plongeant par l'ouverture bleue. Oui, un ciel menaçant, qui les surplombait de ses milliards de tonnes de roches, comme suspendues dans le vide.

Les visiteurs de Pacifia se plaignaient fréquemment de migraines, localisées en général juste au sommet du crâne. Ils se recroquevillaient dans l'attente de se faire écrabouiller.

« Moi-même, je me demande des fois comment j'arrive à le supporter », nota Piri.

Elle rit. « Pour moi, ce n'est rien. J'ai été astronaute autrefois.

— C'est vrai ? » Une aubaine pour Piri : quoi de plus romantique qu'un astronaute. Lui qui ne pouvait se passer d'entendre conter des histoires.

Les heures de la matinée lui parurent bien courtes, captivé qu'il était par ses récits d'aventures pour la plupart sans doute imaginaires. Mais quelle importance ? Etait-il venu dans les mers du Sud pour entendre des banalités ? Il sentait qu'il avait rencontré un esprit semblable au sien et progressivement — d'abord inquiet de se voir moqué — il se mit à lui raconter ses histoires de pirates du récif, les présentant au début comme d'amusantes (quoique bien tentantes) affabulations et puis avec de plus en plus de conviction en la voyant prêter une oreille attentive.

Oubliant l'âge de son auditrice, il lui offrit bientôt un florilège de ces histoires que Harra et lui se concoctaient à longueur de journée.

Certes, c'était par un accord tacite qu'ils prenaient au sérieux de tels récits mais tout était là : c'était le seul moyen que cela puisse marcher — comme ça avait marché avec Harra. En un sens, cette adulte s'intéressait aux mêmes jeux que lui.

Ce soir-là, dans son lit, Piri se sentit mieux qu'il ne l'avait jamais été depuis des mois, depuis que Harra était devenue si distante. Maintenant qu'il s'était retrouvé une camarade, il se rendait compte de la difficulté à maintenir, tout seul, la cohésion d'un monde imaginaire. On a toujours besoin, en fin de compte, de quelqu'un pour écouter vos histoires — et participer à leur élaboration.

Ils passèrent la journée autour de l'atoll. Il lui montra son élevage de crabes et lui présenta Ocho l'Octopode, toujours aussi farouche. Piri soupçonnait la bougresse de n'avoir que la reconnaissance du ventre.

Elle entra dans ses jeux sans problème et sans la moindre trace de cette condescendance propre aux adultes. Il se demandait pourquoi et finit par trouver le courage de lui poser la question. Il avait peur de tout flanquer par terre mais il fallait qu'il le sache : ce n'était quand même pas normal. Ils étaient perchés sur un des récifs coralliens qui émergeaient au-dessus du niveau des hautes eaux, à profiter des derniers rayons du soleil.

« Je ne sais pas au juste, répondit-elle. Je suppose que tu dois me trouver idiote, hein ?

— Non, ce n'est pas ça. C'est simplement que la plupart des adultes semblent, comment dire, avoir des choses plus " importantes " en tête. » Il avait mis dans ce mot tout le dédain dont il était capable.

« Peut-être ai-je le même sentiment que toi. Je suis ici pour m'amuser. J'ai un peu l'impression de renaître dans un nouvel élément. C'est vraiment super, là-dessous, tu le sais. Et je crois tout bêtement que je n'avais pas envie de pénétrer dans un tel univers toute seule. J'y étais, hier...

— Je crois que je t'ai vue...

— C'est bien possible. Bref, j'avais besoin d'un compagnon et j'entends parler de toi. Ça m'a paru plus poli, plutôt que de te demander d'être mon guide, disons de m'insérer en quelque sorte dans ton univers, tel qu'il est. » Elle fronça les sourcils comme si elle trouvait qu'elle en avait trop dit. « Restons-en là, d'accord ?

— Oh ! bien sûr ! C'est pas mes oignons.

— Je t'aime bien, Piri.

— Moi aussi. Je n'avais plus eu d'amie depuis... depuis trop longtemps. »

Cette nuit-là, durant le *luau,* Lee disparut. Piri la chercha un peu mais sans vraiment s'alarmer. Ce qu'elle faisait de ses nuits ne le regardait pas. C'était dans la journée qu'il voulait la voir.

Comme il rentrait, Harra le rattrapa et lui prit la main. Elle marcha avec lui un moment puis, n'y tenant plus, lança : « Un homme averti en vaut deux. Tu ferais mieux de garder tes distances. Elle risque de ne t'amener que des ennuis.

— Mais de quoi parles-tu ? Tu ne la connais même pas !

— Qui sait ?

— Alors tu la connais, oui ou non ? »

Elle ne dit rien et se contenta de pousser un gros soupir : « Piri, si j'étais toi, je prendrais mon radeau pour filer jusqu'à Bikini. Tu n'as jamais eu de... pressentiments, à son sujet ? De prémonitions ou de choses de ce genre ?

— Je ne vois vraiment pas de quoi tu veux parler », dit-il tout en songeant aux dents pointues et à la mort en blanc.

« Je crois bien que si. C'est obligé mais tu ne veux pas l'admettre. Voilà tout ce que j'avais à te dire. Je n'ai pas à me mêler de tes affaires, après tout.

— Je suis bien d'accord. Alors, pourquoi venir me bourrer le mou avec tout ça ? » Il s'interrompit, titillé soudain par une pensée surgie de sa vie passée, une chose qu'il avait sue jadis mais soigneusement refoulée. Il en avait l'habitude. Il savait qu'il n'était pas vraiment un enfant, et qu'il avait derrière lui une longue vie, riche de multiples expériences. Mais il n'y pensait pas. Il détestait ces tentatives d'incursion de son moi passé dans sa vie présente.

« Je crois bien que tu es jalouse », lança-t-il, conscient que c'était là le vieux Piri cynique qui s'exprimait. « Elle est adulte, Harra. Ce n'est pas une menace pour toi. Et puis zut, je t'ai quand même bien vue venir, ces derniers mois, tu sais. Je ne suis pas encore mûr pour ça. Alors fiche-moi la paix. Je ne suis qu'un gosse. »

Elle releva la tête avec défi, et le clair de lune flamboyait dans ses yeux.

« Grand nigaud ! Tu ne t'es donc pas regardé ? Tu n'as plus rien de Peter Pan, tu sais ! Tu as grandi. Tu es sacrément près d'être un homme !

— C'est pas vrai ! » Il y avait de la panique dans sa voix.

« Je n'ai que... euh, j'ai pas exactement compté mais je ne dois pas avoir plus de neuf ou dix ans...

— Merde alors ! Tu es aussi vieux que moi et ça fait déjà deux ans que j'ai de la poitrine. Mais je ne suis pas venue pour te sauter. Je peux baiser avec n'importe lequel des sept garçons du village qui sont tes cadets, mais pas avec toi. » Elle leva la main avec exaspération puis s'écarta de lui. Puis, prise d'une frénésie soudaine, se mit à lui marteler du poing la poitrine. Il en tomba sur le derrière, ahuri.

« C'est une adulte, elle, siffla-t-elle entre ses dents. C'est bien contre ça que je suis venue t'avertir. Moi, je suis ton amie mais tu ne le sais pas. Et puis, à quoi bon ? Je me bats contre ce petit vieux terrifié que tu as dans le crâne et il ne m'écoutera pas. Allez, va, va donc la rejoindre. Mais prépare-toi à des surprises.

— Quoi ? Quelles surprises ? » Piri tremblait, refusant de l'écouter. Ce fut un soulagement pour lui lorsqu'après avoir craché à ses pieds, elle virevolta et redescendit la plage en courant. « Trouve tout seul ! » lui lança-t-elle sans se retourner. On aurait dit qu'elle pleurait.

Cette nuit-là, Piri rêva de dents blanches qui se refermaient en claquant à quelques centimètres derrière lui.

Mais la matinée ramena Lee, et son panier débordant d'un somptueux petit déjeuner. Après un interlude passé à siroter paresseusement du lait de coco, ils retournèrent à la barrière de corail. Les pirates leur donnèrent du fil à retordre mais ils parvinrent à s'en tirer sains et saufs, à temps pour la soirée autour du feu.

Harra était là. Pour la première fois, il la vit vêtue du short et de la tunique bleue des équipes d'entretien. Il savait qu'elle était entrée au service du disneyland et qu'elle avait déjà travaillé avec sa mère à Bikini mais il ne l'avait encore jamais vue en uniforme. Lui qui venait à peine de s'habituer à la jupe d'herbes tressées... Il n'y a pas si longtemps, elle allait toute nue, comme lui et tous les autres enfants.

Elle lui parut plus vieille, plus grande aussi. Peut-être simplement à cause de l'uniforme. Elle avait encore l'air d'une petite fille, à côté de Lee. Piri en était troublé et, prudemment, il préféra penser à autre chose.

Sans chercher à l'éviter, Harra se montrait plus distante encore : c'était comme si elle avait mis un masque — ou plutôt, comme si elle venait d'en ôter un. Elle faisait montre d'une dignité que Piri jugea surprenante pour son âge.

Lee disparut juste comme il s'apprêtait à partir. Il s'en retourna donc seul, espérant à moitié que Harra se manifesterait, ainsi pourrait-il lui demander d'excuser ses remarques de la nuit précédente. Mais il ne la vit pas.

Il sentit l'onde de choc d'une vague derrière lui, perçue par quelque mécanisme nouveau pour lui, analogue à ces capteurs latéraux des poissons qui sont sensibles aux plus légères variations de pression dans l'élément liquide. Il sentait une présence à ses trousses, et leur écart diminuait malgré ses battements de palmes effrénés.

Il faisait noir. Il faisait toujours noir quand la chose le poursuivait. Non pas cette obscurité intangible, éthérée, de la nuit en surface, mais les ténèbres éternelles, primordiales, des abysses. Il voulut crier, malgré sa bouche emplie d'eau, et son cri se réduisit à un gargouillis étouffé avant même d'avoir franchi ses lèvres. Autour de lui, l'eau avait la tiédeur de son sang.

Il se retourna pour faire face avant que la chose ne fût sur lui et découvrit le visage cadavérique de Harra, luisant dans la nuit blême. Mais ce n'était pas Harra, c'était Lee, et sa bouche s'ouvrait au milieu de la poitrine, croissant béant garni de lames de rasoir. Il hurla encore...

Et se redressa.

« Hein ? Où es-tu ?

— Je suis là. Ne t'inquiète pas. » Elle lui tint la tête, le temps que se calment ses sanglots, tout en lui murmurant des mots qu'il ne pouvait comprendre mais peut-être n'y avait-il rien à comprendre. C'était suffisant car il eut tôt fait de se calmer, comme toujours au sortir d'un cauchemar. Heureusement, s'ils étaient restés à le hanter, il n'aurait jamais pu tenir seul.

N'importait plus, devant ses yeux, que la pâleur de son sein sous la lune, et l'odeur de sa peau mêlée au sel de la mer. Le mamelon était humide. De ses larmes ? Non. Il avait les lèvres qui le démangeaient et la pointe du sein était dure lorsqu'elle l'effleura. Il comprit ce qu'il avait fait dans son sommeil.

« Tu réclamais ta mère, murmura-t-elle comme si elle avait lu ses pensées. J'ai entendu dire qu'il ne faut jamais réveiller quelqu'un d'un cauchemar. Ça a paru te calmer.

— Merci, dit-il plus calmement. Merci d'être là, je veux dire. »

Pressant la main contre sa joue, elle lui tourna légèrement la tête et l'embrassa. Un baiser qui n'avait rien de maternel et lui fit réaliser soudain qu'ils ne jouaient plus le même jeu. Elle en avait changé les règles à son insu.

« Lee...

— Chut. Il est temps que tu apprennes. »

Elle l'allongea doucement et il se sentit submergé par une sensation de *déjà vu.* La bouche de Lee descendit le long de son corps, déclenchant une chaîne d'associations issues de sa vie passée. Une sensation pour lui familière : il l'avait souvent éprouvée au cours de sa seconde enfance. Une chose se produisait, qui lui rappelait partiellement quelque expérience similaire vécue autrefois. Il avait été déjà séduit par une femme plus âgée que lui, lors de sa première jeunesse. Elle s'était montrée bonne initiatrice et, s'il se souvenait de tout, il ne voulait pas se le rappeler. Il était à la fois un enfant et un amant plein d'expérience.

« Je ne suis pas assez âgé », protesta-t-il, mais elle tenait dans sa main la preuve qu'il l'était, et qu'il l'était depuis des années.

*J'ai quatorze ans,* pensa-t-il. Comment avait-il pu se raconter qu'il n'en avait que dix ?

« Tu es un jeune homme plein de vigueur, lui chuchota-t-elle dans le creux de l'oreille, et je risque d'être déçue si tu persistes à répéter ça. Tu n'es plus un enfant, Piri, reconnais-le.

— Je... je crois que tu as raison.

— Tu sais comment t'y prendre ?

— Je crois, oui. »

Elle s'allongea à côté de lui, remonta les jambes. Elle avait un corps immense et spectral et débordant d'une souple vigueur. Elle allait l'engloutir tout entier, comme un requin. Sous ses bras, les fentes des branchies palpitaient au rythme de son souffle précipité, exhalant un mélange de sel, d'iode et de sueur.

Il se mit à quatre pattes et vint sur elle.

Il se réveilla le premier. Le soleil était déjà haut, annonciateur d'un matin clair et chaud. Une journée comme il y en aurait deux mille encore avant le premier typhon prévu au programme.

Piri se sentit pris d'un vertigineux mélange de soulagement et de tristesse. Tristesse parce qu'il le savait déjà, l'époque des batifolages insouciants sur le récif de corail était terminée. Il y retournerait, certes, mais ce ne serait plus jamais pareil.

Quatorze ans ! Où étaient donc passées toutes ces années ? Il était presque adulte. Il écarta cette idée, au profit d'une autre, plus admissible : il était un adolescent, un adolescent assez fortuné pour se faire initier aux mystères du sexe par cette femme étrange.

Il l'étreignit dans son sommeil, douillettement blotti contre son dos, et lui enserrant la taille. Elle avait déjà joué pour lui la copine, la mère et l'amante. Que lui réservait-elle encore ?

Mais il s'en moquait. Plus rien n'importait pour lui. Il avait déjà tiré un trait sur ses jours passés. Il n'était plus un petit garçon mais un adolescent et, au souvenir de ce qu'avait signifié son autre adolescence, il se sentit tout excité : c'était l'âge du sexe, de l'exploration de soi et des autres. Il comptait bien partir à la découverte de ces nouveaux territoires avec la même résolution que pour son exploration du récif de corail.

Il se frotta contre elle, lentement, sans troubler son sommeil. Mais elle s'éveilla lorsqu'il la pénétra et elle lui donna un baiser endormi. Ainsi passèrent-ils la matinée l'un contre l'autre, avant de s'allonger simplement au soleil, pour se gorger de chaleur comme deux reptiles luisants.

« Je n'en reviens pas, dit-elle enfin. Tu es ici depuis... combien de temps déjà ? Entouré de toutes ces filles, toutes ces femmes. Et j'en connais au moins une qui était intéressée ! »

Il n'avait aucune envie de discuter de ça. Il ne voulait surtout pas qu'elle découvre qu'il n'était pas vraiment un enfant. Il sentait que ça changerait tout et trouvait que ce n'était pas juste. Pas juste du tout, parce que c'était effectivement la première fois. D'une manière qu'il se sentait incapable d'expliquer, cette nuit n'avait pas été celle d'une redécouverte mais l'occasion d'une expérience entièrement neuve. Il avait connu bien des femmes et ce n'était pas comme s'il l'avait oublié. Tout était bien là, et qui plus est, cela transparaissait effectivement dans sa façon de faire l'amour. Il n'avait rien de l'adolescent maladroit ; il n'avait pas eu besoin qu'on lui montre comment s'y prendre.

Mais c'était néanmoins *neuf*. Le vieillard en lui s'était comporté, certes en spectateur et en guide, inestimable, mais sans pour autant que l'habitude réduise cette nuit à une simple expérience physique de plus. Cette nuit-là, ç'avait été une première fois, et la première fois, c'est toujours spécial.

Comme elle s'obstinait à lui poser des questions, il la réduisit au silence de la seule manière qu'il connaissait : par un baiser. Il voyait bien qu'il lui faudrait réviser toute son attitude envers elle. Ses questions n'avaient pas été celles d'une copine ni celles d'une mère. Dans le premier rôle, elle avait fait montre du même égocentrisme que lui, ne s'intéressant qu'à ses besoins immédiats et personnels par-dessus tout. En tant que mère, elle s'était contentée de lui offrir un réconfort muet lors d'une passe difficile.

A présent, elle était son amante.

Et que font donc les amants quand ils ne font pas l'amour ?

Ils allèrent se promener sur la plage, et sur le récif. Ils nagèrent ensemble mais c'était différent. Ils parlèrent beaucoup.

Elle ne tarda pas à découvrir qu'il répugnait à parler de lui. En dehors de quelques questions gênantes car elles lui rappelaient certains moments qu'il préférait oublier, elle ne chercha pas à fouiller son passé.

Ils se tinrent à l'écart du village, hormis pour y faire des provisions. Ce qui répondait surtout au désir informulé de Piri. Bien des années plus tôt, il avait fait comprendre aux gens du village qu'il n'était pas vraiment un enfant. Il lui avait fallu les convaincre de sa capacité à se débrouiller seul, les empêcher de se montrer trop protecteurs. S'ils n'étaient pas du genre à trahir sciemment son secret, ils n'iraient pas non plus jusqu'à mentir pour lui.

Tant et si bien que ses relations avec Lee le rendaient de plus en plus nerveux, fondées qu'elles étaient sur un mensonge. Ou tout du moins sur une dissimulation de la vérité. Il voyait bien qu'il devrait la lui révéler bientôt et il le redoutait, en partie convaincu que son attirance pour lui tenait pour beaucoup à leur différence d'âge.

Puis elle apprit qu'il avait un radeau et voulut absolument partir avec lui jusqu'au bout du monde.

Piri avait certes un radeau mais il était vieux. Ils durent l'extraire des broussailles qui l'avaient envahi depuis sa dernière sortie et entreprirent de le remettre en état. Piri était enchanté : enfin quelque chose à faire, et quelque chose de dur. Ils n'avaient plus guère le temps de bavarder.

Il s'agissait d'un simple assemblage de troncs retenus par des cordes. Seul un marin fou aurait osé affronter le Pacifique sur un tel esquif mais eux s'en contenteraient. Ils connaissaient à l'avance le temps et l'on pouvait se fier aveuglément aux prévisions. Et puis, si jamais leur esquif se disloquait, ils pourraient toujours revenir à la nage.

Les cordages avaient pourri au point que le moindre clapot n'aurait pas tardé à les rompre. Il fallait donc les remplacer, poser un nouveau mât, installer une voile neuve.

L'un et l'autre n'avaient pas la moindre notion de navigation ; Piri savait toutefois que l'atoll était au vent pendant la nuit et sous le vent durant le jour. Il s'agissait donc simplement de hisser la voile au bon moment et de confier leur route à la brise.

Piri vérifia sur l'horaire qu'ils arrivaient bien à marée basse. La nuit était sans lune et il rit sous cape en imaginant sa réaction quand elle découvrirait le bout du monde. Ils y aboutiraient dans l'obscurité et la surprise n'en serait que plus grande à l'aube.

Mais ils n'étaient pas depuis une heure au large de Rarotonga qu'il comprit son erreur : Que faire d'autre dans l'obscurité, sinon parler ?

« Piri. J'ai l'impression que tu ne veux pas parler de certaines choses.

— Qui ça ? Moi ? »

Elle rit dans la nuit vide. C'est à peine s'il pouvait distinguer son visage. Les étoiles luisaient avec éclat mais on n'en avait encore installé qu'une centaine, et toutes dans le même coin de ciel.

« Ouais, toi. Tu ne veux jamais parler de toi. Comme si tu avais grandi ici, jailli du sol tel un palmier. Et tu n'as pas de mère dans les parages. Tu es en âge de l'avoir répudiée mais au moins tu devrais avoir un tuteur quelque part. Quelqu'un pour surveiller ton éducation morale. La seule conclusion est donc que tu n'as pas besoin d'une telle éducation. Donc tu as eu un copilote.

— Hum. » Elle avait vu clair en lui. Forcément. Comment ne s'en était-il pas douté ?

« Ainsi tu es un clone. Tu as fait transplanter tes souvenirs dans un nouveau corps, issu d'une de tes cellules. Quel âge as-tu ? Ça ne te gêne pas que je te le redemande ?

— Je ne crois pas, non. Euh... quel jour sommes-nous ? »

Elle le lui dit.

« Oui mais, l'année ? »

Elle rit mais le lui dit aussi.

« Bon sang, j'aurai raté mon centenaire. Bon, et alors ? Quelle importance ? Lee, cela change-t-il quoi que ce soit ?

— Bien sûr que non. Ecoute, je me rappelle encore la première fois, notre première nuit ensemble. Tu avais cette ardeur de jeune chiot, d'accord, mais tu savais très bien comment t'y prendre. Alors dis-moi : comment c'est ?

— Quoi ? La seconde enfance ? » Il s'allongea sur le radeau doucement bercé par la houle, le regard plongé dans le petit amas d'étoiles. « C'est bougrement chouette. Un vrai rêve ! Quel gosse n'a jamais rêvé de vivre seul sur une île tropicale ? J'ai cette possibilité parce qu'il y a un adulte en moi pour me surveiller. Mais depuis sept ans, je suis un gosse. C'est finalement toi qui m'auras fait grandir un tant soit peu. Peut-être un peu tard, d'accord.

— Je suis désolée. Mais ça m'a paru le bon moment.

— Tu as eu raison. Ça m'a fait peur, d'abord. Tu vois, je sais parfaitement que je suis centenaire, tu comprends. Je sais très bien que tous mes souvenirs sont prêts à affluer dès lors que je serai de nouveau adulte : que j'y réfléchisse simplement et ils me reviennent tous avec clarté. Mais je m'y suis toujours refusé et d'une certaine manière, maintenant encore. Tes souvenirs sont effacés lorsque tu choisis une seconde enfance au lieu d'une transplantation dans un corps déjà adulte.

— Je sais.

— Crois-tu ? Oui, bien sûr, conceptuellement. C'était pareil pour moi mais je ne comprenais pas vraiment ce que ça pouvait signifier : neuf ou dix ans de vacances et pas seulement loin de ton travail, mais aussi loin de toi-même. Quand tu auras quatre-vingt-dix ans, tu verras si ça ne te manque pas. »

Elle resta silencieuse un moment, allongée à côté de lui sans le toucher.

« Et ta réintégration ? Elle a commencé ?

— Je ne sais pas. J'ai entendu dire que c'était un passage plutôt dur à franchir. J'ai déjà rêvé, plusieurs fois, d'une chose qui me poursuivait. Sans doute mon ancienne personnalité, non ?

— Possible. Que faisais-tu autrefois ? »

Il dut se creuser la tête un moment mais ça finit par lui revenir. Il avait passé huit années sans jamais y songer.

« J'étais expert en économie. »

Avant d'avoir réalisé, il se retrouva lancé dans une explication sur la stratégie de la guerre économique : « Est-ce que tu sais que Pluton est menacé de faillite par les transferts monétaires avec les Planètes intérieures. Et tu sais à cause de quoi ? De la vitesse de la lumière, tout bêtement ! Le décalage temporel : voilà ce qui nous saigne à blanc. Depuis l'époque de l'invasion de la Terre, l'humanité s'en tient à ce principe — que pour ma part je crois bon : rester unis. Tous nos efforts ont donc tendu vers l'édification d'une communauté économique totale. Mais ça ne peut pas marcher avec Pluton. C'est la carte de l'indépendance qu'il faut jouer aujourd'hui. »

Elle l'écouta expliquer des choses qu'un instant plus tôt il aurait été bien en peine de comprendre lui-même. Mais les mots se déversaient à présent comme d'une digue rompue, des concepts comme le taux d'inflation, l'érosion monétaire, les achats à terme sur les marchés de l'oxygène et de l'hydrogène, les dollars fantômes et leur manipulation par les trusts bancaires, les fuites invisibles...

— Les fuites invisibles ? Qu'est-ce que c'est ?

— C'est difficile à expliquer mais c'est lié à la vitesse de la lumière. Cela crée pour Pluton un déficit économique qui n'a rien à voir avec les biens, les services, le travail ou tout autre agent traditionnel : mais c'est lié au simple fait que toute information émanant des Planètes intérieures nous parvient déjà vieille de neuf heures au moins. Avec un système monétaire stable, indexé sur l'or par exemple, comme l'étaient les économies classiques sur Terre, cela n'aurait guère d'importance quoique l'effet n'en serait pas négligeable : en l'espace de neuf heures, les prix peuvent changer, tout comme les perspectives sur le marché. Mais avec un marché des changes flottant, où l'on doit heure par heure réviser l'estimation de ses avoirs afin de connaître l'équivalent exact en biens matériels du travail fourni — savoir ton équation financière personnelle si tu veux — et où la connaissance du taux d'inflation est tout simplement *vitale* pour qui veut préserver son équilibre et ne pas se faire balayer, eh bien le temps devient alors une donnée fondamentale. Pluton est perpétuellement défavorisé dans toutes ses opérations sur les marchés monétaires des Planètes intérieures. Durant longtemps, la perte attribuable à l'exploitation de données périmées est restée de l'ordre de zéro virgule trois pour cent. Mais le taux d'inflation n'a fait que s'accroître ces dernières années. Il a été partiellement compensé par le fait qu'avec l'été, nous nous rapprochons des Planètes intérieures — ce qui réduit le décalage temporel. Mais ça ne va pas durer. Notre orbite ne va pas tarder à atteindre son périgée et les effets vont cette fois franchement s'accroître. Et là, ce sera la guerre.

— La guerre ? » Elle semblait horrifiée, et il y avait de quoi.

« La guerre économique, s'entend : c'est un acte d'hostilité que de dénoncer un traité commercial, même si ce traité nous saigne à blanc ; chaque citoyen des Planètes intérieures se trouve touché au niveau de son portefeuille et dès lors on peut s'attendre à des représailles. Notre sortie du Marché commun serait un facteur d'instabilité.

— Ira-t-on pour cela jusqu'à faire usage des armes ?

— Sans doute pas. Mais le désastre sera déjà bien suffisant. Une crise, ça n'a rien de marrant. Et ils sont en train de nous en concocter une.

— N'y a-t-il pas d'autre issue ?

— On a bien suggéré de transférer tout le gouvernement et

tous nos sièges sociaux sur les Planètes intérieures. Ça pourrait encore se faire, je suppose. Mais qui pourrait s'y reconnaître encore ? On deviendrait une simple colonie et, à long terme, c'est une solution sans doute pire que l'indépendance. »

Elle rumina quelques instants ces paroles en silence. A un moment, elle eut un hochement de tête, à peine discernable dans l'obscurité.

« Alors, c'est pour quand, cette guerre ? »

Il haussa les épaules. « Je suis resté un bout de temps sur la touche. J'ignore comment a pu évoluer la situation. Mais disons qu'il nous reste encore une dizaine d'années sans doute. Au-delà, il faudra partir. A ta place, je commencerais à stocker des denrées de valeur : conserves, air, eau, et ainsi de suite. Je ne crois pas que la situation se dégrade au point que tu en aies besoin pour assurer ta propre survie mais il se pourrait qu'on débouche sur une économie de semi-troc où ce seront là les seules valeurs sûres : ton autobanque se foutra de toi quand tu lui pianoteras un ordre d'achat, quelque soit la quantité de travail affichée à ton crédit.

Le radeau tressauta. Ils étaient parvenus au bout du monde.

Ils amarrèrent l'esquif à l'une des saillies de la muraille qui jaillissait au beau milieu de l'eau. Ils étaient à cinq kilomètres au large de Rarotonga. Ils entreprirent l'escalade.

Creusée à l'explosif de ce côté de la digue, la paroi rocheuse était irrégulière. Elle montait avec une déclivité de trente-cinq degrés sur cinquante mètres avant de devenir une surface horizontale et lisse comme du verre : le sommet de la digue du bout du monde avait été aplani au laser pour former un vaste plateau long de trois cents kilomètres et large de quatre. Laissant derrière eux des traces de pas humides, ils entreprirent de le traverser jusqu'à l'autre bord.

Ils ne tardèrent pas à perdre toute notion de la perspective : le rivage s'était dérobé à leur vue et l'à-pic de l'autre côté n'était pas encore visible. Il faisait à présent tout à fait clair. Si leur horaire était bien calculé, ils atteindraient le bord avant l'apparition du soleil et ça risquait de valoir le coup d'œil.

Parvenue à cent mètres du bord, dès qu'elle put commencer à voir par-dessus, Lee se mit inconsciemment à ralentir. Piri ne la poussa pas. Ce n'était pas le genre de spectacle qu'on peut imposer de force à quelqu'un. Il était déjà venu ici avec d'autres et il avait alors dû faire demi-tour.

A nouveau, il sentit croître en lui la peur du vide. Mais Lee continua, elle aussi, et finit par le rejoindre à l'extrême bord du canyon.

La construction et la mise en eau de Pacifica se faisaient en trois parties. Les deux premiers secteurs étaient achevés mais le troisième était encore en cours de creusement et seules étaient déjà noyées les fosses les plus profondes. L'eau était retenue par la digue sur laquelle présentement ils se tenaient. A l'achèvement des travaux, quand fosses, talus, guyots et chaînes sous-marines seraient réalisés conformément aux plans, le fond serait alors recouvert de vase et de limon avant d'être noyé. L'eau provenait de la surface, où elle était synthétisée à partir d'hydrogène et d'oxygène liquides, grâce aux inépuisables réserves d'électricité que fournissaient les centrales à fusion.

« Nous refaisons ce que firent jadis les Hollandais sur notre vieille Terre, sauf que c'est à l'envers », remarqua Piri, mais sans réaction de la part de Lee : elle contemplait, médusée, le gouffre apparemment insondable qui s'étalait au pied de la paroi nue du barrage. Bien que noyé dans la brume, le mur semblait dégringoler sans fin.

« Huit kilomètres de profondeur, indiqua Piri, mais la tranchée n'est pas destinée à demeurer aussi nette : une fois le secteur submergé, le trou sera comblé par les débris de cette digue. » Il contempla le visage de Lee et cessa aussitôt de l'accabler de chiffres, la laissant assimiler par elle-même ce spectacle.

Parmi toutes les planètes habitées par l'homme, seul pouvait s'y comparer le spectacle qu'offrait le Grand Canyon de Mars.

Ni Piri ni Lee n'avaient eu l'occasion de le voir mais la comparaison n'aurait pas tourné à son avantage car il était impossible de l'embrasser d'un seul coup d'œil. Tandis qu'ici, la vue s'étendait d'un bout à l'autre et plongeait depuis le niveau de la mer jusqu'à une profondeur équivalente à celle des plus grandes fosses océaniques terrestres. Une chute verticale, à leurs pieds, droit vers un néant simplement traversé par un arc-en-ciel. Loin sur la gauche, une gigantesque cascade jaillissait de la paroi en un arc solide. Les tonnes d'eau crachées par le déversoir de la digue tourbillonnaient, se fragmentaient, se vaporisaient et partaient en nuées bien avant d'avoir atteint le fond de l'excavation.

Droit devant eux, à quelque dix kilomètres de distance, se dressait la montagne destinée à former le biotope d'Okinawa, une fois le gouffre mis en eau. Seul en émergerait alors, minuscule et noirci, le sommet.

Lee resta abîmée dans la contemplation de ce spectacle aussi longtemps qu'elle put. Même si cela devenait plus facile à la longue, quelque chose malgré tout la rebutait : l'échelle était trop vaste. Il n'y avait pas place pour des humains dans cet univers bouleversé.

Midi était encore loin qu'ils avaient entamé le long chemin du retour vers leur radeau.

Elle resta silencieuse tandis qu'ils embarquaient puis appareillaient pour rentrer. La brise était intermittente et gonflait à peine la voile. Il faudrait attendre une heure de plus avant que le vent ne s'établisse. Ils étaient encore en vue de la digue.

Ils s'assirent, sans se regarder.

« Piri, merci de m'avoir amenée ici.

— Pas de quoi. N'en parlons plus.

— D'accord. Mais il y a autre chose dont je voudrais parler. Je... à vrai dire, je ne sais pas par où commencer. »

Piri s'agita, mal à l'aise. Leur précédente discussion sur l'économie l'avait troublé. Elle le renvoyait à une partie de son existence passée, une partie qu'il ne s'était pas encore senti prêt à retrouver. Il était empli de confusion. Des pensées qui n'avaient pas leur place dans cet univers de roche, d'eau et de vent déferlaient à présent à travers son esprit. Quelqu'un l'interpellait, qu'il connaissait mais refusait encore de reconnaître.

« Ouais ? Et de quoi veux-tu qu'on cause ?

— Eh bien, de... » Elle s'interrompit, parut réfléchir. « Peu importe. Le moment n'est pas encore venu. » Elle se rapprocha, l'effleura. Mais il n'était pas intéressé. Il le lui fit comprendre en quelques minutes et elle battit en retraite jusqu'à l'autre extrémité du radeau.

Il s'allongea, parfaitement seul face à la confusion de ses pensées. La brise souffla, puis s'apaisa. Il vit jaillir un poisson volant qui sauta pratiquement par-dessus leur esquif. Un morceau de ciel dégringolait lentement à travers les airs. Tournant et tourbillonnant comme une plume, minuscule fragment, bleu d'un côté et brun de l'autre. Il pouvait distinguer à présent dans le ciel le trou d'où s'était détaché le morceau.

Il devait être à deux ou trois kilomètres de distance. Non. Voyons, ça ne collait pas : la voûte du ciel était à vingt kilomètres d'altitude et le morceau semblait tomber du milieu. A quelle distance étaient-ils donc du centre de Pacifica ? Cent kilomètres ?

*Un morceau de ciel ?*

Il se leva brusquement, manquant faire chavirer le radeau.

« Que se passe-t-il ? »

Ce truc était *énorme !* Même vu de cette distance, il paraissait déjà gigantesque. Seule la légèreté de sa chute l'avait induit en erreur.

« Le ciel est... » Il s'étranglait, il riait presque. Mais ce n'était certainement pas le moment de craquer. « Le ciel est en train de dégringoler, Lee ! »

Combien de temps leur restait-il ? Il regardait toujours l'objet, l'esprit maintenant plein de chiffres. La vitesse d'impact, pour une chute de cette hauteur et compte tenu que l'atmosphère ne dévierait pas une telle masse... plus de six cents mètres par seconde. Soit une chute de soixante-dix secondes. Dont trente devaient s'être déjà écoulées.

Lee essayait de suivre la direction de son regard, une main en visière. Elle croyait encore à une plaisanterie. Le fragment de ciel se mit à rougir en atteignant les couches denses de l'atmosphère.

« Eh, mais ça tombe pour de bon ! s'écria-t-elle enfin. Regarde-moi ça !

— Et c'est gros, renchérit-il. Un ou deux kilomètres de large, à l'aise. Ça va faire un sacré plouf, c'est moi qui te le dis. »

Ils le regardaient toujours descendre. L'objet disparut derrière l'horizon, accélérant toujours. Ils attendirent mais le spectacle était apparemment terminé. Pourquoi se sentait-il toujours mal à l'aise ?

« Je me demande combien de tonnes peut bien peser un bout de rocher de deux kilomètres ? » observa rêveusement Lee. Elle n'avait pas l'air non plus trop réjouie. Mais ils se rassirent néanmoins sur leur radeau, surveillant toujours la direction où ils avaient vu s'abîmer l'objet.

Et soudain ils se retrouvèrent entourés d'une nuée de poissons volants, tandis que l'eau se mettait littéralement à bouillonner : les poissons étaient pris de panique. A peine avaient-ils touché la surface qu'ils sautaient de plus belle. Piri sentit, plus qu'il ne vit, quelque chose lui passer dessous. Et puis, très progressivement, un mugissement monta, un grondement sourd qui bientôt menaça de lui pulvériser les os. Une vibration qui s'empara de lui, le secoua et le laissa, inerte, sur les genoux, abruti, incapable d'aligner deux idées. Il avait les yeux toujours fixés sur l'horizon et vit ainsi s'élever au loin dans un silence majestueux un large panache blanc : c'était l'écume soulevée par l'impact et elle continuait de monter.

« Regarde par là-bas ! » dit Lee quand elle eut retrouvé sa voix. Elle semblait tout aussi perplexe que lui. Il regarda dans la direction qu'elle indiquait et découvrit une ligne noire qui zigzaguait en travers du ciel. Sur l'instant, il crut sa dernière heure arrivée car c'était, semblait-il, l'ensemble du dôme qui se fissurait et menaçait de leur choir dessus. Et puis il vit qu'il s'agissait en fait de l'un des rails sur lesquels coulissait le soleil, détaché du rocher qui venait de tomber et pendant comme un serpent de métal torturé.

« La digue ! hurla-t-il soudain. On est trop près de la digue !

— Quoi ?

— Le fond remonte, à proximité de la digue. Il n'y en a presque pas, ici. Et il va se produire une vague, Lee, une vague énorme ! Qui va venir se fracasser ici !

— Piri ! Les ombres se déplacent !

— Hein ? »

Les surprises se succédaient trop vite pour lui. Mais elle avait effectivement raison. Les ombres étaient en train de bouger. Mais pourquoi, enfin ? Et puis il vit : le soleil se couchait mais pas du tout en suivant la piste qui menait à l'ouverture dissimulée derrière l'horizon ouest ; il dégringolait à travers les airs, décroché par la chute du rocher.

Lee avait saisi, elle aussi.

« Qu'est-ce que c'est, comme truc ? demanda-t-elle. Je veux dire, est-ce que c'est gros ?

— Pas très, à ce que je sais. Pas minuscule non plus mais sans comparaison avec le morceau de tout à l'heure. C'est une espèce de réacteur à fusion. Je ne sais pas ce que ça va donner lorsqu'il touchera l'eau... »

Ils étaient paralysés. Ils savaient qu'ils auraient dû agir mais bien trop d'événements survenaient en même temps et ce n'était plus le moment de réfléchir.

« Plonge ! hurla Lee. Sous l'eau !

— Hein ?

— Il faut plonger et s'éloigner du barrage en allant le plus profond possible. Comme ça, la vague nous passera au-dessus, non ?

— Je ne sais pas.

— C'est tout ce qu'on peut faire. »

•

Ils plongèrent donc. Piri sentit ses branchies entrer en fonction et bientôt il piquait vers les ténèbres du fond. Sur sa gauche, Lee nageait avec la dernière énergie. Et brusquement, sans transition, sans crépuscule, ce fut l'obscurité totale. Le soleil était tombé dans l'eau.

Il n'aurait pas su dire depuis combien de temps il nageait lorsqu'il se sentit soudain aspiré vers le haut. Flottant ainsi dans l'eau, sans poids, il n'était pas en des conditions idéales pour percevoir les accélérations. Il la ressentit néanmoins, sensation identique à celle que l'on a dans une cabine d'ascenseur rapide. L'accompagnait une série d'ondes de choc qui menaça de lui faire éclater les tympans. Il se débattit des quatre membres pour essayer de redescendre sans même savoir s'il allait dans la bonne direction.

Puis il se remit à tomber.

Il continua de nager, seul dans le noir. Une autre vague passa, le souleva, le laissa retomber de nouveau. Et quelques minutes plus tard, une autre encore, qui semblait cette fois venir de la direction opposée. Il ne savait plus du tout où il en était. Il eut brusquement l'impression de nager dans la mauvaise direction. Il s'arrêta, incapable de décider. Allait-il dans le bon sens ? Impossible à dire.

Il cessa tout mouvement et chercha à s'orienter. Inutile. Tout ce qu'il savait, c'est que la houle le ballottait en tout sens.

Puis il sentit contre sa peau le picotement de millions de bulles. Voilà qui lui fournissait un indice : les bulles remontent, non ? Et elles longeaient son corps, du ventre vers le dos. Donc le bas était par là.

Mais il n'eut pas le temps d'exploiter cette information. Quelque chose lui heurta violemment la hanche, il se tordit le dos en essayant de se dégager de l'eau et de l'écume puis sentit qu'il glissait sur une surface lisse. Il avait l'impression d'aller très vite et soudain il comprit où il était et où il allait, mais sans rien pouvoir faire pour l'éviter : l'arrière de la lame l'avait fait passer par-dessus le rebord de la digue pour le déposer sur son sommet plat. La vague se défaisait à présent, en l'emportant vers le bout du monde. Il se retourna, chercha vainement une prise sur cette surface polie qui défilait sous ses mains. Il vivait un cauchemar : tous ses efforts étaient inutiles. Brusquement sa tête émergea à l'air libre.

Il glissait toujours mais le gros de la vague s'était lentement effondré pour ne laisser derrière elle que quelques flaques écumantes. La masse d'eau s'était écoulée avec une vitesse surprenante, l'abandonnant là, seul, la joue amoureusement posée contre la pierre froide. Dans une obscurité totale.

Il n'était pas près de bouger : pour autant qu'il sache, un gouffre de huit kilomètres pouvait fort bien s'ouvrir à ses pieds.

Peut-être allait-il y avoir une autre vague. Auquel cas, elle s'effondrerait sur lui au lieu de l'emporter comme un bouchon pris dans la tempête. La mort serait instantanée. Il refusa d'y penser : l'important, pour l'heure, était de ne pas glisser plus loin.

Les étoiles avaient disparu. Panne de courant ? Non, elles clignotaient à présent. Il leva légèrement la tête, juste comme apparaissait à l'est une pâle lueur diffuse : la lune qui se levait, à une allure vertigineuse. Il la vit en moins d'une minute, de fin croissant devenir pleine. Il y avait encore quelqu'un aux commandes, apparemment décidé à éclairer un peu la situation...

Il se leva — bien que les genoux encore flageolants. Très loin sur sa droite, de hautes gerbes d'écume indiquaient l'endroit où la mer battait la digue. Il se trouvait en gros au milieu du plateau, loin de l'une et l'autre extrémité. L'océan semblait comme secoué par trente tempêtes à la fois mais à cette distance, à moins d'un nouveau raz de marée, il était à peu près tranquille.

Sous le clair de lune, la surface était devenue un miroir d'argent jonché de poissons à l'agonie. Il vit une autre silhouette se relever et courut dans sa direction.

L'hélicoptère les localisa grâce à son détecteur d'infrarouges. Ils n'auraient su dire au bout de combien de temps. La lune pendait immobile au beau milieu du ciel.

Ils pénétrèrent dans la cabine, transis.

Leur pilote était à la fois heureuse de les avoir retrouvés mais effondrée en songeant au nombre des victimes : le bilan qu'elle leur annonça s'élevait à huit morts, quinze disparus — morts sans doute également. La plupart d'entre eux travaillaient alors sur le récif de corail. Le raz de marée avait balayé toutes les terres émergées de Pacifica mais les pertes en vies humaines étaient restées minimes. La plupart des gens avaient eu le temps de gagner un ascenseur pour descendre ou bien de prendre un hélicoptère pour échapper au désastre.

D'après les premières constatations, la dilatation de la croûte sous l'effet de la chaleur s'était propagée plus loin que prévu vers l'intérieur de la planète. C'était l'été en surface, détail qu'il était aisé d'oublier ici. Les ingénieurs croyaient l'assise rocheuse du ciel stabilisée depuis des années mais le léger accroissement de température avait provoqué l'ouverture d'une nouvelle faille. Le pilote leur indiqua la nuée d'appareils agglutinés comme un essaim de phalènes autour du site de l'accident qu'ils éclairaient de leurs projecteurs.

Personne n'aurait su dire si Pacifica n'allait pas devoir être abandonnée durant vingt ans encore, le temps qu'elle se stabilise à nouveau.

Leur pilote les déposa sur Rarotonga. L'endroit n'était plus que ruines : la lame de fond avait escaladé le talus et buté contre la barrière de corail, noyant l'atoll sous une bourrasque d'écume et de débris. Peu de choses restaient debout en dehors des blocs de béton des cages d'ascenseur, à présent dépouillés de leur camouflage décoratif.

Piri vit une silhouette familière arriver vers lui, traversant les ruines de ce qui était naguère encore un village pittoresque. Elle se mit à courir et faillit le renverser, le couvrant de rires et de baisers.

« Tout le monde vous croyait morts ! » dit Harra, tout en s'écartant de lui comme pour mieux faire l'inventaire de ses plaies et bosses.

« C'était tangent, je suppose. » Il n'en revenait toujours pas d'avoir survécu. En pleine mer, déjà la situation lui avait paru critique ; mais l'ampleur des dégâts était encore plus manifeste sur l'île. Il en était complètement bouleversé.

« C'est Lee qui a suggéré qu'on plonge sous la vague. C'est ce qui nous a sauvés : la lame nous a simplement soulevés et la dernière nous a balancés sur la digue où elle nous a déposés comme des fleurs avant de se retirer.

— Enfin, pas si doucement que ça, dans mon cas, observa Lee. J'en ai pris un bon coup. Je crois bien même m'être foulé le poignet. »

Un toubib était dans le coin. Tout le temps qu'il lui bandait le poignet, Lee ne quitta pas des yeux Piri. Un regard qui ne lui disait rien qui vaille.

« Il y a une chose dont je voulais te parler sur le radeau, ou dès notre retour. De toute façon, tu n'as plus aucune raison de rester ici et je me demande où tu pourrais aller.

— Non ! s'exclama Harra. Pas encore ! Ne lui dites rien encore. C'est pas juste ! Fichez-lui donc la paix. » Elle s'était interposée, faisant un rempart de son corps devant un Piri qui ne voyait pas bien contre quel assaut on voulait le protéger.

« Je voulais simplement...

— Non, non, ne l'écoute pas, Piri. Viens avec moi. » Elle suppliait l'autre femme : « Laissez-moi quelques heures seulement avec lui. Il y a un certain nombre de choses que je ne suis jamais parvenue à lui dire. »

Lee parut indécise et Piri sentit monter en lui un sentiment de rage et de frustration. Il s'était douté que quelque chose se tramait. Il devait surtout s'en prendre à lui-même s'il l'avait ignoré mais, à présent, il fallait qu'il sache. Il se dégagea de l'étreinte de Harra et fit face à Lee.

« Parle. »

Elle baissa les yeux, puis croisa de nouveau son regard.

« Je ne suis pas celle que l'on croit, Piri. En fait, je t'ai guidé depuis le début, afin de te faciliter les choses. Mais tu persistes dans ton opposition. Je doute que ça puisse bien se passer.

— Non ! cria de nouveau Harra.

— Qui êtes-vous ?

— Je suis une psychiatre. Spécialisée dans la récupération des gens comme vous, des gens qui se trouvent dans une phase de vacance mentale, ce que vous-même baptisez “ seconde enfance ”. Vous restez parfaitement conscient de tout cela, sur un autre plan, mais l'enfant qui est en vous n'a cessé de le combattre. Ce qui s'est traduit par des cauchemars — dont j'étais sans doute l'élément central, que vous l'admettiez ou non. »

Elle lui saisit les deux poignets, avec maladresse à cause de sa blessure.

« A présent, écoutez-moi. » Sa voix devint un murmure prenant. Elle devait tout lui dire avant que la panique qui se dessinait sur les traits de Piri n'éclate et ne le pousse à fuir. « Vous êtes venu ici en vacances. Vous comptiez y rester dix ans, le temps de grandir bien peinardement. Eh bien, c'est râpé. La situation qui régnait avant votre départ n'existe plus désormais. Les choses ont évolué plus vite que vous ne l'aviez escompté. Vous pensiez avoir encore dix ans de marge après votre retour pour vous préparer aux luttes à venir.

« Ce délai est révolu : le Marché commun des Planètes intérieures a ouvert les hostilités en instaurant un nouveau système des changes ; ils l'ont programmé dans leurs ordinateurs et il fonctionne d'ores et déjà. La mesure, qui vise directement Pluton, est en vigueur depuis maintenant un mois. Il n'est plus question pour nous de rester dans le Marché commun puisque désormais à chaque transaction commerciale ou monétaire, le taux d'inflation joue automatiquement en notre défaveur. Tout cela reste bien sûr dans la stricte légalité des traités en cours et répond pour eux à une nécessité économique. Mais c'est délibérément ignorer le handicap que représente pour nous le décalage temporel.

« Qu'importent leurs motivations, il s'agit là pour nous d'un acte d'hostilité. Et vous devez absolument revenir pour conduire la guerre, monsieur le Ministre des Finances. »

Ces derniers mots eurent raison du peu de sang-froid qu'il lui restait : il se dégagea avec brutalité, pivota en regardant autour de lui, l'air égaré, puis fonça vers la plage. Il s'entrava avec ses pieds palmés, se releva sans même ralentir et disparut.

Harra et Lee avaient suivi sa fuite sans mot dire.

« Vous n'aviez pas besoin d'être si brutale avec lui », observa Harra, tout en sachant que c'était faux. Simplement, elle ne pouvait pas supporter de le voir dans cet état.

« Mieux vaut agir vite lorsqu'ils résistent. Et il l'a très bien pris. Il va devoir maintenant résoudre un conflit avec lui-même mais je ne doute pas de son issue.

— Alors, le Piri que je connais va bientôt disparaître ? »

Lee passa son bras autour de la jeune fille.

« Pas du tout. C'est une réintégration. Sans vainqueur ni vaincu. Tu verras. » Elle contempla le petit visage ruisselant de larmes : « Ne t'inquiète pas. Tu l'aimeras aussi, le vieux Piri. Et il ne sera pas long à comprendre qu'il t'aime, lui aussi. »

Il n'était jamais allé dans les coraux la nuit. C'était l'heure où les poissons furtifs disparaissaient dans leur cachette avant même son approche. Il se demanda combien de temps il leur faudrait avant d'oser se hasarder à nouveau dans la longue nuit qui s'annonçait. Il pouvait s'écouler des années avant que le soleil ne se lève à nouveau.

Peut-être ne sortiraient-ils plus jamais. Faute de pouvoir assimiler ces changements dans leur environnement, poissons diurnes et nocturnes pouvaient ne jamais s'y adapter. La chaîne alimentaire serait rompue, les seuils de température critiques bouleversés ; l'interminable clair de lune et l'absence de soleil dérégleraient les fragiles mécanismes internes élaborés au cours de millions d'années et les poissons mourraient. C'était inéluctable.

Les écologistes allaient avoir du pain sur la planche.

Mais un habitant du récif serait capable de survivre un bout de temps : dévorant tout ce qui bougeait — et même ce qui ne bougeait plus — à toute heure du jour ou de la nuit, ignorant la peur, la dictature des horloges internes ou les pulsions contradictoires, hormis son besoin tout-puissant d'attaquer. Il survivrait aussi longtemps qu'il lui resterait un être vivant à croquer.

Mais dans ce qui tenait lieu de cerveau à cette torpille au ventre blanc qu'on appelait le Spectre, une écharde de doute s'était logée. Il n'avait pas souvenance de doutes identiques, bien qu'il eût pu. Simplement, il n'était pas équipé pour se souvenir mais uniquement pour chasser. Tant et si bien que cette chose nouvelle qui nageait à côté de lui et suscitait dans son cerveau glacé l'équivalent peut-être d'une émotion de colère, cette chose demeurait pour lui un mystère. Il essaya de l'attaquer, essaya encore et encore mais chaque fois le saisissait une émotion qu'il n'avait plus éprouvée depuis l'époque où il mesurait à peine cinquante centimètres, si bien qu'en fin de compte la peur l'éloignait.

Piri nageait à côté du requin dont la silhouette se dessinait à peine sous la lune, restant à peu près à la limite de portée de son sonar. Parfois la forme était parcourue de bout en bout d'un long frisson, se tournait vers lui et grossissait. Piri ne distinguait plus alors qu'une gueule béante. Puis le requin se détournait vivement, le transperçait de son œil insondable et glissait à nouveau au loin.

Piri aurait aimé pouvoir rire de cette malheureuse brute stupide. Comment avait-il pu craindre cette machine à manger sans cervelle ?

*Adieu, cervelle de mouche !* Il fit demi-tour et regagna le rivage à brasses paresseuses. Il savait que le requin allait tourner et le suivre, le nez collé à la barrière invisible de son émetteur, mais cette idée le laissa froid. Il n'avait plus peur. Comment aurait-il pu, quand il se retrouvait avalé déjà par son propre cauchemar ? Les dents s'étaient refermées sur lui, il s'était réveillé, et souvenu : c'est ainsi qu'avait disparu sa peur.

*Adieu, paradis tropical. Allons, j'en aurai profité jusqu'au bout. Je suis grand à présent et je dois partir à la guerre.*

Ça ne l'emballait pas. C'était un déchirement que de renoncer à son enfance même si l'heure en était effectivement venue. Maintenant que les responsabilités étaient tombées sur lui, il lui fallait bien les assumer. Il songea à Harra.

« Piri, se dit-il, pour un adolescent, tu étais vraiment trop con pour survivre. »

Conscient que c'était la dernière fois, il sentit la fraîcheur de l'eau courant sur ses branchies. Elles lui avaient bien servi mais qu'en aurait-il fait à présent ? Dans sa vie désormais, il n'y avait plus place pour un poisson, plus place pour un Robinson.

*Adieu, mes branchies.*

Redoublant de vigueur, il regagna la côte, émergea et se redressa, ruisselant, sur le sable. Harra et Lee l'attendaient déjà.

# Sucre d'orge et bébé noir

« ALLÔ | ? ? ? ? ? | ZZZZZZZXXXXXZALLÔ | ? | ALLÔ | ! ! ! » Quelqu'un parlait à Xanthia, à travers dix kilomètres de tuyau de tôle, en gueulant pour se faire entendre au milieu d'un tintamarre de gongs et de cymbales martelés par un essaim de guêpes géantes en colère. Elle n'avait jamais entendu pareille interférence.

« Allô ? répéta-t-elle. Que faites-vous sur ma fréquence ? »

— Allô ? » Les interférences étaient toujours présentes mais la voix devenait un peu plus claire. « Fréquence... chercher. Chercher | fréquence... pour | améliorer | réception... allô ? | vous | écouter ?

— Oui, j'écoute. Mais vous parlez dans... ma radio n'est même pas... » Elle frappa le poste de la paume, retrouvant l'antique geste rituel de l'homme quand une de ses créations fait des siennes. « Ma foutue *radio* n'est même pas allumée. Vous étiez au courant ? » C'est avec soulagement qu'elle sentait monter sa colère. Tout, plutôt que de se sentir stupide et perdue.

« Pas | nécessaire.

— Comment ça ? pas... — mais qui êtes-vous donc ?

— Qui. | Avoir | ... | J'ai — pronom, oui — j'ai | des difficultés | Croyez | Moi ? — Quoi, pronom — Croyez-moi. | Je ne suis pas qui. | Mais que. | *Que* suis-je ?

— D'accord. Qu'êtes-vous, alors ?

— Phénomène | spatio-temporel | Je | être | anomalie de gravité | et | causalité | Trou noir. »

Xanthia n'avait pas besoin qu'on lui explique les trous noirs : elle avait passé l'intégralité des dix-huit années de son existence à les chasser, en même temps que sa sœur clonée, Zoetrope. Mais elle n'avait pas l'habitude de les entendre parler.

« A supposer provisoirement que vous êtes effectivement un trou noir », reprit-elle, tout en se demandant si elle n'était pas la victime de quelque blague torturée imaginée par Zoe, « en posant simplement cela comme une hypothèse de travail... comment faites-vous pour me parler ? »

Il y eut un bruit comme celui d'une fusée de correction d'assiette qui s'éteint, un « plop » résonnant. Le bruit se répéta.

« Je manipule la trame de | l'espace temps... | Non | je vous en prie | ne coupez pas... c'est la seule ligne... | Je manipule la trame de l'espace-temps à l'aide | d'ondes gravitationnelles projetées à l'intérieur d'un... | cône étroit | Braqué sur le haut-parleur de votre radio. Vous entendez | Moi |

— Qu'est-ce que c'est que ce truc ? »

Pour elle, ce n'était qu'un ramassis de calembredaines.

« J'explique | Je vais | expliquer | Je coupe à même l'espace | à même |... | ne quittez pas ! ne quittez pas ! | coordonnées ! »

Nouveau bruit, comme une bande magnétique en défilement rapide devant une tête de lecture :

« Ici la B.B.C. », dit une voix incontestablement humaine, quoique noyée dans la friture.

Nouveau défilement de la bande. « .. : : rafales le trois : : : : : : : en l'année de Notre-Seigneur mil neuf cent cinquante-sept : : : : Aujourd'hui à : : : : :... » Et la bande repartit.

« ... : : : : : xpérience de Michelson et Morley a prouvé la non-existence de l'éther grâce à cette ingénieuse idée de disposer un prisme en rotation qui : : : : :... »

Puis la voix métallique fut de retour :

« L'éther | Je coupe à même l'espace | à travers un... | ne coupez pas ! » Cette fois, le processus fut plus bref. Xanthia crut reconnaître un extrait de feuilleton vidéo. « : : : : à travers une distorsion spatiale | engendrée dans la trame | ductile | du continuum |de l'éther : : : : : :

— Attendez un peu. Ce n'est pas ce que vous disiez tout à l'heure.

— J'essaie | d'expliquer.

— Poursuivez. Dites, mais qu'est-ce que vous fabriquez avec ces bandes magnétiques ? »

Une pause. Quand vint la réponse, la liaison s'était nettement améliorée. Mais la voix ne semblait pas plus humaine. Un ordinateur ?

« Je ne suis pas habitué à parler | Inutile |Mais j'ai appris votre | langage | à l'écoute des transmissions radio. | Je vous parle par le biais de | chaînes statistiques indéterminées | Ondes gravitationnelles | et | probabilités | (qui ne fonctionnent pas de manière identique au sein d'une singularité causale) | autorisent l'irruption | d'un événement irrationnel.

— Zoe, c'est bien toi, n'est-ce pas ? »

Xanthia n'avait que dix-huit ans en années terrestres et c'était sa première orbite de longue période à l'extérieur de Pluton, dans cette vaste zone cométaire où l'espace est parfaitement monotone. Toute sa vie avait été consacrée à apprendre à découvrir et capturer les trous noirs mais on ne tombait pas souvent sur l'un d'eux. Xanthia était née un an après le début d'un voyage qui allait s'achever dans un an d'ici. Dans toute son existence, elle n'avait vu et parlé qu'à un seul être humain et c'était Zoe, son aînée de cent trente-cinq ans et sa sœur jumelle.

Leur foyer, c'était le *Shirley-Temple,* un vaisseau de quinze mille tonnes propulsé par un réacteur à fusion, immatriculé à la base de Lowell, Pluton.

Le *Shirley* appartenait intégralement à Zoe ; lors de son premier voyage, bien des années plus tôt, elle était tombée sur un trou noir de taille cinq, et était devenue instantanément riche. La plupart des chasseurs de trous n'avaient pas sa chance.

Zoe avait cette autre particularité de sembler se complaire dans la solitude. Après un beau coup, la majorité des chasseurs se retiraient pour vivre dans l'opulence, s'achetaient une grosse boîte ou bien plaçaient leur argent dans des valeurs sûres et vivaient de leurs rentes. Ils ne se sentaient ni le goût ni la force d'affronter encore vingt années de solitude.

Zoe, elle, était repartie et elle avait encore rempilé après l'échec de son second périple. Elle avait découvert un nouveau trou à son troisième voyage et elle était en passe aujourd'hui de boucler son cinquième.

Mais pour quelque raison qu'elle n'avait jamais su parfaitement expliquer à Xanthia, cette fois elle avait désiré une compagnie. Et quelle meilleure compagnie qu'elle-même ? Grâce à l'équipement médical embarqué à bord du *Shirley*, elle avait fait croître une copie d'elle-même et élevé cette petite fille comme une vraie sœur.

Xanthia éplucha toute la salle de commande du *Bon-Gros-Sucre-d'Orge*, passa la tête par l'écoutille donnant sur la salle de gymnastique à l'arrière, et revint bredouille. Ce qu'elle s'était attendu à découvrir, elle n'aurait su le dire. Elle se retrouva à croupetons, à mi-hauteur de la cabine, un tournevis à la main, attaquant les trappes de service de l'équipement radio.

« Que faites-vous toute seule ? interrogea la voix.

— Ce serait plutôt à toi de me le dire, Zoe, non ? » dit-elle tout en soulevant le panneau qu'elle écarta d'un geste rageur. Elle scruta les ténèbres de l'intérieur, le nez froncé à cause de l'odeur d'huile de paraffine. Parcourant l'obscurité du faisceau de sa lampe-crayon, elle passa en revue chaque composant de cet univers pour elle aussi familier que l'étaient les corridors proches pour un gamin natif d'une planète. Tout était en ordre : rien en moins, rien en trop. La plupart des éléments étaient d'ailleurs scellés dans des blocs de plastique pour éviter que l'humidité ou la poussière ne pénètre à l'intérieur de circuits importants. Il n'y avait apparemment pas trace de sabotage.

« Je ne parviens pas à communiquer. Je ne suis pas ta | mère | Je suis une | anomalie gravi...

— Ce n'est pas ma mère, coupa Xanthia.

— D'après mes données, elle ne serait pas forcément de ton avis. »

Xanthia n'apprécia pas la façon dont la voix lui disait ça. Mais il lui fallut bien admettre que Zoe n'aurait en aucun cas pu monter ce coup-là. Ne restait donc qu'une possibilité : elle discutait effectivement avec un trou noir.

« Ce n'est pas ma mère, répéta Xanthia ; et si vous avez écouté, vous devez savoir pourquoi je me retrouve ici dans une chaloupe. Alors pourquoi me demander ?

— Je veux t'aider. J'ai senti la tension monter entre vous ces dernières années. Tu es en train de grandir. »

Xanthia se carra dans son siège de pilote. Elle ne se sentait pas les idées très claires.

La chasse aux trous noirs exigeait un délicat équilibre financier, sur la corde raide entre les exigences de la survie et les limitations du poids : l'investissement de départ était gigantesque et son rendement imprévisible si bien que le chasseur devait recourir à un crédit risqué ou bien bénéficier d'une fortune personnelle.

Aucune firme, aucun consortium n'aurait pu rentabiliser pareille entreprise à grande échelle. Le gouvernement de Pluton conservait un monopole sur l'utilisation de sondes-robots non récupérables, mais avec les années on avait fini par s'apercevoir que lorsqu'une sonde parvenait à découvrir un trou noir, c'était en général l'occasion d'une course à qui parviendrait à se l'approprier le premier. Et les vaisseaux envoyés à la recherche de tels trous avaient la fâcheuse habitude de disparaître au cours des combats qui en résultaient, en dehors de l'ordre et de la loi.

La demande restait toutefois telle qu'un créneau commercial restait vacant, qu'eurent tôt fait d'occuper les prospecteurs isolés, soutenus par des particuliers à la recherche de dégrèvements fiscaux. Le taux de faillite chez les prospecteurs était en effet de quatre-vingt-dix pour cent. Mais comme jadis avec l'or ou le pétrole, les profits potentiels étaient si considérables que les spéculateurs ne manquaient pas.

Les chasseurs partaient de Pluton en accélérant jusqu'à la limite de leur propulseur puis continuaient sur leur erre pour dix ou quinze ans, l'œil rivé à leur détecteur de masse. Ils s'éloignaient ainsi parfois jusqu'à une demi-année de lumière du Soleil avant de décélérer pour revenir. Toute diminution de masse était synonyme de portée accrue, si bien que pour le chasseur la solitude était la règle.

On avait bien essayé de former des équipes mais celles qui avaient découvert un trou étaient rarement revenues entières : l'un des membres de l'équipage avait tendance à être sujet aux accidents. Les chasseurs de trous noirs étaient du genre cupide, égocentrique et indépendant.

L'équipement embarqué devait être fiable. Les pièces détachées coûtaient cher en poids mort si bien que le chasseur se voyait contraint d'opérer un choix douloureux pour chaque article : valait-il mieux le laisser et risquer une panne fatale ou bien l'embarquer et par là diminuer le rayon d'action et peut-être rater le trou de la victoire bien évidemment tapi une unité astronomique plus loin ? Les chasseurs de trous apprenaient vite à devenir des as de la réparation, du bricolage et du débosselage parce que au bout de vingt ans, même des dispositifs triplés par sécurité pouvaient se retrouver à bout de course.

Zoe avait sué sur son détecteur de masse défaillant avant de s'avouer que l'entreprise était au-delà de ses compétences. Son détecteur initial l'avait lâchée à la dixième année du voyage et le second avait commencé à faire des siennes six ans plus tard. Elle avait essayé d'en reconstruire un en récupérant les pièces des deux détecteurs en panne. Elle était parvenue à le faire tenir un an avec l'équivalent d'épingles de nourrice et de bouts de chewing-gum. C'était sans espoir.

Et pourtant, le *Shirley-Temple* était un palace, comparé aux autres vaisseaux de prospection. Avec deux trous noirs à son actif, Zoe disposait d'une fortune personnelle. Elle avait pu stocker des pièces détachées, renforcer le propulseur et s'était même permis ce luxe incroyable : une chaloupe de sauvetage.

Cette chaloupe relevait de la pure extravagance hormis en un seul point : parmi ses équipements de navigation, elle disposait d'un détecteur de masse.

Elle l'avait achetée principalement pour cette raison puisque, avec son autonomie limitée de dix-huit mois, elle n'était utilisable qu'au début ou à la fin du voyage, c'est-à-dire à proximité de Pluton. L'aménagement faisait un large emploi d'éléments enfichables scellés dans le plastique pour éviter le sabotage ou les accidents dus à des passagers inexpérimentés. Le détecteur de masse embarqué n'avait ni la portée ni la précision de celui qui équipait le *Shirley*. On pouvait le déposer ou le remplacer mais il n'était pas question de le recalibrer.

Elles avaient commencé une série de boucles de trois mois au départ du vaisseau mère. Xanthia avait volé lors des premières reconnaissances, quand Zoe ne lui faisait pas encore confiance pour piloter le *Shirley*. Plus tard, elles s'étaient relayées.

« Et voilà ce que je fais ici toute seule, expliqua Xanthia. Je dois m'éloigner de plus de dix millions de kilomètres du *Shirley* pour que sa masse n'influe pas sur mon détecteur. Le calibrage de mon instrument ne compense que la masse de ce vaisseau et non celle du *Shirley*. Je reste en vadrouille trois mois, ce qui offre une marge de sécurité suffisante pour le *Sucre-d'Orge* et laisse largement le temps de se sentir seule. Ensuite, retour au bercail pour faire les pleins...

— Le *Sucre-d'Orge ?* »

Xanthia rougit. « Ben, j'ai fini par baptiser ainsi cette chaloupe, à force d'y passer mon temps. On a une bande de

Shirley Temple dans la vidéothèque de bord et elle y chante ce morceau, n'est-ce pas...

— Oui, je l'ai entendue. Je suis à l'écoute de la radio depuis un bout de temps. Alors, on ne croit plus à une blague de sa mère ?

— Ce n'est pas... » Elle réalisa soudain qu'elle parlait encore de Zoe à la troisième personne. « Je ne sais plus que penser, dit-elle, misérable. Pourquoi faites-vous ça ?

— Je décèle encore en toi une certaine confusion. Tu aimerais avoir une preuve de ce que j'affirme être. Et puisque tu y penseras dans une minute, autant que je devance ta question : à ton avis, pourquoi n'ai-je pas fait réagir ton détecteur de masse ? »

Xanthia bondit de son siège — pour être tout de suite retenue par son harnais. C'était exact : les cadrans du détecteur n'avaient pas bougé d'un poil.

« D'accord. Alors pourquoi ? » Elle se sentait perdre pied. A présent elle allait sûrement se faire coincer au tournant après avoir ouvert sa gueule sur le *Sucre-d'Orge* — le secret de Zoe — et avoir souligné que Zoe n'était pas sa mère. C'était sa petite révolte personnelle, avec laquelle elle n'avait pas encore eu le culot d'affronter Zoe. A présent, elle va se démasquer et me dire comment elle a fait et j'aurai l'air d'une idiote, songea-t-elle.

« C'est simple, dit la voix. Tu étais encore hors de portée. Mais plus maintenant. Jette donc un coup d'œil. »

Les aiguilles dansaient, affichant la présence d'un trou de taille sept. Soit une masse d'environ le dixième de l'astéroïde Cérès !

« Maman, c'est quoi enfin un trou noir ? »

La petite fille avait sept ans. Un jour elle déciderait de s'appeler Xanthia mais pour l'instant, elle n'avait pas encore éprouvé le besoin d'avoir un nom et sa mère n'avait pas jugé bon de lui en attribuer un. Selon le raisonnement de Zoe, il fallait au moins déjà deux exemplaires d'une chose pour justifier le besoin de noms spécifiques. Il n'y avait qu'un seul autre individu à bord du *Shirley*. Aucune confusion n'était donc possible. Quand il arrivait à la petite fille s'y songer, elle supposait que son nom devait être : « Eh ! » ou bien « Chérie ».

C'était une enfant de petite taille, tout comme l'avait été Zoe. Sa croissance repassait par les mêmes étapes que pour Zoe un siècle auparavant. Quoiqu'elle ne le sût pas, elle était mignonne : les yeux noirs légèrement bridés, la peau sombre et les cheveux blonds et crépus. Le résultat d'une cuisine génétique où se mêlaient Noir et Chinois, avec un soupçon d'autres races pour épicer le tout.

« J'ai déjà essayé de te l'expliquer, dit Zoe. Tu n'as pas encore les notions de mathématiques pour cela. Je vais te mettre sur les équations spatio-temporelles, ainsi dans un an d'ici, tu seras capable de comprendre.

— Mais je veux savoir maintenant. » Les trous noirs intriguaient l'enfant. Du plus loin que remontaient ses souvenirs, elle n'avait jamais rien fait d'autre qu'en chasser sans jamais en découvrir un seul. Elle avait beaucoup lu (il n'y avait guère autre chose à faire) et se demandait s'ils étaient susceptibles d'entrer dans la catégorie où, faute de mieux, elle avait déjà placé le Père Noël et les Lutins.

« Si j'essaie encore, tu me promets d'aller dormir ?

— Promis. »

Et Zoe de repartir dans son histoire de l'explosion originelle, il y a bien, bien longtemps quand les petits trous noirs pouvaient se former.

« Pour autant que l'on sache, tous les petits trous noirs comme ceux que l'on cherche ont été créés à cette époque. De nos jours, d'autres trous peuvent se former à la suite de l'effondrement de très grosses étoiles. Lorsque la combustion se ralentit et que les pressions tendant à faire éclater l'astre commencent à décroître, la gravitation reprend le dessus et se met à provoquer son effondrement sur lui-même. » Zoe agitait les mains, les rassemblait en coupe pour décrire la courbure de l'espace, les écartait pour montrer la pression des réactions de fusion. Ces explications lui étaient presque aussi difficiles qu'avaient pu l'être les histoires de sexe pour les générations précédentes. Pour tout dire, elle n'était pas relativiste et n'avait jamais vraiment pu assimiler les prémisses passablement incroyables de la théorie des trous noirs. Elle soupçonnait que personne n'était réellement capable de visualiser un tel objet, auquel cas, où cela vous menait-il ? Mais elle avait assez de sens pratique pour ne pas trop s'en inquiéter.

« Et c'est quoi, la gravitation ? J'ai oublié. » L'enfant se frottait les yeux pour rester éveillée. Elle s'efforçait de comprendre tout en sachant bien qu'une fois encore elle passerait à côté.

« La gravitation, c'est ce qui tient l'univers ensemble. La colle, les rivets. Elle attire toutes les choses entre elles et il faut de l'énergie pour y résister et la vaincre. Un peu comme lorsqu'on accélère le vaisseau. Tu te rappelles, quand je te l'ai fait remarquer ?

— Comme quand tout veut partir dans le même sens ?

— Exactement. Alors, il faut être bien prudent parce que d'habitude on ne fait pas très attention : vérifier l'emplacement de chaque chose car dès qu'on accélère, tout part vers la poupe. Les gens sur les planètes sont en permanence obligés d'y prendre garde : ils doivent toujours interposer quelque chose de solide entre eux et le centre de la planète sinon ils tombent vers le bas.

— Le bas. » Songeuse, la petite fille répéta ce mot — l'un de ceux qui lui avaient de tout temps posé des problèmes — et se dit que cette fois elle devait l'avoir saisi. Elle avait vu des images d'endroits où le bas était toujours dans la même direction et ils lui paraissaient bizarres : plein de tables pour y poser des choses, de chaises pour s'asseoir et de drôles de récipients dépourvus de couvercle. Sur les planètes, cinq des six murs d'une pièce étaient pratiquement inutilisables. Le dernier, le « sol », accaparait en revanche tous les usages.

« Alors, comme ça, ils se servent de leurs jambes pour contrer la gravité ? » Elle bâillait à présent.

« Oui. Tu as bien vu des photos de ces gens avec de drôles de jambes. De tels appendices n'ont rien de ridicule quand tu es soumis à la gravité. Ces trucs aplatis, au bout, s'appellent des pieds : s'ils avaient des podes, comme nous, ils ne seraient pas capables de marcher aussi bien. Ils doivent toujours garder au moins un pied contre le sol pour ne pas tomber vers la surface de la planète. »

Zoe resserra la sangle qui maintenait l'enfant dans sa couchette puis attacha la bride de velcro sur la couverture avant de la border. Les gosses avaient besoin d'un nid chaud et douillet pour dormir. Zoe préférait pour sa part flotter librement dans sa chambre et dériver ainsi, en position fœtale.

« B'n'nuit, m'man.

— Bonne nuit. Dors, et ne pense plus aux trous noirs. »

Mais l'enfant en rêva, comme il lui arrivait souvent : ils ne cessaient de l'attirer et chaque fois elle se réveillait, haletante et persuadée d'être sur le point de tomber dans le mur devant elle.

« C'est pas vrai ! Alors je suis riche ! »

Xanthia détourna les yeux de l'écran. A quoi bon rappeler que Zoe avait toujours parlé de ce voyage comme d'une collaboration ? Après tout, elle était propriétaire du *Shirley* et du *Sucre-d'Orge*.

« Enfin, toi aussi, bien sûr. Ne va pas croire que tu n'auras pas un sacré beau morceau : je m'en vais te fourguer une telle part que tu pourras t'acheter ton propre vaisseau en élever autant de petites répliques de toi-même que ça te chantera. »

Xanthia n'était pas certaine que ce fût là son idée du paradis mais elle ne dit rien.

« Zoe, il y a un problème et je... bon, enfin, j'étais... » Mais elle fut coupée par Zoe qui n'entendrait pas son commentaire avant une demi-minute :

« Les premières données arrivent déjà sur le canal de

télémétrie, je les rentre dans le calculateur. Attends une seconde, que je réoriente le vaisseau. D'après mes chiffres, je commence à décélérer d'ici une petite minute. Dès que tu les as, tu me transmets des données affinées. »

Il y eut un bref silence.

« Quel problème ?

— Il me parle, Zoe. Le trou noir me parle. »

Cette fois, le silence se prolongea au-delà de la minute nécessaire au signal radio pour faire l'aller-retour entre les deux vaisseaux.

Xanthia dérégla discrètement le bouton de contraste, noircissant complètement l'image de sa sœur-mère. Elle pourrait toujours fixer la caméra et Zoe ne remarquerait rien.

Bon sang de bonsoir, elle croit que j'ai craqué. Mais il fallait que je le lui dise.

« Je ne suis pas sûre de t'avoir saisie.

— C'est exactement ce que je viens de te dire. Je ne comprends pas, moi non plus. Mais il n'arrête pas de me parler depuis une heure et il me raconte des trucs pas possibles. »

Nouveau silence.

« Très bien. En attendant, ne fais rien, je répète, ne fais rien du tout avant que je sois arrivée. Tu as compris ?

— Zoe, je ne suis pas dingue. Pas du tout. »

Alors pourquoi pleures-tu ?

« Bien sûr que non, mon bébé, il y a une explication à tout cela et je la trouverai sitôt que je serai sur place. Tiens bon, c'est tout. Une première estimation grossière me fait accoster environ trois heures après que tu seras stationnaire par rapport au trou. »

Décrivant des trajectoires parallèles, le *Shirley* et le *Sucre-d'Orge* allaient l'un et l'autre dévier de leur cours en ligne droite pour atteindre le trou noir. Mais Xanthia en était plus proche ; Zoe allait devoir se déplacer plus en oblique et consommer un surcroît de carburant. Xanthia pensait qu'il lui faudrait plutôt quatre heures.

« Je vais couper, annonça Zoe. Je te rappelle dès que je suis dans ton sillage. »

Xanthia éteignit rageusement la radio, puis d'un geste brusque déboucla sa ceinture. Salope, *salope, salope* de Zoe ! ne bouge surtout pas, comme elle dit. J'arrive pour expliquer l'inexplicable. Tout va s'arranger.

Elle savait qu'elle aurait dû commencer à décélérer mais, auparavant, elle avait autre chose à faire.

S'aidant des quatre membres, elle pivota sans peine et plongea par l'écoutille dans le second volume habitable du *Sucre-d'Orge :* la salle de gym. Elle était encombrée d'équipements qu'elle n'avait pas pris la peine de replier contre les parois mais elle s'en moquait ; elle aimait se sentir à l'étroit. Elle se faufila dans ce dédale comme un poisson dans le corail pour parvenir enfin au mur qu'elle cherchait. Il avait été entièrement tapissé de pages arrachées au manuel d'instruction — le seul papier disponible à bord. Elle entreprit de déchirer les feuilles, tout en essuyant d'un pode les larmes sur sa joue. Le papier recouvrait un miroir.

Comment tester sa santé mentale ? Xanthia n'avait pas envisagé la question ; la seule chose à faire en ce cas, elle l'avait faite. Et maintenant qu'elle se retrouvait face au miroir, elle n'avait qu'à y chercher... quoi au fait ? Des yeux exorbités ? De l'écume sur les lèvres ?

Ce qu'elle y vit : sa mère.

L'existence de Xanthia s'était résumée à croître lentement dans le monde que représentait Zoe. Elle avait su dès le début que son nez retroussé finirait par retomber ; elle avait su quelle proportion de sa graisse de bébé allait fondre ; elle avait su que ses seins ne grandiraient pas au-delà de ces petits cônes, tout comme ceux de sa mère.

Elle détestait regarder le miroir.

Xanthia et Zoe étaient deux femmes de petite taille. Leur trait le plus frappant restait ce buisson de cheveux blonds et crépus, plus clairs que le corps : quand était venu le moment de se baptiser, la jeune clone avait failli choisir pour nom

*Pissenlit* avant de tomber dans le dictionnaire sur le mot *Xanthique*. L'indicatif radio du *Sucre-d'Orge* se trouvait être X-A-N et le mot était trop beau pour qu'on le laisse passer. En outre, elle savait que les Orientaux étaient considérés comme ayant le teint jaune, même si elle ne voyait pas pourquoi.

Qu'était-elle donc venue fiche ici ? Luttant contre sa répulsion, elle se força à regarder le miroir, y scrutant son visage à la recherche de quelque signe de folie. Les yeux plissés étaient certes un peu gonflés, et le regard tout aussi profond et vacant que d'habitude. Elle approcha la main de la glace, surprise dans le silence d'entendre le cliquetis multiple de ses ongles, arrêtés avant d'avoir pu toucher leurs doubles de l'autre côté du miroir. Elle oubliait régulièrement de les tailler.

Des fois, dans les miroirs, elle savait que ce n'était pas elle qu'elle voyait : elle pouvait grimacer, l'image ne bougeait pas ; sourire, et l'image se renfrognait. Deux ans, cela avait duré, tandis que son corps mettait la touche finale aux dix-huit années de son processus de réplication de Zoe. Elle n'en avait pas parlé, parce que ça lui flanquait la trouille.

« Et c'est ici que je viens m'assurer que je ne suis pas folle », dit-elle à haute voix, tout en notant que ses lèvres dans le miroir demeuraient immobiles. « Va-t-elle se mettre à parler, à présent ? » Elle fit de grands moulinets de bras — et Zoe fit de même dans la glace. Enfin, ce n'était pas si grave que ça ; seuls les détails ne correspondaient pas : les petits mouvements, et surtout les expressions du visage. Zoe l'inspectait avec calme et semblait ne pas apprécier ce qu'elle voyait : ce petit pli au coin des lèvres, ce plissement des paupières, presque brutal…

Xanthia se cacha le visage derrière ses mains puis regarda entre ses doigts. Zoe regardait aussi. Xanthia se mit à rassembler les bouts de papier épars et recommença de murer sa jumelle avec de nouveaux bouts d'adhésif.

La bête avec deux dos et des pattes à chaque bout se tortilla et se sépara pour se résoudre en deux individus, Xanthia et

Zoe, qui dérivèrent, haletants. Elles rebondirent sur les murs comme des singes, épuisant leur énergie cinétique et reprenant peu à peu leur souffle, cheveux humides et dorés, peaux moites qui s'effleuraient sans cesse jusqu'à s'immobiliser enfin.

Les deux jumelles flottaient à présent au beau milieu de la chambre plongée dans l'obscurité. Déjà endormie, Zoe tournoyait lentement avec ce total abandon que seul autorise l'apesanteur. Sa jambe frotta contre le ventre de Xanthia et son mouvement relatif cessa. La jambe était moite. La chambre était confinée, lourde des senteurs de la passion. Les ventilateurs ronronnaient doucement pour recycler l'air.

Poussant du bout d'un doigt la cheville de Zoe, Xanthia la retourna pour qu'elles se retrouvent face à face. Des boucles de cheveux blonds lui chatouillèrent le nez et elle sentit contre ses lèvres un souffle chaud.

Pourquoi cela ne peut-il pas être tout le temps comme ça ?

Elle chuchota : « Tu n'es pas ma mère. » Zoe ne réagit pas à cette hérésie. « Non, certainement pas. » Cela ne faisait pas plus d'un an que Zoe admettait ce rapprochement dans leurs relations. Xanthia avait quinze ans maintenant.

Et qu'y avait-il de différent ? Quelque chose, il fallait qu'il y ait quelque chose, en dehors du simple fait qu'elles n'étaient pas mère et fille. Une nouvelle qualité dans leur relation, de plus en plus nette à l'approche du terme du voyage. Xanthia regardait dans ces yeux où elle avait lu de l'amour pour n'y plus voir à présent que la froideur, le vide.

« L'impénétrabilité orientale ? » se demanda-t-elle, misérieuse. Elle se savait d'une désespérante simplicité : elle n'avait connu de toute sa vie qu'une société de deux personnes. Et la seule personne qu'elle connût avait ses propres traits. Mais elle avait cru connaître Zoe. Elle en était moins sûre à présent et ses doutes croissaient chaque fois qu'elle scrutait le visage de Zoe et tandis que chaque kilomètre les rapprochait de Pluton.

Pluton.

Ses pensées se détournèrent des problèmes immédiats pour aller plutôt vers cet endroit inimaginable. Elle y serait dans quatre ans seulement. Les ajustements culturels qu'il lui faudrait faire avaient de quoi affoler : à cette idée, elle crut sentir dans sa poitrine son cœur palpiter par anticipation ; le genre de chose qui arrivait aux personnages sur les bandes, quand ils étaient excités, après tout. Ils avaient tout le temps le cœur qui battait, palpitait, se fendait ou s'arrêtait.

Elle s'écarta de Zoe et dériva lentement vers le hublot. Ses vieilles amies étaient toutes là, les seules amies qu'elle eût jamais connues : les étoiles. Elle les salua toutes une par une en se récitant la litanie de leurs noms, ritournelle mnémotechnique de son enfance, pareille à la prière du soir.

C'était marrant de penser qu'une telle vue aurait certainement terrifié la plupart des gens qu'elle allait rencontrer sur Pluton. Elle avait lu que la majorité des individus élevés dans les tunnels étaient incapables de supporter les espaces découverts. Elle n'arrivait pas à comprendre ce qui pouvait bien les effrayer. Elle, ce qui lui faisait peur, c'était la foule, la gravité, les mâles et les miroirs.

« Oh merde. Merde ! Je crois franchement que je vais être irrécupérable. La pauvre petite péquenaude stupide en visite dans la grande ville. » Elle rumina quelque temps sur tous les milliers de choses qu'elle n'avait jamais faites — depuis nager dans les gigantesques disneylands souterrains jusqu'à séduire un garçon.

« Ou bien *être* un garçon. » Ç'avait été la source de leur première véritable dispute. Quand Xanthia avait atteint l'adolescence, cet âge où les enfants aiment se mettre à expérimenter, elle avait appris par Zoe que le *Shirley-Temple* était dépourvu de l'équipement médical nécessaire aux changements de sexe. Elle était condamnée à passer les années critiques de sa formation comme une déviante, une unisexe.

« J'en serai marquée pour la vie », avait-elle protesté. A l'époque, elle lisait plein de trucs de vulgarisation psychologique.

« Balivernes », avait rétorqué Zoe, acculée à justifier pour quelles raisons elle n'avait pas en stock de matrice virogénétique couplée avec un codeur chromosomique Y, alors que c'était la base de toute trousse de chirurgie qui se respecte, avait souligné Xanthia. Sur quoi, Zoe avait remarqué :

« La race humaine s'est bien passée de changement de sexe durant des millions d'années, même encore après l'Invasion. Nous étions une race techniquement évoluée bien des siècles avant de pratiquer le changement. Des milliards de gens ont vécu et sont morts sans avoir changé de sexe.

— Ouais ; et t'as vu à quoi ils ressemblaient. »

Et voilà que de nouveau, succession de nuits apparemment interminables, le sommeil la fuyait. Elle s'inquiétait à cause de Pluton, à cause de Zoe, avec son comportement bizarre, et à cause de son incapacité à expliquer quoi que ce soit dans son petit univers devenu incroyablement compliqué ces dernières années.

*Je me demande bien quel effet ça fait d'être un homme.*

Trois heures plus tôt, Xanthia avait prudemment conduit le *Sucre-d'Orge* au point de rendez-vous où ses instruments avaient localisé dans l'espace un trou noir. Elle avait depuis longtemps compris que même si elle en découvrait un, il lui serait à jamais invisible mais elle ne pouvait néanmoins s'empêcher de scruter les constellations à la recherche de quelque indice. C'était stupide ; bien que d'une masse de dix à quinze tonnes (la première estimation était fausse d'un ordre de grandeur), le trou ne faisait malgré tout qu'une fraction de millimètre de diamètre. Elle s'en tenait prudemment éloignée d'une bonne centaine de kilomètres. Enfin, on devrait quand même arriver à percevoir un truc pareil, à *sentir* sa présence.

Que dalle. Ce coin d'espace avait exactement le même air que n'importe quel autre.

« Il est un détail que j'aimerais voir éclaircir, dit le trou noir. Que comptez-vous faire de moi, une fois que vous m'aurez capturé ? »

La question la surprit. Elle ne s'était pas encore faite à l'idée de considérer cette voix autrement que comme une irritante aberration, à l'instar de son visage dans la glace. Comment était-elle censée se comporter devant ça ? Pouvait-elle admettre la réalité de son existence — voire la possibilité qu'il eût des sentiments ?

« Je suppose qu'on se contentera de t'enregistrer — dans l'ordinateur, s'entend. Tu es trop gros pour qu'on te ramène vers Pluton. Alors on va rester dans le coin une semaine ou deux, le temps de calculer avec précision ta trajectoire, histoire de savoir au juste où tu vas, puis on te laissera. On décrira quelques manœuvres en rentrant, pour que personne ne puisse retracer notre itinéraire et ainsi te localiser, parce qu'ils vont bien se douter à notre retour qu'on est tombées sur un gros.

— Comment ça ?

— Parce qu'on aura loué... — enfin parce que *Zoe* aura loué un de ces gros super-remorqueurs et qu'elle reviendra ici pour te fixer une amarre et te tracter... eh, qu'est-ce que tu dis de tout ça ?

— Veux-tu vraiment savoir la réponse ? »

Plus elle y songeait et moins Xanthia goûtait la situation. Si vraiment il ne s'agissait pas d'une hallucination, eh bien elle était le témoin de la capture et de l'emprisonnement d'un être pensant. Une innocente créature intelligente qui vagabondait à la lisière du système solaire pour se retrouver bêtement prise (pris ?)...

« Tu as un sexe ?

— Non.

— Bon. Je crois que j'ai été un peu brutale avec toi. Mais c'est que tu m'as franchement surprise : je ne m'attendais vraiment pas à ça, enfin tout cela était plutôt inquiétant... »

Le trou noir resta coi.

« Tu es un drôle de personnage, ou de je ne sais quoi... »

Toujours ce silence.

« Pourquoi ne pas me parler plus de toi ? Quel effet ça fait d'être un trou noir, et tout ça. » A s'entendre, elle ne pouvait malgré tout s'empêcher d'éprouver un sentiment de ridicule.

« En gros, je vis comme vous : au jour le jour. Je voyage d'étoile en étoile, chaque étape me prend environ dix millions d'années. A l'arrivée, je plonge à travers le cœur de l'étoile. Je recommence aussi souvent que nécessaire puis je repars avec une manœuvre de fronde, en traversant une planète massive. La météorite de la Toungounska qui tomba en Sibérie en 1909 était un trou noir en plein élan pour se diriger vers Jupiter afin d'y acquérir le surcroît de poussée qui lui permettrait d'atteindre la vitesse de libération solaire. »

Un détail préoccupait Xanthia : « Que veux-tu dire par " aussi souvent que nécessaire " ?

— En général, cinq ou six mille passes suffisent.

— Non, non, ce que je veux dire, c'est *pourquoi* c'est nécessaire ? Qu'est-ce que tu y gagnes ?

— De la masse. J'ai besoin de faire le plein de masse. Les lois de la relativité stipulent que rien ne peut s'échapper d'un trou noir mais la mécanique quantique — et en particulier le principe d'incertitude d'Heinsenberg — explique qu'au-dessous d'un rayon donné, il n'est plus possible de déterminer le rayon d'une particule. Je perds en permanence de la masse par effet tunnel. Masse qui n'est pas entièrement gâchée puisque je suis capable de maîtriser sa forme et sa direction, récupérant ainsi son énergie pour accomplir des fonctions encore actuellement jugées impossibles par votre physique.

— Comme par exemple ? »

Xanthia n'aurait su dire pourquoi mais elle devenait nerveuse.

« Transformer l'inertie en gravité et créer de l'énergie de tout un tas de manières.

— Et comme ça, tu te déplaces.

— Lentement.

— Et tu manges...

— N'importe quoi. »

Xanthia ressentit une panique soudaine mais sans savoir ce

qui n'allait pas. Elle baissa les yeux vers ses instruments et sentit ses poils se hérisser — depuis le bout des bras jusqu'à la base du cou.

Le trou noir s'était rapproché de dix kilomètres.

« Comment as-tu pu faire ça ? éructa Xanthia. Je t'ai fait confiance et c'est ainsi que tu me récompenses, en essayant de me tomber dessus et... et...

— Ce n'était pas intentionnel : je te parle en focalisant des ondes gravitationnelles. Rien que pour discuter avec toi, je suis obligé de susciter entre nous deux une force d'attraction. Mais tu n'as jamais couru le moindre danger.

— Je ne te crois pas, dit avec colère Xanthia. Je crois que tu me racontes des histoires. Je ne crois pas que la gravitation fonctionne ainsi et je ne sache pas que tu aies fait beaucoup d'efforts au début pour m'expliquer comment tu me parlais. » Elle s'aperçut également que le trou noir s'exprimait avec beaucoup plus d'aisance qu'auparavant. Soit il était doué pour les langues, soit il l'avait fait exprès.

Le trou fit une pause puis dit : « C'est vrai. »

Elle poussa son avantage : « Alors, pourquoi l'avoir fait ?

— C'était un réflexe. Comme de cligner à la lumière ou de retirer sa main du feu. Sitôt que je sens de la matière, ça m'attire.

— Le cliché approprié serait " comme un papillon par la flamme ". Mais tu n'as rien d'un papillon et je ne suis pas une flamme. Je ne crois pas. Je suis persuadée que tu aurais pu t'arrêter si tu l'avais voulu. »

Nouvelle hésitation du trou. « Correct.

— Alors, tu essayais bien de... ?

— J'essayais de te manger.

— Comment ça, froidement ? Manger quelqu'un avec qui tu viens de bavarder ?

— La matière, c'est la matière », dit le trou, et Xanthia crut discerner dans sa voix une nuance défensive.

« Quelle est ton opinion sur ce que je t'ai dit de ton sort

prochain ? Tu allais me le dire et puis on est partis sur cette histoire de tes origines.

— Si j'ai bien compris, tu te proposes de revenir me chercher. Je serai remorqué à proximité de l'orbite de Pluton, vendu, et je me retrouverai pour finir dans le cœur d'une centrale orbitale où ton espèce déversera de la matière dans mon puits gravitationnel pour soutirer de cet effondrement gravitique de l'énergie à bas prix.

— Ouais. En gros, c'est ça.

— Voilà qui me paraît idéal. Mon existence est une lutte incessante. Que je ne trouve pas de matière à consommer et ma masse diminuera jusqu'à ce que je devienne plus petit qu'un noyau atomique. Le taux de perte s'accroîtra de manière exponentielle et mon univers disparaîtra. J'ignore ce qu'il peut advenir ensuite. Je n'ai jamais cherché à le savoir. »

Jusqu'à quel point pouvait-elle se fier à cet objet ? Pouvait-il se mouvoir rapidement ? L'idée l'effleura de reculer encore plus loin. S'ils étaient pour l'instant immobiles l'un par rapport à l'autre, ils s'écartaient ensemble de la position qu'elle avait donnée à Zoe.

Il était absurde de l'imaginer capable de fondre sur elle. Sinon, pourquoi ne l'avait-il pas déjà fait ? Et puis, l'ayant dévorée, attendre l'arrivée de Zoe — Zoe qui était dans l'incapacité de détecter un trou noir avec son détecteur de masse en panne.

Il fallait absolument qu'elle lui transmette ses nouvelles coordonnées. Elle essaya de calculer le point d'arrivée de sa sœur jumelle mais elle était distraite par la voix du trou noir.

« Je voudrais à présent t'expliquer les raisons initiales qui m'ont poussé à vous contacter. A l'écoute des transmissions radio de Pluton, j'ai pris conscience d'un certain nombre de faits que vous deviez savoir si, comme je le soupçonne, vous ne les connaissez pas déjà. As-tu entendu parler des lois de régulation du clonage ?

— Non, c'est quoi ? » Elle avait de nouveau peur, sans savoir pourquoi.

A en croire le trou noir, réglementer la génétique était l'enfance de l'art. Depuis trois siècles, les gens étaient pratiquement devenus immortels. Il s'était avéré nécessaire de limiter la population. Même si chacun n'avait qu'un seul enfant — le « droit à la naissance » — la population continuerait de s'accroître. Un moment, les clones avaient pu fournir une échappatoire. Plus maintenant. Dorénavant, un individu et un seul pouvait avoir accès à un génotype précis. Si deux personnes se trouvaient posséder le même, l'une d'elles était en trop et se voyait sommairement exécutée.

« Zoe a un droit d'antériorité sur son code génétique, conclut le trou noir. La jurisprudence à cet égard est constante.

— Donc, je suis...

— De trop. »

Zoe retrouva Xanthia dans le sas à l'issue de la manœuvre d'accostage. Elle souriait et cela fit à Xanthia la même impression que d'habitude désormais : celle d'être un petit chien qu'on gratte derrière les oreilles. Elles s'embrassèrent puis Zoe l'écarta à bout de bras.

« Laisse-moi te regarder un peu. Et cela ne ferait que trois mois ? Mais c'est que tu as grandi, mon bébé. »

Xanthia rougit. « Je ne suis plus un bébé, maman. » Mais elle était heureuse. Très heureuse.

« Non, sûrement pas. » Elle effleura l'un des seins de Xanthia puis, avec lenteur, lui tourna autour. « Sûrement pas. On s'est remplumée du côté des hanches, pas vrai ?

— Et de la poitrine. Trois centimètres depuis mon départ. J'ai presque fini. » Et c'était vrai : à seize ans, la jeune clone était pratiquement une femme.

« Presque fini », répéta Zoe, et elle détourna les yeux de son double. Mais elle l'étreignit de nouveau, et elles s'embrassèrent et commencèrent à rire à mesure que la tension se relâchait.

Elles firent l'amour, non pas une fois et ensuite dodo, mais à plusieurs reprises, et avec délectation. L'une d'elles — Xanthia n'aurait su dire qui car la remarque semblait si juste que l'une ou l'autre pouvait l'avoir prononcée — observa que le point positif dans ces trois mois de séparation, c'étaient les retrouvailles.

« Tu t'es parfaitement débrouillée », dit Zoe, suspendue dans l'air obscur et douceâtre de leur chambre, bien des heures après. « Tu as piloté cette chaloupe comme si c'était un véritable prolongement de ton corps. J'ai observé ton accostage. Je crois bien que j'avais envie de te voir faire une erreur : j'aurais encore gardé cette supériorité sur toi. » Ses dents brillèrent à la lueur des étoiles, deux barres éclatantes sous l'éclair de ses yeux et la pâle auréole de la chevelure.

« Bof, ça n'était pas si difficile que ça », dit une Xanthia ravie et sachant fort bien que ça l'était, difficile.

« Eh bien, je te repasserai les commandes à la prochaine virée. Dorénavant, tu peux considérer la chaloupe comme ton vaisseau personnel. Tu en es le capitaine. » Il ne lui parut pas opportun de révéler à Zoe qu'elle voyait déjà les choses ainsi. Ni qu'elle avait baptisé le vaisseau.

Zoe rit doucement. Xanthia la regarda. « Je me souviens du premier jour où j'ai embarqué sur mon propre vaisseau. Un grand jour pour moi. Mon propre vaisseau.

— Ça c'est la vraie vie, opina Xanthia. Qu'a-t-on à faire de tous ces gens ? Rien que nous deux. Et ils viennent dire que les chasseurs de trous sont dingues. Je... j'avais envie de... » Les mots se bloquaient dans sa gorge mais elle savait que c'était le moment ou jamais de les prononcer. « Je n'ai pas envie de rester trop longtemps sur Pluton, maman. J'aimerais mieux revenir tout de suite ici avec toi. »

Voilà, elle l'avait dit.

Zoe ne répondit rien d'un long moment.

« On pourra en parler plus tard.

— Je t'aime, maman, dit Xanthia, un petit peu trop fort.

— Moi aussi je t'aime, mon bébé, marmonna Zoe. Si on dormait un peu, d'accord ? »

Elle essaya de dormir mais le sommeil ne voulait pas venir. Qu'est-ce qui n'allait pas ?

Laissant derrière elle l'obscurité de la chambre, elle se mit à errer dans le vaisseau, à la recherche de quelque chose qu'elle avait perdu, ou qu'elle était en train de perdre, elle ne savait pas au juste. Que s'était-il passé, au bout du compte ? Certainement rien de tangible. Elle aimait sa mère et, malgré tout, les sanglots l'étranglaient.

Enfermée dans les toilettes, enveloppée dans le sac à douche, dans la buée de l'eau chaude, elle scruta le miroir.

« Pourquoi ? Pourquoi ferait-elle une chose pareille ?

— La solitude. Et la folie. Les deux vont souvent de pair. C'est la solution qu'elle a trouvée. Tu n'es pas le premier clone qu'elle ait fait. »

Elle s'était crue blindée contre les chocs mais l'évidence de cette simple déclaration, lorsqu'elle lui vint à l'esprit, lui fit l'effet d'une bombe. Zoe avait toujours eu besoin de la compagnie que lui offrait Xanthia. Elle avait besoin d'un enfant pour la distraire au cours des longues et lassantes années d'un voyage. Besoin de quelqu'un à qui parler. *Pourquoi ne s'était-elle pas emmené un chien ?* Elle se voyait maintenant comme la mascotte de bord et cette idée la rendit malade. Les lois locales de quarantaine exigeaient la destruction de tout animal avant atterrissage. Regrettable, mais c'était ainsi. Depuis un an, Zoe se préparait pour avoir le courage de le faire.

Combien de petites Xanthia ? Qui avaient peut-être même choisi précisément ce nom ; tellement elles lui ressemblaient. Trois, quatre ? Elle pleura sur ses sœurs oubliées. A moins que...

« Comment puis-je être sûre que tu me dis la vérité ? Comment aurait-elle fait pour me le cacher ? J'ai déjà regardé des bandes sur Pluton. Jamais je n'ai vu la moindre mention de ça.

— Elle y a opéré des coupures avant ta naissance. Elle s'est montrée prudente. Imagine sa situation : il ne peut exister qu'un seul exemplaire de vous mais la loi ne précise pas lequel. Avec sa mort, tu deviens légale. Si tu l'avais su, comment aurait été la vie à bord du *Shirley-Temple ?*

— Je ne te crois pas. Tu as une idée derrière la tête. J'en suis sûre.

— Pose-lui donc la question quand elle sera là. Mais sois prudente. Tâche de bien réfléchir. »

Elle avait bien réfléchi. Au point d'en avoir ignoré les trois derniers appels de Zoe. Toutes les options devaient être envisagées, toutes les possibilités prévues. C'était une tâche impossible ; elle se savait trop émotive pour avoir des idées claires et elle n'avait plus le temps de se ressaisir. Mais elle avait fait ce qu'elle avait pu. Dorénavant, le *Bon-Gros-Sucre-d'Orge* — extérieurement inchangé — s'était mué en vaisseau de guerre.

Zoe se rapprochait ; elle avait allumé le réacteur à fusion et se dirigeait vers un point fixe par rapport à Xanthia. Ce mode de propulsion était trop dangereux pour que le *Shirley* aille jusqu'au bout de la manœuvre de rendez-vous ; à partir de là, ce serait au tour du *Sucre-d'Orge* de manœuvrer.

Xanthia surveilla au télescope l'extinction de la tuyère. Le *Shirley* était nettement visible sur l'écran, bien que distant de cinquante kilomètres.

Lorsque l'écran s'alluma de nouveau, ce fut Zoe qui y apparut. Xanthia alluma également sa caméra.

« Te voilà enfin, dit Zoe. Pourquoi ne voulais-tu pas me parler ?

— Je ne pensais pas que le moment était venu.

— Veux-tu bien m'expliquer d'où viennent ces balivernes sur des trous noirs qui parlent ? Qu'est-ce qui t'a pris ?

— Laisse tomber. De toute façon, il n'y a jamais eu de trou noir. Je voulais juste te parler d'un détail que tu as oublié d'effacer de la bandothèque du *Suc...* — de la chaloupe de sauvetage. Tu as bien vérifié parfaitement toutes les bandes du

*Shirley* mais tu as omis de prendre les mêmes précautions ici. Je suppose que tu n'avais pas imaginé que je puisse m'en servir. Dis-moi, peux-tu me dire ce que sont les lois de régulation du clonage ? »

Le visage sur l'écran restait impassible. Ou bien était-ce le miroir et souriait-elle ? Etait-ce sa propre image ou bien celle de Zoe qu'elle observait ? D'un geste frénétique, Xanthia bascula un interrupteur pour ramener sur l'écran l'image du télescope, effacer ce visage. Zoe allait-elle essayer de s'en tirer par de belles paroles ? Si c'était le cas, Xanthia était bien décidée à ne rien faire du tout. Elle n'aurait aucun moyen de vérifier si Zoe lui racontait ou non des mensonges ; rien pour la confondre, hormis le récit fantastique d'un trou noir parlant.

*Je t'en prie, dis quelque chose. Ote-moi des mains cette responsabilité.* Elle était prête à mourir, piégée par les paroles enjôleuses de Zoe, plutôt que de lui préférer la parole d'un trou noir.

Mais Zoe ne parla pas, elle agit et la réaction était exactement celle prévue par le trou noir : les fusées de contrôle d'assiette s'étaient allumées, le *Shirley-Temple* basculait et virait lentement, orientant les tuyères de sa poupe vers un point précis sur l'écran du télescope. Une fois les moteurs convenablement braqués, ils seraient sans aucun doute allumés et Xanthia se retrouverait vaporisée avec son vaisseau. Mais elle était prête. Ses mains étaient restées rivées sur les commandes de poussée. Le *Sucre-d'Orge* était capable d'accélérations respectables, dont chaque *g* la plaqua sur son siège lorsqu'elle s'éloigna du point dangereux.

Les réacteurs à fusion du *Shirley* s'allumèrent et commencèrent leur balayage mortel. Xanthia pouvait distinguer le mince pinceau incroyablement brûlant qui lui tournait autour tandis que Zoe en ajustait l'orientation. Elle ne pourrait guère lui échapper longtemps mais ce répit lui suffirait.

Puis les lumières s'éteignirent. Elle vit son écran s'illuminer lorsque le circuit du télescope fut saturé par une immense décharge d'énergie. Et ce fut tout. L'écran de son radar était absolument vide.

« Exactement comme je l'avais prévu, dit le trou.

— Tu ne vas pas la fermer ? » Xanthia restait parfaitement immobile ; elle tremblait.

« Si. Très bientôt. Je ne m'attendais pas à des remerciements. Mais ce que tu as fait, tu l'as fait de ton propre chef.

— Et toi donc, espèce de... de *vampire !* Va donc au diable ! » Elle criait entre deux sanglots. « Ne t'imagine pas m'avoir abusée. Pas complètement en tout cas. Je sais fort bien ce que tu as fait, et comment tu l'as fait.

— Ah bon ? » La voix était indiciblement froide et distante. Elle sentait bien qu'à présent qu'il était hors de danger, le trou noir perdait rapidement tout intérêt pour elle.

« Oui, je le sais. Ne me raconte pas que c'est un hasard si ton changement de direction t'a justement permis d'être à proximité de Zoe à son arrivée. Tu avais prévu le coup depuis le début.

— Depuis bien plus longtemps même que tu ne le crois, rétorqua le trou. J'ai bien essayé de vous capturer toutes les deux mais ce fut impossible. Le mieux que je pus faire, c'était de profiter de la situation telle qu'elle se présentait.

— Tais-toi. Oh ! tais-toi ! »

La voix du trou noir se modifiait : d'abord neutre et caverneuse, elle semblait à présent comme issue d'un réservoir d'hélium liquide. Jamais elle n'aurait pu la confondre avec une voix humaine.

« Ce que j'ai fait, je l'ai fait à mon seul profit. Mais je t'ai sauvé la vie. Elle s'apprêtait à essayer de te tuer. Je l'ai amenée à manœuvrer de telle sorte que, tentant de braquer son propulseur à fusion comme une arme sur toi, elle se dirigeait en même temps droit vers un trou noir qu'elle n'était pas en mesure de détecter.

— Tu t'es *servi* de moi !

— Toi aussi. Tu t'apprêtais bien à m'emprisonner dans le cœur d'une centrale.

— Mais tu as dit toi-même que tu t'en moquais. Que c'était l'endroit idéal.

— Crois-tu donc qu'il n'y ait que la nourriture dans la vie ? Le vaste univers offre plus de choses à faire que tu ne peux l'imaginer. Je suis lent. Il est aisé de capturer un trou noir avec un détecteur de masse qui fonctionne : Zoe y est bien parvenue trois fois. Mais je suis hors de portée, désormais.

— Que veux-tu dire ? Que vas-tu faire ? Et moi, qu'est-ce que je vais faire ? » La question lui était si douloureuse que Xanthia faillit ne pas entendre la réponse du trou.

« Je m'en vais. J'ai converti le *Shirley* en énergie ; je n'en ai absorbé qu'un minimum de masse. J'ai focalisé très étroitement l'énergie et maintenant je m'apprête à quitter votre système. Tu ne me reverras plus. Tu n'as qu'une issue : retourner sur Pluton et raconter à tout le monde ce qu'il s'est passé ici ; ce qui, s'ils te croient, obligera les scientifiques à récrire les lois de la nature. Cela s'est déjà produit auparavant quoique généralement avec des bases plus probantes. On s'interrogera sur le fait que dans le passé nul trou noir n'avait jamais fui, ni changé de vélocité ni parlé. Tu pourras toujours expliquer que lorsqu'un trou noir a une chance de se défendre, le chasseur ne survit pas pour raconter l'histoire.

— C'est ce que je vais faire ! Je vais leur raconter ce qui est arrivé ! » Xanthia était rongée par un doute horrible. Se pouvait-il qu'il y ait eu une solution à son problème n'impliquant pas la mort de Zoe ? Jusqu'à quel point le trou l'avait-il grugée ?

« Il y a une seconde possibilité, poursuivit le trou noir sans se démonter. Que peux-tu bien faire maintenant dans cette chaloupe ?

— Ce que je... je te l'ai dit, nous avions... » Xanthia s'interrompit. Elle se sentait suffoquer.

« Il ne serait pas difficile de te considérer comme folle : tu as découvert dans la bandothèque du *Sucre-d'Orge* quelque indice qui t'a convaincue qu'il fallait éliminer Zoe. C'en était trop pour toi : par défense, tu m'as inventé pour te pousser à faire ce que tu avais à faire. Regarde dans le miroir et dis-moi si tu penses franchement qu'on croira ton histoire. Regarde bien, et sois honnête avec toi-même. »

Pour la première fois, elle entendit rire la voix ; un rire venu du fond du trou comme du fond d'un puits. Un son des plus désagréables.

Peut-être Zoe avait-elle péri un mois plus tôt, étranglée, empoisonnée ou bien lardée de coups de couteau. Xanthia était restée tout ce temps dans sa chaloupe, figée par la catatonie, et elle avait bâti cette aventure pour justifier le meurtre. Il s'était agi de légitime défense, ce qui était assurément une bonne excuse — bien pratique en tout cas.

Mais elle savait. Elle était sûre — autant qu'elle ait jamais pu l'être — que le trou était bien là, que tout s'était bien déroulé comme elle l'avait vu. Elle revit l'éclair, l'horrible éclair qui avait réduit en cendres Zoe. Mais elle savait aussi que l'autre explication continuerait de la hanter jusqu'à la fin de ses jours.

« Je te conseille d'oublier. Va sur Pluton et raconte partout que ton vaisseau a explosé, que tu t'en es tirée et que tu es Zoe. Prends sa place dans le monde et ne parle plus jamais, tu entends, plus jamais, de trous noirs qui parlent. »

La voix s'évanouit dans sa radio. Elle ne reparla plus.

Après des jours et des jours de morne désespoir et trop de larmes et de reproches pour qu'elle pût s'en souvenir, Xanthia fit ce qu'avait prédit le trou. Mais la vie sur Pluton ne lui convenait guère, il y avait trop de gens et personne ne lui ressemblait vraiment. Elle n'y resta que le temps de retirer de la banque l'argent de Zoe et de s'acheter un vaisseau qu'elle baptisa *Shirley-Temple.* Un vaisseau massif, assez puissant pour foncer jusqu'aux étoiles, si nécessaire. Elle avait laissé quelque chose par là-bas et elle comptait bien l'y chercher jusqu'à ce qu'elle l'ait retrouvé.

# Pique-nique au clair de Terre

Voici le récit où l'on saura comment je suis venu sur la Face visible, côté Terre, comment j'y ai découvert le vieux Lester et comment j'ai, peut-être, un peu grandi.

Pas trop tôt, comme dirait Carnaval.

Carnaval, c'est ma mère. On ne s'entend pas très bien la plupart du temps et je crois que c'est parce que j'ai douze ans et elle, quatre-vingt-seize. Elle dit que ça ne fait pas de différence et que si elle a autant attendu pour avoir un enfant, c'est qu'elle voulait être certaine d'y être prête. Et moi de lui répondre qu'à son âge, elle est trop loin de l'enfance pour se rappeler à quoi ça peut ressembler. Alors, elle me fait remarquer que sa mémoire est parfaite et que ses souvenirs remontent jusqu'à sa naissance. Et moi, je lui rétorque...

On discute pas mal.

Je me défends dans les discussions mais Carnaval est un cas à part : c'est une Emotionnaliste ; si bien que chaque fois que j'essaie d'apporter des preuves à l'appui de ses arguments, elle les écarte avec une phrase du genre : « Les preuves ne font qu'aller à l'encontre de mes idées préconçues. » Je lui dis que c'est irrationnel et elle me dit que j'ai parfaitement raison et que c'était bien là son intention. La plupart du temps, on n'arrive même pas à s'accorder sur les hypothèses permettant de fonder notre désaccord. Si pour vous, c'est la mort de tout débat, c'est que vous ne nous connaissez pas, Carnaval et moi.

Le principal sujet de discussion dans notre terrier, ces sept ou huit dernières lunaisons, a été le Changement que je voulais subir. Chacun sur ses positions, on avait remis ça tous les jours. Elle estimait qu'à son âge, un Changement serait psychiquement néfaste. Alors qu'absolument tout le monde s'en faisait faire un.

Nous étions tous assis autour de la table du petit déjeuner. Il y avait moi, Carnaval et Accord, l'homme avec qui Carnaval vivait depuis plusieurs années, et Adagio, la fille d'Accord. Adagio a sept ans.

La nuit d'avant a eu lieu une bataille épique entre Carnaval et moi. Elle s'est terminée (plus ou moins) avec ma promesse de me séparer d'elle dès que j'en aurai l'âge légal. Je ne sais plus quelle fut de son côté sa menace. Mais j'étais tout retourné.

J'étais donc là, à manger du bout des dents et lécher mes blessures : l'argument n'avait débouché sur aucune conclusion d'un point de vue philosophique mais, en pratique, c'est elle qui avait gagné, pas de question. Le point crucial était que je ne pourrais obtenir de Changement tant qu'elle n'aurait pas apposé son code de personnalité au bas d'une liasse de données et, à l'en croire, elle aurait le cerveau en cryogénie avant que ça se produise. Ça aussi, elle en était bien capable.

« Je crois que je me sens prête à faire un Changement », nous confia Carnaval.

Je glapis : « C'est pas juste ! Tu dis ça rien que pour m'embêter. Pour bien montrer que je ne suis rien et que toi, tu peux tout te permettre.

— Cette discussion a assez duré, coupa-t-elle sèchement. Nous avons fait le tour du sujet et je ne changerai pas d'avis. Tu es trop jeune pour un Changement.

— De la couille ! Je suis bientôt un adulte. Dans un an seulement. Tu crois vraiment que je serai si différent que ça l'année prochaine ?

— Je me garderai bien de le prédire. J'espère bien que tu

mûriras. Mais si, comme tu le dis, c'est dans un an seulement, pourquoi cette hâte ?

— Et moi, j'aimerais bien que tu ne parles pas comme ça » ajouta Accord.

Carnaval lui lança un regard mauvais. Elle ne tolérait pas les ingérences extérieures lorsqu'elle essayait de me mater. Elle a horreur que quiconque vienne fourrer son grain de sel. Mais elle se garda de rien dire devant Adagio et moi.

« Je pense que tu devrais laisser Fox avoir son Changement », dit Adagio en me souriant. Adagio est une brave gosse, comme peut l'être une petite sœur de lait. Je pouvais toujours compter sur elle pour me soutenir et je lui retournais la faveur autant que possible.

« Toi, reste en dehors de ça », l'avertit Accord puis, s'adressant à Carnaval : « Nous devrions peut-être sortir de table, le temps que Fox et toi vous mettiez d'accord.

— Ça t'obligerait à rester un an à l'écart, remarqua Carnaval. Reste donc. La discussion est close. Si Fox n'est pas d'accord, il peut aller dans sa chambre. »

Je ne me le fis pas redire et je sortis de table précipitamment. Je me sentais idiot mais je n'en pleurais pas moins. Simplement, une partie de moi-même garde toujours assez de présence d'esprit pour tenter de tirer profit de n'importe quelle situation.

Carnaval est venue me voir un peu plus tard mais j'ai fait de mon mieux pour qu'elle se sente importune. Pour ça aussi, je me défends — du moins avec elle.

Elle est repartie quand il fut devenu patent qu'elle ne pourrait améliorer les choses. Elle était blessée et quand la porte se referma, je me sentis alors vraiment malheureux : j'en avais après elle et après moi, aussi. Je commençais à trouver difficile de l'aimer autant que je pouvais l'aimer avant, et cette incapacité me faisait honte.

Je passai quelque temps à me lamenter là-dessus puis décidai que je devais m'excuser. Je sortis de la chambre, prêt à aller pleurer dans ses bras mais ça ne se passa pas ainsi. Sinon, peut-être que les choses auraient été différentes et que Halo et moi, nous ne serions jamais allés sur la Face Terre.

Accord et Carnaval s'apprêtaient à sortir. Ils disaient qu'ils seraient partis la plus grande partie de la lunaison : ils s'équipaient en conséquence, et ce qui me préoccupa (et me fit changer mes plans) fut qu'ils s'habillèrent dans la salle commune et non dans leurs appartements privés comme ils auraient dû le faire, selon moi.

Elle avait ôté ses pieds et mis à la place des podes, ce qui me parut idiot vu que les podes n'ont d'intérêt qu'en apesanteur. Mais Carnaval aime à les porter à la moindre occasion, avançant à grandes enjambées comme un cheval au trot steppé, tellement ils sont inadaptés à la marche. Je trouve que les gens ont l'air idiot avec ces mains au bout des jambes. Et comme de juste, elle avait laissé ses pieds traîner par terre.

Carnaval consulta sa montre et fit une allusion à leur retard pour prendre la navette. En partant, elle lança, par-dessus l'épaule : « Fox, veux-tu me faire plaisir et ranger ces pieds, s'il te plaît ? Merci. »

Sur quoi elle s'éclipsa.

Une heure plus tard, du fond de ma déprime, j'entendis sonner à la porte. C'était une femme que je n'avais jamais vue auparavant. Elle était nue.

Vous savez comment il arrive parfois qu'on reconnaisse au premier coup d'œil un ami qui vient de subir un Changement, même s'il fait vingt centimètres de plus ou de moins, pèse cinquante kilos de plus ou de moins, et ne ressemble plus du tout à la personne que vous connaissiez. Ce n'est peut-être pas le cas pour vous — tout le monde n'a pas ce don — chez moi, en tout cas, il est très développé. Carnaval dit que c'est à cause d'un changement évolutif de la race, une réponse au besoin de reconnaître d'autres individus bien qu'ils soient susceptibles de modifier à volonté leur aspect. C'est peut-être vrai. Mais elle, elle en est incapable.

Je crois que ce doit avoir un rapport avec la façon de porter son corps ; quels qu'en soient la morphologie ou le sexe. Ces petites manies comme les clignements, les mimiques, les poses, les mouvements de doigts ; peut-être même ce comportement kinesthésique global dont parlent les docteurs. C'était cela : je pouvais lire derrière le visage féminin et la différence de taille et de poids pour y retrouver quelqu'un de ma connaissance. C'était Halo, mon meilleur ami, qui était encore un homme la dernière fois que je l'avais vu, trois lunes plus tôt. Elle arborait un grand sourire niais.

« Salut, Fox ! » dit-elle d'une voix une octave plus haute mais qui, malgré tout, était indubitablement celle de Halo. « Qui c'est ?

— La reine Victoria, non ? » J'essayai de prendre l'air blasé. « Allez, entre donc, Halo. »

Son visage se décomposa. Elle entra, l'air confus.

« Comment tu me trouves ? » dit-elle en pivotant lentement pour m'offrir une vue sous toutes les coutures. L'ensemble était parfait car (comme si j'avais besoin de ça) sa mère lui avait laissé subir le traitement intégral : des seins parfaitement développés, des courbes généreuses, tout le tremblement, quoi... on lui avait juste refusé une taille d'adulte : elle faisait même quelques centimètres de moins qu'avant.

« Parfaite, dis-je.

— Ecoute, Fox, si tu aimes mieux que je reparte...

— Oh, je suis désolé, Halo, dis-je en donnant libre cours à mon humeur ; tu es absolument superbe. Fabuleuse. Franchement. Mais j'ai simplement du mal à être content pour toi, vois-tu : Carnaval n'est pas près de céder. »

Elle compatit instantanément. Elle me prit la main, ce qui me surprit complètement.

« J'étais si contente que j'ai l'impression d'avoir manqué de tact, dit-elle à voix basse. J'aurais peut-être mieux fait de ne pas venir tout de suite. »

Elle me regarda avec ses grands yeux marron (ils étaient bleus d'habitude) et je commençai à saisir ce que tout cela allait signifier pour moi.

Comprenez : Halo, une femme ? Halo, le mec avec qui je dévalais les corridors ? Le mec qui m'avait aidé à fabriquer cet horrible chat à huit pattes que Carnaval ne voulait pas laisser entrer dans la maison et qui ressemblait à une chenille perplexe ? qui faisait l'amour aux mêmes filles que moi et comparait ensuite ses notes avec les miennes quand on était seuls, et qui m'avait aidé à m'en sortir quand la bande avait voulu me rosser et qui pleurait avec moi et jurait de m'égaler ? Est-ce qu'on pourrait encore faire de même, désormais ? Je n'en savais rien.

La plupart de mes meilleurs amis étaient des garçons, peut-être parce que les histoires de sexe avaient tendance à compliquer les choses avec les filles et que je ne me sentais pas encore capable de mener les deux de front avec la même personne.

Mais Halo n'avait pas ce genre de doute : en fait, elle se tenait même tout près de moi et me gratifiait d'un grand regard innocent dont elle savait qu'il me faisait de drôles de choses. Elle le savait parce que je le lui avais dit — du temps où elle était un garçon. En un sens, ça ne me semblait pas juste.

« Eh, écoute, Halo ! » dis-je à la hâte, battant en retraite. Mais c'est qu'elle en avait à mon pantalon ! « Euh, je crois que j'ai besoin d'un peu de temps pour m'y faire. Comment puis-je... ? Tu vois ce que je veux dire, n'est-ce pas ? » Je ne crois pas qu'elle le voyait — ni moi non plus, en fait. Ce que je sais, c'est que j'étais inconcevablement humilié par ce qu'elle avait tant envie d'essayer. Et elle revenait à l'attaque.

« Eh, dis ! lançai-je, en désespoir de cause. Dis ! j'ai une idée ! Euh... je sais. Si on prenait la sauterelle de Carnaval pour aller faire un tour, d'ac ? Elle m'a dit que je pouvais lui emprunter aujourd'hui. » Mes lèvres vivaient leur vie propre, hors de tout contrôle. Tout ce que je disais relevait de l'improvisation : la surprise était la même pour moi que pour elle.

Elle cessa de me harceler : « C'est vrai ?

— Bien sûr », dis-je avec aplomb. Ce n'était que demi-mensonge aux regards de ma mère. En vérité, j'avais eu l'intention de lui demander la sauterelle et j'étais sûr qu'elle aurait accepté. Logiquement, c'était certain. J'avais simplement oublié de le lui demander, voilà tout. Donc, c'était presque comme si la permission m'avait été accordée et je poursuivis dans ce sens. Le raisonnement dans tout ça est spécieux, je l'admets mais, comme je l'ai dit, Carnaval l'aurait compris.

« Dans ce cas, dit Halo, pas vraiment enthousiasmée par cette perspective, où pourrait-on aller ?

— Qu'est-ce que tu dirais du Vieil-Archimède ? » De nouveau, grosse surprise pour moi. J'ignorais jusque-là que j'avais envie de me rendre là-bas.

Halo était franchement soufflée : je la bousculais en dehors de ses nouvelles habitudes. Elle réagit exactement comme l'aurait fait l'ancien Halo : la bouche bée et l'air idiot. Puis elle essaya d'autres réactions : mettre la main sur la bouche et pousser un petit gloussement. Les Changeurs sont tous comme ça la première fois ; les nouvelles femmes ont tendance à minauder comme des héroïnes sorties d'un roman gothique tandis que les nouveaux hommes grognent et roulent des mécaniques comme Marlon Brando dans *Un tramway nommé Désir*. Et puis ça leur passe.

Pour Halo, ça lui passa juste devant mes yeux. Elle me scruta puis se gratta la tête.

« T'es fou ? Archimède est sur la Face Terre. Ils ne laissent personne aller là-bas.

— Tiens donc ? demandai-je, soudain intéressé. En es-tu certaine ? Et dans l'affirmative, pourquoi pas ?

— Eh bien, je veux dire, tout le monde sait bien...

— Le crois-tu ? Et qui sont ces “ ils ” qui nous interdiraient d'y aller ?

— Le Calculateur central, je suppose.

— Eh bien, le seul moyen de le vérifier, c'est encore d'essayer. Allez, viens. » Je lui pris le bras. Je voyais bien qu'elle était perplexe et je voulais qu'elle le demeure, le temps pour mes idées de se remettre en place.

« Je voudrais un plan de vol pour le Vieil-Archimède, sur la Face Terre », annonçai-je en essayant autant que possible de paraître adulte et insouciant. Il ne nous avait pas fallu dix minutes pour emballer les provisions et gagner le terrain — en grande partie sous mon impulsion frénétique.

« Voilà qui est légèrement imprécis, Fox, dit le C.C. Le Vieil-Archimède est un endroit vaste. Voudrais-tu ressayer ?

— Euh... » J'avais un trou. Foutus ordinateurs avec leur foutu esprit littéral ! Qu'est-ce que je pouvais bien connaître du Vieil-Archimède ? A peu près autant que j'en savais du vieux New York ou du vieux Bombay.

« Donne-moi un plan de vol pour le terrain d'atterrissage principal.

— Voici qui est mieux. Les coordonnées sont... » Et il débita une suite de nombres. Je les introduisis dans le pilote automatique et tentai de me détendre.

« C'est parti, dis-je à Halo. Ici Fox-Carnaval-Joule, aux commandes de la sauterelle privée AX-1453, basée à King-City, et qui enregistre un plan de vol pour le terrain principal du Vieil-Archimède référencé somme suit... (je répétai les chiffres que m'avait donnés le C.C.). Enregistrement effectué la 17^e^ lune de la 4^e^ lunaison de l'an 214 de l'Occupation de la Terre. Demande initialisation du décompte.

— Accordé. Décompte comme suit : trente secondes avant le départ. Top. »

J'étais abasourdi. « Et voilà. C'est tout ? »

Gloussement. Foutue machine matérialiste.

« Qu'est-ce que tu t'imaginais, Fox ? Que les gendarmes allaient fondre sur ton engin ?

— Je ne sais pas. Je crois que j'avais l'impression que tu ne nous aurais pas laissés aller sur la Face Terre.

— Erreur répandue. Tu es un citoyen libre, bien que mineur, et en état d'aller où bon te semble sur la surface lunaire. Tu es simplement soumis aux lois de l'Etat, ainsi qu'aux souhaits précis que ton parent a programmés. Je... veux-tu que je commence le lancement à ta place ?

— Occupe-toi de tes affaires. » Je surveillai le chrono et pressai le bouton quand il eut atteint le zéro.

L'accélération était faible mais de longue durée. Diantre, c'est que le Vieil-Archimède se trouve aux antipodes.

« J'ai la responsabilité de vérifier que tu ne te mettes pas en danger par inadvertance, ou par l'ignorance de ton jeune âge. Je dois également m'assurer que tu obéis aux vœux de ta mère. Mis à part ça, tu es libre.

— Tu veux dire que Carnaval m'a donné la permission d'aller sur la Face Terre ?

— Je n'ai pas dit ça. Je n'ai pas reçu d'instruction de sa part t'interdisant d'y aller. Il n'y a pas de risques particuliers pour ta sécurité sur la Face Terre : je n'avais donc pas d'autre choix que de te donner l'autorisation de vol. (Une pause, lourde de sens.) J'ai pu faire l'expérience que rares sont les parents à juger nécessaire de m'interdire d'accorder une telle permission. J'en déduis que c'est parce que bien peu de gens en fait me demandent à se rendre là-bas. Je note par ailleurs que ta parente est à l'heure actuelle impossible à joindre ; elle a laissé des instructions pour ne pas être dérangée. Fox, poursuivit le C.C. sur un ton accusateur, il me vient soudain que tout ceci n'a rien d'accidentel. Aurais-tu prévu ton coup ?

— Non.

— Je suppose que tu désires une autorisation de vol pour le retour.

— Pourquoi ? Je te rappellerai quand je serai prêt à revenir.

— Je crains que cela ne soit impossible, dit la machine, non sans suffisance. D'ici cinq minutes, tu seras hors de portée de mon dernier récepteur. Je ne m'étends plus jusqu'à la Face Terre, vois-tu. Cela fait des années. Tu vas être hors de contact, Fox. Livré à toi-même. Songes-y. »

J'y songeai. Durant un désagréable moment, j'eus envie de

faire demi-tour. Sans le C.C. pour nous surveiller, les gosses n'auraient pas le droit d'aller en surface avant *des années.*

Etais-je à ce point confiant ? Je sais combien la surface peut se montrer traîtresse si jamais elle vous coince. Je pensais avoir appris à éviter toutes les erreurs mais était-ce bien sûr ?

« Comme c'est excitant ! » exulta Halo. Elle était repartie dans les nuages, elle avait complètement récupéré de son choc en apprenant notre destination. Elle était restée évaporée comme ça, trois heures d'affilée, après son Changement.

Bon enfin, moi aussi, plus tard, quand j'y ai eu droit.

« Silence, tête de linotte », dis-je, pas méchamment. D'ailleurs, elle ne se sentit pas insultée : elle me lança un sourire radieux puis bava contre le hublot tandis que nous approchions du terminateur.

Je vérifiai l'état des vivres ; impeccables pour un séjour d'une lunaison complète s'il le fallait, bien que j'eusse décollé sans même un regard au manifeste.

« D'accord, petit malin, file-moi les coordonnées du retour.

— Demande incomplète, dit le C.C. d'une voix traînante.

— Et merde ! Je veux un plan de vol, Vieil-Archimède/King-City et pas de rouspétances !

— Noté. Assimilé. » Il me fournit les coordonnées. La voix s'affaiblissait.

Il poursuivit, sur un ton de défi : « Je suppose que tu ne comptes pas me donner une vague indication sur la date de ton retour ? »

Ah ! Nous y étions. Carnaval ne serait pas ravie d'entendre les explications du C.C., j'en étais sûr :

« Dis-lui que j'ai décidé de fonder ma propre colonie et que je ne reviendrai jamais.

— Comme tu voudras. »

Le Vieil-Archimède était plus grand que je ne l'avais supposé. Je savais que même du temps de sa gloire, il n'avait jamais atteint la population de King-City mais on construisait plus en surface, en ce temps-là. King-City se réduit tout au plus à un terrain d'atterrissage et quelques dômes. Alors que le Vieil-Archimède était un fouillis de structures toutes regroupées autour du terrain central.

Halo m'ayant désigné quelques édifices intéressants vers le sud, je virai dans leur direction pour me poser à proximité.

Elle ouvrit la porte et balança la tente puis sauta derrière. Je suivis, empruntant l'échelle puisque j'étais, semblait-il, désigné pour porter les provisions.

Après un bref regard alentour, elle se mit à déballer la tente.

« On explorera plus tard, expliqua-t-elle, hors d'haleine. Pour l'instant, rentrons sous la tente et mangeons. J'ai faim. »

D'accord, d'accord, que je me dis. Il faudra bien y faire face tôt ou tard. Mais je ne la savais pas affamée à ce point (pour un pique-nique, en tout cas). Tout cela allait bien trop vite à mon goût. Je n'avais pas encore la moindre idée du devenir de nos relations quand nous ramperions hors de cette tente.

Pendant qu'elle installait le tout, j'examinai tranquillement le paysage. Je ne tardai pas à regretter de ne pas avoir choisi plutôt la base de la Tranquillité. Ça n'aurait pas été aussi intime, mais au moins, il n'y avait pas de revenants, là-bas. Maintenant que j'y repense, la base de la Tranquillité était sur la Face Terre, avant qu'ils la déménagent.

Mais revenons au Vieil-Archimède :

Je n'arrivais pas à mettre le doigt sur ce qui dans ces lieux me mettait mal à l'aise. Pas le silence. Notre espèce avait eu le temps de se faire au silence depuis que, chassés de la Terre, il nous avait bien fallu vivre sur les planètes paumées du Système. Pas le manque de compagnie : j'avais l'habitude des longues promenades en surface où je pouvais passer des heures sans rencontrer personne. Je ne sais pas. Peut-être était-ce à cause de la Terre, suspendue juste au-dessus de l'horizon.

Elle était dans sa phase de croissant et je me pris à regretter en vain ces jours d'antan où la partie obscure était mouchetée de points lumineux qui étaient autant de cités des hommes. A présent n'existaient plus que la nuit primitive, les dauphins dans la mer et les Etrangers — croquemitaines destinés à gâcher le sommeil d'un enfant quoique, à présent, j'en fusse moins sûr. Si des hommes survivent là-bas, nous n'avons aucun moyen de le savoir.

On dit que c'est là ce qui a fini par chasser les gens sur la Face cachée : ce rappel constant de ce qu'ils avaient perdu, présent en permanence dans le ciel. Ça avait dû être dur, surtout pour ceux qui étaient nés sur Terre. Quelle qu'en soit la raison, plus personne n'avait vécu sur la Face Terre depuis près d'un siècle. Toutes les bases initiales avaient dépéri à mesure que les gens émigraient vers le ciel réconfortant de la Face cachée.

Je crois bien que c'est ce que je sentais, recouvrant les bâtiments anciens comme quelque mousse invisible : cette aura de peur et de désespoir, laissée par tous ceux qui avaient enterré ici leurs espoirs avant de s'en aller vers l'oubli de la Face cachée. Il y avait des fantômes ici, parfaitement : les ombres de rêves inassouvis et d'attentes sans fin. Et par-dessus tout, une insondable tristesse.

Je me secouai pour revenir au présent. Halo avait fini de monter la tente. Elle faisait une boursouflure sur le terrain désert, bulle claire à peine plus haute que ma taille. Elle était déjà à l'intérieur. Je rampai par le sphincter et elle le scella derrière moi.

La tente de Halo est un bon modèle : le sol fait près de trois mètres de diamètre, largement de quoi loger six personnes si l'on ne craint pas de temps à autre un coup de pied. Elle est pourvue d'un réchaud, d'une stéréo et d'un petit cabinet de toilette. Elle recycle l'eau, absorbe le $CO_2$, contrôle la température et ses hydroponiques peuvent fournir de l'oxygène pour trois lunaisons. Et le tout se replie dans un cube de trente centimètres d'arête.

Halo s'était débarrassée de son scaphandre sitôt la porte scellée et elle s'affairait beaucoup pour installer la cuisine. Elle me prit le sac de provisions et se mit à l'ouvrage.

Je l'observais avec une vive curiosité tandis qu'elle préparait le repas. J'avais envie de me faire une idée de ses sentiments présents. Pas facile. Apparemment, elle avait claqué tous ses fusibles.

A leur premier Changement, les individus ont tendance à surcompenser, à se rechercher une nouvelle identité avant de s'apercevoir que l'ancienne leur convenait à merveille. Comme notre société offre si peu de différences dans les rôles respectifs des deux sexes, ils vont puiser là où les écarts apparaissent avec le plus d'évidence : dans les romans, les pièces, les films ou les bandes d'autrefois sur Terre, ou lors des premières années sur la Lune. Ils ont la vague impression que puisqu'ils ont ce nouveau corps et qu'il lui manque soit un pénis, soit un vagin, ils sont bien obligés de se comporter différemment.

Je reconnus le personnage dans lequel elle était tombée : comme n'importe quel gamin, je m'intéresse à la culture d'autrefois. Elle était Blondie et, moi, j'étais censé jouer les Dagobert. Vous savez, cette bande dessinée. Le couple typique du XIX^e^ siècle. Elle avait étalé une nappe à carreaux rouges et blancs puis disposé deux couverts, avec assiettes, serviettes, rince-doigts, avant d'allumer un tout petit chandelier électrique.

Je me sentis obligé de lui sourire et de m'agenouiller devant le minuscule réchaud en essayant d'y faire tenir trois poêles sur le même brûleur. Elle faisait de tels efforts pour essayer de me séduire avec un personnage qui me paraissait inintéressant au possible ! Elle fredonnait tout en s'affairant.

Après manger, je lui proposai de faire la vaisselle — enfin, c'est ce qu'aurait fait Dagobert — mais Blondie me répondit que non, c'était parfait, chéri, elle s'occupait de tout. Alors je me suis allongé sur le dos en me tenant le ventre et j'ai contemplé la Terre. Et voilà que je sentis un corps tiède se pelotonner à moitié contre moi, à moitié sur moi, et venir se presser, des orteils aux sourcils. Elle avait laissé Blondie parmi les assiettes sales. La femme qui me haletait maintenant à l'oreille était — Hélène de Troie ? Greta Garbo ? — quelqu'un de nouveau, en tout cas. Je finissais par souhaiter avec ferveur le retour de Halo. J'en venais à me dire que Halo et moi, on aurait fort bien pu baiser comme des fous pour peu que cette créature enfiévrée qui l'avait envahie nous en laisse l'occasion. En attendant, il fallait que je me fasse violer par Hélène de Troie. Je relevai la tête.

« Quel effet ça fait, Halo ? »

Elle ralentit légèrement ses préliminaires mais sans vraiment s'interrompre. Elle se releva sur un coude.

« Je ne crois pas pouvoir te le décrire.

— Essaie, s'il te plaît. »

Ses fossettes se creusèrent : « Je ne peux vraiment pas tout te décrire... je suis encore vierge, tu comprends. »

Je me rassis. « Quoi ? Parce que tu as eu droit à ça, *aussi ?*

— Bien sûr. Pourquoi pas ? Mais ne t'inquiète pas. Je n'ai pas peur.

— Et pour faire l'amour... ?

— Oh ! Fox ! Fox ! Oui, oh oui, je...

— Non, non ! Attends une minute... » Je me tortillai à côté d'elle, en essayant de la retenir encore un instant. « Ce que je voulais savoir, c'est s'il n'y avait pas de problème inhérent à la transformation. Je veux dire, as-tu une quelconque aversion à faire l'amour avec les garçons, à présent ? » C'était sans aucun doute une question stupide mais elle ne l'en prit pas moins au sérieux.

« Je n'ai pas remarqué de problème, jusqu'à maintenant », dit-elle, songeuse, tandis que sa main descendait à tâtons, essayant avec maladresse de me guider en elle. Je l'aidai à bien s'y prendre et elle se mit à califourchon sur moi, en équilibre sur les orteils. « J'y ai bien pensé avant le Changement mais cela s'est en quelque sorte effacé. A présent, je n'éprouve plus le moindre scrupule. Ahhhhh ! » Elle s'était laissé tomber de tout son poids et, hue cocotte, c'était parti.

Ce devait se révéler le plus beau ratage dont je me souvienne. Ce n'était pas entièrement de notre faute, d'ailleurs : des événements extérieurs devaient finir de gâcher le tout. Mais même sans, ça n'était déjà pas terrible.

A sa première expérience féminine, un Changeur est susceptible de traverser dans un abandon hystérique total son premier acte sexuel, le tout pouvant durer jusqu'à soixante secondes. Le fait de jouer la partie de l'autre côté du terrain, avec une règle différente et un équipement entièrement neuf, n'est pas en soi un handicap. C'est au contraire un puissant stimulant érotique.

C'est ce qui se produisit avec Halo. Je commençai à me demander si elle allait m'attendre. Je n'eus pas l'occasion de le savoir. Je détournai les yeux de son visage et reçus alors le choc de ma vie : il y avait quelqu'un debout devant la tente et ce quelqu'un nous observait.

Halo perçut le changement en moi et regarda ma tête (ça devait valoir le spectacle) puis par-dessus mon épaule. Elle tomba dans les pommes. Rideau.

Bordel, j'avais bien failli passer moi aussi ; sauf que de la voir s'évanouir me flanqua plus encore la trouille et que je décidai donc de m'en abstenir pour l'heure. Je restai éveillé, histoire de voir de quoi il retournait.

Ça ressemblait beaucoup trop à l'un de ces fantômes dont nos imaginations avaient peuplé les ruines de la cité abandonnée depuis notre arrivée. La silhouette était trapue et vêtue d'un costume qui aurait fort bien pu avoir été volé au musée de Kepler — sauf qu'il y avait plus de pièces que de costume. Je ne pouvais deviner grand-chose de son occupant — pas même son sexe : le vêtement était épais et le casque, réfléchissant.

J'ignore combien de temps je restai ainsi à le contempler ; assez pour que l'apparition pût faire trois ou quatre fois le tour de la tente. J'attrapai la bouteille de vin blanc que nous avions ouverte et me bus une grande lampée. Ce qui me permit de découvrir qu'il s'agissait là encore d'un vieux cliché de cinéma : ça n'améliorait en rien les choses. Mais incontestablement, ça fit de l'effet à Halo, quand je lui renversai la bouteille sur la tête.

« Rhabille-toi », lui dis-je, pendant qu'elle se mettait sur son séant, en crachant. « J'ai comme l'impression que ce citoyen a envie de nous causer. » Il nous faisait de grands signes tout en désignant ce qui pouvait bien être la radio de son scaphandre.

Nous étant habillés, nous sommes sortis par le sphincter. Je n'arrêtai pas de dire « bonjour » tout en balayant les fréquences sur mon émetteur. En vain. Alors, il s'approcha et mit nos casques en contact. Sa voix semblait très lointaine.

« Qu'est-ce que vous faites ici ? »

J'aurais cru que c'était évident.

« Monsieur, nous sommes simplement venus pique-niquer. Serions-nous sur vos terres, ou quelque chose comme ça ? Auquel cas, je suis désolé et...

— Non, non. » Il balaya la remarque. « Faites c' que vous voulez. J' suis pas votre mère. Quant aux terres... je suppose que toute cette ville m'appartient mais vous êtes libre d'y faire ce qui vous plaît. Faites ce qui vous plaît, c'est ma devise. C'est pour ça que je suis encore là. Ils ont pas pu forcer le vieux Lester à décoller d'ici. C'est moi, le vieux Lester.

— Moi, c'est Fox, monsieur.

— Et moi, Halo. » Elle nous avait entendus par sa radio.

Il se tourna et la regarda.

« Halo, dit-il doucement. Un halo pour Vénus. Joli nom, m'zelle. » J'aurais voulu voir son visage. S'il avait la voix d'un adulte, il était en tout cas de petite taille. On était tous les deux plus grands que lui, sans être guère au-dessus de la moyenne pour notre âge, pourtant.

Il toussota. « Je, hum, je suis désolé de vous avoir dérangé, les enfants... arhum. » Il semblait gêné. « J'ai simplement pas pu m'en empêcher. Ça fait un sacré bout de temps que je n'ai plus vu personne — oh, dix ans, je crois bien — et il fallait que je jette un coup d'œil. Et je, euh... je voulais vous demander quelque chose...

— Et quoi donc, m'sieur ?

— Laisse tomber le “ m'sieur ”. J' suis pas ton père. Je

voulais juste savoir si vous auriez pas par hasard des médicaments ?

— Il y a une trousse de premier secours dans la sauterelle, dis-je. Quelqu'un a-t-il besoin d'aide ? Je me ferais un plaisir de le conduire à l'hôpital à King-City. »

Il battit frénétiquement des bras : « Non, non, non ! J' veux pas voir de toubibs fouiner dans le coin ! J'ai juste besoin d'un petit traitement. Euh... dites, vous pourriez pas prendre cette trousse de secours et venir un moment dans ma tanière. Peut-être que vous avez là-dedans queq' chose qui pourrait me servir. »

Ayant accepté, nous le suivîmes.

Il nous mena dans un édifice non pressurisé à la lisière du terrain d'atterrissage, nous guidant à travers des couloirs sombres pour déboucher sur un vaste entrepôt.

Une fois que nous y eûmes pénétré, il le mit en pression puis, franchissant la porte intérieure, nous fit pénétrer dans sa tanière.

C'était un endroit étonnant qui tenait plus de la jungle que de l'appartement : de la taille de l'Auditorium public de King-City, il était envahi par les arbres, les lianes, les fleurs et les bosquets. Apparemment cultivé jadis, on l'avait, semblait-il, laissé retourner en friche. Dans un coin se trouvaient un lit et quelques chaises ainsi que plusieurs grandes piles de livres. Et tout un tas de bordel ; des bidons de joint d'étanchéité, des bonbonnes d'oxygène vide, des instruments récupérés, des pneus de jeep.

Halo et moi, on avait déjà retiré nos casques et la moitié de notre scaphandre quand nous pûmes pour la première fois jeter un œil sur lui. Incroyable ! J'ai bien peur d'avoir sursauté — simple réflexe ; Halo se contenta de rester bouche bée. Puis on fit poliment comme si de rien n'était.

On aurait presque dit qu'il avait passé son temps à se balader sans scaphandre : il avait le visage ridé et grêlé comme un champ labouré après un barrage d'artillerie. La peau semblait tannée comme du cuir. Les yeux étaient profondément enfouis dans les orbites.

« Eh bien, voyons ça », dit-il, avançant sa main décharnée. Il avait les articulations gonflées et noueuses.

Je lui tendis la trousse de premier secours ; il tâtonna avec les fermetures puis parvint à l'ouvrir. Il s'assit sur une chaise et entreprit de déchiffrer consciencieusement chaque étiquette. Il marmonnait tout en lisant.

Halo déambulait parmi les plantes mais j'étais plus intéressé par le vieux Lester que par ses pénates. Je le regardai manipuler le contenu de la trousse avec ses doigts gourds et maladroits. Tous ses mouvements semblaient roides. Je n'arrivais pas à imaginer ce qui pouvait clocher chez lui, tout en me demandant pour quelle raison il n'avait pas dès le début consulté un médecin avant que son mal, quel qu'il soit, n'empire à ce point.

En fin de compte, il remit tout dans la trousse, à l'exception de deux tubes de crème. Il soupira et nous regarda :

« Quel âge as-tu ? me demanda-t-il, soudain méfiant.

— Vingt ans », répondis-je. Je ne sais pas pourquoi. Je ne suis pas menteur, d'habitude — à moins d'avoir de bonnes raisons. Je commençais simplement à avoir un drôle de pressentiment vis-à-vis du vieux Lester et j'avais suivi mon instinct.

« Moi aussi », hasarda Halo.

Il parut satisfait, ce qui me surprit. Je commençais à me rendre compte qu'il était resté isolé un bout de temps. Combien, ça je l'ignorais encore.

« Y a pas grand-chose là-dedans qui puisse me servir mais j'aimerais bien acheter ces machins, si vous êtes prêts à me les vendre. C'est marqué que c'est un " analgésique local " et je pourrais m'en mettre un peu le matin. Combien ? »

Je lui dis qu'il pouvait les garder pour rien mais il insista ; alors je lui dis de fixer lui-même un prix, tout en pêchant mon créditmètre au fond de ma pochette. Il me sortit quelques bouts de papier rectangulaires. C'étaient des unités de papier-monnaie, émises par l'ancien Etat libre et la Lune en l'an 76 O.T. On ne s'en servait plus depuis plus d'un siècle. Ils valaient une fortune pour un collectionneur.

« Lester, dis-je lentement, ces billets valent plus que vous ne l'imaginez probablement. Je pourrais facilement les revendre à King-City pour... »

Il gloussa : « Brave garçon. Je sais parfaitement ce qu'ils valent. Je suis peut-être décrépit, mais pas sénile. Des milliers de fois plus que leur valeur faciale mais ils sont sans valeur pour moi. Excepté pour une chose : c'est un sacré bon test pour discerner un homme honnête. Ils me permettent de savoir quand un gars veut profiter d'un pauv' vieil ermite malade comme moi. Pardonne-moi, fils, mais j' t'avais catalogué dans les menteurs à ton arrivée. Je m'étais trompé. Alors, tu gardes les billets. Sinon, j' les aurais repris. »

Il jeta quelque chose par terre devant nous, quelque chose qu'il avait eu dans les mains et que je n'avais même pas remarqué. Un pistolet. Je n'en avais jamais vu.

Halo le ramassa avec précaution mais je n'avais pas envie d'y toucher. Ce vieux bonhomme de Lester commençait à me paraître moins drôle. Nous ne bougions plus.

« V'là que j' vous ai foutu la trouille, dit-il. J' crois bien que j'oublie toutes mes bonnes manières. Et j'ai oublié aussi comment vous viviez, vous autres, de l'autre côté. » Il reprit son pistolet et l'ouvrit : la culasse était vide. « Mais vous risquiez pas de l' savoir, pas vrai ? De toute façon, j' suis pas un tueur. Simplement prudent dans le choix de mes amis. Est-ce que pour compenser la trouille que j' vous ai causée, je peux vous convier à dîner ? Ça fait dix ans que je n'ai pas eu d'invités. »

On lui dit qu'on venait de manger et il nous demanda alors si on pouvait quand même rester un peu, juste pour bavarder. Il avait vraiment l'air d'en avoir envie. Alors on lui a dit d'accord.

« Vous voulez des vêtements ? Je suppose que vous ne vous attendiez pas à faire des visites en venant ici.

— On fera selon vos habitudes, répondit Halo, très diplomate.

— J'ai pas d'habitudes, dit-il avec un sourire édenté. Si ça vous fait pas drôle d'être tout nus, c'est pas mes affaires. Vous faites c' qui vous plaît, comme je dis toujours. » C'était son expression.

On s'est donc allongés dans l'herbe et il est allé chercher une espèce de liqueur claire et très forte, et nous a versé à boire.

« Du clair de lune, a-t-il dit en riant... Et du vrai ! Je l' fais moi-même. La meilleure liqueur sur toute la Face Terre. »

On a parlé et on a bu.

Avant que je sois devenu trop saoul pour me rappeler quoi que ce soit, un certain nombre de faits intéressants étaient apparus concernant le vieux Lester. Primo, il était vraiment vieux. Il disait qu'il avait deux cent cinquante-sept ans et il était né sur Terre. Il était venu sur la Lune à l'âge de vingt-huit ans, plusieurs années avant l'Invasion.

Je connais plusieurs personnes dans ces âges-là, bien qu'aucune d'aussi âgée. L'arrière-grand-mère de Carnaval a deux cent vingt et un ans mais elle est native de la Lune et ne se souvient pas de l'Invasion. Il ne lui reste virtuellement plus rien du corps avec lequel elle est née. Deux fois déjà, elle s'est fait transférer ses souvenirs dans un nouveau cerveau.

J'étais prêt à croire que le vieux Lester avait effectivement passé un bout de temps sans soin médical mais je ne pus accepter au début ce qu'il nous raconta : que — hormis un nouveau corps quatre-vingts ans plus tôt — il n'avait pas été reconstruit depuis sa naissance ! Je suis jeune et naïf — je l'admets volontiers aujourd'hui — mais ça, je ne pouvais pas l'avaler. Je dus finir par le croire et je le crois à présent.

Il avait un million d'histoires à nous raconter, toutes datant d'au moins quatre-vingts ans puisque c'est depuis cette époque qu'il vit en ermite. Des histoires de la Terre et des premiers temps sur la Lune. Il nous raconta les années difficiles qui suivirent l'Invasion. Quiconque y a survécu a quelque anecdote à raconter. Je m'assoupis avant la fin de la soirée et la seule chose dont j'aie clairement souvenance, c'est de nous trois faisant le cercle bras dessus bras dessous, et braillant une chanson que le vieux Lester nous avait apprise, titubant et nous cognant le front pour finir dans un éclat de rire général. Je me rappelle sa main posée contre mon épaule. Elle était dure comme le roc.

Le lendemain, Halo joua les Florence Nightingale pour ramener le vieux Lester à la vie. Elle était aussi ferme qu'une infirmière, le déshabillant malgré ses maigres protestations, avant de lui faire un massage.

Dégrisé par le matin, je me demandai comment elle faisait pour toucher ce vieux corps ridé mais à y mieux regarder je compris lentement : il était magnifique.

La meilleure chose à laquelle comparer le vieux Lester, c'est la surface. Il n'est rien de plus vieux, de plus torturé, que la surface de la Lune. Mais je l'ai toujours aimée. C'est le plus beau coin de tout le Système — y compris les Anneaux de Saturne. Eh bien, le vieux Lester était comme ça. Je m'imaginais qu'il *était* la Lune. Il en était devenu partie intégrante.

Bien qu'ayant à présent admis son âge, je voyais néanmoins qu'il était dans un état épouvantable. La boisson avait pris son lourd tribut mais il ne voulait pas se laisser abattre. La première chose qu'il réclama le matin, ce fut un coup à boire. Je le lui apportai puis préparai un copieux petit déjeuner : des œufs, des saucisses, du pain et du jus d'orange, le tout venu de son jardin. Et là-dessus, nous sommes repartis à boire.

Je n'avais même plus le temps de m'inquiéter de ce que pouvaient bien à présent penser Carnaval ou la mère de Halo. Le vieux Lester nous avait bel et bien adoptés. Il disait qu'il serait notre père, ce qui me parut plutôt drôle vu que, je vous le demande, qui peut bien savoir quel est son père ? Mais il se mit néanmoins à avoir un comportement que je qualifierai de maternel et qu'à l'évidence il considérait pour sa part comme paternel.

On fit un tas de choses ce jour-là : il nous apprit le

jardinage. Il me montra comment autoféconder les plantes-œufs et discerner quand elles étaient mûres sans avoir à casser la coquille pour voir. Il nous révéla les secrets pour faire pousser des arbres à pain donnant des miches brunes et croquantes, gorgées de belle farine complète, ou bien — par greffe — offrant ces étranges variétés à base de seigle. C'était la première fois que je voyais du seigle. Et nous apprîmes aussi à cultiver les pommes de terre et les racines de steak. A cueillir le miel et le fromage et les tomates. A écorcer le lard sur le tronc des arbres à porc.

Et nous bûmes du clair de lune tout en travaillant, et nous rîmes beaucoup et il nous raconta d'autres histoires encore entre deux leçons de jardinage.

Le vieux Lester n'avait rien de l'imbécile qu'il semblait de prime abord. Sa façon de parler était largement affectée (une habitude qu'il avait prise, pour s'amuser, au cours des ans). Il était en fait capable de s'exprimer aussi correctement que vous et moi quand il le voulait.

Il avait beaucoup lu et se souvenait de tout. C'était un ingénieur et un botaniste de premier ordre mais il fallait reconnaître à son éducation et ses talents cette limite : tout ce qu'il savait était démodé depuis quatre-vingts ans. Qu'importe : les vieilles méthodes valaient bien les nouvelles.

Du point de vue de la société, c'était une autre histoire.

Il ne savait pas grand-chose du Changement, sinon qu'il n'aimait pas ça. C'était en fin de compte le Changement qui l'avait décidé à se séparer de la société. Il nous dit qu'il s'était tâté pour se joindre à la migration vers la Face cachée mais que cette histoire de changement de sexe l'avait finalement décidé. Il nous choqua plus qu'il ne s'en doutait en nous révélant qu'il n'avait jamais été une femme. Je me dis que son manque de curiosité devait être monumental mais je me trompais : il apparut qu'il professait des notions quelque peu bizarres quant à la moralité du procédé en général, des idées puisées dans quelque délirante religion datant de son enfance. J'avais entendu parler du culte — il est difficile de l'éviter dès qu'on veut étudier un peu l'histoire. C'était moins une question d'éthique que d'intérêts arbitraires.

Le vieux Lester y croyait toujours, néanmoins. On croulait littéralement chez lui sous les icônes primitives. En particulier, un symbole central qu'il chérissait par-dessus tout : un simple fétiche de bois en forme de signe plus avec une branche plus longue que les autres. Il en portait un autour du cou et les autres poussaient partout, comme de l'herbe.

Je finis par me rendre compte que cette religion était à la base de toutes les incohérences que, non sans perplexité, je commençais à noter chez lui. Son « Faites ce qui vous plaît » était peut-être sincère mais il ne l'appliquait pas pour autant. Il demeurait évident que même s'il considérait que les gens devaient avoir la liberté de choisir, il les condamnait quand leur choix ne répondait pas au sien.

Tout cela me confortait dans ma décision improvisée de lui mentir sur mon âge quoique je ne sois pas sûr que la vérité n'aurait après tout pas mieux valu : ça nous aurait évité ultérieurement d'autres mensonges, en paroles ou par omission ; et j'ai toujours préféré la franchise à la tromperie. Mais je ne sais toujours pas si le vieux Lester aurait pu être notre ami sans ces mensonges.

Il connaissait un peu la vie sur la Face cachée et nous fit clairement comprendre qu'il la désapprouvait en grande partie. Et il s'était persuadé (avec notre aide) que nous n'étions pas comme ça. En particulier, il estimait que les gens ne devaient pas avoir de rapports sexuels avant un « âge décent ». Il ne le définit jamais plus avant mais Halo et moi, avec nos « vingt ans », étions largement au-delà de la limite.

C'était une notion incompréhensible et qui aurait choqué même Carnaval, qui est pourtant passablement vieux jeu. Bon, d'accord, on accélère la puberté de nos jours (je suis sexuellement adulte depuis l'âge de sept ans) mais selon lui, même *après* la puberté, les gens auraient dû rester abstinents ! Je n'y pouvais rien comprendre. Enfin, à quoi voulait-il qu'on s'occupe ?

Et puis, il y avait ce mot qu'il employa, « inceste », et que je dus, une fois rentré, chercher dans le dictionnaire pour vérifier que j'en avais bien compris le sens. C'était bien ça. Et il était contre. Je suppose que ça devait remonter à la nuit des temps, quand la procréation et la génétique étaient si liées au sexe mais quelle importance cela pouvait-il encore revêtir aujourd'hui ? Le seul endroit où Carnaval et moi, on parvient à s'entendre, c'est au lit ; en dehors de ça, on aurait fort peu de chose en commun.

Et ça continua de la sorte, la litanie des interdits. Par chance, aux yeux du vieux Lester, je n'étais pas touché. Tout ce qui me gênait, c'étaient ces mensonges dans lesquels nous nous étions enferrés. Je laisse volontiers aux gens leurs idées les plus tordues, pourvu qu'ils ne cherchent pas à me les imposer (comme le faisait Carnaval au sujet du Changement). Que je me sois retrouvé en train d'approuver les idées du vieux Lester était entièrement de ma faute. Pas de la sienne. Je trouve.

Les jours passèrent, gâchés par un seul détail : je n'avais enfreint aucune loi mais je savais bien qu'on devait me rechercher. Et que je m'étais mal conduit envers Carnaval. J'essayai bien d'imaginer jusqu'à quel point, et ce que je pouvais faire pour y remédier mais je me retrouvais l'esprit perpétuellement embrumé par le clair de lune et nos bons moments.

Carnaval était venue sur la Face Terre. Halo et moi les avions vus, tapis dans l'ombre, après que le radar du vieux Lester nous eut avertis de leur arrivée : six ou sept silhouettes dans le lointain. Ils étaient entrés dans la sauterelle pour la fouiller. Ils avaient exploré les abords de la piste pour y chercher nos traces, les avaient trouvées puis suivies jusque-là où elles disparaissaient sur le béton. J'aurais bien aimé pouvoir les écouter mais je n'osai pas parce qu'ils devaient certainement être équipés de détecteurs pour cela.

Et ils repartirent. En laissant la sauterelle, ce qui était

sympa de leur part puisqu'ils auraient pu la ramener et nous obliger ainsi à attendre leur retour.

J'y réfléchis puis en discutai avec Halo. Plus d'une fois, nous avons bien failli abandonner et rentrer. Après tout, on n'avait pas vraiment décidé de faire une fugue. On n'avait fait que défier l'autorité et il ne m'était jamais venu à l'idée qu'on puisse rester partis aussi longtemps. Mais maintenant qu'on était là, ça nous paraissait difficile de revenir. Ce voyage sur la Face Terre avait acquis son inertie propre et nous ne nous sentions plus la force de l'interrompre.

A la fin, nous tombâmes dans l'autre extrémité. En décidant de rester sur la Face Terre pour toujours. Je crois bien que le sentiment de puissance procuré par une telle décision nous donnait le vertige. Alors nous avons dissimulé nos doutes avec des bourrades d'encouragement, force gloussements et quelques idées exagérées quant à nos réalisations futures avec le vieux Lester à Archimède.

Nous rédigeâmes un billet (preuve que nous nous sentions encore quelque responsabilité vis-à-vis de quelqu'un), billet que nous fixâmes à l'échelle de la sauterelle ; puis Halo monta dans la cabine, alluma les phares et les pointa à la verticale. Nous allâmes nous cacher pour attendre.

Evidemment, un nouveau vaisseau revint dans les deux heures : restés aux aguets en orbite rapprochée, ils se posèrent au passage suivant, sitôt après avoir noté un changement. Une seule personne descendit du vaisseau et vint lire le message. Un message idiot, disant qu'il ne fallait pas s'inquiéter, que nous allions très bien. Il poursuivait en indiquant notre intention de rester et quelques autres points que je préférerais avoir oublié. Il disait également qu'elle pouvait reprendre la sauterelle. Je le regrettai déjà au moment où Carnaval le lut. Fallait-il qu'on soit dingues.

Même de si loin, je pus la voir accuser le coup. Elle regarda tout autour d'elle puis se mit à faire de grands signes en langage sémaphorique : « Fais ce que tu dois faire. Je ne te comprends pas mais je t'aime. Je vous laisse la sauterelle au cas où tu changerais d'avis. »

Allons bon. Je déglutis, et j'étais déjà à moitié relevé quand, à ma grande surprise, Halo me tira en arrière. Moi qui avais cru qu'elle m'accompagnait uniquement pour éviter d'avoir à discuter de mon erreur. Ce n'avait pas été son idée ; elle n'était pas dans son état normal lorsque je l'y avais poussée. Mais elle s'en était remise depuis des lunes et elle avait maintenant l'esprit parfaitement clair. Et elle était à présent plus encore que moi prise par notre aventure.

« Andouille ! » siffla-t-elle en collant son casque contre le mien. « Je me doutais bien que tu ferais un truc comme ça. Réfléchis un peu. As-tu envie d'abandonner si facilement ? On n'a même pas vraiment essayé ! »

Son visage était moins assuré que ses paroles mais je n'étais pas en état d'en discuter avec elle. Et puis Carnaval fut repartie et je me sentis mieux. C'était vrai que nous avions une échappatoire si jamais ça tournait au vinaigre. Nous ne tardâmes pas à devenir d'intrépides pionniers et je ne songeai plus ni à Carnaval ni à la Face cachée jusqu'à ce que les choses se mettent effectivement à tourner au vinaigre.

Un long moment — presque une lunaison — nous fûmes heureux : on travaillait dur tous les jours avec le vieux Lester. J'appris que dans une existence comme la sienne le travail n'était jamais terminé : il y avait toujours une conduite d'air à réparer, des fleurs à féconder, quelque appareillage à régler. Tout cela restait primitif et la plupart du temps je pouvais voir comment améliorer ses méthodes mais jamais ne me vint l'idée de le lui suggérer. Cela n'aurait pas concordé avec nos idées stupides de pionniers : il fallait que les choses soient dures pour pouvoir coller dans le tableau.

Nous construisîmes un appentis en lianes tressées, pareil à celui qu'on avait vu dans un film, afin de nous y installer. Il était en face de la chambre du vieux Lester, ce qui était idiot, mais ça permettait de se rendre mutuellement visite. Et ça me permit également d'apprendre une notion intéressante à propos du péché.

Le vieux Lester nous regardait faire l'amour dans notre baraque branlante, un sourire sur ses traits burinés. Puis un beau jour, il laissa entendre que faire l'amour devait être un acte intime, que c'était un péché de faire ça devant les autres, et un péché tout aussi grand de regarder. Mais il continua de regarder.

Alors j'interrogeai Halo là-dessus.

« Il lui faut un peu de péché, Fox.

— Hein ?

— Je sais bien que ce n'est pas logique mais t'as dû remarquer, depuis le temps, que sa religion est un peu ébranlée.

— Ça c'est sûr. Mais je ne pige toujours pas.

— Eh bien, moi non plus mais j'essaie de la respecter. Il considère que boire est un péché et, jusqu'à notre arrivée, c'était le seul qu'il ait eu l'occasion de pratiquer. A présent, il peut également pratiquer celui du désir. Je crois qu'il a besoin de se faire pardonner et il ne peut l'être tant qu'il n'a pas péché.

— C'est bien la chose la plus stupide que j'aie jamais entendue. Mais plus stupide encore, si le désir est un péché pour lui, pourquoi ne va-t-il pas jusqu'au bout en faisant l'amour avec toi ? Je suis bigrement certain qu'il en a envie mais, autant que je sache, il ne l'a jamais fait. Si ? »

Elle me considéra, l'air compatissant : « Tu ne sais donc pas, n'est-ce pas ?

— Tu veux dire qu'il l'a fait ?

— Non. Ce n'est pas ce que je veux dire. On n'a rien fait du tout. Et ce n'est pas faute d'avoir essayé, de ma part. Ni parce qu'il ne veut pas. Il regarde, il regarde, il n'arrête pas de me regarder ; toujours les yeux sur moi. Et ce n'est pas parce qu'il considère ça comme un péché. Il le sait bien que c'en est un ; mais il le ferait — s'il pouvait.

— Alors, je ne comprends toujours pas.

— Comment ça ? Mais je viens de te le dire : *il peut pas.* Il est trop vieux. Son équipement ne fonctionne plus.

— Mais c'est *terrible !* » J'en étais presque malade. Je savais qu'il y avait un terme pour décrire cet état mais je dus attendre bien longtemps avant de le trouver : c'est le mot *estropié.* Ça signifie qu'une partie de votre corps ne fonctionne pas convenablement. Le vieux Lester était sexuellement estropié depuis plus d'un siècle !

A ce moment-là, j'envisageai sérieusement de rentrer à la maison. Je n'étais plus sûr du tout de désirer la compagnie de ce genre d'individu. Les mensonges devenaient de plus en plus pesants chaque jour et maintenant il y avait ça !

Mais les choses empirèrent encore et je restai pourtant.

Il était malade. Je ne veux pas dire malade comme on l'entend habituellement : le genre de petit désordre sans importance qui se règle avec une visite de dix minutes chez le bio-ingénieur. Non : il s'usait.

C'était en partie notre faute. Déjà, le premier matin, il avait eu du mal à sortir du lit. Chaque lune — après une longue nuit de beuverie et de bombance générale — il devenait plus lent à se lever. On en vint au point où Halo devait passer une heure chaque matin à le masser, rien que pour lui permettre de se tenir debout. Je crus au début qu'il le faisait exprès parce qu'il aimait le massage et le contact de Halo quand elle était ainsi au-dessus de lui. Mais ce n'était pas le cas. Quand il se levait enfin, c'était pour tituber, plié en deux par des douleurs au ventre. Il oubliait des choses. Il trébuchait, il tombait et se relevait avec infiniment de lenteur.

« Je suis en train de mourir », dit-il un soir. Ça m'a fait sursauter ; Halo cligna des yeux rapidement. J'essayai de dissimuler ma gêne en faisant comme si je n'avais pas entendu.

« Je sais bien que c'est un gros mot de nos jours et je suis désolé de vous avoir choqués. Mais je n'ai pas vécu si longtemps sans être capable de voir les choses en face.

« Je suis en train de mourir, parfaitement, et je serai mort sous peu. Je ne croyais pas que ça viendrait si vite. J'ai l'impression que tout me lâche. »

Nous essayâmes de le convaincre qu'il se trompait et — voyant que ça ne marchait pas — de le convaincre de faire un saut sur la Face cachée pour se faire arranger. Mais nous ne pûmes vaincre ses superstitions. Les ingénieurs de la Face cachée lui faisaient une peur épouvantable. On a eu beau essayer de lui montrer que ces réparations périodiques laissaient malgré tout l'esprit (il appelait ça « l'âme ») intact, il préféra se résigner avec philosophie.

Le lendemain, il ne se leva pas du tout. Halo frotta ses vieux membres jusqu'à en avoir des crampes. Peine perdue. Sa respiration se fit irrégulière, son pouls devint difficilement perceptible.

Et voilà que nous nous retrouvions devant la décision la plus grave de toutes : fallait-il le laisser mourir ou bien l'emporter dans notre appareil pour le conduire chez un réparateur ? Nous passâmes une lune à transpirer là-dessus. Aucune des solutions ne semblait valable mais je me retrouvai à défendre son rapatriement tandis que Halo soutenait la position contraire. Il ne pouvait nous entendre — sinon en ces brefs instants où il s'éveillait et tentait de se rasseoir. Dans ces moments-là, il nous posait des questions en prononçant des paroles semblait-il totalement incohérentes. Nul doute que son cerveau devait être déjà dans un bel état.

« Dites les gosses, vous avez pas vraiment vingt ans, hein ? dit-il à un moment donné.

— Comment l'avez-vous deviné ? »

Il gloussa, faiblement : « Le vieux Lester n'est pas un imbécile. Vous m'avez dit ça pour être sûrs que j'aille pas raconter aux autres ce que je vous ai surpris en train de faire. Mais j' dirai rien. C'est votre affaire. J' voulais juste que vous sachiez qu' vous m'aviez pas eu. Pas une seule minute. » Il reprit sa respiration haletante.

Nous n'avons pas résolu notre discussion. Sinon par défaut. Ce que je voulais faire exigeait une action et finalement je n'avais pas le cœur à me lever pour le faire : je n'étais pas assez sûr de moi. Alors nous sommes restés assis sur son lit, à attendre qu'il meure tout en lui parlant quand il en éprouvait le besoin. Halo lui tenait la main.

Je traversai un enfer : je me maudissais, le traitais de débris préhistorique, d'arriéré mental à la tête creuse, et décidai presque de lui donner un coup de main dans sa quête débile de la mort. Puis je suis tombé dans l'autre extrémité ; l'aimant presque comme il aimait son Dieu idiot. Je me l'imaginais comme la mère que Carnaval n'avait jamais été vraiment pour moi, et me répétais que mon monde n'aurait plus de sens une fois qu'il serait mort. L'une et l'autre réaction étaient stupides, bien entendu ; le vieux Lester n'était qu'un individu. Il était à la fois un peu dingue et un peu saint, et sans doute pas un être qu'on pût soit aimer soit détester. C'était la Mort qui m'avait ainsi fait tourner en rond : la terrifiante silhouette squelettique en robe noire dont nous avait parlé le vieux Lester, tout droit jaillie de ses superstitions.

Il ouvrit un œil livide, après des heures d'immobilité.

« Jamais, annonça-t-il. Tu entends, jamais. Toi, je veux dire, Halo. Ne va jamais te faire de Changement. Tu as toujours été une fille ; tu devras toujours le rester. Le Seigneur en a voulu ainsi. »

Halo me jeta un coup d'œil à la dérobée. Elle pleurait et ses yeux me disaient : *n'en souffle pas un mot; laisse-le y croire.* Elle n'avait pas besoin de s'inquiéter.

Puis il se mit à tousser. Du sang lui vint aux lèvres et, sitôt que je le vis, je m'évanouis. Je crus qu'il allait littéralement tomber en morceaux et se mettre à pourrir sur place comme quelque horrible vase verdâtre, une vase dont je ne pourrais jamais plus me laver.

Mais avec Halo, pas question de rester inconscient : elle me gifla jusqu'à ce que j'en aie les oreilles qui carillonnent et, dès que je fus sur pied, nous décidâmes d'abandonner : nous n'étions pas capables de prendre une décision sensée en face de ça. Il fallait qu'on la laisse à quelqu'un d'autre.

Si bien que vingt-cinq minutes plus tard, je me retrouvais à l'aplomb du pôle, arrivant juste à la portée des plus lointains relais du Calculateur central.

« Mais voilà notre mouton noir qui est de retour, commença le C.C. sur un ton supérieur. Je dois dire que tu as dépassé la durée habituelle de séjour sur la Face Terre, en fait...

— *La ferme !* éructai-je. Tu la fermes et tu m'écoutes. Je veux contacter Carnaval et je la veux tout de suite, priorité exprès, appel d'urgence. Grouille-toi ! »

Le C.C. était tout affairé, laissant tomber son programme *in loco parentis* pour opérer avec la surprenante célérité dont il sait faire preuve en cas d'urgence. Carnaval était en ligne au bout de trois secondes.

« Fox, dit-elle, je ne voudrais pas tout recommencer en partant d'un mauvais pied ; donc, avant tout, laisse-moi te remercier de me donner la chance de régler cette affaire en tête à tête avec toi. J'ai fait appeler un arbitre familial et j'aimerais qu'on puisse lui présenter chacun notre position sur ce Changement que tu désires et je suis toute prête à me plier à sa décision. Cela te convient-il, pour commencer ? » Elle semblait anxieuse. Je savais qu'il y avait de la colère en dessous — comme toujours — mais elle était sincère.

« On pourra discuter de ça plus tard, m'man. » Je sanglotais. « Pour l'instant, il faut que tu nous retrouves au terrain, aussi vite que possible.

— Fox, est-ce que Halo est avec toi ? Comment va-t-elle ?

— Très bien.

— Je suis là dans cinq minutes. »

C'était trop tard, bien entendu. Le vieux Lester était mort peu après mon décollage et Halo était restée pendant près de deux heures en compagnie d'un cadavre.

Elle avait pris la chose avec sérénité.

Elle nous soutint, Carnaval et moi, tout en nous expliquant ce qu'il fallait faire et elle réussit même à nous persuader de l'aider. Nous l'avons enterré ; selon son désir, en surface, à un endroit qui serait toujours éclairé par la vieille Terre.

Carnaval ne voulut jamais me dire ce qu'elle aurait fait s'il avait encore été vivant à notre arrivée. C'était une question d'éthique et l'un comme l'autre avons en général les idées bien arrêtées en ce domaine. Mais je soupçonne que pour une fois nous aurions été d'accord. La volonté d'un individu doit être respectée et si jamais je dois faire face à une situation identique, je saurai comment me comporter. Enfin, je crois.

J'ai obtenu mon Changement sans le recours à l'arbitrage. Accordez-moi ce peu de jugeote : si jamais notre cas était venu devant un arbitre familial, je suis certain qu'il aurait préconisé le divorce. Et ça aurait été dur pour moi parce que, si difficile que soit Carnaval, je l'aime et j'ai besoin d'elle — pour au moins quelques années encore. Je ne suis pas aussi adulte que je me l'imaginais.

Je ne fus pas non plus vraiment surpris de découvrir que Carnaval avait également eu raison, à propos du Changement : au bout d'une lunaison, j'étais de nouveau mâle, puis je suis redevenu femelle, puis mâle. Et ainsi de suite un an durant. Ça ne rime à rien. Je suis une femme à présent et je pense demeurer ainsi quelques années, le temps de voir ce que ça donne. J'étais née une fille, vous savez, mais je ne le suis restée que deux heures parce que Carnaval voulait un garçon.

Et Halo est de nouveau mâle, ce qui est parfait : on trouve qu'on s'entend mieux en étant de sexe opposé qu'en étant deux copains. Je compte bien avoir mon enfant d'ici quelques années, avec Halo comme père. Carnaval me conseille d'attendre encore mais je pense être prête cette fois-ci. Je persiste à croire que la plupart de nos antagonismes proviennent de son incapacité à se souvenir de ce présent perpétuellement changeant dans lequel vit l'enfant.

Ultérieurement, Halo pourra elle aussi avoir un enfant — je serais flattée qu'elle me choisisse pour en être le père — ensuite...

Nous déménageons pour nous installer sur la Face Terre, Halo et moi, tout du moins. Accord et Carnaval y songent sérieusement et je pense qu'ils viendront aussi. Ne serait-ce que pour clore le bec à Adagio.

Pourquoi y allons-nous ? J'y ai longuement réfléchi. Non, pas à cause du vieux Lester. Ce n'est pas pour dire du mal de lui mais c'était indéniablement un idiot. Un idiot avec sa dignité et toute la force de ses convictions, d'accord, un idiot sympathique, mais un idiot quand même.

N'en parlons pas non plus comme de « poursuivre un rêve » ou autres notions stupides que je soupçonne Halo d'avoir en tête.

Coïncidence pourtant, son rêve et le mien restent fort proches, quoique pour des raisons différentes ; le vieux Lester ne pouvait pas supporter de voir les gens abandonner la Face Terre et en même temps, cette nouvelle société humaine lui faisait peur : c'est pourquoi il s'était fait ermite. Moi, si j'ai envie d'y aller, c'est parce que pour ma génération la peur a disparu et que c'est un territoire magnifique qui s'offre à nous. Et puis, nous ne serons pas seuls : nous serons l'avant-garde ; mais les jours d'entassement au fond des terriers de la Face cachée sont révolus. La race humaine est venue de la Terre, cette Terre qui fut nôtre jusqu'à ce qu'on nous l'enlève. Pour tout dire, je commence à me demander si les Etrangers sont bien aussi invincibles que le clament les vieilles histoires.

Il n'y a pas à dire, c'est une chouette planète. Je me demande... et si on y retournait ?

## Table

*Achevé d'imprimer en mai 1982*
*sur les presses de l'Imprimerie Bussière*
*à Saint-Amand (Cher)*

15.5.91

— N° d'édit. 1265. — N° d'imp. 1069. —
Dépôt légal : juin 1982.

*Imprimé en France*

1265